今傳是樓詩話

晚清民初詩壇見聞

王揖唐——原著
蔡登山——主編

導讀　王揖唐和《今傳是樓詩話》

蔡登山

王揖唐（一八七八—一九四八），名志洋，字慎吾。後更名賡，號揖唐，筆名逸塘，晚號今傳是主人。安徽合肥人。其父是一位秀才，以教書為業。在光緒三十年甲辰（一九〇四）慈禧太后七十歲生日的「恩科」（中國歷史上最後一次科舉）考試中，王揖唐考中二甲第五名進士，同科的有譚延闓、沈鈞儒、商衍鎏等近代史上知名人士。不久，他投到徐世昌門下，時逢袁世凱為擴編北洋軍選送人員赴日本學習軍事，遂入日本東京振武學校學習，後因不適應軍旅生活而轉入法政大學學習。光緒三十三年（一九〇七）回國後，他到東三省總督徐世昌處任職，宣統元年（一九〇九）隨軍機大臣戴鴻慈出訪歐洲。此後兩年內，他遊歷歐洲和美國考察軍政、鐵路、交通等事宜。一九一一年他回國後任吉林兵備處總辦。

民國成立後，王揖唐被任命為軍諮使、密雲副都統，皆未就職。袁世凱繼任臨時大總統，經徐世昌舉薦，王揖唐先後任大總統秘書、參議、顧問等職。他曾加入「民主」、「共和促進會」、「統一黨」三黨，後三黨合併，改為「進步黨」，推黎元洪為理事長，王揖唐則為理事並兼國會中進步黨的憲法起草委員。後來又任「參政院」參政。一九一五年八月改任吉林「巡按使」（後稱省長）。袁世凱帝制運動將起時，他曾在北京辦《國華報》，大力鼓吹帝制。袁世凱死後，王揖唐投靠皖系。一九一七年十一月，段祺瑞組織臨時參議院，王揖唐任議長。一九一八年三月八日，幫徐樹錚成立安福俱樂部。同年八月二日，王揖唐任眾議院議長。此後，他主導安福國會，聲勢如日中天。同年九月徐世昌當選大總統。一九二〇年七月直皖戰爭皖系敗北，王揖唐被通緝，流亡日本，從事著述生涯。一九二四年十月北京政變後，段祺瑞任臨時執政。王揖唐參加該政府。十一月他任安徽省長兼督辦軍務善後事宜。一九二五年二月，他任善後會議議員。北伐之際，王揖唐聯繫北方各派共同進行抵抗。一九二八年北伐成功，王揖唐又被通緝，逃入天津日租界，再次從事著述活動。一九三一年，王揖唐加入國民政府，任東北政務委員會委員。此後，歷任國難會議會員、華北戰區救濟委員會委員、行政院駐平政務整理委員會委員、冀察政務委員會委員、天津匯業銀行總理等職。

抗戰爆發後，王揖唐趁宋哲元不在北平之機取代其成為冀察政務委員會委員長，掌控華北政權。同年十二月十四日，王克敏在北平組織中華民國臨時政府。王揖唐參加該政府，歷任議政委員會常務委員、賑濟部總長、內政部總長等職。一九四〇年三月二十九日汪偽政府在南京成立後，北平的偽臨時政府同時取消，改稱「華北政務委員會」，王克敏藉口汪偽政府中也應有原來臨時政府的人參加，提議由王揖唐擔任汪偽政權的「考試院」院長，將其排擠出「華北政務委員會」。王揖唐惱羞成怒，他利用王克敏與汪精衛之間的矛盾，在「考試院」院長的職位上千方百計地討好汪精衛，企圖藉助汪精衛的勢力來對抗王克敏，並最終如願以償，於一九四〇年六月將王克敏擠下臺，而由他出任偽華北政務委員會委員長，成了華北漢奸的第一號人物。此後曾任中央政治委員會委員、內務總署督辦。一九四三年一月，他任最高國防會議議員、全國經濟委員會副委員長、新國民促進委員會委員。

一九四五年八月日本戰敗投降後，王揖唐即托病住院，同時暗中活動，企圖脫卸漢奸罪責。一九四六年春，河北高等法院將其逮捕入獄，立案審理。由冀高法院刑二庭長何承焯主審，每次開庭，王揖唐均以病勢沉重為由，被人抬上法庭，閉目不答。王自知罪行重大，於是大耍花招，一九四七年秋，王揖唐委託律師劉煌等，突然舉行記者招待會並散發聲明。聲明承認附逆降敵，有罪於國，同時卻反戈一擊，聲稱刑二庭長何承焯曾在偽司法總署任職，是一小漢奸。稱「以小漢奸高踞堂上審大漢奸，將何以杜悠悠之口」。消息傳出，轟動九城。南京司法部只得撤消何承焯職務，另委派吳盛涵為刑二庭長，重新審理王揖唐漢奸案。河北高等法院根據事實依法判處其死刑時，他又兩次申請復判。這樣拖延了兩年多。一九四八年九月，經最高法院最後復判，仍將其判處死刑。九月十日，王揖唐在北京姚家井第一監獄被槍決，時年七十一歲。

王揖唐在《今傳是樓詩話》中有提到他命名「今傳是樓」的由來，他說：「余之《詩話》，以今傳是樓命名。海內外友人亦多為詩及之。傳是樓者，崑山徐健庵尚書乾學藏書之所也。」徐乾學（健庵）是明末大學者顧炎武的外甥，清初官至大學士、刑部尚書，當時號稱「名臣」。據史料記載，徐乾學自幼就十分喜愛讀書、抄書、藏書。到清初時，正逢戰亂之後，徐乾學除自己精心搜求外，還托門生故吏於全國各地代為搜集，所以「南北大家之藏書，盡歸先生。」（黃宗羲語），藏書多達數萬卷。他特意精心建造了一座樓房，專作藏書之用。他收藏的各種圖書，共裝了七十二書櫥。樓房建成以後，徐乾學把兒子們全都叫到樓上，語重心長地對他們說：「許多做上輩的人，都給子孫們留下田地錢財，但子孫們，卻不見得能世世代代都富裕；也有的給子孫們留下金銀珠寶，子孫們也未必能夠世世代代保藏；還有的給子孫們留下亭臺樓閣，後代卻不一定能夠世世代代保有。我並不想學這些人的榜樣，我給你們留下什麼樣的遺產呢？」（原文乃文言，今譯為白話）不等兒子們答話，他笑盈盈地指著樓上琳琅滿目的藏書說：「所傳者，惟是矣。」也就是說留給你們的，就是這滿屋子的圖書！並將書樓命名為「傳是樓」，表明以書傳後代的意思，一時傳為美談。但至康熙三十三年徐氏逝世，此樓藏書已漸流出、散佚。其後，書樓遭回祿之災（據徐氏後人記載，時約康熙末年）、兵災，加上徐氏子孫式微，書多散入怡親王府、納蘭明珠等處及諸藏書家手中，甚至有些已佚失不可考。

徐乾學所居之府第，乃尚書第，在崑山城內西塘街，因他曾任刑部尚書，故名。而當時名滿天下之傳是樓，即在尚書第內。自徐氏子孫式微，所藏善本書籍，大都流入他家，而樓亦廢，今其遺址已渺不可尋矣。惟尚書第之產權，迄民初猶保存於徐氏後裔手中，後來出售於王揖唐。王揖唐在《今傳是樓詩話》中說：「閩人育季，本亭林支裔，亦崑籍也。其母家比鄰樓址，閩人出私蓄三千金，購得之。以告余，意謂山水清佳，偕隱可卜，鷗鄉娛老，固自不妨。余曰：『前賢勝蹟，何敢自私。顧任其蕪廢殊可惜，盍就地建一圖書館，為崑山添一故實，可乎？且也公諸橫舍，既無專壑之嫌，仍襲舊稱，詎有爭墩之意？』質諸士論，僉以為宜。時余以南北議和事留滬上，友人無冰君與崑之賢士大夫相習，躬任規劃。因請以今傳是樓定名，余欣然從之。此為今傳是樓定名之始。閩人與亭林同籍玉峰，而亭林與健庵又誼屬甥舅，事之巧合有如此者。」

後來今傳是樓變成王揖唐的書齋名，今傳是樓位於舊時天津日租界蓬萊街（今天津市和平區瀋陽道六十六號），王揖唐在此生活了十餘年，並完成了著名的《今傳是樓詩話》。《民國名人傳》載：「王工演說，善接納。著有《今傳是樓詩話》（為民國二十二年大公報鉛印本。是作：自民國十六年起連載於天津《國聞週報》，長達數年之久，全書五百九十五則。多關史料掌故）；譯有《新俄羅斯》、《德皇威廉第二自傳》諸書。」除此之外，王揖唐另著有《近邊建置概略》、《上海租界問題》、《世界最新之憲法》及《逸塘詩存》。

王揖唐本是個才子，進士出身，國學根底深厚，安福系失意後，寓居天津，喜歡吟詠，初畏人知。在嚴範孫、趙幼梅的邀請下參加天津城南詩社活動，與舊文人相唱和。詩社曾在今傳是樓聚會，天津詩人馮問田有詩云：「今傳是樓開詩筵，將軍獨作騷壇主。曩者久耳將軍名，後無來者前無古。」王揖唐著有《逸塘詩存》，有詩二百七十二首，所收詩至民國廿九年止。該詩集於一九四一年出版，由國立華北編譯館館長瞿益鍇封面署簽，書前有李國松作序、後有門人李元暉編今傳是樓主人年譜並王氏世系表，及溥叔明題跋。溥叔明係恭親王之孫畫家溥儒之弟，是位傳統文化修養很深的詞曲作家。其時，王揖唐正處在他的人生頂點，任偽華北政務委員會委員長，風光無限。所以，前序後跋的作者，對其諛辭過甚也是可以想見的。儘管如此，該詩集於研究清末民國邦交、軍事、民俗等有重要文獻參考價值。

汪辟疆的《光宣以來詩壇旁記》中有一則〈今傳是樓主人獄中詩〉云：「近則以事偽入獄，年已七十矣。對簿公庭，噤不一言，然在獄中固嘗吟詠自遣。玩其意興，亦殊無衰颯頹唐之氣，可異也。」當時山陰陳中嶽於丙戌冬曾有酬第一典獄長吳訪丞（峙沅）一律，傳至獄中，王揖唐亦次韻奉酬。《光宣以來詩壇旁記》就收有王揖唐的獄中和詩云：「底羨醇醪酌滿樽，春風偶拂座能溫。紛紛世尚甘投石，僕僕誰猶肯到門。君昔題詩驚湜籍，我今畫虎愧嚴敦。（謂子美諸兄子）半生焦爛都無補，悔不追隨學稼樊。」當然還有其他詩多首，保留珍貴史料。

王揖唐在《今傳是樓詩話》的〈自敘〉中說：「予幼即嗜詩，遇古今人一篇一句之工，隨時採錄不少輟。」由於王揖唐本身是詩人，因此詩友相互酬唱，再加上王揖唐在政治界認識相當多名人，書中多涉及晚清政壇名流，如龔定庵、周馥、翁同龢、康有為、劉銘傳、譚嗣同、袁世凱、俞樾、李慈銘、鄭孝胥、金農、林旭、唐繼堯、梁鼎芬、陳三立、寶竹坡、王闓運、張之洞、王國維、胡思敬、林長民、陳衍、于右任、李鴻章、李經羲、徐樹錚、黃仲則、龔鼎孳、汪榮寶、樊增祥、黃侃、吳汝綸、于式枚、楊士琦、陳寶箴、章士釗、陳衡恪、蔡元培、費念慈、蔣士銓、朱啟鈐、黃遵憲、端方、梁啟超、李士棻、丁寶楨、孫詒讓、張佩綸、陳寶琛等人。王揖唐除了引錄了大量詩作外，他並述及與詩作相關的本事和掌故，這對於研究晚清歷史文化者，提供了不少珍貴的史料。

《今傳是樓詩話》在提到張之洞中年以後的詩作云：「廣雅詩中年以後之作，多有本事。犖犖大者，故老能詳，余《詩話》中前已及之。」又云：「玩其詞意，必非無病之呻。惜作者既未自箋，自亦無從索解。」但〈元稹〉一詩云：「賈誼多言絳灌傷，舊勳新進敢衡量。最憐輕薄元才子，操縱英雄綠野堂。」王揖唐認為此詩似指虞山而言。虞山乃常熟翁同龢。張之洞集中有〈送同年翁仲淵殿撰從尊甫藥房先生出塞〉詩，自注：「藥房先生在詔獄時，余兩次入獄省視之。錄此詩以見余與翁氏分誼不淺。後來叔平相國，一意傾陷，僅免於死，不亞奇章之於贊皇。此等孽緣，不可解也」云云。王揖唐說：「注語乃晚年加入，賓僚請刪，亦不顧也。」可見張、翁兩人嫌隙之深。王揖唐又說：「廣雅在外，虞山居朝，此事與晉公、元相相類。虞山自負宿望，每以新進視廣雅，兩賢相厄，殆關夙緣。錄此二詩，以見朝局，亦同光史料也。」

又如《今傳是樓詩話》引及章士釗〈題徐善伯見視戊戌《湘報》全冊四十韻〉的長詩，並謂章詩：「紀述綦詳，足徵信史，實為近數十年極有關係之作。」《湘報》是維新運動中最激進的報刊，由熊希齡（秉三）創辦，獲得湖南巡撫陳寶箴（右銘）的支持。陳寶箴是陳寅恪的祖父，為晚清重臣。陳寶箴作為章士釗的「父母官」，在湘推行新政，創辦時務學堂，對年輕的章士釗肯定產生過重大影響。章士釗這首詩披露了不少史料，關於蔡鍔的記敘就與常見的蔡鍔傳有不同之處。據湯志鈞《戊戌變法史》載，時務學堂招考有三次，首次即一八九七年（丁酉）九月，章士釗幼年多病，參加了這次考試，得以見到陳寶箴。

另外《今傳是樓詩話》是王揖唐隨手抄錄，有些詩作並未被收入原作者的詩集中，而有些詩集後來也失傳了，因此本書無形中又有輯佚之功。例如曾被任命為臺灣建省後首任巡撫的劉銘傳有文集《劉壯肅公奏議》和《盤亭小錄》，詩集《大潛山房詩抄》。《大潛山房詩鈔》刻於同治五年，多為劉氏壯歲之作，晚期詩作皆未收錄。據劉銘傳之孫劉朝敘云，劉氏解甲歸田後，「以吟詠自適」，遺詩有「數百首」之多，但今多不見，而《今傳是樓詩話》卻保存劉銘傳晚年兩首詩，可見其一斑：

得遂歸田志，君恩肯放還。解兵渡渭水，策馬出秦關。
不歷風波境，焉知世事艱。此行無建樹，羞對二華山。（其一）

秦兵不渡隴，界限總分明。我抱虛縻恥，誰將寇難平。
徒憂回紇馬，未解世人情。努力期來者，朝廷務遠征。（其二）

讀了這兩首詩對於晚年被放歸故里的劉銘傳的心境，將會有所體會。詩中暗含對當時朝政荒嬉、苟且偷安的不滿和他自己的抗爭結局。他雖解甲歸來，但壯心不泯。詩風悲壯而慷慨。

當年名作家紀果庵在〈《古今》與我〉一文說：「信手取舊《國聞週報》翻閱，瞥見《今傳是樓詩話》轉載樊樊山〈金陵雜詠〉，頗有風致」，確實這專欄當時在《國聞週報》連載數年之久，是王揖唐一生中最重要的著作。只是「卿本佳人，奈何作賊」，王揖唐因為晚節不保，當了漢奸，連帶了這書也蒙塵了。但若「不以人廢言」，其實是相當重要的著作，極具史料價值。

而原本一九三三年《大公報》版的《今傳是樓詩話》是一冊不分卷，全書只有句讀和圈點，也沒有任何標題，當然也沒有目錄。因此閱讀或找尋其中的資料甚為不便，而該書流傳亦少。後來文海出版社雖有影印出版，但仍依其舊。此次重新打字排版、點校、分段整理，甚至製作每則的小標題。並以中研院圖書館所藏的《大公報》版詳加核對，除了改正原書原有的錯字外，由於王揖唐好用僻字，有些已改為現在通行之字，有些仍然保留。這是首次以新式標點完成的繁體字版，而且編了目錄，對其中引用詩文的標題和內容完全標示清楚，對於查考或閱讀均甚為方便。又因此書所涉及的大都是晚清到民初的詩人及其軼事，而這些都是作者所見所聞者，書名則改為：「晚清民初詩壇見聞：今傳是樓詩話」，以更顯其書之旨趣。

作者序

予幼即嗜詩，遇古今人一篇一句之工，隨時採錄不少輟。欲為詩話已自遣，譬乎博奕，賢乎已也。顧昔之所嗜，或越月一變，越歲又一變矣。況以我之所嗜，能必人人同好耶？昔人於《三百篇》中欲定某句第一，各各不同也；於唐之七言今體、七言絕句，欲定某首第一，亦各各不同也；乃至如東坡七絕及《西湖竹枝詞》，欲定某首第一，亦各各不同也。詩無定論久矣。友人將以予所輯《詩話》彙集成鉅冊，屬為敘，以公諸海內。予則隨手錄存，不敢自信也。藉是貢諸大雅，俾得正其誤，砭其失，為幸多矣！

壬申嘉平月合肥王揖唐自敘

目次

一、何振岱詩有名句

閩縣何楳生（振岱），有《姑留稿》。聽水、石遺、海藏諸老，稱其能詩，清言見骨，戛戛獨造，而又不失之艱澀，亦云難矣。〈孤山獨坐雪意甚足〉云：「山孤有客興徘徊，悄向幽亭藉綠苔。鐘定聲依無際水，詩成意在欲開梅。暮寒潛自湖心起，雪點疑隨雨腳來。一飲恣情宜早睡，兩峰曉待玉成堆。」「鐘定」一聯，君為石遺書扇，滬上沈子培諸君亟賞之。余居東日，有和友人句云：「詩課怕從忙裏斷，鐘聲聽到靜時圓」似亦未經道過者。

二、何振岱詩有寄託

梀生居杭州甚久，詩亦特工。三竺六橋，時有足跡。余最喜誦其〈步尋靈隱寺書所見〉云：「長松老鬣交空翠，晚稻秋香打晴穗。人家樹頂偶雞鳴，草徑風前有遺毦。寒流細石引人深，遇澗逢橋聊一憩。鈴聲沈沈出煙際，小隊香籃馱細騎。野翁山行盡栟笠，越女村裝亦高髻。風傳唄語驚葉下，三竺相聞隔秋靄。我生於佛不知虔，偏近僧居足吟思。興來倚石立移時，看竹聽泉忘入寺。」又〈高昌廟獨步看柳〉詩云：「曳日搖風意不禁，長堤徐步盡千林。年時莫怨芳華歇，得庇行人且作陰。」亦有寄託。少陵「廣廈」，香山「大被」，皆此類也。

三、龔定庵推重秦敦夫

《龔定庵詩集》中，為秦編修（敦夫）作凡數見。所謂「蜀關一老抱哀弦」者是也。其〈柬編修詩序〉云：「編修固乾隆朝耆舊也，閱人多，心光湛然，而氣味沈厚，溫溫然耐久長。即此可想見編修之為人矣。」江安傅氏雙監樓藏有定庵致編修手札，極致推重。中云：「士大夫多瞻仰前輩一日，則胸中長一分邱壑；長一分邱壑，則去一部鄙陋。潛移默化，將來或出或處，所以益人邦家與移人風俗不少矣」云云。定庵高才不羈，官京曹時，頗有狂名，獨於耆舊，恒折節敬事。此札粹然儒者之言，老輩襟期，乾嘉風尚，於此可見，不僅詞翰之工已也。又定庵〈己亥雜詩〉一絕云：「里門風俗尚敦龐，年少爭為齒德降。桑梓溫恭名教始，天涯何處不家江。」自注：「家大人扶杖出遊，里少年皆起立。今日異說滿天下，後生以凌侮前輩為能，引年尚齒之風，掃地以盡，世變之來，尚可問哉！」噫！使定庵生今日，其感喟又當何如也！

四、周馥受知於李鴻章

建德周玉山尚書丈，由粵督致仕。晚居沽上，杜門讀《易》以終。亦喜吟詠，嘗深夜披覽不休，諸子以早寢諫，公徐舉程子語曉之曰：「不學，便老而衰。」此足為後生矜式矣。公精攝生之術，年逾八十，雖嚴寒不著綿袴。每日必作小楷，與李文忠之日習〈禊帖〉，同為老輩恒德。余最初見公，尚居青島。張弢樓、李季皋兩丈，為余談公治河理財政績甚詳，曾錄入筆記中，亦因庚申被掠失去。公初受知於文忠，亦以文字因緣。相傳公〈渡海四絕〉第三首云：「隱隱雷車蕩紫瀾，月明長嘯碧空寒。蒼煙劃斷浮雲影，多少魚龍側目看。」文忠許為大器。時蓋同治辛未，先生自滬乘輪赴津，年只三十五歲也。又有〈青島于役感懷〉一律云：「北風吹雪漫天寒，滿目滄桑不忍看。尺土尚歸周版籍，遺民猶著漢衣冠。是誰布局重重錯，相對枯棋著著難。挽日回天寧有力，可憐筋骨已凋殘。」此詩載公訃狀中。余居東日，遐盦錄以示我，其時公之詩集尚未印出也。

五、翁同龢以詩紀事

清季達宮能詩者，南皮張廣雅外，應推虞山相國。公晚號松禪老人，所著有《瓶廬詩稿》。戊戌被放後，歸隱暮廬，為詩益工。顧其時黨論方酷，忌者猶眾，畏譏避謗，情見乎詞，亦可傷矣。集中〈將之山右視筱珊姪〉云：「海程行過復江城，無限蒼涼北望情。傳語蛟龍莫作劇，老夫慣聽怒濤聲。」又〈春申舟次偶成〉云：「春申浦畔子胥祠，正是山寒木老時。四裔竟將魑魅禦，寸衷尚有鬼神知。老韓合傳誰能辨，劉李同官莫漫疑。此去閉門空谷裡，會須讀《易》更言詩。」亦係指戊戌年事，凡熟光宣廟局者，類能言之。鄭海藏有〈暮寒〉一律云：「宮中二聖自稱歡，滄海歸人感暮寒。旅力既愆時竟失，風波垂定事尤難。是非坐共微言絕，恢復終憑老眼看。料得淚痕潛漬筆，卅年密記在金鑾。」自注：「四月二十七日感事。」蓋亦為虞山被逐時作也。

六、康有為在日本須磨

南海逝矣，域內讀書種子，又少一人，知與不知，無不惋歎。庚申于役滬上，文酒往還，與君最洽。君頗珍其書，曾以聯語屏幅多種見詒，極承推重，今亦佚矣。余東渡後，賃廡神戶，愛其山水，須磨月見，屐齒慣經。君曩歲逋亡，居此亦久，篇什流傳，未可無述。其〈須磨春日二首〉云：「草長鶯飛已暮春，櫻花雲鬧盡飄茵。杏花又逐桃花落，梅子生同李子酸。幾日繁華憐歷劫，看人車馬自欹巾。杜鵑紅遍空山老，世事濃枯笑轉輪。」「水滿池塘樹滿陰，萬紅飛盡綠沈沈。雨雲朝暮黃梅熟，邱壑榛蕪紅藥深。茗荈芽銷長日磬，壺盧本擱忽雷琴。清泉白石還吾願，僻地枯禪證佛心。」又〈夏日遊須磨存簃六首〉，錄其四云：「北嶺屏開翠，東溟浪打藍。吾廬足邱壑，秋色滿松杉。撫石行攤卷，鋤花命託饞。亂離滿天地，搖落自江潭。」「俗變攻吾短，園幽得日長。閉門惟種菜，因樹且懸床。觀化〈養生主〉，無名安樂方。疏鐘送晚雨，山翠撲人涼。」「晏坐松林宴，觀時日月深。落花厚盈寸，積雨滯層陰。有欲頻觀妙，無言自證心。入遊非想定，天地聽飛沈。」「曳杖蒼苔徑，柴扉晝不開。海風吹作凍，山雨歇還來。我佛蓮花淨，故侯瓜蔓栽。葵黃好顏色，向日復何哉。」此外題詠佳什猶夥，不備錄矣。

七、康有為詠元祐黨人碑

南海為舉人時，文名藉甚。丁酉遊食廣西，廣西省城外有隆佑寺者，元祐黨籍碑所在地也。碑石至今猶存。群公方為遊賞之會，南海賦詩云：「媼相薰天錮黨人，鞭龍笯鳳已千春。即今隆佑年間路，猶為遺碑動馬塵。」氣象萬千，人皆擱筆，然戊戌黨獄，竟成詩讖矣。又某年由汴洛西行入秦，其〈過陝州遊羊角山甘棠廟詩〉云：「岧嶢羊角倚陂陀，滾滾黃流舟楫過。秋色危城蒼翠滿，依然表裡壯山河。」余於報端見之，然尚非南海得意之作。

八、康有為詠清友園

清友園在東須磨月見山之間，距大手腐纑極近，頗饒花卉，雖風景平平，一入吟詠，便增聲價。余初訪之，曾有所見不逮所聞之感。海藏有〈探梅詩〉四首，其一云：「天空海闊須磨驛，山靜日長清友園。流落中原仍世外，梅花數點憶中原。」余暇時輒喜挈室人育季偕遊，竟未有詩，亦一恨事。南海亦有〈訪清友園梅花詩〉云：「不堪風緊又冰堅，日撥殘灰度歲年。臥病時經新舊曆，出門山帶暖寒煙。聞香索笑巡林下，踏雪穿花繞水邊。百樹梅花一逋客，鬢絲禪榻忘人天。」又〈三月三十日，自須磨依山行，遊清友園，百花落矣，惟紅躑躅滿山感賦〉云：「躑躅連山碧素非，百花凋謝牡丹稀。孤芳落落殘紅秀，亂木陰陰眾綠肥。白奈欹塘人獨立，紫藤遮路蝶紛飛。天涯春盡增怊悵，時序遷流人事非。」皆佳什也。

九、詠睡詩

侯官郭匏盦丈曾炘，與友人論養生之法，以善睡為上，並紀之以詩云：「百年三萬六千場，強半銷磨在睡鄉。悟得浮生都若夢，奔波何苦逐人忙。」「東華塵土閱流年，常及雞籌唱曉先。補我蹉跎天有意，衰慵敕賜日高眠」。「安知魏晉孰為今，夢裡桃源尚許尋。卻笑宋人太癡絕，苦言事滿五更心。」「貝州破賊見精神，潞國華夷一異人。猶有流傳譙鼓句，黃紬被裡放衙頻。」「一枕沈酣百不知，魏公心學豈余欺。修成聖佛黃漳浦，真有橫陳嚼蠟時。」「五龍甘臥即神仙，可惜希夷譜不傳。一覺墜驢寧有意，陳橋笑見太平年。」數詩語多玄理，兼饒故事，亦可作養生新論讀也。余於古人詠睡詩，喜誦者亦有數首，陸放翁云：「相對蒲團睡味長，主人與客兩相忘。須臾客去主人覺，一半西窗無夕陽。」呂滎陽云：「老讀文書興易闌，須知善病不如閒。竹床瓦枕虛堂上，臥看江南雨後山。」姜白石云：「老去無心聽管弦，病來杯酒不相便。人生難得秋前雨，乞我虛堂自在眠。」皆深得閒適之趣。又王半山云：「細書妨老讀，長簟愜昏眠。取簟且一息，拋書還少年。」則意境略別矣。

十、袁大化詠懷長安

袁杏南中丞（大化），吾皖之渦陽人。改革後僑居沽上，卻掃自娛。自玉山老人逝世後，亦巋然魯殿靈光矣。君所著《撫新紀程》中，有〈過長安舊城〉句云：「山河王氣鎖關中，漢武秦皇一世雄。抔土未乾宮闕火，空留渭水自西東。」佳構也。

十一、宋至詩有真趣

商邱宋山言（至），為牧仲中丞公子。著有《緯蕭草堂詩集》，汪鈍翁為之序，盛稱其趨庭聯句之作。今觀集中所載，如〈木瓜〉、〈宋刻絲蟠桃圖〉、〈孔雀〉、〈鰣魚〉、〈紅豆〉諸什，皆詠物詩也。山言有〈聯句後復成一絕步家大人韻〉云：「投老心情喜譽兒，聯吟又把歲寒卮。極知學語多生澀，不類《斜川集》裡詩。」讀之想見承平盛事。余尤喜其〈寄示園丁〉詩云：「三春忽餘二，正植栽種期。南園隙地多，雜卉都相宜。爾無薄小桃，爾無輕柳枝。但得勤爾力，樹大自有時。昨聞園內亭，歲久將傾欹。賴此蔽風雨，須早補葺之。事前薔薇架，亦當加扶持。我髮己種種，安能常拘羈。歸去在四月，猶及聽黃鸝。」頗似學香山、誠齋者，不事雕琢，平淡中殊有真趣。

十二、張丙是「城東七子」

同邑張漁邨先生（丙），一字娛存，工書能詩，久負宿望。先君子晚出先生門下，每為述行誼甚詳。先生幼慧，十三歲賦〈明遠臺懷古歌〉，操筆立就，同邑耆碩蔡石瓢（家瑜）以神童目之。與趙響泉（席珍）、王二石（垿）、盧半溪（先駱）、吳菊坡（克俊）、蔡篆卿（邦甸）、戴疊峰（鴻恩）諸先生，酬唱無虛日，號為「城東七子」。嘉道間，吾邑風雅之盛，甲於有清。所著有《延青堂詩存》，瓣香蘇陸，兼及韋柳。陽湖陸祁孫（繼輅），秉鐸吾肥，尤雅重之。先生不得志於鄉舉，晚乃以著述自娛。祁孫題其集云：「奈何風簷中，苛論責聾聵。明珠不能言，一擲等草芥。」蓋惜之也。先生亦有〈懷師友詩〉云：「淝水《蘭言》憶舊遊，打頭學舍最宜秋。一從花向河陽種，腰折仍當惱督郵。」自注云：「祁孫學博，秉鐸吾邑，輯《蘭言錄》，以修《省志》勞勩，知江西貴溪，忤上官落職。」集中又有〈王貞女〉、〈傅貞女〉詩，皆有關鄉國風教者。

十三、張丙懷友人

先生有〈歲暮懷里門諸子〉詩，〈吳丈菊坡（克俊）〉云：「少年湖海客，老大少還家。寂寞門羅雀，虛無手捕蛇。紅橋傷破夢，（繪有〈紅橋尋夢圖〉）。優缽哭空花。燕玉謀宜早，吾生正未涯。」〈趙孝廉響泉（席珍）〉云：「蜨夢亭何似，年時與病親。鍵關避租吏，倒屣揖詞人。狂態今猶昔，交情澹益真。一門風雅集，此樂不厭貧。」（謂令嗣雲持彥倫。）〈盧同學半溪（先駱）〉云：「循陔思養志，歲入定如何。春恨忘情少，秋懷積淚多。譚詩傷語苦，說夢見心婆。（新譜〈紅樓竹枝百首〉。）應有閒題詠，歸來為我歌。」〈戴孝廉疊峰〉（〈鴻恩〉）云：「與子同磨鐵，多君獨貢金。燕臺三載別，楚雨一秋心。未遂春明夢，權歌雪雁吟。故人知念念，曾否託琴音。」（君善琴。）又有〈懷王二石表兄（垿）〉云：「造物憐才也忌才，一棺漂泊劇堪哀。梁園客散尋常事，不分無人賞雨來。」自注：「二石豪宕不羈，以副貢就職州別駕，簽發河南，不久謝世。所居笑園賞雨茅屋，今易主矣。」之數君者，皆吾邑耆宿，與先君子雅故，趨庭時習聞甚稔，錄此詩亦可以想見其為人也。

十四、張丙王城文字之交

漁邨先生詞學白石，自謂詞學與白石相類。全椒王小鶴（城），與先生為文字之交。〈題延青堂集詩〉云：「平生豈獨善談詩，度曲填詞亦冠時。偶竊一片吉光羽，已歎千秋黃絹詞。」其傾服至矣。先生集中，與小鶴唱酬頻數，有〈過全椒弔小鶴詩〉云：「難尋隨會新邱壠，愁過黃公舊酒爐。小別廿年生死隔，阜陵煙樹太模糊。」篤於風義，不僅詩工。

十五、「城東亡子」遺著多殘帙

洪楊之亂，前輩遺著多付劫灰。先生《延青堂集》，從玄孫庚叔於民國乙卯歲始克在申印行。響泉先生手書之《綠天紅雪詩冊》，余以舊存孤本覆印。其《寥天一齋詩集》四卷，暨哲嗣雲持之《雲無心軒詩集》，猶待續覓。菊坡先生晚號蔗翁，又號晚遂老人，所有著《羅雀山房詩集》，聞僅存殘帙。余最愛其〈東葛城道中〉一絕云：「衰柳殘蟬夕照閒，蹇驢得得客心間。行過東葛復西葛，看盡環滁四面山。」一簡括有唐人意。城東七子，末學小生，殆無能舉其姓字，亦可概矣。

十六、王耒詩中有畫

友人杭縣王耕木（耒），曩有「世除白髮無公道，人祇黃金有故交」句，余最喜誦之。近見莆田林西園（翰）有〈秋日雜興〉云：「中原此局算衰殘，蕭瑟江關活計難。白髮黃金雙怪物，看人老大與饑寒。」用意與耕木相同，然憤世之意，見乎詞矣。君為石遺門人，詩力甚深，時有獨到語。如「久客鬢輸山色綠，新年詩共雨聲龘」，「雜樹亂遮三面水，疏鐘閒打二更涼」。皆可入摘句圖者。

十七、劉銘傳詩有襟抱

有清中興時代，吾鄉人才輩出，李文忠、張靖達、劉壯肅其尤著也。文忠詩已摘入《詩話》。靖達詩不經見，似無存稿。壯肅少躭吟事，《大潛山房詩鈔》多壯歲之作。湘鄉曾文正作序，中謂：「山谷學杜公七律，專以單行之氣運於偶句之中；東坡學太白，則以長古之氣運於律句之中；樊川七律亦有一種單行票姚之氣。余謂小杜、蘇、黃皆豪士而有俠客之風者。省三所為七律，亦往往以單行之氣，差於牧之為近，蓋得之天事者多。若能就斯塗而益闢之，參以山谷之崛強，而去其生澀，雖不足以悅時目，然固詩中不可不歷之境也」云云。讀此可以知壯肅之詩矣。公起家軍伍，累建殊勳，撫臺之役，建議胥關大計，奏牘具存，足徵特識，惜厄於執政，未竟厥施。歸田後，養疴山中，被徵不起，甲午之挫，公不與焉。

集中〈題風雨窮途圖〉云：「午夜衝寒喚渡河，滿天風雨悵如何。一身落落誰知己，四顧茫茫且放歌。豈是蘆中人未識，恐教髀裡肉生多。畫工似有規儂意，不寫逍遙寫折磨。」又用前韻述懷，有句云：「名士無妨茅屋小，英雄總是布衣多。」頗為一時傳誦。人謂公作此圖，蓋紀微時風味，亦美談也。絕句如〈贈藎臣子務歸里〉云：「百戰澄清衣錦還，征途揮手淚潸潸。傾囊各贈千金去，只濟人艱莫買山。」皆饒有襟抱。《石遺室詩話》謂公詩「偶對甚整，仍近樂天，如『好管是非生性直，不憂得失此心寬』，『謀國已蒼元老鬢，荷戈漸白少年頭』，『士卒向人誇捷狀，黎民拱手服雄師』，『一年僅此日，萬里是前程』，皆是。」實則集中佳句固不止此。石遺曾任臺幕，於公論詩尤稔，見所為〈大潛山房詩序〉中，不贅述。

十八、劉銘傳兩首軼詩

余友荃莊最久，頗稔壯肅家世。其弟蘅莊亦盛年工詩，尤所神往。荃莊聞余有《詩話》之輯，曾以壯肅軼詩寫寄，乃〈同治十三年督師陝西，乞病歸里，留別乾陽〉者。詩云：「得遂歸田志，君恩肯放還。解兵渡渭水，策馬出秦關。不歷風波境，焉知世事艱。此行無建樹，羞對二華山。」「秦兵不渡隴，界限總分明。我抱虛糜恥，誰將寇難平。徒憂回紇馬，未解世人情。努力期來者，朝廷務遠征。」兩詩刻石秦中，亦可作詩史讀也。

十九、劉銘傳喜奕棋

壯肅吟事之外，尤嗜楸枰，往還多奕客，周小松其最著也。聞公奕詣所造頗深，特在公為餘事，遂為所掩耳。吾邑近卅年來，工奕者眾，蒯禮卿丈夙亦嗜此，友人中如張樂山（之仁）、李子幹（國棟），亦其錚錚者。惜皆早逝，不獲馳騁中原，競爭國手。近則酉陽喬梓，天事與學力俱勝，海內外早有定評，殆駸駸乎今之通國奕秋矣。

二十、譚嗣同不知樊樊山題壁詩

譚復生（嗣同），天才卓越，詩筆瑰瑋，所著有《莽蒼蒼齋詩》二卷，皆三十以前之作。君以三十又三就義，詩多散佚，吉金片羽，彌可珍貴。余最喜其〈論藝〉絕句，其一云：「意思幽深節奏諧，朱弦寥落久成灰。灞橋兩岸蕭蕭柳，曾聽貞元樂府來。」自注：「往見灞橋旅壁，塵封隱然，若有墨蹟，拂拭諦辨。其詞曰：『柳色黃於陌上塵，秋來長是翠眉顰。一彎月更黃於柳，愁煞橋南繫馬人。』讀罷狂喜，以為所見新樂府，斯為第一，而未署姓名，未知誰氏。」按此詩乃樊樊山題壁作，復生不及知也。兩君詩風神曼秀，皆可傳唱旗亭。

二十一、譚嗣同才高命薄

復生逸詩，多有佳者，〈山路〉云：「鳥鳴空谷冷，人影夕陽低」。〈舟中〉云：「穿蓬寒月勁，齧舵夜江喧。」〈晚望〉云：「暝色渡寒綠，蒼莽生空煙。」〈夢詠瀑布〉云：「手提一匹練，高掛萬峰巔。」〈蘭州小西湖〉云：「黃水挾林喧樹杪，青山勸酒落尊前。」〈山寺〉云：「雲隨一磬出林杪，窗放群山到楊前。」〈夜集武昌曾文正祠園〉云：「四面晴嵐山氣濕，一庭空翠笛聲涼。」〈感秋〉云：「滿地菊花初有雁，度關楊柳盡辭鴉。」〈詠柳〉云：「不妨俯仰隨風力，自有經論織雨絲。」〈上巳懷仲兄〉云：「江湖歸夢消長夜，風雨離愁了一春。」詩才如此，竟不假年。黨論方新，清社旋屋，人亡國瘁，感慨系之。

二十二、袁世凱《戊戌大事記》

近《華國雜誌》載有袁項城劄錄之《戊戌大事記》，係葦齋所芟次者，敘述當日政變關係甚詳盡。復生且有「非流血不能變法」一語，可謂壯矣。記有月日可考，亦治國聞者極好參考資料也，附記後此。

二十三、王人文、趙熙相交最深

滇池王采臣（人文），一字豹君。余後辛亥國變後，于役春申，過從極密。近年同隱沽上，寓室伊邇，偶後菜虀香中相聚小酌，情話更依依也。閱報端詩，見有署淡叟者，知為君作。沖夷恬靜，如其為人。君與榮縣趙香宋侍御熙交最深，有〈壬子秋七月，題趙堯生萬松深處手卷，即送南歸〉一篇，錄之：「趙子拋豸冠，所思在深谷。深谷何所有，萬壑松謖謖。世變瞬滄桑，風雲驚大陸。蜀亂天下先，聚斂叢怨讟。操舟民猶水，能載亦能覆。吁嗟四海窮，焉能永天祿。余疏傷罪言，君章空累牘。戕民以自戕，寧食若輩肉。國破遑言家，河山淒滿目。不死又經年，且醉今秋菊。壽君還送君，白髮催歸速。南榮千萬山，山山翠成簇。入山恐不深，遐想山間屋。當門補薜蘿，永日儕麋鹿。峨眉幽更幽，何時偕卜築。」又〈送趙樾村棄議職南歸〉句云：「老尚有親真至樂，生幾無地更何歸。」〈次胡藼公韻〉句云：「並世酒人殊落落，過江名士太紛紛。」又「壯氣年來消損盡，除看冰雪便風沙」，皆不能無身世之慼者。

二十四、趙熙詩最動鄉思

二十年前寓京時，友人為余盛稱香宋侍御之能詩，然未及過從也。曩曾有句云：「並世詩人欠識面，石遺香宋又蒼虯。」石遺老人固閩之詩傑，蒼虯則鄂友王君爵三稔友，雅善繪事，贈余頗夥，亦從未一見也。若論蜀中俊流，香宋固應首屈一指。海藏亦有〈題萬松深處卷子〉詩云：「入山恨不深，入林恨不密。苟非違人者，此事殆難必。去年在京師，恣意尋松棔。一訪慈仁寺，數過法源剎。當時有所詠，出語極哀裂。知音或先覺，果爾國不活。吾曹當餓死，避世未為潔。流離攜短卷，俯仰娩明哲。雲間松層層，屋頂山巘巘。世外多此境，不去定何說。君今曷自題，遣意向幽絕。夢中聞松濤，灑然解煩熱。」（自注：時堯生病瘧新癒。）君於國變後流寓海上，回川後即隱居不出。曾刻意填詞，旋亦中輟。所為詩久已流播海內。余最喜其〈送楊昀谷入蜀七絕百首〉，直可當遊記讀。寶融久宦未歸，每為余言：讀君此詩，便動鄉思。

二十五、詩友酬贈

綿竹曹纕蘅（經元），一字寶融，香宋侍御之鄉人也。名字與畢秋帆尚書適合，據云初非有意襲之，世固有此奇事。余中華校中多詩友，寶融而外，如彭醇士（粹中）、羅超凡（兆鳳）、李筱瀛（國柱）、張翰飛（鵬翎），其最著者。醇士、翰飛兼擅丹青，尤為難得。筱瀛有〈賦答纕蘅社長以漫社集見示，賦贈一首〉云：「虛谷聲聞喜跫然，繁霜初冱泬寥天。願憑樽酒陪高論，坐絕韋制補〈太玄〉。並世才名香宋後，九秋生日放翁前。（自注：陸放翁十月十七日生日，先生生辰先放翁一月。）瓣香自有眉山在，接跡《靈巖》與共傳。（自注：畢秋帆制府每歲必集賓客為東坡作生日，畢著有《靈巖山館集》，壬戌正月二十日先生客京師，亦與孫師鄭吏部同集漫社諸友，為東坡作生日。」）「香宋」一聯，以贈寶融殊切，並錄於此。

二十六、誦殘暑詩心地清涼

偶閱《石湖集》，有〈秋前三日雨〉詩：「暑殘堪喜亦堪驚，恰似沙場喋血兵。縱有背城餘燼在，能禁幾度瀉秋聲。」與放翁之「塵市尚餘三伏熱，秋光先到野人家」句，同一意境。火雲六月，偶一披誦，便覺心地清涼。

二十七、俞樾詩中有隱寓

近日盛傳曲園老人〈雜詩九首〉，京中某報且載其墨蹟，題為〈病中囈語〉。匣劍帷鐙，隱寓近事。據云稿為其女孫所得，秘不示人，《春在堂集》未及載也。中有一絕云：「英雄發憤起為強，各畫封疆各設防。道路不通商販絕，紛紛海客整歸裝。」說者謂殆為近日外僑聯翩歸國寫照。又一絕云：「張弛從來道似弓，略將數語示兒童。悠悠二百年間事，都在衰翁一夢中。」余謂山鬼尚能知一歲事，曲園飽閱滄桑，晚躭禪悅，伊川披髮，已識先幾，或不盡出於時流傅會也。

二十八、乩詩不可信

曩聞友人傳誦板橋道人乩詩四律，蹇廬遂以鈔示，乃甲子七月在京中某社降壇之作。其第四章云：「輕帆飛渡木蘭艘，風送驚濤月滿江。溢浦宵深秋瑟瑟，石鐘煙咽水淙淙。中流簫鼓從天下，一片旌旗望氣降。商婦夢啼商女恨，吹來玉笛總新腔。」說者謂頗與近事吻合。今日固中土有史以來未有變局也。以詩境論，格律高渾，固是佳作，正不得以預言少之，亦未可與《推背圖》、《燒餅歌》並論也。又近日報載余友碧夢乩詩絕句，語多不類，其亦好事者之假託乎？

二十九、李慈銘自矜於其詩

李越縵（慈銘）頗自矜其詩，《白華絳柎閣集》流傳海內，早有定評。日記手稿五十一冊，尤為君畢生心力所萃，承學之士，幾無不手執一篇者。接武厲杭，允無怍色。廣雅官京曹時，頗重其詩，稱為「明秀」。君極口不承，且有「真賞不逢，斯文將墜」之憤語。文人篤於自信，且喜相輕，亦結習使然也。君每謂：「予詩自是七古第一，七律第二，五古第三。」余尤喜其七絕諸作。

〈九日偕孫子九行湖上〉云：「競湖秋淨碧於羅，樹裡漁舟不斷歌。行到夕陽中堰埭，邨莊漸少好山多。」〈上巳日行秀州道中作〉云：「客舫新添縠水痕，征途心事不堪論。桑畦未綠春蔬長，看盡桃花到石門。」〈姑蘇道中〉云：「夜夜金閶載酒遊，家家明月水邊樓。畫船漸近簫聲細，小隊銀燈下虎邱。」〈首春玉蝀橋前書所見〉云：「長記秋波小住時，御街難得馬蹄遲。分明流水宮前影，消盡年光總不知。」〈梅雨中至申江三首〉云：「盧橘含桃取決遲，（盧橘實非枇杷，今借用之。）年來鄉味不禁思。鵓鳩聲裡絲絲雨，正是楊梅上市時。」〈渡錢塘江〉云：「江身如帶一舟杭，近指西興便解裝。七載亂離人九死，居然今日渡錢塘。」風神綿邈，信非才人莫辦。

三十、李慈銘伉直激切

越縵累試不第，納貲為部郎，久之乃通籍。故集中對此尤多骯髒之語。〈答周叔雲季貺兄弟〉云：「鑄錯已嗤秦博士，（自注：余初以貲得太常博士。）解嘲重署漢山郎。濁流何與蒼生計，虛羨朱儒粟一囊。」〈嚴寒入署戲詠示曹中諸君〉，錄其一云：「晝諾虛勞問姓名，綠莎聽少履綦聲。低眉總覺輸公等，捉鼻深慚動宦情。誰信清流爭此地，絕憐款段負平生。貲郎豈是相如意，多為淩雲賦未成。」又〈偶閱放翁詩集，多及三山紅橋。余舊居三山，又先疇所在也，慨然有作〉云：「鑄錯貲郎奈若何，渭南詩裡感懷多。三山田墅紅橋宅，換得春明一曲歌。」牢落之感，情見乎詞。

京官風氣自光緒初葉已大變，戶曹登用，較史禮為雜。貲郎大都尚聲氣交遊，造謁報謝無虛日，暇則徵歌狎飲以為常，鮮治事者。君獨鏈戶讀書，蒔藥種花，非其人不與通，經年不一詣署。尚書朝邑閻公，方嚴覆名實，下教諸郎，分日入謁。尚書坐堂皇，旁一司官執簿唱名，堂下聲諾，如點隸呼囚者然。吏持牒至，君手書累千言，責其非政體，不當辱朝廷而輕量天下士，伉直激切，如昌黎〈與張僕射書〉，走筆付吏去。閻公得書頗善之，事遂已。事見山陰平步青所為君傳。論者謂越縵之清鯁與朝邑之虛懷，韻能行古之道者。陳弢庵先生有句云：「不須遠說乾嘉盛，說到同光已惘然。」此又可以覘世變矣。

三十一、鄭孝胥早睡早起

海藏每日未晨即起，年屆七十，神王如少壯人。自云：「十餘年以來，早眠早起，寒暑無間。」尤徵恒德。有〈示石遺詩〉云：「寐叟深言夜坐非，石遺卻道宵行奇。海藏夜夜樓頭坐，恰是晨鐘欲動時。」又〈雜詩〉云：「前答為老卒，夜夜登戍樓。」皆詠此也。丁卯新歲有〈題夜起庵〉一絕云：「雞待五更能一嗢，鶴知夜半不須眠。沈吟送盡西窗月，回首東方白晝天。」余戲謂之曰：「近方做第三句工夫，但未知第四句何日實現耳。」相與拊掌大笑。

三十二、金農有詩如林和靖

錢塘金農，字壽門，三絕之譽，海內所知。君取崔國輔「寂寥抱冬心」之語以自號。所著《冬心先生集》生前手鈔，付女兒收藏，並繫以詩云：「古調泠泠造眇微，玉池清水自生肥。流傳若待官三品，誰重襄陽是布衣。」又云：「卷帙編完頂髮疏，中郎有女好收儲。帽箱剝落紅羸敝，莫損嚴家餓隸書。」亦一段佳話也。集中有〈詣庶滋上人齋堂蔬飯，望中條山〉云：「淨名已悟小輪園，紺宇精嚴一款扉。孤竹瘦於尊者相，野雲白似道人衣。何曾心地妨禽鳥，且向齋堂飽蕨薇。試上莓梯腰腳健，中條山色見纖微。」「孤竹」一聯，與林和靖「湖水淨於僧眼碧，山光濃似佛頭青」句，可謂異曲同工。

三十三、宋元時已有「打茶圍」之稱

偶讀放翁〈江樓醉中作〉，有句云：「天上但聞星主酒，人間寧有地理憂。」愛其工切。余舊有「風月一錢休用買，弟兄四海更何憂」之句，友人以為甚似放翁。又俗稱入妓館者為「打茶圍」。放翁〈城南馬上作〉云：「寄語長安眾年少，妓圍不似獵圍豪。」又元遺山〈送杜子詩〉：「北渚曉晴山入座，東原春好妓成圍。」是在宋元時已有此稱矣。

三十四、程恩澤開有清詩體變局

有清一代詩體，自道咸而一大變，開山之功首推吾皖歙縣程春海侍郎。君以巍科官輦下，崇尚樸學，風采隱然，為一時重。詩宗昌黎、雙井，所詣亦可方駕籜石齋。海內推儒林祭酒者，阮儀徵外，輒首及侍郎。年未中壽遽卒，然其流風餘韻，固已沾溉不少矣。典黔試時，得人最盛，鄭子尹（珍）及其門。侍郎詔之曰：「為學不先識字，何以讀三代秦漢之書」。乃致力於許、鄭二家之學，旋又相從湖南，故其為詩濡染侍郎者獨深。何道州（子貞）亦侍郎門下士，光大師說，與有力焉。先後其間者，則為祁壽陽、曾湘鄉諸公，遂開有清詩體之變局。《壽陽集》中有〈春海以山谷集見示，再疊前韻〉云：「貽骨能追李杜豪，肯從蘇海乞餘濤。但論宗派開雙井，已是綏山得一桃。人說仲連如鷂子，我憐東野作蟲號。蝤蛑瑤柱都嘗遍，且酌清尊試茗醪。」此可見當日之風尚矣。

三十五、程恩澤遺集

侍郎遺集，乃平定張石舟（穆）所編次者。詩凡四卷，近日坊間已不易覓。集中有〈合肥城外別家三弟惠浦〉云：「金斗城邊路，先人有舊蹊。（先大夫少時依合肥令張蓀圃先生讀書縣衙。）聯牀非意料，騎馬又分攜。恩戴三山重，文愁五色迷。歸途傾菊酒，重聽汝南雞。」乃與吾邑遺獻有關者。又〈題黃小谷畫二絕〉云：「楚楚丹黃壓樹鮮，疏疏籬落帶花妍。緯蕭亦有江干屋，吹破西風已十年。」「杏花艷艷柳柔柔，屋角春禽促駕牛。縱不有秋聊自樂，絕勝辛苦覓封侯。」二詩余亦喜誦之。

三十六、譚嗣同論學詩

陶靖節詩，真西山稱其原本經術，最為特識。譚復生〈報劉淞芙書〉亦云：「學詩宜窮經，方不為浮詞所囿。後《陶集》既驗其然，即有宋儒先以質理為詩，至為才士訾詬。然平心論之，惟《擊壤集》中有過於俚率者。至朱子陳白沙，於聲調排偶之中，仍不乏超然自得之致，此詣又何可幾及」云云。持論平適，適獲我心。人謂復生才氣橫溢，涵養未至者，殆又未窺全豹矣。

三十七、周學熙大隱於市

建德周止盦（學熙）為玉山老人之季子。人但稱其精於理財，而不知詩詣之深，亦遠邁並時流輩。比歲謝去塵務，相羊山水，青鞵布笠，大有少伯泛湖之風。卜築大連光風臺下，屋小如舟，高曠可想。今春與余有海上觀櫻之約，余寄詩柬之，有「避世光風鋤菊徑，傳家秋浦〈愛蓮圖〉。青山咫尺勞招隱，遲我花期手一壺」之句，君懸之山齋中。把臂入林，信有夙契。

三十八、周學熙寢饋陸放翁

止盦詩不輕示人。聞所至以《《劍南集》》自隨，且為精鈔本。寢饋既深，自然閒適。潛夫錄示其〈題邵慎亭冊子〉一律云：「浮生已是再眠蠶，俯仰乾坤入夢酣。風捲落花紅片片，雨沾新柳碧毿毿。蔬齋一缽忘兼味，茅屋三間當住庵。何日得尋雲水去，芒鞋竹杖遍江南」。亦近作也。

三十九、汪精衛題帖詩

津連往來，以長平九為最適。須鼻船長，款客尤殷，且喜誦余詩，屬書近作，必得請乃已。所藏《雲煙帖》一冊，余及合肥執政、芳澤公使諸人，韻為題墨。近與周止庵同舟返津，渠聞余述止庵行詣，復以為請。止庵為書「大海有真能容之量，明月以不常滿為心」十六字，蓋紀前一夕余與止庵舟中賞月時實景也。時距月望，尚有五六日，故有此語。本地風光，並見襟抱。帖中有汪精衛所書〈西湖舊作〉一首，錄之：「臨流莫笑影婆娑，一月西湖得再過。煙斂波光如薄醉，日融山色似微酡。疏鐘渡水無歧瀨，落木攢空有靜柯。短棹夷猶亦徒爾，累他汀雁戒心多。」精衛夙嗜文學，書亦娟秀，「汀雁」一結，尤見作意。憶乙丑春，初訪余後沽上明石寓廬，暢談約兩小時，並斤斤以剖白非赤化為幟志，忽忽已三年矣。一翻閱間，回首前塵，能無棖觸？

四十、王懿榮別耽風雅

福山王文敏（懿榮）庚子之難，闔門殉節。有清中葉，朝士精鑒，別耽風雅者，吳縣潘文勤（伯寅）、常熟翁文端（叔平）外，惟公手采隱然，為一時重。集中有〈請續修四庫全書〉一疏，略稱：「考據一門，後來居上，藝數之流，晚出愈精，亟應續纂。」事雖未行，頗徵特識。所為詩五卷，多行役遊覽之作。〈馬嵬驛〉云：「碧落黃泉何所期，世間更莫怨生離。石壕邨裡夫妻別，猶有天涯相見時。」婉約有風人之旨，亦前人所未道過者。

四十一、張謇三人聯句詩

通州張季直（謇）、范肯堂（當世原名鑄）、朱曼君（銘盤），韻以樸學齊名。印駈相依，藝林爭羡。有〈哀雙鳳〉五言排律，流傳一時，亦一段佳話也。序曰：「雙鳳，如皋倡也，與許生有委身之誓。許貧，不能如假母欲，過從遂簡。母既怒鳳不悅他客，甚笞，苦之。鳳竟以憂，將死，屬曰：『收我者許也。』吾儕哀而為之詩。」「二月江南柳（盤），風條踠綠蕪。枇杷門巷在（謇），裙屐酒尊逋。無意逢花落（鑄），何緣救草蘇。為君數前事（盤），愴我鬱嗷籲。碧玉家原小（謇），紅兒貌不殊。鳳饑梧粒瘦（鑄），蟲蝕蕙根枯。絳樹雕闌出（盤），青羅寶鏡摹。彈箏愁浪子（謇），抉酒倚香奴。鬼卦金錢卜（鑄），歡情斗帳腴。纈雲方空曉（盤），璫月著難敷。含睇羞團扇（謇），緘盟結繡襦。郎來鸜鵒覺（鑄），夢淺碧鸞扶。半臂宵寧冷（盤），雙飛願忽孤。縉綈窮贖蔡（謇），毐冒獨棲盧。豈悔偷靈藥（鑄），終難並鄂拊。隔簾牛女怨（盤），遞簡角張迂。強笑成歌舞（謇），華妝泣粉朱。縱搖雕玉佩（鑄），未剖赤心符。宓枕推遺植（盤），蘇臺誓托吳。露蓮秋後苦（謇），霜菊影邊癯。一病秦醫拙（鑄），千行楚淚俱。名駒猶惜骨（盤），靈鳥竟辭筊。宛轉卷葹拔（謇），淒涼杜宇呼。命殘留鈿合（鑄），肌暖待襜褕。誰道城南豔（盤）。能從陌上夫。百金豪客瞷（謇），九鼎美人軀。往者曾平視（鑄），今來失彼姝。芙蓉慳晚墮（盤），蘅芷際春徂。錦瑟鴛弦盡（謇），香泥燕壘無。欲銘羅襪塚（鑄），更涕博山爐。滄海填精衛（盤），窮陰種橐吾。天涯感淪落（謇），回首重躊躕。」哀感頑豔，蕩氣迴腸，亦可想見三君少年時才藻之盛矣。

四十二、田延年詩戛戛獨造

老友渾源田君子琮，共事春明，投分最久。詩學玉溪，尤多心得。去夏君與遼陽袁潔珊過余沽上寓廬譚詩，席間於玉溪〈無題〉諸作，頗有新解，顧操晉音，不能盡曉。然其致力甚深，固無可疑也。君之尊人友羲丈延年，為山右宿儒，少有才名，中年始刻意為詩，故取高達夫五十能詩之意，顏所居曰希達齋。所著有《希達齋詩存》上下兩卷。長沙陳伯平中丞啟泰稱其「淡靜簡古，即其詩可想其人」。〈早春遊望〉云：「蝶飛雙影亂，身健一筇閒。野水碧於樹，夕陽紅到山。」〈暮春感事〉云：「春原似客留難住，老不如人後可知。」〈早秋訪菊〉云：「傲骨自存霜未至，黃花也受夕陽恩。」〈山中小愒〉云：「潭影搖天動，鐘聲出樹遲。」

〈詠松〉云：「無人賞貞節，只為太支離。」〈讀史戲題〉云：「莫謂錢神奈我何，回天奪命總由他。昭君去國文姬返，都是黃金力量多。」又〈觀海〉斷句云：「氣吞赤日一丸小，水浸蒼天四面低。」〈即景〉句云：「雨濕紅開蕾重重，風吹綠上草頭明。」皆能戛戛獨造，不落恒蹊，且為一時傳誦之作。集中長篇甚多，表彰遺佚，胥關風化，不及備錄。子琮學行並美，原奉趨庭，比之壽毛，洵無愧色。

四十三、楊庶堪閒居作詩

巴縣楊滄伯（庶堪），蜀才中之錚錚者也。覃研詩學，致力頗深，一長秋曹，旋即引退，掩關息影，吟諷自娛。近寫示近作，多閒居味道之語。〈雪後作〉云：「都門雪後生清冷，燕坐讀書但煮茶。晚愛蕭疏有庭樹，靜聞剝啄似山家。已判居士從摩詰，無復仙人問少霞。一卷《多羅》了群慮，如勘塵夢半空華。」又〈聞人說故鄉戰事作此謝〉之云：「一室靜諸緣，齋心禮佛前。法雲想十地，明月證初禪。河岸遙聞戰，鄉關久隔年。祇今思鷲嶺，無計勒燕然。」深人無淺語，輒疑嚮者相知不盡。君有〈論詩絕句百首〉，方在屬草中，遺山、漁洋有嗣響矣。

四十四、奚侗詩近散原

奚度青（侗），皖當塗人。石遺《詩話》稱其「為詩面目，頗近散原」，蓋宦遊白下，與散原較稔也。〈登北極閣〉云：「野氣蒼涼秋日瘦，山靈顦顇劫灰多。」〈中秋西園〉云：「今夕何年天不語，故人無恙酒初溫。」〈師山春望〉云：「重煩春媚我，失喜杏交花。」〈辛酉守歲〉云：「壯懷漸惡仍今夕，淺醉初消又萬端。」〈上巳〉云：「勾當春色憐遲暮，徒倚花枝換笑顰。」皆能似散原之面目者。近寄余〈五十生日述感五首〉，中有句云：「學儒病在陋，作吏恥未循。宇宙偶著我，細若空閒塵。生滅一交臂，何者堪寵珍？同業起情愛，成就憂患身。」哀樂中年者，固當同此感觸也。君累宰大邑，以循能稱。所著有《莊子補注》，頗多發明，蓋能已經術飾吏治者。詩詣之深，特其餘事。

四十五、晏殊愛才

詩有與詞並見者，宋晏元獻詩「無可奈何花落去，似曾相識燕歸來」二句，本為〈示張寺丞王校勘〉七律腹聯，後又以入〈浣溪紗〉詞，即其例也。元獻初得上句，彌年未能對，王琪為對下句，元獻大喜，自此辟置館職，遂躋侍從。王之才固足稱，元獻愛才之雅，尤為難能云。

四十六、龔定庵推崇姚學塽

《龔定盦集》於歸安姚先生極致推崇，詩亦數見。按姚名學塽，字鏡堂，學問贍博，品尤高潔。官京師數十年，寓破廟中，不攜眷屬。趨公之暇，以文酒自娛，朝貴罕識其面。曾典貴州鄉試，門下士饋贄金者力卻之，惟贈酒則受。因是貧特甚，出不乘車，隨一僮持衣囊而已。所服皮衣冠毛墮半見其鞹，每踽踽行道中，群兒爭指笑之，先生夷然自若也。嘗賦〈梅子詩〉云：「臭味偏於吾輩近，風懷莫遣女郎知。」一時推為絕唱。其他佳句，如〈謝人送菜〉云：「但使斯民無此色，願教我輩味其根。」〈送閔貢甫之揚州〉云：「養志未須嫌祿薄，讀書大好是官閒。」皆清妍絕俗，不落理障。事見桐鄉陸以湉《冷廬雜誌》中。先生本以樸學清標，為一時模楷。定盦有〈柬王徵君暖鈴，並約其偕訪歸安姚先生〉云：「歸安醰醰百怪宗，心夷貌惠難可雙。徵君力定乃其亞，大呂應合黃鐘撞。」又云：「歸安一身四氣有，舉世但睹為秋冬。亟拉徵君詩姚子，高山大壑長相逢。」即詩可想見先生之學養矣。

四十七、姚學塽為浙賢尹重

先生官兵部久，僦居宣南水月庵。定盦〈柬陳碩甫（奐）並約其偕訪歸安姚先生〉云：「枯庵有一士，長貧顏色好。避人偕訪之，一覯永相保。」殆指庵居而言。桐廬袁忠節（爽秋）亦有〈過水月庵有懷姚鏡塘先生〉云：「一片空明水月居，枝言春雨灑根株。道光朝士狂標格，庭翠今餘柏子無。」先生之為浙賢引重如此。蕭條異代，景慕攸同，載筆及之，亦藉以矜式頹俗也。

四十八、吳偉業有「詩史」之稱

定盦有〈三別好詩〉，方百川《遺集》、宋左彝《學古錄》外，其一即吳駿公《梅邨集》也。詩云：「莫從文體問高卑，生就燈前兒女詩。一種春聲忘不得，長安放學夜歸時。」梅村詩格不高，無庸為諱，然江左三大家中，要推鹿樵第一，且不僅詩工，題目亦好，擬之詩史，亦足當之。昔賢詠梅邨詩最著者，附錄於此。吳江王載揚（藻）云：「百首淋漓長慶體，一生慚愧義熙民。」嘉定金繩武（慰祖）云：「兩代詩名元好問，畢生心事沈初明。」可謂異曲同工，然亦不無微詞矣。梅邨出山，侯朝宗嘗遺書力阻，後有〈懷古兼弔朝宗詩〉云：「死生總負侯嬴諾，欲滴淑漿淚滿襟。」又臨歿詞云：「故人慷慨多奇節，為當年沈吟不斷，草間偷活。」千秋遺恨，識者哀之。

四十九、林旭才高命蹇

有史以來，年少能詩，卓然可傳者，唐惟李賀，宋惟王逢原。逢原十餘歲，王介甫見其所賦〈南山之田〉詩，大喜，期許甚至，以其夫人之女弟妻之，年甫二十有八卒。向使克躋中壽，其所詣寧可量耶。近賢如侯官林暾谷（旭），卒年僅二十四歲。以詩格論，亦庶幾卓然成家者，而得年反不及兩君。且東市沉冤，遭逢更酷，亦可哀矣。暾谷魁鄉薦第一，年才十九。入都後，才名藉甚。三上公車不售，發憤為歌詩，取徑苦澀幽僻。石遺謂為「春夏行冬令，決非所宜」。言為心聲，固有不可掩在耶。所著《晚翠軒遺詩》二卷，李拔可（宣龔）輯行，石遺為之序。

集中〈滬寓即事〉云：「獨謠負手誰能喻，百計安心或未賢。」〈戊戌寄內〉云：「六月長安無一事，借人亭館看西山。」皆極有神理。海藏謂為「如啖橄欖」，可謂確評。君致命後，海藏輓詩云：「談笑臨刑亦大難，道旁萬眾總汍瀾。書生自說君恩重，廿載頭顱十日官。」「樓東詩老暗迴腸，客慧空花亦太狂。晚翠軒中人盡去，嘉名端合與孤孀。」兩詩皆海藏未刊稿。君配沈鵲字孟雅，為濤園中丞之女，亦以能詩名，著《崦樓詩詞集》一卷。君歿後，哀毀逾歲卒。海藏詩所謂「嘉名端合與孤孀」者，蓋不勝惋惜之意矣。

五十、詩中善用「火」字

項里在山陰西南，多楊梅，王性之〈賦項里楊梅〉句云：「只今枝頭萬顆紅，猶似咸陽三月火。」《白石道人集》中曾載之。弢庵先生有〈宿獅子窩因過秘魔巖〉詩云：「秋深赴霜林，常恐風先我。誰知前夕雪，斷送陸渾火。」獅窩紅葉最佳，一夕霜風，零落殆盡。兩詩善用「火」字，體物最工。

五十一、王國維覃精漢學

海寧王靜安（國維），別字觀堂，以丁卯五月二日自沈於昆明湖內魚藻軒側，亦今之傷心人別有懷抱者。君覃精漢學，旁及雜家，其著作已刊行者，久已流傳海內外。歿後日人橋川氏主撰之《文字同盟》，為編印追悼專刊。吾國學人，日趨凋落，闓肆如君，憔悴以死，黃鳥之哀，有識同恫。余與君民八、九年間，曾於滬上愛儷園數數相見。比歲君都講上京，心儀尤切。商量舊學，又失此人，痛何如之！君歿後輓詩甚多，寶融有「萬口爭哀書種絕，一池猶是鼎湖遺」句，亦實錄也。

五十二、陳寶琛詩何減西崑

壬子、癸丑間，靜安有〈頤和園曲〉七古，頗為一時傳誦，蓋學梅邨體者，見《觀堂集林》中。歿之前為人書扇，中有「委蛻大難求淨土，傷心最是近高樓」之句，死志之決，即此可知。都下報紙，多以為錄李義山作。人以詩工，亦不暇考，實則乃摘錄陳弢庵先生詩也。近見弢老為華陽喬君書扇，並識之云：「已未次韻澤公落花之作，靜安致命前一日，取其後二首為人書扇，相感之深，彌益於痛。傳者乃誤以為玉溪之詩，何淄澠之不辨耶。」

原詩共四首，錄之：「樓臺風日憶年時，茵溷相憐等此悲。著地可應愁踏損，尋春祇自怨來遲。繁華早懺三生業，衰謝難酬一顧知。豈獨漢宮傳燭感，滿城何限事如棋。」「治蜂癡蝶太猖狂，不替靈修惜眾芳。本意陰晴容養豔，那知風雨趣收場。昨宵秉燭猶張樂，別院飛英已命觴。油幕綵幡竟何用，空枝斜日百迴腸。」「生滅元知色即空，眼看傾國付東風。驚回綺夢憎啼鳥，罥入情絲奈網蟲。雨裡羅衾寒不耐，春闌金縷曲方終。返生香豈人間有，除奏通明問碧翁。」「流水前溪去不留，餘香駘蕩碧池頭。燕銜魚唼能相厚，泥污苔遮各有由。委蛻大難求淨土，傷心最是近高樓。庇根枝葉從來重，長夏陰成且小休。」即以詩論，何減西崑。

五十三、秦樹聲負才使氣

故人固始秦宥橫（樹聲），別字晦明，中州奇士也。負才使氣，前無古人。晚歲尤自矜書法，且喜談時事，鬱鬱以歿，士林惜之。常自榜門聯云：「四壁圖書生葬我，千秋孤奇冷看人。」此可知其旨趣矣。君為寶融書扇云：「烏咽中流水不流，知君清坐不勝愁。魯戈過眼空三舍，宋鐵傷心盡六州。自古武夫避黃髮，後今吾道屬蒼頭。人間會有蟾蜍壽，書劍臨風涕未收。」蓋丁巳五月廿三日作者，亦感事詩也。又乙丑京師江亭禊集，君分韻得「妓」字，成五古一首云：「天場屠乖龍，荒亭曖元巳。誰與舞東風，零落拓枝妓。」寥寥數語，頗肖昌谷。君之為詩，皆此類也。

五十四、秦樹聲好用駢文

君任滇臬，與吾鄉李蛻庵督部論事多不合，旋調嶺南提學，瀕行和蛻丈詩，有「劉　中夜聞雞枕，祖逖明朝上馬鞭。」頗為人傳誦，然傲兀之氣，亦可於言外見之。友人云，君在滇言事，每用駢文，詞旨奇詭，大府苦之。此亦官牘中之刱格也。

五十五、周善培苦吟成癖

老友諸暨周孝懷（善培），今之陳同甫、葉水心一流人物也。海上相見，其喜可知。君苦吟成癖，故不多作，然每作必有獨到語。如〈移家大連，愴懷滬居有作〉云：「兩地松楸成隔世，十年花木正當春。窮途始識鷦鷯樂，誰庇漂搖喪國民。」淒苦之詞，不忍卒讀。寶融有柬君一絕云：「兵間脫命劇酸辛，頗訝芒鞵帶戰塵。佳處茅庵留一畝，使君宦橐本來貧。」蓋能知君生平者。

五十六、周善培詩有新亭之感

大連佳處，以星浦虎灘為最。郊外可遊之地亦多，惜梵宇甚少，訪僧更寥寥矣。孝懷每繩凌水寺之勝，並紀以詩云：「獨有遊山興未灰，攜兒十日到三回。風傳松籟如人語，春誤梨花至夏開。欲識無生參木石，且容偷活向蒿萊。楓林為訂清秋約，莫負朱顏數數來。」項聯極見作意，深人固無淺語。寶融極喜誦之，贈詩云：「野寺短笻頻獨往，南山霧豹詎終藏。詞人漸老朱顏在，待賞秋林九月霜。」君所居在大連霧島町，南山近在几席，故寶融詩中及之。君又有〈遊熊岳雨中作〉云：「三島聰明慣作園，因松借石柳為垣。近鄉風物天皆厚，無主山川客自尊。一夜雨添平地綠，已寒心得暫時溫。山孤也作遼東客，江上波濤那可言。」自注：「其地有名小孤山者。」「近鄉」一聯甚佳，殆又不無新亭之慼矣。

五十七、鄭孝胥輓江標

元和江建霞京卿（標），亦戊戌政變史之人物。君於甲午奉命視湘學，毅然以開通風氣自任，湘中士習為之一變。《靈鶼閣叢書》，即當時校印者也。湘人刊《翼教叢編》，於時賢多所詆諆，卻無一字及君，亦徵公論。君詩不多見，〈題孫子瀟先生雙紅豆圖卷二絕〉，錄其一云：「嘉道風流在眼前，一函贏得百詩篇。人間盡有雙紅豆，誰向東風祝妙年。」殊清雋可喜。

君與閩縣鄭海藏，同於戊戌以京卿被命。旋於是年八月被放，隱居滬上，以醇酒婦人自娛，不及一年，遂捐館舍。海藏有〈聞君卒於蘇州慼賦二首〉云：「西北空嗟倚蓋傾，傷心君子共時名。先登已作行間氣，定論終推牖下榮。著述早成酬短景，風流頓盡薄餘生。蘭膏煎後天年天，一歎吾徒意未平。」又云：「詔書夕下震朝端，江鄭同登世所看。不出固應全首領，獨存真欲裂衣冠。龍顏日角縈魂夢，玉宇瓊樓警歲寒。極目茫茫天又闊，淚河莫為助波瀾。」「江鄭同登」句，亦政變史中之一掌故也。

五十八、誤寫姓氏，以詩諷之

建霞督湘學時，有縣令某通書誤江為姜，曾賦答一律，有「釣竿不是生花筆」之句，頗為一時傳誦，餘則久忘之矣。偶閱報載某君詩話，謂嘉善錢南樛先生為言，清時其鄉人黃某官廣東惠嘉湖道，有才名。其友致書，封簡誤黃為王，黃因報以一詩云：「江夏琅琊未結盟，草獨三畫最分明。伊家自接周吳鄭，敝姓原連顧孟平。須向九秋尋菊有，莫從四月問瓜生。右軍若把涪翁誤，辜負籠鵝道士情。」此詩滑稽典雅，與江詩異曲同工，附錄於此，聊發軒渠。

五十九、唐繼堯詩虎虎有生氣

滇池唐蓂賡（繼堯），與蕭縣徐又錚（樹錚），皆吾輩同學中之錚錚者。蓂賡與余同時入金澤聯隊中，眠食與共，交期尤切。其為人也，厚重和靄，殆由天授。當改革後，治軍滇黔，刻苦沈摯，譽問頗隆。北庭詢問西南人才，余輒以蓂賡應。癸丑之役，與松坡共事，軍書旁午，嘗徹夜無眠，倦極則合目片刻，即能治事如常，精力之過人如此。十年以來，君於余書問頻數，雅承推重，余亦以遠大規之。顧論者謂君二次返滇，日即驕侈，頗府民怨，以此信譽亦為之銳減。富貴之移人歟？憂患之中人歟？然初不料其竟以瘵死也。君本不以詩名，而詩卻如其為人，虎虎有生氣。

嘗自慶遠寄其親近某君數首，中多警句。〈西江舟中〉云：「十載浮名誤赤松，無端平地起英雄。大江流月波翻白，老樹凌霜葉吐紅。放眼以觀塵世小，開襟一笑海天空。滄桑棋局知多少，又看旌旗在眼中。」〈象州夜泊〉云：「橫槊江流望八荒，澄清依舊仔肩當。社城狐鼠應須伏，山澤龍蛇漫久藏。」〈步鄭炳然遊柳侯祠韻〉斷句云：「驅癘但憑三尺劍，救民都仗一驊騮。」又〈和鄭炳然元旦感事韻〉後四句云：「雲樹漫忘歸倦鳥，漁磯猶望起飛熊。凱歌春酒香仍冽，共醉華山翠海中。」此詩疑即二次返滇時作。君曾著《言志錄》，君署東大陸主人。有人謂錄中有「橫行到處可為家」之句，雖一時豪語，殊乏緩帶輕裘之致。尉佗南越，聊以自娛，殆亦地域囿之耶？末路蹉跎，又知交所同痛矣。

六十、白話入詩

白話入詩，本無不可，《詩三百篇》其泰半皆當日之白話也。即如「我聞有命，不敢以告人」。以今語體衡之，仍白話耳。唐李白戲杜甫云：「借問別來太瘦生，總為從前作詩苦。」歐陽永叔謂「『太瘦生』，唐人語也。至今猶以『生』為語助，如『作麼生』、『何似生』之類是也。」永叔又嘗譏某達官「有祿肥妻子，無恩及吏民」一聯。白話詩又寧能盡佳耶？

六十一、歐陽修表彰佳句

好句如「風暖鳥聲碎，日重花影重」，「柳塘春水慢，花塢夕陽遲」，「麥天晨氣潤，槐夏午陰清」，「雞聲茅店月，人跡板橋霜」。固為有目共賞，然六一表彰之功，政自不淺。

六十二、拜倫詩哀感頑艷

英國詩人擺倫之詩，最膾炙人口者，為〈留別雅典女郎〉四首，吾國譯本，已數數見之。實則其集中佳什尚不少，如少時〈弔碧伽女士墓〉一篇，中有警句云：「萬木無聲兮風寂寂，黃土一抔兮血痕碧。草自芳兮花自紅，我所歡兮今在帝之宮。帝亦無情兮，遽奪予之愛儂。」哀感頑豔，無愧西方溫李。姑錄此以備一格。譯筆卻佳不知出自何人，當續考之。

六十三、何震彝壯負才名

同年江陰何震彝（穆態），別字鬯威。著有《鞮芬室詩》一卷，今之能作宋詩者。〈示馮丹崖〉云：「忍俊無言意可傷，孤懸冷眼看滄桑。商量舊學存千是，料理名山值一狂。廝養有才儲北里，侏儒微飽傲東方。早知識字愁根蒂，放手為文更不祥。」〈樓陰〉云：「樓陰曉望一欣然，夕照微殷落酒邊。倒吸山光分積潦，碎分霞影散諸天。林間暗雨晴猶滴，階次疏花墜更鮮。為語城頭霜鬢叟，承蜩抱甕亦多緣。」〈幕府〉云：「幕府文書束閣塵，枝官聊許乞閒身。築毬裁扇還三月，煮茗焚香忘一春。疏樹著煙偏易密，新苔經雨又成陳。中原車蓋縱橫地，應有牆東避世人。」諸作皆清新可喜。

君為余友德化李木齋之婿，蓮舫太守栻之文孫，少承家學，壯負才名。陳散原贈詩，所謂「爾祖光輝動鄉國，後生傳述不能忘」者是也。余與君交誼頗篤，從前每過春明，必圖譚讌。迄後入為郎曹，佗傺不樂，以丙辰逝世，年尚未及四十。遺集梁眾異序之，謂其「清而能腴，樸而能綺」。洵非溢詞。君嘗輯閩縣王貢南（毓菁）、揚子陳移孫（延韡）、甘泉閔葆之（爾昌）之詩，為《一微塵集》。之數君者，皆以能詩名。偶見移孫〈和邕威見奇韻〉云：「詩篇要似柏青青，不與嚴秋萬木零。紫燕黃鸝春未已，哀弦獨繭可能聽。揚州花憶何郎閣，北地園如柳惲汀。過雁得傳千里信，青天遙寫一張屏。」亦佳什也。

六十四、楊壽潛傲兀自喜

山陰湯蟄僊（壽潛），與鄭海藏、張嗇庵，在清季韻以鼓吹憲政，為時所稱。宣統初元，簡授江西提學，君力辭不就。散原贈詩，所謂「飛書萬行淚，卻聘五湖船」者是也。君有〈過錦州〉一律云：「壯遊老未忘醫國，似此雄藩袖手過。出塞山疑天子嶂，繞城水是女兒河。地猶沙礫耕桑少，人到幽燕感慨多。隔岸遙東一衣帶，幼安皂帽近如何？」詩卻傲兀自喜，如其為人。友人徐炎東為余誦之。海藏有〈自大連灣至奉天〉一律，結句為「幼安蹤跡殊難測，見尾神龍論未工」。二句亦善用幼安故事，乃己酉冬盡日之作也。此詩今見集中。偶閱朱彊邨詞有〈望海潮〉一首，為海藏作者，注云：「太夷秋晚度遼，舟中賦〈小海唱〉三篇見寄。有云：『用遼猶足支天下，北睇雲山萬疊青。』又云：『待我橫流聊濁足，賭將黃海與君看。』度非虛作壯語也」云云。兩詩集中已佚，讀之猶可想見擊楫渡江氣概。今海藏老矣，意氣之盛，寧減當年？

六十五、潘存博學多通

清咸同間有嶺南三孝廉者，文昌潘孺初戶曹（存），及鄧鐵香鴻臚（承修），遂溪陳逸山農部（喬森）也。孺初獨行卓識，尤為士論所推。官京師時，袁忠節（爽秋）、梁文忠（節庵），韻敬事之。梁有〈訪潘孺初丈雷瓊館有贈〉云：「雪殘萬念入支頤，羈羽沈鱗共一時。瘦固勝肥誰則覺，生何如死世還疑。棋當危局須心力，花到良辰已鬢絲。每恨古人吾不見，掃除獨見閉門時。」節庵遺詩中，為孺初作者凡數見，且韻佳，不亞海藏之於顧五（子朋）也。惟時韻複押，疑錄本有誤。袁有贈詩斷句云：「疏星夜見匏瓜朗，幸相何為失此人。」其推挹可想。君博學多通，尤精筆法。宜都楊惺吾（守敬），常從之問金石之學，得其餘緒，遂以名家。咸同朝士之闇修者，君當首屈一指云。

六十六、陶然亭有今昔之感

京師陶然亭，亦稱江亭，為宣南觴詠之地。楹聯雖多，卻少佳者。曹習庵（文虎）云：「穿堞小車疑泛艇，出林高閣當登山。」寫景工切，吾何間然。海藏亦有〈辛亥二月二十二日集陶然亭詩〉云：「江亭佳處在一曠，十丈車塵隔人外。下車登閣似登山，步步層層帶吟思。林稍草根動黃綠，觀闕遙空隱舟翠。清談何必遽流涕，坐送斜陽足餘味。小丘迤北特孤聳，於此置樓有殊致。若能張鏡吸山光，臥看方知勝閒對。」凡熟遊江亭者，固無不知此詩之妙也。亭本大悲庵舊址，曩有住持，乃一盲僧。弢庵先生清季入都作云：「盲僧能說同光事，歌者何戡恐亦無。」張廣雅云：「看山終礙橫城闕，有屋猶應勝黑窰。曾是千場觴詠地，酒邊腹痛頓思橋。」皆不能無今昔之感者。

六十七、工於寫景之詩

長沙周荇農（壽昌），有〈過崇效寺車中得句〉云：「沿塍路曲微藏寺，撲面山多欲入城。」皆工於寫景者。與張詩舲（祥河）〈題龍樹寺〉句云：「風前萬葦綠成海，斜日西山黃到樓。」可謂異曲同工。嚮見此類斷句甚多，惜不能備舉也。

六十八、簡朝亮邈然高厲

梁節庵遺詩，有〈為寄題簡竹居讀書草堂五首〉云：「腹中萬卷可支餓，世上點塵不到門。至念陳（樹鏞）康（祖詒）天下士，一嗟無命一分源。」「迎陽故作軒窗敞，耐冷還依水石嚴。今日承平無箇事，乾龍不必問飛潛。」「高密通儒經傳熟，濂溪老人風日溫。諸子紛囂無用處，始知南海此堂尊。」「多種竹松扶士氣，閒論禾稼識農功。旁人莫訝先生隱，儒者勳名本不同。」「別來滄海還多夢，老去茅庵尚未成。絕羨武夷精舍好，談經何日罄微誠。」竹居名朝亮，南海諸生，蓋今之粵中有數學者也。君與同里康更生，同出朱九江先生門下。閒居講學，造就綦宏，不騖聲聞，邈然高厲，以故士論尤交重之。

南海有懷君詩云：「我有同門友，青雲絕世塵。大師傳嶺表，學道共河汾。帶草空山老，藜床避地頻。康成多著述，濁世贋儒真。」即此可想見君之為人矣。君所著有《讀書草堂詩》。〈客館邑中曾氏草堂〉云：「板橋松路入莘邨，小任疏林近水園。好鳥呼人多種樹，閒花行影自知門。遠看野色過春饁，倦止書聲話晚尊。笑我邑人還是客，客居初作邑居論。」又〈寄酬梁大鼎芬詩〉二絕云：「草堂百事不吾知，松竹當門水綠漪。猶笑點塵飛欲到，誰歌防有鵲巢詩。」又「焦頭上客負前身，曲突纍纍告徙薪。曾幾太邱車馬會，萬言宿草意如新。」「太邱」疑即指陳頌南侍御言也。

六十九、日本詩人有佳句

日本詩人藍由股野琢君，曾任帝室博物館館長。於光宣間漫遊來華，及朝鮮各處。歸國後著有《葦航日記》，載詩極多，亦間有佳句。如〈朝鮮過中〉云：「一傘騎驢人似畫，白衣皀帽趁秋晴。」〈訪西便門白雲觀〉云：「去住兩應無罣礙，白雲觀裡白雲心。」〈遊姑蘇寒山寺〉云：「霜天落葉楓橋曉，千古敲餘山寺鐘。」韻可誦也。君以外國學者，乃能辨東坡指黃州赤鼻山為赤壁之誤，與隨園所見略同，亦能留心稽古者。過北京時，主外部者為那桐（琴軒），君鄙其未讀書，竟不通刺。過長沙時，則必以詩介見余友葉煥彬吏部，其品格可想。彼邦朝野如伊藤春畝、龜谷省軒、重野成齋、三島中洲、森槐南、小野湖山及想軒鳳洲諸巨子，韻傾倒其為人，非偶然也。

七十、李慈銘論詩

李越縵論詩，以為元詩優於南宋，且謂「絕句元人苦氣格靡耳，其新秀卻勝宋人」。並引貢師泰一絕云：「湧金門外柳如金，三日不來成綠陰。我折一枝入城去，教人知道已春深。」謂其「空靈超妙，東坡亦當低首」。余謂元之雁門、道園，卓然大家，以之抗手宋賢，洵無愧色。絕句元人尤多佳者，黃星甫〈池荷〉絕句云：「紅藕花多映碧闌，秋風才起易凋殘。池塘一段榮枯事，都被沙鷗冷眼看。」友人楊邠齋論詩，推為元絕第一，吾何間然。明人絕句中，余最喜張孟晉〈對月〉句云：「隱隱江城玉漏催，勸君且盡掌中杯。高樓明月清歌夜，知是人生第幾回。」以可頡頏星甫者。邠齋詩云：「對酒清歌午夜聽，苦思玄墓向垂暝。興來乞食歌姬院，別有知音識阿靈。」蓋詠此也。

七十一、光雲錦詩詣遙深

友人桐城光農聞孝廉雲錦，夙有文名，知之已久。詩則不多作，然所詣亦深。余居東日，君以詩見懷云：「濟世陽明譽豈虛，唾壺擊碎意何如。厭聞塵俗頻捫耳，暫掩經綸且著書。從古英雄譏廣武，幾時康樂夢華胥。鄰家也苦風波惡，叢桂淮南好隱居。」結句有招隱之意，蓋促余返國也。君於癸亥秋間，曾有事於閩。〈九日登漳城芝山〉云：「萬里圖南逢九日，開元頂上暫清娛。三亭鼎立因峰起，雙水環流挾海趨。負郭園林垂橘柚，他鄉兄弟憶茱萸。烽煙滿地餘殘劫，舉目新亭景不殊。」自注：「芝山在漳城西北偶，為全城最高處。舉目遠望，煙火萬家，山河環繞，青翠撲衣，如開圖畫。朱文公知漳時，後此讀書，下有開元寺，久圮。郡人於殿基下掘得石柱二，長丈餘，有聯云：『五百年逃墨歸儒，跨開元之頂上；十二峰送青排闥，自天寶以飛來。』天寶乃漳之主峰也，相傳為文公預書之讖，因就寺起芝山書院。事莫可考，柱石今存，字特飛動雄渾，洵屬奇筆」云云。余謂君詩亦能無媿飛動雄渾者。碧夢遇難，君有輓詩，亦多佳句。如「倒戈作俑始庚申」，世稱誦之，謂為千古定案也。

七十二、梁鼎芬拜陳寶箴墓詩

番禺梁節庵先生鼎芬遺集中，有〈新建青山拜陳撫部丈〉云：「枕中魂淚常經處，今曉衝泥上此臺。肅肅高松非世物，疏疏寒雨助人哀。丈夫一瞑曾何顧，山徑餘花有未開。欲去仍留腸已斷，衰遲真恐不重來。」撫部即右銘中丞寶箴，散原吏部三立之尊人也。清季變法，湘為首創，網羅疏薦，皆一時俊流，以故士論多之。散原以貴公子於趨庭時多所贊畫，戊戌政變，同被黨錮。君侍中丞公返居崝廬，栽花蒔竹，翛然忘世，其地即節庵詩所謂新建青山者。中丞未久逝世，遂卜葬焉。散原集中，凡涉崝廬諸作，皆真摯沈痛，字字如迸血淚，蒼茫家國之感，悉寓於詩，洵宇宙之至文也。

〈辛丑崝廬述哀五首〉之一云：「昏昏取舊途，惘惘穿荒徑。扶服崝廬中，氣結淚已凝。歲時辟踴地，空棺了不賸。猶疑夢恍惚，父臥辭視聽。兒來撼父床，萬喚不一應。起視讀書帷，蛛網鐙相映。庭除跡荒蕪，顛側盆與甑。嗚呼父何之，兒罪等梟獍。終天作孤兒，鬼神下為證。」又云：「憶從葬母辰，父為落一齒。包裹置壙左，預示同穴指。埋石鐫短章，洞豁生死理。孰意飽看山，隔歲長已矣。平生報國心，祇以來訾毀。稱量遂一施，堂堂待惇史。維彼誇奪徒，浸淫壞天紀。唐突蛟蛇宮，陸沈不移晷。朝夕履霜占，九幽益痛此。兒今迫禍變，苟活蒙媿恥。顛倒明發情，躑躅山川美。百哀咽松聲，魂氣迷尺咫。」「平生」以下，亦可作戊戌詩史讀也。按節庵拜墓，散原曾有詩紀之，中有句云：「拂拭墓門石，墮淚跡猶辨。鄰翁爭執詞，異事匪訛舛。隔日寒雨中，籃輿落苔蘚。有偉丈夫者，獨以生芻展。此客不知誰，虯髯照層巘。心知在天壤，其精貫幽顯。去來不可原，攀霄涕泗泫。」並著於此，以見先民風義焉。

七十三、陳三立孺慕之情

散原集中，為蜻廬作者，幾無一不工。情至者文特至，〈陳情〉、〈瀧岡〉諸表，獨有千古，胥此旨也。〈壬寅長至蜻廬謁墓〉云：「天乎有此廬，我拂蒼松入。壁色照斜陽，照照孤兒泣。」「貧是吾家物，寧敢失墜之。江南可憐月，遂為兒所私。」第二首余最喜誦。散原中歲後，僑居秣陵，然必間歲返里省墓，〈墓上作〉云：「短松過膝草如眉，綿麗川原到眼悲。叢棘衝風跳乳雉，香花搖雨濕蟠螭。歲時僅及江南返，禍亂終防地下知。弱妹勞家今又盡，茫茫獨立墓門碑。」「歲時」一聯，最為刻摯。又斷句云：「親顏支寤寐，兒氣冷山岡。子孫身外物，今古墓旁人。」亦佳，讀之增人永慕之情。

七十四、陳三立晚年詩多變雅之作

余於庚戌秋過寧，曾訪散原談詩，瀕行以新刊《散原精舍詩》見詒。又十年，庚申春于役申江，君亦由寧來，復得暢晤。余韻有詩紀之，見《燼餘集》中。今又忽忽數載，清溪一曲，日在鼙鼓聲中，無以安賢者。聞君近年亦避地滬杭，輩流漸稀，詩亦鮮作。海藏見告，君與二三稔友，有時以詩鐘自娛，亦無曩昔觴詠之樂矣。君與海藏一時有鄭陳之目，海內論東南壇坫者，輒首及兩公。海藏序君詩云：「伯嚴之作，至辛丑以後，尤有不可一世之概。源雖出於魯直，而莽蒼排奡之意態，卓然大家，未可列之江西社裏也。」君亦服膺其言，故刊詩自辛丑始，訖於光緒三十四年。辛亥以後，君詩境一變，閔亂傷時，多變雅之作。君曾屬海藏代刪其詩，而海藏以為不可，且曰：「散原之詩直類於《春秋》。」其推崇可謂至矣。石遺室論詩，謂君「少學昌黎，刊有《遊廬山作》一卷，皆韓體也。中年論詩，益惡俗惡流易，於時流尤少許可者」。又謂君與沈乙盦，韻詩中夢窗。信然。

七十五、陳三立贊揚許行

散原有〈題張季直荷鋤小照〉云：「許行學派開天下，振古無人識緒餘。獨契微言張季子，昇平持世一耰鋤。」又「墾牧經綸世已傳，爭看涸海佩烏犍。等閒覓食蛟鼉側，儻為餘留二頃田。」近世以來，勞動神聖之風，漸被東土。我國地大物博，尤非取國民皆勞主義，造成真正農國，以開發地利，不足化貧為富，轉柔為強。余曩主議壇，曾有演說，謂「許行為吾國譚社會主義者之鼻祖，且獨私淑神農，睥睨唐虞三代，其思想之高，尤為戰國學者中之巨擘。樊遲請學稼圃，殆自緒餘。惜秦火肆虐，遺書不傳，未免可惜」云云。當時頗博聽眾鼓掌。讀散原此詩，蓋不啻先余言之矣。

七十六、寶廷娶船妓去官

宗室寶竹坡侍郎廷，別號偶齋，與南皮張廣雅、閩縣陳弢庵、豐潤張簣齋等，韻以慷慨言事，有聲於時。

廣雅〈拜寶竹坡墓〉詩所謂「翰院猶傳四諫風」者也。君以壬午典閩試歸，途次取江山船榜人女兒為妾，上書自劾去官，亦一時韻事。翁松禪〈秘魔崖題壁〉云：「蒼茫萬言疏，悱惻五湖舟。」弢庵〈輓竹坡詩〉云：「黎渦未算平生誤，早羨陽狂是鏡機。」簣齋有〈懷竹坡侍郎〉句云：「歸程不對梨渦笑，一節猶應傲澹庵。」皆指此事。

偶閱《越縵堂日記》，頗致微詞。且謂君癸酉典浙試歸，買一船妓，吳人所謂花蒲鞵船頭娘也。入都時，別有水程至潞河，君由京城以車迎之，則船人俱杳矣。迄後典閩試，娶江山船妓，鑑於前失，同行而北，聞其人面麻，年已二十六七。又謂君嘗以故工部尚書賀壽慈認市儈李春山妻為義女，及賀復起為副憲，因附會張佩綸、黃體芳等，上疏劾賀去官。故有人為詩嘲之云：「昔年浙水載空花，又見閩孃上使查。宗室八旗名士草，江山九姓美人麻。曾因義女彈烏柏，慣逐京娼吃白茶。為報朝廷除屬籍，侍郎今已屬漁家。」一時傳誦，以為口實。越縵持論每苛，不足為訓。

實則君有〈江山船曲〉一首，自述頗詳，初不諱言其事也。傳者佚其全稿，僅記數句云：「乘槎歸指浙東路，恰向個人船上住。鐵石心腸宋廣平，可憐手把梅花賦。枝頭梅子豈無媒，不語詼諧要主裁。已將多士收珊網，可惜中途下玉臺。」又云：「那惜微名登白簡，故留韻事記紅裾。」又云：「本來鐘鼎若浮雲，未必裙釵皆禍水。」韻芊綿可誦。又〈之江行〉一篇，頗有「劉郎重到」之感。中有句云：「鵲巢暫借鴛鴦宿，兩覺杭州夢十年。」又云：「一誤何妨成再誤，織縑果否能如素。使星從此紀牽牛，之江改作銀河渡。」人謂觀過知仁，則君之坦直可想矣。

七十七、寶廷遊山詩佳

君之嗜遊蓋出天性。罷官後清貧特甚，而沉酣於山水友朋文字之樂者，且十餘年。京西妙峰、翠微、桑乾、戒壇、潭柘諸處，皆時有足跡。今西山靈光寺、秘魔崖及滴水厓、八里莊各地，猶有君之題墨焉。集中遊山之作居強半。〈山中即景〉云：「暮色四圍合，峰巒漸杳冥。殘春寒問暖，薄酒醉如醒。月上花逾白，煙生山更青。泉聲在深澗，入夜尚泠泠。」神味頗似王孟。又〈望山〉一首云：「高山摩青山，仰視不見路。但見山腰人，入樹復出樹。」寫出深山好景，畫工不能到也。

君有〈哀病馬〉詩云：「一自歸山成棄物，回思耍駕亦前因。」〈靈光寺溪上偶成〉云：「久看髮白寧中歲，才見花紅已暮春。」〈寄羅椒生夫子〉云：「窮骨本天授，科第不能醫。」皆不能無身世之感者。斷句如〈陶然亭題壁〉云：「衰草寒蘆三面水，淡煙殘照一窗山。」〈摩訶庵石樓〉云：「夕照帶煙連野盡，遠山穿樹入樓來。」〈擷秀山房雨中夜坐〉云：「濕雲浸樹滴成雨，秋氣滿山旋作風。」〈南莊青龍寺〉云：「澗轉方流水，村連不斷花。」〈山寺秋夜〉云：「塔帶月光明水底，鐘隨風力上峰巔。」〈靈光寺〉云：「地濕蒼苔久，山晴紅樹多。」皆佳。

七十八、寶廷古體長詩可當遊記

《偶齋詩草》中多古體及長短句。有〈西山紀遊行〉、〈田盤歌〉及〈七欒〉三長篇，皆一二千言，可當遊記古賦讀。又〈冬獵行〉、〈古劍篇〉等作，則以雄壯勝者。黃仲則詩云：「自嫌詩少幽並氣，故向冰天躍馬行。」君之詩境似之。

七十九、寶廷之子自縊殉節

竹坡典闈試時，得人稱盛，海藏、石遺、畏廬諸老，韻隸門籍。伯茀弟兄殉難後，畏廬曾撰《劍腥錄》說部以演其事，書中之修伯荇，即指伯茀。又〈輓詩〉云：「萬事還君無見好，此來及我未衰前。」語亦沈痛。海藏有〈傷壽伯茀仲茀〉云：「三年伏處絕艱辛，赴死終傷志未伸。四海朋交俱失望，一門兄弟自成仁。高林奮筆傾酸淚，張卓函書帶戰塵。莫怪褒忠殊不及，朝衣東市是何人。」自注：「伯茀自戊戌後，深自韜匿，京師陷，兄弟皆仰藥。嘯桐、琴南、弼金、芝南與余書，皆以賜卹不及為恨。」辛亥七月，海藏入都訪白廟胡同寶宅，伯茀夫人出見。有詩紀之云：「竹坡菊客慘相隨，誰信諸孫骨亦灰。登榻招魂如見款，（戊戌來視伯茀，嘗坐此室共語。）入門掩涕更增哀。不祥名節嗟為祟，一往清狂渺此才。還向髽孀想遺直，可堪憑弔到狐鮐。」（伯茀妻父聯公元為拳匪所害，追謚文直。）「不祥」句慨乎其言之矣。

八十、姚永概桐城文體

「蘄新春樹鷺邊城，千里寒江澀不晴。中國少年姚叔子，為誰費盡短燈檠。」此陳散原〈雨中過安慶有懷姚叔節〉詩也。叔節名永概，與兄仲實（永樸），姊丈馬通伯（其昶），韻負文名，海內言桐城文體者，必及數君。余辦中華校時，禮延仲實昆仲任講席。仲實道範巍然，循循善誘。叔節尤倜儻自喜，好談天下事。亡友碧夢與君論事尤莫逆，每為余繩君之賢。庚申後病逝里中，僅以文字傳，知尚非君意也。君生平嘗謂詩詣第一，文次之，其自喜可想。

余最喜其〈送蒓齋赴潛山〉二首云：「往時樸被入舒潛，景物逢秋潤可拈。矮柏著丹遮屋角，修篁引翠刻山尖。別來泉石應如故，此去風光想更添。為問窨廠春竹地，可能容我突常黔。（自注：通伯及余三數姻友，有造紙廠在水吼嶺。）」「君行便道訪山谷，谷裡今無百丈松。丹嶂舊藏禪祖骨，白雲時起漢家封。嚴題剝蝕文能讀，法宇蕭條佛缺供。惟有石牛堪負重，八風不動自從容。」林畏廬贈君詩云：「天下爭傳姚氏學，八年聚首向長安。文名盛極身何補，世論嘗深膽共寒。永日戀田偏在客，經時修史未成官。較量終勝閩南叟，江上無家把釣難。」君答畏廬詩，有「老去情懷思止酒，平生骨相不宜官。鬚長鬢短俱如此，射虎南山大是難」。君修髯健談，極饒風趣。同邑吳辟畺（闓生），君門下士也。其〈寄懷〉一律有句云：「擁袖未妨珍國手，故鄉望氣已軒然。」亦能狀君生平者，所著《慎宜軒詩集》已刊行。

八十一、王闓運老年入管閣

湘潭王壬秋先生年垂八十，特授翰林院檢討。樊山賀以詩，有句云：「科名向以曾胡重，公在誰將館閣輕。」出語極有斟酌，昔人謂非科舉之能出人才，實人才之爭趨於科舉，亦此意也。壬老晚授詞林，其時科舉已成弩末，有人傳其自述詩云：「已無齒錄稱前輩，幸有牙科步後塵。」雖為謔譚，亦見工切。

八十二、張之洞盛年與晚歲詩

易哭盦每謂近代達官多詩人，蓋謂翁松禪與張廣雅也。余最喜廣雅集中遊賞之作，且都下諸作無一不佳。〈訪萬柳堂〉云：「溪堂頹盡野人知，老柳蕭疏尚掛絲。跋扈毛牲曾爛醉，淒涼才甫已來遲。（《劉才甫集》有〈遊萬柳堂記〉。）文章小技猶賢相，亭榭嬉遊亦盛時。遊遍城南更城北，西涯無主孰題詩。（自注：法梧門祭酒居西涯，即李聖陵故宅，題其齋曰『詩龕』，在德勝門內西北隅。萬柳堂在京城東南，去廣渠門不遠。」）〈新春二日獨遊慈仁寺謁顧祠〉云：「悴節常苦寂，歡辰常厭囂。東風悅士女，歌吹嬰春朝。街西獨閒曠，不與遊人遭。禪關驚臥龎，跫然破寂寥。庭陰貯餘雪，渾瑩不受雕。頹簷有凍溜，髡樹無柔條。緇徒閉戶睡，爐火細欲銷。寺後有廢邱，觀闕見岧嶤。梵容填網戶，讚頌遺先朝。何年廟市徒，求書琉璃窰。春鐙照百貨，車馬如乘潮。雙松適靜性，仍伴枯僧寮。儼如魯兩生，偃蹇不可招。又似二詩老，倔強島與郊。返景落樛榦，態色出蕭騷。籠袖臣久立，已聞粥鼓敲。豈惟肝肺清，坐使榮觀超。獨畏菰中人，剝啄致譏嘲。（自

注：亭林著有《菰中隨筆》一卷，內有東吳菰蘆中人語。）」以上皆公盛年官京曹時作。

晚歲入值樞垣，人代劇變，感時懷舊，情見乎詞，詩亦彌工。〈龍樹寺〉云：「此地曾來一百回，荒陂敗紫葦花開。當年茶話成今古，誰話山僧兩秀才。（自注：曾與心泉和尚、張繩庵學士同遊，不具酒食，清談竟日，乃遊茲寺第一適意事也。）」〈遊積水潭〉云：「對岸喬林付爨煙，（自注：水西會通寺老樹數百株，盡為寺僧所拔。）荷花愈少愈堪憐。明知不是滄桑事，但惜西涯變稻田。」〈極樂寺〉云：「萬穗紅雲伐作薪，日澆瓜菜作僧珍。凌霄無骨高三尺，留待孤行再到人。（自注：極樂寺海棠最有名，成哲親王題楄，洪北江有詩牌。今花已盡，惟簷前凌霄花甚長大，開花百餘朵。）」數詩皆有關舊京國故者，他日若續《春明夢餘錄》，亦極好史料也。

八十三、張之洞詩意婉約

詠物詩最難有言外味，張廣雅〈武學西園〉云：「人稱晚達樹冬青，園樹編排作翠屏。不耐矯揉真性在，故知凋壑勝園亭。」陳弢庵〈失題〉云：「敢嫌池涤照鬑鬑，庭樹親莳看出簷。障得驕陽偏礙月，故知人事不能兼。」韻能以神理勝者。又廣雅晚營別業，地近西涯，修池種荷，嘗有句云：「池心收拾如船藕，莫放荷葉作雨聲。」寓意婉約，殆有觸而發歟？然遺集不載，或一時口占之作也。

八十四、張之洞論詩

廣雅論詩，以清切為主；於並世詩流，每有張茂先我所未解之喻。說者謂大抵為散原發也。〈過蕪湖弔袁漚簃〉云：「江西魔派不堪吟，北宋清奇是雅音。雙井半山君一手，傷哉斜日廣陵琴。」此詩推挹袁忠節公甚至，且以雙井、半山為喻，對於江西詩派，固極有分別也。海藏於廣雅暮年諸作，稱其沈鬱特勝。〈答樊山冬雨劇談之作〉云：「久於南皮坐，習聞樊山名。老矣始一見，趙璧真連城。落筆必典贍，中年越崢嶸。才人無不可，皎若日月明。春華終不謝，一洗窮愁聲。南皮夙自負，通顯足勝情。達官兼名士，此必誰敢輕。晚節殊可哀，祈死如孤惸。其詩始抑鬱，反似優生平。吾疑卒不釋，敢請樊山評。」南皮往矣，論者謂晚典鄂州，頗多暮氣，較量成效，似遜晉粵。然詩詣轉精，適得其反，倘所謂「老去漸於詩律細」歟？亦以愁苦易工，其垂老遭逢或使之然也。

八十五、張之洞自悔少作

《廣雅集》凡數刊，其為順德龍氏刊本，內有〈壽徐蔭軒總憲六十生日〉四律，極見工雅。徐在北方素有講學名，南皮詩中有「峻樸翠庭精習禮，沖虛尺木妙通禪。惟公宗旨能斟酌，博約居然合兩賢」之語，顧遺集亦不載。自悔少作之結習，賢者亦有時不免也。

八十六、張之洞《廣雅集》未載之詩

李越縵《日記》中，載有廣雅〈重九〉七古，時為同治十年，蓋亦早歲之作。詩云：「曉起開門風葉落，白日憶弟心不樂。（自注云：舍弟還南皮，今聞其病。）佩壺欲上西山頭，但愁日晚上城鑰。漁洋老子躭秋吟，黑窰廠畔曾登臨。今日平岡上樵牧，寒雲碣石空陰森。（自注：『碣石寒雲出塞悲』，漁洋〈黑窰廠登高〉句。）忽憶慈仁有高閣，百級三休試腰腳。晴煙隱約浮觚棱，萬丸鱗鱗壓羅郭。使我百憂今日寬，翩然衫履來群賢。開口且從杜牧笑，枯顱誰笑參軍顛。力士酒鐺舒州杓，仰天醉看秋雲薄。王郎摩挲井欄字，謝公面壁看書勢（自注：寺有咸豐六年陶鳧翁等三楔人修禊詩。）東嚮大嚼西停杯，二陳豪逸各有致。（自注：豪者木父，逸者六舟。）高臺葉響夕風起，薄寒清瘦愁朱李。就中祭酒長沙周，承平先進常同遊。手拊松鱗幾圍長，舍利滿塔僧白頭。（自注：戒和尚已化去。）董老五年離京國，幽棲良會惜難得。倒冠落佩都相忘，何用唐賢畫主客。清霜未高蟹未肥，籬菊未孕寒花稀。莫嫌花少蟹螯瘦，猶勝歲晏征鴻歸。夕梵鐘魚出林表，尚道行廚莫草草。卻憐寓直潘安仁，高閣翳日思魚鳥。（自注：潘伯寅侍郎以在直不得與會。）佳日行樂須及時，楚客何必生秋悲。不見閣後累累塚，酹盡千觴彼豈知。門外馬嘶奴執鞚，遊客倦行主僧送。獨攜殘醉辭雙松，菜市然鐙街鼓動。」按坊間刊行之《廣雅集》，乃晚年手自刪定者。越縵《日記》，亦云此詩甚佳。顧遺集不載，何耶？

八十七、張之洞村居詩令人神往

又廣雅為越縵〈題湖塘邨居圖長歌〉一首，韻見《越縵堂日記》，並稱其「情文宛轉，音節嘽舒，上可追香山、放翁，下不失梅村、初白」。乃遺集亦不之載，海內拾廣雅碎金者，當以先讀為快也。錄之：「江南山水數會稽，會稽無如鏡湖西。水甘能釀千日酒，山深可著高人棲。良田萬畝秔稻熟，中歲一畮收十斛。蝦菜如上不論錢，荷芰如雲高過屋。季真棄官甘投老，放翁曾為楊梅飽。越縵先生逋峭人，卜居踏遍山陰道。兒時上塚年年來，欲專一壑誰相猜。精舍便沿鷗波築，養堂正對屏山開。奉母躬耕此願畢，一椽未就到今日。塘上人家長子孫，墓田丙舍徒蕭瑟。釋之久宦產亦滅，長卿為郎思自免。逢人便索圖邨居，要令家山常在眼。可憐畫手矜簡略，樹樹不春山容薄。新豐門巷無處尋，聊伴越吟解寂寞。買田陽羨知何時，仲長《樂志》空文辭。有山無錢賣不得，勸君勿被巢由欺。」按《白華絳柎閣初集》中亦有〈雨中遇湖塘〉，句云：「久客歸來認舊湖，青山無恙繞邨廬。稻花大放菱蓬綠，一幅閒居奉母圖。」偶一讀之，令人神往山陰道上。

八十八、張之洞遊山詩

京師近郊山遊，以戒壇、潭柘為最。廣雅北人也，〈遊戒壇〉云：「策蹇尋山冒殘暑，食宿招提已四五。仙嶂靈湫那得逢，枉使人畚揮汗雨。」〈遊潭柘〉云：「累代莊嚴抵布金，窮山涸澗造叢林。能吟堪畫無多處，止有山門百步陰。」昔賢謂山川遊賞，往往所見不逮所聞。廣雅詩多著貶詞，或亦作如是觀也。

八十九、壽富詩多散佚

張廣雅有〈拜壽伯茀翰林（富）墓詩〉云：「賦斷〈懷沙〉不可聽，宗賢忠憤薄蒼溟。荊高燕市躭沈醉，莫使重泉歎獨醒。」伯茀，竹坡長子，光緒戊戌進士。庚子都城陷，與弟（貴）字仲茀官筆帖式者，韻殉難。士論惜之。伯茀少承家學，且有逸才，所為詩多散佚。自書〈古意〉一首云：「良人征戍久，聞說到遼陽。盼盡三春暮，空回九曲腸。昨宵驚遠夢，今日怯空房。欲寄相思字，天邊雁數行。」又〈答吳彥復〉云：「故人天末問平安，拈筆臨風意萬端。浩劫華夷同苦毒，危時仕隱兩艱難。」皆佳。彥復出竹坡門下，有〈送沈子封太史入都〉詩，其末句云：「西風落葉長安道，倘遇唐衢為奇聲。」蓋謂伯茀也。

九十、張錫鑾武人而有詩才

老友錢塘張今頗（錫鑾），近代武人中之能詩者。君本以遊幕起家，亦說禮敦詩之武人也。開府瀋陽時，曾有句云：「庭前古樹老於我，天外斜陽紅上樓。」頗為一時傳誦。豪飲善騎，遼東韻以「快馬張」呼之。所著有《都護詩存》，海藏序之，極稱其為人。余於清季丁未、戊申之間，與君共事瀋垣甚契。君頻示所作，〈春日舟中作〉云：「岸柳何由綠，天涯思殺人。扁舟江漢客，五載別離身。歲月高兒女，乾坤老戰塵。流年驚過鳥，蒼鬢又逢春。」〈悼姬人〉兩律之一云：「入室窺明鏡，嗟余漸白頭。一官成落落，長日去悠悠。彼美之何處，斯人不可留。返魂香易爇，無淚灑松楸。」〈九日登鎮海樓〉云：「鎮海樓高夕照黃，海天入望思茫茫。魚龍出沒爭銷長，日露風雲互莽蒼。駭目塵沙三萬里，浮生六十一重陽。諸君漫灑憂時淚，且對茱萸共舉觴。」其〈自團防暮飲歸營作〉云：「薄飲村醪趁醉歸，長河一帶晚煙圍。暮天風緊雪平野，匹馬衝寒山欲飛。」余曾笑語君曰：「此真不愧快馬張矣！」相與浮一大白。

九十一、蔡祖年少負文名

同里蔡孟翔（祖年），先君及門弟子。其尊人炳之先生麟文行五，先君每稱為蔡五先生而不字，蓋當日共客保陽時，文字莫逆交也。庚寅歲，先君自保陽歸，暇時輒誦與先生唱和之作。記其疊和先君〈贈別〉原韻四律，中有句云：「八年棄我一相聚，千里送君兩奈何。寄語歸途須鄭重，杏花天氣嫩寒多。」一往深情，交期如見，兩家子弟，如何可忘。先君詩稿中與先生唱酬最夥，惜全稿佚去，尚待尋覓。先生為樸齋先生家璠之最幼子，樸齋先生則彭剛直公受知最深之恩師也。蔡為吾肥梁園鎮望族，剛直太公曾任梁園巡檢，故剛直自幼即從先生遊，時年不過七八歲耳。先生及其夫人愛之特甚，宛如家人。剛直顯達後，曾專人賫數千言，親筆手書，媵以重金，為先生壽。歲時饋問不絕。先生公子數人，從政在外，亦多為剛直所汲引者。當時師弟書簡往還，並有酬唱之作。先君子每持示不肖曰：「此老輩風義也，小子其敬識之。」今此稿亦無從覓矣。

五先生又有〈次工部秋興八首〉，蓋和李養真觀察者。近由孟翔鈔示，詞繁不備錄。但如「京國三秋空射策，（三試京兆。）家山十載別浮槎（居近浮槎山二十餘里」），又「豈真冀北無良馬，（燕地客居已經八載。）轉向江東逐野鷗（近有粵東臺灣之行）」，皆能自寫身世，不肯人云亦云者。孟翔少負文名，歷佐幕事，作宰雞林，尤著政聲。其〈武昌客中感懷〉詩，有「一江風雨奈何天」之句，頗為友人傳誦，異日當索窺全豹也。

九十二、王國維詩一洗凡響

海寧王靜安《觀堂集林》遺著，海內流傳久矣。君本不以詩名，顧於詩學，亦致力素深，偶有所作，都饒妙緒。〈題梅花畫箑〉云：「夢中恐怖諸天墜，眼底塵埃百斛強。苦憶羅浮山下徑，萬梅花裡一胡床。」〈嘲杜鵑〉云：「去國千年萬事非，蜀山回首夢依稀，自家顧作他鄉客，猶自朝朝勸客歸。」他如「朝陽承月上，遠樹與星稀」，「小松如人長，離離四五尺」，「螢火時從風裡墮，雉垣偏向電邊明」，「詩緣病輟彌無賴，憂與生來詎有端」，「天邊遠樹山千疊，風裡垂楊態萬方」，「四時可愛惟春日，一事能狂便少年」，「水聲粗悍如驕將，天色淒涼似病夫」，「人生過處惟存悔，知識增時祇益疑」，「溟海巨鵬將徙日，雪山大道未成時」，「蓬萊自合今時淺，哀樂偏於我輩深」。皆一洗凡響，雖專家為之，亦弗逮也。上虞羅敘言（振玉），有集吳梅村句輓君聯云：「故人慷慷多奇節，書卷消磨絕可憐。」甚佳。

九十三、陳昭常倜儻不群

新會陳簡始中丞昭常，風流儒雅，倜儻不群，若幸際承平右文之世，其所成就，必不讓畢靈巖一流人物。余之治兵吉林也，作中丞座上客者逾歲。同時賓僚，如曹梅舫（廣楨）、韓紫石（國鈞）、鄧孝先（邦述）、郭侗伯（宗熙）、王瀓齋（國琛）、羅惇㬊（復厂）、張務洪（錫麟）、仲遙淵、辛際雲（寶慈）、傅寫忱（疆）、李善仲（寶楚）、周仲玉（家樹），皆文采藉甚，觴詠唱和，稱極盛焉。初余環遊歸來，疆吏中如李悔庵制軍丈、皖撫朱經田中丞，韻謬采虛聲，交章論薦。余以中丞維縶頗殷，遂仍留吉。中丞贈句云：「十五年前話舊遊，風雲又換幾番秋。何當與爾同飛渡，放眼崑崙最上頭。」其自注云：「辛亥仲春，揖唐觀察遊歷歐美回國，應招來吉，吾道不孤，口占短句以志欣幸。」余歐遊以前，本任吉林獨立混成旅長，中丞檄余辦改旅成師事，堅辭未就，乃改任孟君樹邨（恩遠）。迄後余既卻滇皖兩大吏之招，中丞尤重余信義，待以殊禮，堅約同住署中。軍籌之外，兼及論文，無間昕夕，投分之雅，平生所難。曾幾何時，余與中丞先後去吉。中丞旋以病肺歿於滬上，西州馬策，有餘哀矣。

九十四、陳昭常情見乎詞

中丞遺集，老友姜園謀為校刊，卒卒未果。茲就余所及記者錄之。〈庚戌中秋前一日，集子明司使徜齋感事有作〉云：「庾亮南樓不可尋，松江萬里接重陰。中流簫鼓音全歇，大地河山意欲沉。寂寞魚龍窮變化，泬寥鴻雁倦登臨。悠悠長夜成何意，空結《離騷》一片心。」中丞憂國如痗，情見乎詞。徐錫丞（鼎康）和之，有句云：「但使江山紓北顧，不愁風雨自東臨。」亦佳。又〈述異〉一首云：「海宇紛紛角群雄，箕子千年亡故封。雞林秋半忽地震，災異驚倒百歲翁。相傳臥榻容鼾睡，長夜沉沉如夢寐。偪處潛生他族滋，振發寧非蒼昊意。從來萇叔敢違天，孤忠碧血自年年。不知東海多深淺，要取微禽木石填。」其時朝鮮既亡，東省漸有岌岌之勢。中丞此詩，蓋非無病之呻吟也。

余辛亥冬去吉，中丞曾有五古一首，為題亮臣遺札，兼送余行，云：「好鳥棲璇林，章身耀文羽。鴻逵獲祥占，導和虞階舞。陸君玉堂手，瀛洲習部伍。英聲張海外，尹吉資文武。王郎歌同調，十載共甘苦。書札當縞紵，字字豁肝腑。高秋菊粲黃，勁節默相許。五臺清涼地，白晝幻風雨。師門數仞高，魯縞穿強弩。教忠臣殉國，明義子從父。含笑入九京，骨肉仍團聚。既學萬人敵，實欲佐堯禹。一朝乘化歸，橫流誰作柱。淒涼賸殘墨，遺像羹牆睹。藏鳳非半毛，石交殊漫詡。六合正紛紜，傑士略可數。君今去朝天，干城寄心膂。提攜壯行篋，魑魅敢予侮。義烈播芳馨，百世貽高矩。」遺墨猶存，黃爐已渺，展卷泫然。

九十五、陳昭常求才若渴

中丞好賢若渴，出於天性。晚清以通才作大吏者，當首屈一指。侯官黃秋岳（濬）有〈寄陳簡盦先生一首〉云：「涼雨空堂初病酒，到眼新書驚卻走。陳侯千里簡孌庵，寫我畸名訊誰某。十年悵悵長安陌，短衣挾策何人識。忍淚訶時作罪言，歸舟已負滄江白。劫後河山百事哀，漫勞邊帥念詩才。龍川應有中興論，莫遣憂時屬草萊。」中丞留意人才，皆此類也。

九十六、胡璧城好用史事為詩

安吳胡夔文（璧城），亦同鄉中之素負詩名者，久居日下，頗交勝流。所著有《知困齋甲乙集》，近方刊行，皆其四十後之作。順德黃晦聞為之敘，稱其才氣贍沖，聲情並茂。君詩中亦屢及晦聞。錄其一律云：「自言別後獨工詩，滿卷梅陳清澀詞。作伴頗聞人似玉，再來自笑鬢添絲。乞靈文字終可補，避地京華恐是癡。喜汝閉門能過日，苦吟簷月滿城時。」（自注：晦聞有『簷月初生漸滿』城，之句。）又〈和晦聞雪後登江亭詩〉句云：「不堪世事宜醇酒，可恃交親是布衣。窮困著書論值賤，憂傷伐性與天違。」倘所謂愁苦易工者耶。此外斷句如：「逢春岸柳有甦意，喚雨山禽帶喜聲。」「厭聞人事歡懷少，亂疊生宣畫稿稀。」「寒衣誰寄衣邊淚，短扇難遮馬後塵。」「雲氣白於堆雪浪，赭山紅似過江楓。」「庾信北來哀亂久，虞卿老去著書孏。」君好用史事，又工於體物，俊語甚多。晚年間一作畫，點綴映媚，如其為詩。集中多題畫之作，晦聞謂往往見其性情，亦可傳云。

九十七、張其鍠中道摧折

甲辰一科，得人最盛。顧以時會多故，中道摧折者，已不乏人，蕭山陸亮臣（光熙）、德化黃遠生（為基）、蘄水湯濟武（化龍）、貴陽熊鐵崖（範輿）外，近又有臨桂張子武（其鍠）。亂世多才，信不祥矣。子武少負奇氣，喜談兵，夙為吾鄉李蛻庵丈所識拔。民三約法會議，君與吾友莊思緘（蘊寬）以爭白宮給授榮典案，拂衣辭職，士論異之。余於同年中耳君名甚久，京滬盤桓，時有譚讌之樂。方以遠到期之，乃不幸竟以流轉兵間死矣。

曩者都下同人，有二十年集會之舉，子武題一律云：「男兒識字終何補，摸索無端共榜來。殿閣簾闈成故事，山林廊廟各奇懷。著書已作他年計，濟物留看命世才。廿載舊袍塵涴盡，喜聞群彥酒尊開。」時余甫歸自東瀛，亦未與斯會也。君詩不多作，有〈吳楚〉一首云：「吳楚年年客似歸，長江高舶又春暉。曙風暖動齊渲柳，午霧晴吹亂點衣。到眼青山看欲厭，低頭白鳥倦還飛。閒情是處無沾著，自合心兵自解圍。」又〈書懷再寄佩韋二律〉，中有句云：「我命在天同一笑，人間何世足相思。金爐炷盡鐘聲動，落日關河臥久遲。」慷慨功名之意，亦可於言外見矣。

茶陵譚組安同年與子武交期素篤，有輓詩四律云：「一別真投筆，三年只枕戈。有書長不達，無命欲如何。生死交情見，孤寒涕淚多。裹屍餘馬革，淒惻向江沱。」「辛苦依人計，艱難烈士風。前知悲郭璞，從事異臧洪。未必謀生拙，獨憐殉友忠。縱橫湖海氣，今日竟途窮。」「少年曾並轡，中道各揚鑣。鷹隼飛常厲，驊騮意苦驕。多才成負負，同好已寥寥。白首誰相慰，羈魂不可招。」「夙昔誰知己，平生誤感恩。室惟瓶粟在，篋有謗書存。意志兼儒俠，恩情托夢魂。寃親同一盡，痛哭更何言。」子武曾佐組庵幕，投分最深，近年致力國事，各異塗轍，故輓詩有「生死交情見」之語。孤桐亦有輓詩四首，其一云：「晚歲從戎去，橫戈意未平。愚忠真可憫，一死太無名。為睹書生氣，曾鏖賊子兵。公私吾念汝，功罪正難明。」雖以交誼略殊，抒情處不如組安切至，然固深至惋惜也。

九十八、清初詩人絕句俊逸清新

清初詩人絕句，多有佳者。紀映鐘〈題僧壁〉云：「萬事都無老衲閒，松窗日見鳥飛還。鄰僧祇在煙鐘外，拄杖高懸懶過山。」宋徵輿〈渡河〉云：「黃河岸上起悲風，夜半清霜下碧空。秋雁自南人自北，一時來往月明中。」杜濬〈莒縣〉云：「鳴鞭早過莒城西，平野霜花剪更齊。卻笑寒雞當曉默，日高空補數行啼。」〈秦郵旅夜李鏡月閔賓連載酒〉云：「客舍寒多苦夜長，故人攜酒問風霜。淮南列郡如棋布，惟有秦郵是醉鄉。」俊逸清新，皆可調也。

九十九、蜀才三人詩

余中華校中同學多詩友，前已述之。就中蜀才尤盛，合江陳劍秋（時利）、巴縣羅超凡（兆鳳）、成都呂侶丞（樹松），韻其選也。

劍秋曩曾同官駕部，素有能名，駸駸嚮用，朝局已更。十稔以來，郎管棲遲，時以書畫吟詠自遣。余見其〈遊悔廬自述詩〉，中有「名山別業付空傳，彈指餘生五十年。已識虞翻慳骨相，欲追高適結詩緣」之句，蓋歲晚躭吟，以達夫自況也。君應京兆試，甲午房薦，出吾鄉泗州楊文敬門下，於所作有才人之褒，君感懷知遇，至今弗渝，亦科舉時代一段佳話也。

超凡別字逸雲，以樸學有聲黌序。一官大隱，詩力尤深。居東日君累寄篇章，余亦時有酬唱。君賦答云：「坡公海外割愁劍，（蘇詩『割愁還有劍鋩山』）。燕國懷中記事珠。蓬島仙風吹玉屑，九天咳唾與人殊。」又有和余皤韻詩四首，其一云：「宋玉悲秋發浩歌，乍窺鏡裏鬢加皤。鄉關巴蜀風雲變，門下河汾將相羅。濁世漫云青眼少，滿腔敢詡赤心多。低徊衣線思親淚，十載遙添灩澦波。」蓋用轆轤體也。

侶丞詩不多作，近歲為之頗勤，語多清婉。〈甲子伏日北戴河海濱即事〉云：「金山莿　海天東，獨立蒼茫趁曉風。遙瞰下方煙九點，此身宛在畫圖中。」「松青柳綠嶺東西，十里沙堤望欲迷。絕似故鄉風景好，錦官城外浣花溪。」又一絕云：「蘄王湖上盡寬閒，負手渾忘國事艱。賸有雄心銷不得，朝朝策蹇過金山。」則東余之作也。金山嘴為海濱勝地，近在東山。甲子以來，歲必數數來遊，提壺挈榼，殊饒野趣。今夏竟未果往，眷言鷗鷺，良媿寒盟。

一〇〇、胡思敏掛冠求去

清季光宣之間，諫垣中謇謇有聲者，僉推莆陽江杏邨（春霖）、湘潭趙芷蓀（啟霖）、榮縣趙堯生

（熙）、新昌胡漱唐（思敬）。芷蓀掛冠最早。漱唐則於辛亥春暮出京，並繪〈匡廬觀瀑圖〉以寄意，曾剛甫題詩所謂「眼看臺妙去聯翩，百轉煩憂祇自煎。何處更尋千日酒，此行真泛九江船」者是也。君所著有《退廬詩集》，其中有「七別」詩：〈別僚〉、〈別謝文節公祠〉、〈別江亭〉、〈別東華門〉、〈別琉璃廠書賈〉、〈別會館花木〉，蓋即出都前作。其時輦下士夫，帳飲賦詩，意氣甚盛。海藏方以議事留京，其〈二月二十二日集陶然亭得句〉云：「我來數句本閒客，況值胡公懷去志。諸賢儻念會合難，莫惜看花數連袂。」至今讀之，猶想見感時惜別之情。弢庵先生亦有〈蘇龕招集江亭時瘦唐將假歸〉詩云：「勝地如勝朋，習處不知寶。一從別後憶，反覆無不好。城隅一撮土，見我少還老。君亦江海徒，及來共春討。西山為留雪，對客起晝稿。冷冷荻芽風，吹楝盡變潦。坐有歸思人，廬瀑已掛抱。何妨相濡滯，聊復百憂擣。他年或見懷，此會忍草草。還尋售酒爐，嘿黑須醉倒。」起四句如人意中所欲言，但非弢庵無此語妙耳。

一〇一、胡思敏詩風格遒上

《退廬詩集》凡四卷，余最喜其〈魯溪訪潛園先生〉一律云：「春風二月雨絲斜，來訪南州孺子家。亂後逢君宜皂帽，山中飯客祇胡麻。營巢苦恨身如燕，避地還疑國在蝸。車到柴門徵不起，養生何處覓丹砂。」風格遒上，殊非局促於江西社裡者。潛園謂魏斯逸（元曠），亦南昌詩人也。

一〇二、胡思敏嗜書如命

「七別」詩中，〈別廠賈〉一篇尤佳，錄之：「十載困緇塵，閉門恒碌碌。損俸求遺書，漸與書賈熟。書賈喜我來，延我入深屋。滿架排牙籤，光怪奪綺縠。四庫所未收，別貯為存目。傾囊愜所求，不翅工擇木。有時欲居奇，秘笈韞高匵。百計賺之歸，雇胥共鈔錄。荊妻頗安貧，隨我饜齊粥。見我挾書回，相對眉暗蹙。徐徐進箴規，謂我無多祿。矯俗辭炭金，又勿貪館穀。積此充屋樑，饑不果君腹。東家軍校官，出門美裘服。西家秘書郎，趨走盛僮僕。宦遊當廣交，胡獨守敝簏？東西屋兩頭，列置逾萬軸。人壽曾幾何，白首難遍讀。半為佐太平，自反無乃縮。有子脫不賢，或竟委牆簏。舊學俗所嗤，榛莽翳白鹿。略誦新法規，升遷或可卜。我知婦言忠，雖忠卻嫌瀆。我知賈心貪，雖貪不疑黷。行行廠東門，過門輒停轂。一瓻時往還，咀嚼甘於肉。整駕忽言旋，瞠若車脫輻。臨行贈汝詩，戒汝毋衒鬻。有燭堪助明，有膏堪助沐。秘閣且重開，求售豈在速。不遇奧生牂，汝實未嘗牧。海客從東來，輦金事搜蓄。奪我陸家莊，士族同一哭。（陸氏十萬卷樓藏書日人以十萬圓購去，王書衡推丞有〈紀事詩〉。）寧為六丁書，慎勿資彼族。」邇來秘笈精槧，流入異國者，更不僅一陸氏藏書，即朝官風尚，亦非昔比，良可慨矣。

一〇三、廣和居名菜

京師廣和居飯館，為城南士大夫讌集之地，蓋由來已百餘年矣。軒窗雅潔，傭保亦有法度，不獨庖饌之精。廣雅晚歲入都，時攜客來過己，不無玄都再到之感。胡漱唐亦有〈江亭話別〉詩云：「禊事休提順治年，同光老輩已華顛。江家豆腐伊家麵，一入離筵便不鮮。」「江豆腐」乃吾春旌德江韻濤（澍畇）官翰林時家常菜，以其法授肆庖者，今與「潘魚」同為廣和居名饌。潘為閩人潘炳年太守，近人指為吳縣潘文勤，亦誤。眼前掌故，便有傳訛，故老猶存，尚可共證。此亦續《春明夢餘錄》者所宜知也。

一〇四、廣和居饄蒸山藥

廣和居以饄蒸山藥得名，或謂其選材特精，製法亦異。楹內舊懸一聯云：「十斗酒依金谷罰，一盤春煮玉延肥。」末署楚生二字。按山藥名薯蕷，秦楚間名「玉延」。陳簡齋謂：「玉延取香色味為三絕。」陸放翁詩：「久緣多病鍊雲液，近為長齋進玉延。」王岐公詩：「鳳池春晚綠生煙，曾見高枝夢玉延。」皆是也。或云聯語本元人薩雁門集中句，容續考之。今懸壁諸書，多非舊物，此聯亦不存矣。

一〇五、張之洞喜食陶菜

廣雅〈食陶菜〉詩云：「都官留鯽為嘉賓，作鱠傳方洗洛塵。今日街南詢柳嫂，只緣曾識舊京人。（自注：陶鳧香宗伯以西湖五柳居烹魚法授酒家，名陶菜，今寖失其法。柳五嫂乃汴京廚娘。）」所謂酒家即指廣和居，余曾見公手書詩稿初作廣和居，後改酒家二字。

一〇六、林寒碧與林長民

閩中有兩林姓，韻以奇才而膺奇禍，一即寒碧，一即宗孟也。寒碧名亮奇，年少工詩，主滬報久，有聲新聞界。余久知其名，不幸以誤觸汽車慘逝。林宰平（志鈞）有〈哀寒碧詩〉云：「今年六七月，東遊將戒程。倚裝得君書，勸我江南行。兼復寄新句，累紙連珠瓔。紙尾字略辨，淡墨斜相縈。云作書至此，鐘鳴已四更。悄悄燈影孑，遠聞荒雞聲。眼昏腕復疲，投筆不復賡。我時正私念，宴眠實勞精。況君體非健，無以勤傷生。孰知一蹶間，遽致性命傾。不死於疾病，不死於刀兵。宋（純初）黃君摯交，飛彈成碎瓊。時亂多殺機，而君皆弗嬰。奔騰載鬼車，殺我絕代英。我初聞君死，時方在東京。初聞不敢哭，恐使鄉人驚。又疑死非君，或者同其名。溯初自滬至，告我君死情。已矣今信然，天意誠難明。士衡文藻美，叔寶神骨清。君才用未竟，蘊蓄多恢宏。高矚涵眾象，抗志謝世榮。方秉誅代筆，欲持世議平。波瀾浩壯闊，肝膽何崢嶸。惜哉命相妨，竟死終何成。面彼不死者，攘奪復縱橫。」諸貞壯（宗元）亦有〈哀寒碧詩〉云：「昨遊猶踏隔湖山，歧路真成痛哭還。壯歲胡為俄頃別，雄心不耐病時閒。可憐篋笥存衣汗，（君有遺衣在余篋。）想見車茵濺血斑。昨與張（君勱）陳（佩忍）同弔語，不隨兒女作哀姍。」即諸賢之惓惓，則君之為人可知矣。

宗孟余交最久，元、二之間，共事議席，精悍之色，見於眉宇。余於同人中恒繩君賢，常戲謂君色藝韻佳，君為輾然。乙丑冬，蘇家屯之難，君死流彈中。其友梁和鈞（敬諄），亦余故人也，賦〈雙栝行〉，中有句云：「自古陪臣叛大夫，春秋義戰今有無。男兒得意黃龍居，苟紓民力皆吾徒。」所以為君張目者甚至。然吾愛此才，卻以其輕於一擲為可惜也。眾異輓詩云：「是非身後誰能管，憑仗鄉儺賽鬼雄。」出語極有含蓄。余久擬為詩哀之而未成。君晚歲賃屋景山雪池，栽雙栝自榜其廬，今此屋已歸胡適之。和鈞所為〈雙栝行〉，尤致華屋山邱之慼云。

一〇七、林長民聯語

宗孟能詩工書，顧詩不多作。中歲尤自矜其書，常以售紙書長聯見詒。文曰：「稱多量少鑒裁密，公才吏用當今無。」蓋集韓句。書特刻意，似轉遜平日之工，今亦成遺墨矣。正道居主六十生日，君壽以一聯云：「微聞丹灶添新火，準擬花時介一觴。」置之詩中，亦雋語也。

一〇八、林長民題像詩

石遺《《近代詩鈔》》中不選壽詩。然獨破例選宗孟〈壽任公〉長占，詩工可知。君有〈題乃木大將像二絕〉，其一云：「老父功成子死忠，早期收骨黑江東。吟成立馬斜陽句，想見山花滿地紅。」乃木二子從軍皆死，戰後勒馬金州，有「征馬不前人不語，金州城外立斜陽」之句，為時傳誦。「山花滿地紅」，寫戰後狀況極工。

一〇九、陳衍有《石遺詩話》

曩與亡友胡詩廬過從酬唱，即為余盛稱石遺之賢，神往久矣。嗣在報端，累誦君詩，又讀《石遺詩話》，益為心折。《石遺詩話》中，余故人不少，獨恨未一識石遺。壬戌冬君避地北來，與日下詩流，贈答至夥。寶融亦有〈賦東石遺老人〉一律云：「吾徒氣類早相關，歲晚何辭百往還。收取聲名歸日下，提攜涕淚出兵間。乍來勝地矜行腳，小集朋尊為解顏。畢竟閩賢壇坫盛，並時聽水又皆山。」君歸里後築皆山樓於宅中，故寶融詩中及之。聽水兼謂弢庵先生也。

一一〇、與陳衍文字交

石遺《《近代詩鈔》》，採入拙詩，蓋即余居東日寄柬之作也。余詩中有「扶風下拜」之語，以不知君寓址，訖未寫寄。然已輾轉登滬報，友人劉君放園剪報寄之。君旋見和四絕，亦由放園錄寄。嚶鳴之感，異地所同，亦文字因緣中一段佳話也。詩云：「詩家妙巧似無他，讀作商量總要多。休信非臺非樹語，由來明鏡愛新磨。」「十載京華識大名，忽思問字太癡生。稍知孤竹令支路，莫比崆峒訟廣成。」「杜陵老去攜家走，直北江東作寓公。聞道瑤華三萬里，江湖無處覓漁翁。」「唐宋名賢共指歸，未須時代判從違。陸楊細領推敲處，何止三家選合肥。」自注：「譚復堂有《合肥三家詩選》，徐西叔最工。余於宋賢中最喜放翁，近始稍躭石湖。年來率易之病，固緣信口而出，未暇推敲，或亦自喜看放翁來也。偶思奉質，故原詩及之，讀君報章，豈勝韋佩。」

一一一、陳衍為「同光體」之開山

散原有〈贈石遺監督〉詩云：「勝流沈（子培）鄭（蘇戡）抗顏行，說子淵淵無盡藏。狼藉詩篇為客久，摩挲櫑具看人強。過逢江漢頭俱白，上薄風騷氣獨蒼。更欲用心到聖處，將收俊語掛奚囊。」自注：「君有選刻朋輩所為詩之意。」其為時賢推重如此。君論詩語多甘苦，所為詩話及所輯詩鈔，雖一時興到之作，然沾溉藝林，固已不脛而走矣。「同光體」者，君與海藏、乙庵諸公，號同光以來詩人不墨守盛唐者之稱。一時勝流，互相標舉，數十年來，浸成風尚。開山之功，良未可沒。君詩本有專集，刊行已久，其工力品格，並世詩壇，必有舉似，茲不贅言。

一一二、陳衍白話詩

白話詩者，昔賢集中，時有其例，前已論之，然非如近世號稱為新文學者所標舉也。余謂能為文言詩者，殆無不工為白話。偶見報載石遺近作，題為〈壬戌冬月與宗孟會於京師，屬以白話詩成十八韻〉云：「七年不見林宗孟，剗去長髯貌瘦勁。入都五旬僅兩面，但覺心親非面敬。狂既勝癡瘦勝肥，目之於色亦論定。縱譚政學無不有，引觀內室評圖鏡。小妻二人皆揖我，常服黑色無粧靚。長者有女年十八，遊學歐州高志行。君言新會梁氏子，已許為婚但未聘。少者長身腰如杵，搴腕浣衣不畏清。年年生兒已五六，大兒豐下方臥病。我言近來孩童輩，英特類多出天性。十數年後試屈指，定非尋常舊百姓。須臾留飯進鄉味，一坐團圞一家並。壁間圖像雙老親，識我之時年皆盛。君因指告諸兒女，祖母少時善吟詠。閨中早識陳某某，三世通家今未竟。此來有似唐杜甫，衛八處士詩投贈。又如避兵遇孫宰，妻孥出見歡相近。君言此會未有詩，白戰已持寸鐵競。我亦攜君一長句，刊入詩鈔走不脛。」如此詩者，又豈今之末後小生所能夢見耶。

君又有〈畏盧同年書來勸省食，報以長句〉云：「平生自負沈家脾，近數年來已就衰。遠道故人相切戒，屠門大嚼定非宜。兩餐牛液濃於乳，一飯魚飧爛似糜。食愈省時身愈健，謹依來札勉行之。」此亦明白如話之作，雅近香山。又〈元旦見桃開效香山體〉云：「菊後梅前花斷時，桃前梅後亦如之。客冬菊與梅相見，今歲桃開梅滿枝。自是春光偏早暖，也因日色有先施。窗前爛漫催詩就，不學香山更學誰。」說者謂君返閩以後，詩格又稍變。即此老年信筆，固無礙其為作家也。

一一三、張元奇才筆馳騖

閩中詩人，甲於全國。余夙識者，尚有張薑齋（民政）。君名元奇，別字君常，所著有《知稼軒集》。石遺序之，謂其才筆馳騖自喜，中年以後，時斂就幽敻，然終與坡公為近。蓋其取徑固與其鄉並時諸賢略殊也。余清季環遊返國過遼，君方任奉天司使。與熊君秉三，招飲於南河沿，為余洗塵。承贈一律云：「海外歸來見沸羹，元黃戰血冷楸枰。君房言語妙天下，小范胸中皆甲兵。萬事已隨前軏覆，九州恐有怒潮生。松花江上斷人跡，毒霧漫漫不可行。」時北路防疫，道路梗阻，故詩中及之。君謂余論關東時局，參以奕理，皆成至言。項聯推挹太過，甚愧之也。

一一四、張元奇寫景最工

薑齋官諫垣時，疏劾親貴，頗有直聲，出守巴陵，時論所惜。君有〈留別老牆根舊宅〉詩云：「生世如短檠，特留牆角跡。去住亦偶然，胡為意不懌。城西類野處，地闊無巷陌。花市接街頭，山翠當門額。五更過駝群，鈴連響數百。任嘲墟墓鄰，勝傍王侯宅。庭中固多樹，藤花尤奕奕。只慚灌溉疏，生枯不自惜。天復欲徙之，沅湘縱倦翮。明朝彰德府，後日信陽驛。洞庭八百里，蕩胸豈云窄。持此畀良友，中有吾詩魄。」自注：「惜庵將入都，仍居此屋。」惜庵乃葉肖韓（在琦）別號，亦閩中詩人也。「城西」以下各語，寫老牆根景物殊肖，凡久居宣武城南者，殆無不知其詩之工也。

君晚歲入京，時有吟事，有〈自笑〉二首云：「自笑頽唐不入時，紛紛歧路又多歧。支離何物都攘臂，混沌如人亦畫眉。垂老恥為毛仲客，昔遊寧數蔡充兒。愁來便欲銷入骨，能發吾顏只酒巵。」又「自笑狂夫老更狂，閉門贏得鬢如霜。厭看槐柳齊潘陸，偶過濠梁絜惠莊。畫餅要令饑可食，持荷只恐暗無光。傾筐倒屣當誰屬，半是椎牛與賣漿。」其時君卜居斜街，意興索然，不知何所感觸，而詩中牢落如此。「傾筐」句又不啻為今日道也。

一一五、宋伯魯工詩善畫

曩見俞恪士（明震），有〈過醴泉喜晤宋芝棟侍御即贈〉云：「黨論漸寬公亦老，相逢百感到平生。河山已分成孤注，孔墨何嘗有定評。元佑聲名終盛世，西京文獻在荒城。尋碑莫上昭陵望，（公近拓唐昭陵碑三十餘種。）翻憶明良涕泗橫。」芝楝名伯魯，別字芝田，秦中名士，由翰林官侍御，有直聲。以戊戌變政被譴，故詩中有「黨論漸寬」之語。江都王義門（景沂）亦有贈君二律云：「東都廚及半漂流，熱淚填膺不可收。新鬼大招湘水曲，故山歸夢華峰頭。神羊自昔傷孤角，翔鳳何年下九州。好待聖朝宣室問，未容投老覓菟裘。」「白日荒荒下野原，巫咸無地訴煩冤。雲陽市上收忠骨，廣柳車中出死門。虛惜景光供涕泗，苦防聲伎鑠精魂。悲秋目斷瀛臺路，肯放閒情到酒尊。」詩特雄鬱悲壯，猶可想見君之立朝風節。

余知君甚久，民六、七共事議席，遂得締交。時君年近七十，學養沖粹，儕輩重之。君工詩善畫，尤精書法。亡友何達夫（毓璋）為余言，君如此高年，尚能於燈下作細楷，每歲除夕必以一瓜子殼書詩句，藉驗目力，其天賦之特殊可見矣。石頑與君為昆弟交，有為題畫扇一絕云：「掃盡浮雲萬念拋，山中重訂歲寒交。相逢不用商龍虎，袖裡《南華》手自鈔。」君學頗精道家言，飽經世變，玄髮未霜，必有自得之妙。惜未及叩其詳也。

一一六、宋伯魯山居詩

秦中詩人，以余所見，當以芝田翁首屈一指。近得園主人高君少農鈔示君〈寺居夏興〉十首云：「蓊鬱隔窮巷，高林青蔽天。荒扉聚蘆葉，野飯足茶煙。老學支離叟，閒參龍蓯蓰禪。鵝黃誰造汝，不醉亦陶然。」「萬瓦雲端出，千峰樹杪來。競誇新結構，猶有舊池臺。遠水吞窗盡，疏花冒澗開。盛衰寧有定，殘劫幾重灰。」「夜氣涼於水，僧房溽暑銷。疏鐘清梵閣，斜月耿松寮。幾厭雪羅細，頻看銀漢遙。碧蘿殊雋永，兩腋自翛翛。」「薄綺搖殘燭，胡床古檜西。一螢花外度，雙鳥月中棲。捧席呼癡婢，浮瓜命小溪，坐來幽興劇，不覺已鳴雞。」「南野胡寥落，清風足避炎。閒拋桃竹杖，常下棗花簾。蟻隊轟苔甃，房蜂蒂畫簷。直疑仙佛福，贏得一身兼。」「移榻成癡坐，追涼到夜分。吠聲窮巷犬，得勢野塘蚊。斜月光猶濕，幽花氣更芬。東鄰誰弄笛，注注隔牆聞。」「鎮日攻書畫，謀生計亦疏。儘斸閒歲月，空負舊琴書。老態徒增醜，虛名總賺余。誰言南郭陋，偏稱野人居。」「處處如燃炭，房房總貯冰。綠莎迷瘦蝶，白羽墮癡蠅。裸逐兒如犢，齋居客似僧。桃笙眠未穩，又報月華升。」「一飯偶留客，杯盤唯率真。肴蒸三五簋，朋舊兩三人。衰病日相念，亂離情更親。莫嫌片時聚，終勝雁魚頻。」「鶉野兵兵火，歸耕未有期。獨看蕭寺月，自續老夫詩。疏磬敲初斷，殘燈睡每遲。猶勤兒輩課，未忍聽荒嬉。」少農告余，此君辛酉七月寓城南三教寺作也。山居幽事，曲曲寫出，格律高渾，尤不易到。君又有〈丁巳新秋雜興十首〉，亦佳。錄其一云：「咽管新聲惟有怨，過江名士已無家。西山白雪空教冷，東海紅波已變沙。自向平泉疏草木，誰從南部譔煙花。可憐玉佩朝天客，貧賤清門學種瓜。」則又不無平居故國之思矣。君所著有《海山仙館詩鈔》，已刊行，容續覓之。

一一七、日本碧雲湖風景

日本松江風景，以碧雲湖得名。湖中之勝當推嫁島。余於壬戌春挈育季往遊，頗覺泛舟之樂。較箱根日光，殆又過之。嫁島上有碑，題石埭老人永阪周〈櫂歌〉一首云：「美人不見碧雲飛，悵悵湖山入夕暉。一曲淞波誰剪取，春潮痕似嫁時衣」。島中風景極佳，有此詩點綴其間，更為生色。余遊時以友人介紹，寓皆美館，壁上懸有成齋老人題句云：「灩瀲波光平遠山，遙看名嶽露孱顏。勝區試論東西美，霞浦雲湖伯仲間。」自注：「余遊松江，深愛其湖山之勝，以為海內罕比。獨霞浦在常總界傍，有刁根一帶長流相合注海，筑波山聳其西，煙水渺茫，可與碧雲湖相匹。如琵琶湖其地過高，而海潮不通，比叡諸山，山勢不陡，絕非大仙筑波之類。故有此作云。」按：霞浦距東京甚近，余累思一遊未果。閱此詩神往彌切，乃於壬戌夏間偕退齋往，時促未能深入，然就湖景論，實不逮碧雲湖遠甚。自來詩人之言，每多誇大，此其一端也。

一一八、于右任憂戰亂詩

老友于伯循（右任），亦秦中詩人之一也，囊遊申浦，投分頗深。嗣來日下，為余作書尤夥，都付散佚。余居東日，華丞知余方輯詩話，以〈武功城外〉二律錄示，蓋君治軍時作也。詩云：「扶杖行吟任所之，武功城外晚晴時。郊媒誰禱姜原廟，春雨人耕后稷祠。萬里風雲掩西北，十年兵火接豳岐。綠楊如線川如畫，景物流連老益悲。」「金鼓河山訴不平，義旗牽引又西征。郊連戰壘周原北，浪打城隅漆水明。朔漠霜冰蘇子節，春風桃李武侯營。登壇慷慨今猶昔，忍淚年來說用兵。」余謂南北苦兵禍久矣，箕豆相煎，亦復何謂。瘡痍滿目，厭亂何時。試訴之兩戒當事者之良心，蓋未有不引為痛苦者。伯循憂國如痗，讀「忍淚用兵」之語，其感想可知。詩亦調高響逸，頗似其鄉先輩屈悔翁，在君固是才人餘事。

一一九、于右任歐遊詩

閱報見有遊歷之作，款署騷心者，蓋亦伯循去國時近什也。〈過大彼得灣〉云：「二百餘年霸業零，天風吹起浪花腥。掬來十億勞民淚，彼得灣中弔列寧。」〈西伯利亞雜事詩寄王陸一〉之一云：「川原悠邈靜無塵，一種韶光夏似春。萬里投荒阿穆爾，老而不死作詩人。」自注：「西伯利亞平原，東西一萬八千六百餘里，皆係森林。松柏際天，芳草匝地，江南三月，夐乎不如。」〈過烏拉山〉云：「遙望烏拉山，連山起煙霧。遠遠山下人，騎牛渡旁渡。昔時戰場今如故，夕陽紅射烏拉樹。尼古拉斯血未乾，牧兒長歌向何處。」自

注：「過烏拉山即歐境矣。山洞四十餘，車行其間，明晦乍殊。山畔為尼古拉斯二世率哥薩克騎兵最後戰勝處，亦即其被戮地也。」數詩皆可作旅行遊記讀者。余曾三過西伯利亞，曩記遊詩亦不少，惜存者寥寥耳。

一二〇、夏繼泉聲情激越

老友夏渠園（繼泉），肯堂軍門辛酉之公子，今之歷下詩人也。君夙負清望，博綜群書，尤精鑒別。曩避地三島，詩多感憤之作。〈古寺〉云：「古寺何年建，庭荒暮靄昏。尋碑苔滿地，禮塔月當門。楓影霜華重，鐘聲海氣吞。岸沙明滅際，可有遠人邨。」〈客中間賣櫻二首〉之一云：「但有琴書在，餘生我不貧。學荒驚歲晚，世亂覺兒親。天意驕狐鼠，人間絕鳳麟。孤光惟自照，此意未須陳。」又〈冒雨東發，抵青島已霽，聞濤聲不寐〉二首之一云：「海氣能消萬種哀，觀瀾三度又重回。欲乘風浪浮槎去，可有魚龍識我來。濤影黑聯新壁壘，夕陽紅煞舊樓臺。橫流如許憑誰挽，為底乾坤閟此才？」皆聲情激越，有唾壺擊碎之概。君藏硯頗富，居東日在洛西小肆，購得王安道（履）小青柯枰硯，曾賦長歌張之。又有〈自題周櫟園遺硯〉七古，皆佳，詞繁不備錄也。

一二一、張士珩林泉詠嘯

李文忠開府北洋，賓從之盛，為域內冠。一時且有二張之目，蓋謂幼樵閣學與韜樓年丈也。二張齊名，忌文忠者，遂並一婿一甥而亦擠之。兩公齎未展厥志，僅以文意風節顯，殆亦有幸有不幸歟。韜丈名士珩，初字楚寶，治詩古文詞數十年，講學尤重實踐。清末任上海製造局最久。曩余過滬時，恒過從無虛日，臨行必示以近刊。甲寅春余遊青島，君適避地東來，譚讌之歡，得未曾有。顧以時促，勞山之遊，但訂後會。迨余第二次自海西歸，甫抵津門，丈已於前數日捐館矣。遺集已刊行，有《勞山甲錄》，皆居青島時作。

〈題勞山老人〉云：「老人胡自至，矗水聳嵯峨。孤悍滔天浪，靈鐘鎮地維。煙濤資噴礴，冰雪助嶔崎。似是逃秦皓，隻身東海涯。」又：「避世來勞盛，聞奇試往觀。煙波渺萬里，島嶼鬱千盤。朗月高懷映，驚瀧峭骨寒。補天乞施手，江海輓狂瀾。」悔庵丈云：「全體格老氣蒼，兩結句使人意遠。」海藏亦有〈題石老人〉詩云：「辟世欲何往，飄然海上逃。離群從鳥獸，孤嘯答風濤。此叟堪師事，高蹤謝爾曹。題名非石隱，試為問文豪。」自注：「楚寶磨壓題名，並作〈石老人記〉。〈記〉刊石已久，丈曾詒我一幀也。」又〈題君子居〉云：「白下尋殘夢，吾嘗過竹居。胎禽養丹頂，壁記刻行書。觴詠懷前輩，風流話舊廬。宮牆照眼地，今日是殷墟。」丈卜築冶城山下，有林泉詠嘯之雅，故又號冶山居士。江瀞之太史贈丈詩云：「不廢文章千古事，眼中南北兩韜樓。」自注：「君於天津亦起韜樓。」上元詩人顧五（子朋）《盋山詩錄》中，多與丈酬唱酬酬之作，他日當續錄之。

一二二、李經義自輓詩

同邑李蛻廬丈（經義），別字悔庵，固清季疆吏中之卓有能聲者。二十年前於城東法華寺中一譚大契，以方作世界遊，未能應弓招之約，然刮目之知，何可忘也。丈於民國初年入京，恒下榻湖邸，抵掌作竟夜譚，眼高於頂，於時流寡所許可。項城之置嵩山四友喜，丈被推列第二。他人或豔羨不置，聞丈於譚次中，輒有金盤貯物之憒，其自負可知。顧於余輒有阿好，期許至殷。余巡按吉林，僅十閱月。丈逖聽治狀，以為有名督撫風，謂得之初試外吏者尤難。一紀以來，書問至數，娓娓論事，動逾千言，極周匝婉盡之致，今已裝成兩巨冊矣。余〈丙寅悼舊〉詩之一云：「舌底潮音不可聽，黑頭開府老成型。太平湖畔春如許，芳草年年自在青。」即為丈作者。每披遺札，感慨系之。

丈早歲才名藉甚，晚年猶藉吟事自遣。病中有〈自輓二律〉云：「墮地聲中百事乖，畢生哀樂為誰來。驚心夢裏鈞天樂，轉眼人間劫火灰。塵海翻身真不易，蓬山脫屣復何猜。維摩示疾無留戀，花雨繽紛入悟才。」「無端二豎日尋遮，魔力難降病轉加。厄重方知身是葉，夢回誰見筆生花。殘山賸水陪逋客，明月清風識故家。石上精魂應不昧，歸程接引有仙槎。」自注：「自乙丑仲夏痼疾增劇，迄於孟夏不稍減退，百體皆困，一心了然。仿昔人事例，成生輓詩二首。屢勞逸公存問，錄稿奉質，用答眷懷」云云。余於新康舟中依韻和之：「卻嫌與俗太相乖，浩氣孤情獨往來。過眼紛華隨水逝，此身頑健漸心灰。歸期有約仍難踐，世事如謎不忍猜。打劫殘棋看已倦，一枰著手此時才。」「白日煙雲忽蔽遮，無端荊棘更交加。人間寧有忘憂草，我佛能拈解笑花。嬾向中流支砥柱，要從歧路覓真家。沼吳霸越尋常事，未若長浮海上槎。」「世事如謎」句，亦有觸而發，適余求解皖節甚力也。

一二三、李經義「婆」韻詩

蛻廬丈晚歲僑寓蘇臺，繼移歇浦，閉門卻掃，孑然神清。有〈寄趙椒圃〉一律云：「海外重尋春夢婆，無端好事學東坡。散花飛雨談禪誤，咒筍成林惹笑多。萬種傷心都是恨，一生造意總生魔。哀翁枯寂源吾分，流水弦聲莫再訛。」椒圃與丈為至戚，時有誤傳丈將新置篷室者，故詩中及之。「萬種傷心」句，以其時丈之寵姬新逝未久也。余於〈金陵道中詠懷〉，輒次其韻，中有「宦海風波公論少，中年哀樂感懷多。寸心寧計千秋業，尺道偏生一丈魔」，及「鎮淮橋畔吾廬在，君問歸期莫再訛」之句。海內和者，已逾百首，尤以宜城賓僚為最多。當時所謂「婆」韻詩者，固已流傳長江上下矣。一集付刊，俟之異日。茲摘錄斷句，皆隱切皖事者。同年張栗庵云：「明知龍虎馴原易，爭奈蚍蜉撼正多。」葉仙萁云：「禾黍方欣郇兩潤，蒲葵偏障庾塵多。」李範之云：「風波見慣操舟穩，春雨無聲潤物多。」寶融云：「詩因愛好心逾細，官到無私謗轉多。」至胡菊生之「寄語臨淮新壁壘，山頭廷尉望休訛」，則更情見乎詞矣。曾不期年，皖局幾變，蚍蜉安在，久付劫灰。丙寅冬余薄遊湯岡子，有句云：「江上旌旗忍再看，長淮草木今何似。」前塵回首，曷禁憮然。

一二四、李家煌夙慧過人

海藏於吾鄉後起詩流，周梅泉外，輒稱李駿孫（家煌）。駿孫年少清才，旁通星相，於詩尤工。陳子言詩謂其宗法韓孟，得其舅貴池劉龍慧太守慎詒之傳。海藏則謂其頗似王逢原，集盧草堂，可謂有子。余乙丑過申，蜕廬丈尚力疾書詩翰，介其來謁，蓋丈於諸孫中，亦惟駿孫最所鍾愛也。〈聞蛩作〉云：「去來今事不勝訴，百千萬音皆為秋。聊取一篇與相和，聲聲金石出危樓。」〈癸亥六月十五夜，孥舟吳門盤溪，侍舅氏涼納南蕩，泛舟荷叢而歸〉云：「清涼地證鼻功德，晝夜時憑花合開。水靜心平湖月滿，更無人語有風來。」自注云：「《無量壽經》：『西方以蓮花開合為一晝夜。』」駿孫躭內典，蔬食不茹葷，即以詩境論，固知其夙慧過人也。

一二五、徐樹錚武人能詩

老友蕭縣徐又錚（樹錚），固今日謗滿天下，譽滿天下之一人也。其在歷史上之位置，千秋自有論定，非吾輩所得阿私。即以吟事論，亦自有不可掩者。余與君投分逾廿年，論事或忤，譚藝多契，殆文字因緣耶。君生有大志，輒輕帖括，食餼後上書項城，大奇之，以屬合肥。合肥治軍保陽，君任幕職，年少氣盛，頭角嶄然。合肥於稠人指示余，是為識君之始。君於年餘後旋亦東渡習陸軍，校課餘暇，與亮臣、伯韓、壽潛、錦庵諸子及余，恒相聚，健啖高譚，狂歌痛飲。至今思之，情味如昨。

余囊所藏君詩文，庚申之役，幾無存者。惟余第一次歐遊時，君寄余詩四首，又民六冬余養疴北京病院，君寫示〈讀書〉一律尚存，錄之。前者第一題為〈偶懷〉云：「去國學為將，志節鬱恢恢。刖足抱荊璞，死骨成金臺。歲晚壯心警，枕畔斜月來。寒衾那得戀，破曉銅龍哀。」「銅龍催白晝，蓐食未黎明。凍雲垂仍縮，冰花旋作聲。賀喧餓雀噪，戴雪蒼柏晴。人意多羈縛，不如物自營。」「家書兩袖淚，雲山幾萬重。倚窗短夢襲，逸池塵境封。倦禽眄庭木，黃葉沈暮鐘。歸期逼短景，適嫌鄉思濃。」又一題為〈翦髮多星星〉者，是日照像，即題其背云：「鏡裡分明又少年，且當圖畫上凌煙。綺懷銷歇留吟癖，壯歲崢嶸落酒邊。自昔處囊成脫穎，為誰盈鑷感華顛。封侯骨相知何似，老大頭顱重惘然。」自注云：「弟初到北洋，差員中弟年最幼。後陸繡山名錦者，自日本歸，到參謀處，年二十二，少於弟者數月，竟兄我，我雖恨之而年不許也。今兄又常兄我，豈亦有恨人兄我之恨耶？然年亦不許而仍自弟，則似不如弟之能受命也。高明當一笑許之否？」後者題為〈讀書〉一首云：「九州蘊痛百無倫，域外雄圖亦苦辛。醫國何從求大藥，讀書乍喜得閒身。衝雲斷雁沈幽夜，嶺雪迎梅試小春。滿眼旌旗對杯酒，莫嫌英氣未能馴。」此詩余有和作，見《燼餘集》中。

一二六、徐樹錚在日本望月有感

又錚之寓東京也，適丁地震巨災，人多為君危，乃竟無恙。瀕行偕友同過神港，一夕發篋出詩文稿相質，佳篇絡繹，美不勝收。適餘生歸骨到阪，乃同往迎，未及細讀，僅屬何君千里摘抄數首，以實詩話。其〈庚申六月十五夜對月五首〉云：「浪激狐鼠託宗盟，老猾乘權卒自傾。冠冕一朝悲毀裂，龍蛇無數起飛鳴。高炎早伏秋來訊，暮雨能催郭外晴。月色橫空雲影去，男兒襟抱與同清。」「萬夫束手堪羞死，孤注誰憐一擲空。收燼背城違壯略，釋兵杯酒誑元戎。旌旗填竚憂三北，草木連雲誤八公。尚有丹青照青史，漫將得失弔雞蟲。」「摧敵群驚眾志堅，楊邨朝雨正如煙。偏師露布空傳捷，左相銜杯自避賢。好向橋頭待黃石，何須酒後問青天。遙知殘壘蕭蕭地，他日重經定惘然。」「莫負風花對玉卮，閒中得趣靜方知。九州生氣關天數，一片降幡變口旗。文字爭傳諭蜀檄，姓名聊冠黨人碑。是非那遽論成敗，蠖屈龍信會有時。」「購我頭顱十萬金，真能忌我亦知音。閉門大索喧嚴令，側帽清遊放醉吟。白日歌沉燕市筑，蒼波夢引海舟琴。雲天不盡纏綿意，敢負生平報國心。」君於處困苦顛沛中，意氣自若，此數首亦可作詩史讀也。君內渡後，自長崎寄詩云：「地老天荒日，紅羊浩劫留。況將家國恨，併作別離愁。異域三年夢，還鄉一片秋。會當十五夜，雲外其昂頭。」自注：「癸亥八月八日，舵樓望月有懷，翌晨抵長崎，敬以奉寄，俾故人知我無恙也。」今距君沒，歲已二周，墓有宿草矣。偶披遺什。感愴當何如耶！

一二七、徐樹錚讀書多

項城時代有所謂三次長參案者，又錚居一。方事亟時，君杜門謝客，搜輯諸家評點《古文辭類纂》，用五色筆，手自謄寫，並加批識，日盡數卷始已，雖溽暑不輟，案白而書亦成，風行遍海內。君曾以此書寄周沈觀上海，繫以詩云：「昔賢志後道，鴻文照荒裔。今人從遨樂，殘民逞所耆。逐欲不知已，大亂馴以致。抱道守厥躬，嘉言君夙契。嫉惡甚狐兔，老眼側鷹鷙。風塵奮一聲，胡為久避地。方我勤校書，君請貽一帙。書成君掛冠，我亦振遠志。屢過海上廬，炎風拂客袂。衡宇勞瞻望，舟車不敢憩。奔走今猶頻，劍屨師誰誓。狂氛天地塞，滄桑忽已易。讀書還靜坐，醰醰愈有味。因文道乃見，願勿恝忘世。纏裹聊寄將，宿諾尋寤寐。」又君有〈答友〉一律云：「陋巷欣逢長者車，攖情寵辱已蠲除。功名塵土空談笑，意態風雲自卷舒。萬馬無聲秋塞月，一燈有味夜窗書。登壇旗鼓君休詫，依舊蕭齋似隱居。」乃卸任陸軍次長時作。「萬馬」一聯，最為時流傳誦。姚仲實云：「空明澄澈，吾家惜翁執筆，亦不過如此。」信然。

又斷句云：「細數疏星待簷月，微聞清露下庭槐。」叔節極稱之。君累譚及，亦頗自負。惜全稿未錄示，今不能記憶矣。君又有魚韻四律。曾見滬報。其二云：「功名事業終何在，道德文章正有餘。到眼古今皆好友，放懷宇宙即吾廬。煙雲萬態天爭勝，風雨一樓人讀書。待挽九河注洪水，忍看蒼赤痛其魚。」又斷句云：「九天當路容豺虎，萬卷埋頭送蠹魚。」君曾寫寄，謂：「蠹魚韻實較蟲魚韻為佳，然弟所自負者，則讀書韻也。」此與「萬馬」一聯同一氣概，君任邊事，掾屬名稱，力求古雅。某老宿謂他人患讀書少，君患讀書多。亦可見君之為人矣。

一二八、徐樹錚喜填詞度曲

君折節文士。並時耆宿，如柯鳳蓀、王晉卿、馬通伯、林琴南、王志盦、朱仲我、姚仲實、叔節昆仲，胡綏之、吳北江輩，皆與君遊，且交相引重，氣類之雅，近世所稀。君於諸人中，與桐城姚叔節氏交期尤篤。叔節生日，君與畏廬招同通伯、仲我、實甫置酒淨業湖，叔節有詩云：「掛壁良弓暫韜彎，十年厭草檄如山。吹簫自度江南曲，城北徐公不等閒。」君喜填詞度曲，亦結習使然也。叔節避地天津，有〈謝君惠寄旅貲〉，句云：「世有英雄存老物，願回日月照窮櫩。」叔節病歿，君適過我神山寓廬。一夕入夢，君凌晨告我云：「叔節恐不起。」相與欷歔，已而訃至。君又云：某年喪其蘇州姬人，時在閩督署中，亦有夢徵。精神感召，有如此哉。

一二九、徐樹錚橫槊賦詩豪氣

海藏有〈漢汪秋望圖題句〉云：「江哀漢怒此爭流，斷送愁人又暮秋。今日中原應失望，莫將淚眼更登樓。」蓋為又錚作也。君於民國七年由武漢歸，曾寫一律寄余友臧秋，中有句云：「美人顏色千絲髮，大將功名萬馬蹄。」君頗自喜。碉秋曾以示余，其全稿與題，今韻不復省憶。又〈自衡陽歸漢上〉云：「湘波一碧太無情，不洗紛紛戰血腥。欲過長沙弔賈誼，求賢誰復問蒼生。」〈漢上即席有和〉云：「銀燭高燒兀自紅，別離已到目波中。要將兒女纏綿意，併入飛揚氣更雄。」兩詩亦皆同時之作，讀之猶想見橫槊賦詩意氣也。

一三〇、輓徐樹錚聯

君之歿也，友人前溪氏為文哀之，頗致慨京師無人敢走哭者，實則余即憑棺蕭寺之一人也。九州甫歸，國門一訣，傷哉！余輓君數聯，其一云：「交誼國人知，猶及京華留一訣；才名公論在，即言文藝亦千秋。」君之詩多可傳，余所錄者，特其百一。裒輯有責，且俟方來並告前溪，此為息壤。

一三一、徐樹錚收復外蒙

君生平措置之最大者，莫過於收復外蒙一事。凡其規劃經緯，膠州柯鳳蓀（紹忞）所為墓誌銘，已詳及之。且曰：「公去不逾時，俄人入寇陷庫倫，而邊事不可問矣。誰執國政，自棄燕雲。誤國之愆，詎追清議？君雖譽謗滿天下，然朔漠之績，即質之忌者，亦無異詞。千秋之慰，賴有此耳。」忍堪曩有〈喜聞徐籌邊使綏服庫倫賦寄四首〉可作詩史。錄之：「師行枕席將登壇，絕幕王庭再設官。三受降域臨突厥，一都護府控樓蘭。藁街列邸招安切，金冊加封禮數寬。馬上鐃歌橫吹曲，歸來笳鼓萬人歡。」「是五單于百戰場，漢天子亦丈人行。邊門互市通羅剎，降表簽名署法王。自昔驍騰稱四部，（喀爾喀四部，清初以來雄據外蒙。）於今忠順比三娘。（此次外蒙活佛歸忱，有內助之力，故女佛亦加冊封。）年來駝馬無南牧，指顧山河返舊疆。」「中權謀略動如神，淮海維揚一俊人。校注十家胸有甲，（又錚刊《孫子十家注》。）立功萬里膽包身。奚兒馬湩軍中樂，婦女燕支塞上春。不數天山三箭定，遠追張（騫）傅（介子）與甘（延壽）陳（湯）。」「蒼茫勒勒接居庸，四野穹廬不舉烽。孝子順孫皆漢籍，寸天尺地盡堯封。旃裘此日先歸牧，冠蓋乘春早勸農。（予別有書，主用漢戊巳校尉屯田餉軍，誠綏邊固圉之良策。惜內爭方急，無暇北顧也。）生聚十年兼教訓，仲山甫鼎再銘功。」祇庵亦有哭君詩。錄其二律云：「世亂謀能定，心雄怨豈辭。此才天奪速，終古史傳疑。斷腕嗟留憝，殲良痛善騎。不隨秋露盡，英氣照當時。」「太息其戎痛，何曾在莒忘。久將身作薦，空感鬢成霜。熙妙留文藻，淒涼弔國殤。前蹤虛結願，不為惜垂堂。」忍堪、祇庵皆君故人，聞笛山陽，正同此感。志盦有哭君長篇，僅記其首二句云：「絕代中興將，生遲五十年。」不言哀，哀可知矣。君之孤審義為志盦女夫，能傳家學。聞方檢理遺著，計為《視昔軒文集》、《兜香閣詩集》、《碧夢龕詞》數種。此亦志盦告余者。故人有子，又不禁開口而笑。

一三二、徐樹錚尤工詞

君於詩外尤工詞，民九余于役上海，君曾以〈題姚少師為中山王作山水卷子・金盞子〉一闋見奇，並屬就正朱彊邨，詞云：「風雨龍飛，望薊門煙樹，九邊雄闊。鵝鴨起軍聲，偏天道，民心老僧能說。那知畫裡功名，早虛空飄忽，休更問、金陵大功坊畔，柳花如雪。銷歇。弔勳閥。揩倦眼，縱橫王氣竭。無人願騎義馬，難重逢，天生病虎俠骨。萬里江山，祇春風鵑鴂。朝寒峭、誰管細雨侵簾，燕子愁絕。」彊邨當代詞宗，亦頗擊賞，則君詞之工可知。割愛未忍，輒並錄之。

一三三、始祖由皖移滇經過

我義門王氏遷肥始祖真公，譜載原籍為浙江杭州府仁和縣太平鄉二十四都二圖人。當有明太祖高皇帝興吳元年仗義渡江，投充廬州府守禦千戶所軍。洪武十三年，制改廬州衛，而公猶隸焉。洪武二十三年，以精力衰憊，取原籍姪名義者代之，蓋識時之士也，遂家於廬云云。然據族中累世父老遞相傳述，公晚歲仍他適，歿於何所，譜牒不載，已無可考。證以遷肥後祖塋圖，其最初一塚標明為祖婆墳，次即二世祖玉公墳，則始祖之不卜葬於肥也可以斷定。是塋距肥城南三里，位富陂塘西北，酉山卯向，不肖幼時侍先君及族中長老清明祭掃，恒指以相告，但識之不敢忘耳。厥後奔走南北，每過六橋三竺間，輒以不獲滯留為恨。意所謂太平鄉者，或尚不難尋考，容有支流餘裔，文獻可足徵也。

乙丑春間，滇友王竹邨以擢任教長留京，偶飲市樓縱談，竹邨曰：「久欲一遊廬州未果，廬州之王，同姓而不宗者有幾，君能言之乎？」余曰：「天下王姓不宗者夥矣，吾肥何獨不然。」遂嚴詰見詢之故。君曰：「余始祖真公，乃明初由廬州以軍務赴滇者，余故一欲訪之，冀有所遇也。」余乃起立拱手而言曰：「今日之會，儻非始祖有靈，不克有此。」遂以舊所蓄疑者一一告之，兩人都大歡樂。竹邨曰：「依《滇志》所載，我始祖真公似因鎮撫永昌土民為亂，歿於國事。其後子孫轉徙播遷，遂失典故。」故自始祖至竹邨為若干傳，竹邨不能答也。余曰：「自遷肥始，下逮余身，則十六傳也。肥之譜尚可考，惟始祖何往，歿於何地，譜之闕文。今何幸一釋此疑團乎！」始祖以軍功起家，轉戰南北，抵滇後殆別有室，綿延迄今，逾五百年。兩地子孫，一旦聚首，殆亦族姓之佳話乎。

竹邨名九齡，別號夢菊，少余數歲，余以宗弟呼之。曩曾留學日本，精研內典，專攻密宗。辛壬之間，佐吾友唐蓂賡（繼堯）奔走國事。余耳其名甚久，未識面也。甲子秋竹邨持蓂賡介紹書，自滇抵津，一談遂成莫逆，乃有後此之遇合，寧非天乎！余友章孤桐、孫孟戟素與竹邨稔，恒於余前為竹邨延譽。孤桐嘗曰：「滇之人才，若論學術品格，竹邨自當首屈一指。」後余與竹邨過從漸密，益信孤桐之不我欺。竹邨不喜為詩，去年以書抵湘蘅，因以示余，附有極長詩箋。余狂喜讀之，視為得未曾有。茲以重竹邨故，一破向例，全篇錄入，以實余詩話，竹邨閱之當一哂也。

題為〈丙寅中秋前五日，自匡廬返，旋登普陀洛伽山。曹湘蘅自都中抄寄逸塘宗兄東遊詩十章並正道居詩，依韻學和，仍得十章，即乞同政》，其一：「遊蹤先後入蓬萊，更到南溟望眼開。大笑王喬是仙子，經年泛海未歸來。」其二：「非輕周孔厭囂譁，（嵇康語）。策杖孤遊興倍賒。登罷匡廬渡南海，香雲吹送一天花。（宿法雨寺）。」其三：「秋風昆海憶蓴鱸，欲整歸裝負負呼。西望鄉雲潛下淚，高邱矮屋已如塗。」其四：「烽火驚餘叩普門，（遊匡山，因武漢戰起返申）。大悲無語淚猶痕。私心尚禱天河靜，欲洗塵氛清六根。」其五：「偏安江左溯先澤，定鼎天南話亦佳。昭穆何時應立廟，淮南酌水薦清齋。（始祖真公隨黔國公征滇定永昌，官都指揮。載《雲南通志》。）」其六：「風流文采量休休，為障庾塵且息遊。待到重陽能會否，相期黃菊共簪頭。」（此歸擬作京津之遊，不識能如此願否。）其七：（以下四章，同懷正道居主也。）「殺運經秋悲大千，願回雲雨潤金蓮，如棋世亂觀猶掌，痛下針砭頌兩篇。」其八：「桃李春風花滿千，秋來猶自愛周蓮。可憐露冷荷香晚，留得高歌茂叔篇。」其九：「買酒中山醉日千，荊州見許說青蓮。為餘鼠雀饑相待，聊復歸吟內感篇。」其十：「道竗難言費五千，香光寶網路金蓮。仙心佛口渾無已，珍重劫餘砭世篇。」

余得詩後，旋和數首，人事卒卒，未及寫出。今尚記其一云：「山重水複路三千，異瓣原來託一蓮。何日聖湖同訪勝，表章祖德紀新篇。」此詩俚甚，原不足存。始祖遷滇已久，移滇後，子孫更不省原籍故事，故余詩及之。數月前，竹邨自滇屢有書來，北遊之議，尚未中輟，但西湖訪勝，此願良未知何日償耳。移滇一支，數百年間，雖無顯宦，累代書香，廩貢不絕，與居皖廬者殆無異，亦竹邨所云。

一三四、東遊雜詩

余《東遊雜詩》第十章云：「低首空王隘大千，還期火宅湧金蓮。定回棋罷閒拈韻，砭世吟成又幾篇。」乃奉懷正道居主者。旋得和云：「諤諤超群勝萬千，詩中有畫抗青蓮。環瀛歷罷觀滄海，閒玩《南華》內外篇。」余時適搜羅《莊子》各家箋注，從事研討，故有此語。以上二詩，乃竹邨和作之張本也，特附錄之。

一三五、刪書與焚書

金和，字弓叔，號亞匏，江蘇上元人，余友金君仍（珠還）之尊公也，著有《秋蟪吟館詩集》。金陵淪喪，君舉家陷賊中，備歷危苦，故所為詩皆沈痛慘澹，有少陵同谷之遺。集中多長篇紀事，亦可當咸同間詩史讀也。君舊詠始皇，有句云：「功罪一家都是火，益焚山澤政焚書。」獨具隻眼，為人傳誦。余謂焚書功罪，亦未易言，處士橫議，雜家爭鳴，盡信書則不如無書。子輿氏已有深喟。末流之弊，寧免於焚。鄭板橋氏以秦王焚書與孔子刪書並舉，刪書斷自唐虞，刪詩僅存三百。被刪之書，與焚何異？余少時有句云：「稷下群言孰折衷，祖龍一炬燭天紅。焚書若果論功罪，也值刪書一半功。」語雖翻案，事有足徵，又不僅為始皇解嘲也。

一三六、學術專制烈於焚書

「夜半橋邊呼孺子，人間猶有未燒書。」此昔賢詠史句也。曩有人謂始皇祇焚民間書，蓋猶諸侯惡其害己，而皆去其籍之意。實則當時以吏為師，官書仍存。故六經諸子，訖未隨一炬以俱燼。其說甚辯，似見趙甌北《廿二史札記》中。姑舉事例，伏鄭傳經，叔孫制禮，燒而未盡，已可證明。即 侯入關所收之圖籍，固赫然官物也。項羽入咸陽，大火三日，書之淪劫獨慘。杜牧之「楚人一炬，可憐焦土」之言，寧僅為阿房宮詠哉！今人不罪項羽而罪秦皇，下流之歸抑又何說。漢武帝罷黜百家，獨尊孔氏，學術專制之毒，其結果烈於焚書。三千年來，文化消長，此為關鍵。鄭漁仲云：「秦人燔經而經存，漢人尊經而經絕。」蓋慨乎其言矣。

一三七、詩句會有偶和

放翁絕詩：「斜陽古柳趙家莊，負鼓盲翁正作場。死後是非誰管得，滿村聽說蔡中郎。」達語亦雋語也。近見錢塘瞿存齋（佑）所著之《歸田詩話》中，載劉後村（克莊）絕句數首，其一與放翁同三句，首句則作「黃童白叟往來忙」。兩公韻時代相接，以年輩論，放翁較早。事有偶合，或此類耶。又《山谷集》中絕句云：「草色青青柳色黃，桃花零落杏花香。春風不解吹愁去，春日偏能惹恨長。」此與唐人賈至詩亦同。特賈之原詩第二句作「桃花歷亂李花香」，第三句作「東風不為吹愁去」，字面小異，事見《誠齋詩話》。流傳已久，不妨並存。必欲刻舟求劍，殊為無取。

一三八、陳懋鼎詩中有本事

閩中多詩人。陳徵宇（懋鼎）為弢庵先生之猶子，與余共事議會，簡靜持大體，儕輩重之。庚申以後，薄遊海濱，有〈雜詩八首〉，蓋辛酉十一月作也：「盧橘熟時吾北來，淞園又及早梅開。從今便欲勤勤數，物我相尋可幾回。」「虛樓一榻得居停，鎖骨仙人眼解青。共有心頭干莫利，夜分光動斗牛星。」「廣長舌是浙潮音，節度開門抱苦心。稍喜楚材李山甫，筆端猶直魄臺金。」楚材蓋指同年李希愚君，時方佐浙帥幕也。「說禮敦詩天不廢，惜哉一首〈衡州謠〉。著書自是壁中事，鬪劍長槍誰與驕。」此首蓋謂又錚也。「蒼然樹石出周垣，獨客徘徊感過門。未許亡人抛故國，太平湖與哈同園。」「閩士無雙林晚翠，史家將謂是伾文。山陽故侶何人問，殲露園中哭女墳。」「通藝曾居萬變先，孑遺猶數特科賢。故人久袖開山手，每度相逢也惘然。」「此來不謁海藏樓，為恐京塵污一邱。喚得淞濱作人海，魚蝦擾擾信同流。」各詩皆有故事，讀者類能辨之，不贅注也。「蒼然」一首，迴腸盪氣，如不勝情。他人讀之，且增「停雲」之感，況僕也哉。

一三九、陳懋鼎杭州雜詩

徵宇又有〈杭州雜詩〉八首云：「營門歸馬踏長衢，坐對煙波想故都。山水有靈吾豈誑，此來端不為西湖。」「綰轂東南唱止戈，一家杭滬免誰何。湖濱逆旅持名籍，記得諸侯客子多。」「酒盞當欄攜妓客，蓑衣沖雨蓴採舟。寒煙荒梗成今度，夏景匆匆不肯留。」「雙槳夷猶戀夕暉，尋人不遇不空歸。湖遊半日仍粗了，祇見山兜上翠微。」「林墓梅花開未開，孤山須是厭塵埃。平湖秋月偏相近，昏黑循堤獨到來。」「十八年前湖上夜，行宮門外月如霜。我生祇此泛舟役，說與故人應斷腸。」「精忠恨不國威揚，保障長思捍海塘。千載浙人還浙土，岳王恐合讓錢王。」「潮弩方湔百越羞，甌閩地盡古揚州。相從漫有江湖意，野鶴閒雲愧貫休。」「綰轂」一首，為浙帥作者。時越中方倡自主，四方輻輳，洵盛極一時也。

一四〇、與鄭孝胥酬唱詩

北戴河海濱，為東亞北部逭暑勝地。余以己未秋初來遊，其時于役滬上，未及信宿。甲子以後，每歲必至，野服徜徉，秋盡始返。閒中風月，消受獨多，亦近年差為適意之事。余甲子夏得句云：「年來髀肉生如許，賃得邨驢當馬騎。」頗為一時傳誦。鄭海藏有寄答余詩三首，甚佳。錄之：「讀書不樂更論兵，廣武區區易得名。誰見龍川新句就，卻將經濟歎生平。」「虎擲龍攄遍九州，英雄誰肯死前休。功名無與夷齊事。薇蕨空山又一秋。」「振衣千仞氣堂堂，濯足扶桑意豈狂。今日望公應卻步，祇堪居士號清涼。」按：韓蘄王晚年自號清涼居士，海藏蓋隱切騎驢故事也。余〈寄懷海藏〉詩云：「濠堂鷗榭渺前塵，搖落江山幾鳳麟。善飯挽強渾易事，最難養氣尚如新。」「國門重入十三年，辛苦孤臣拜杜鵑。底事推枰仍袖手，蛾眉謠詠古今憐。」「駿骨千金世豈知，看天忍淚又移時。神州來日方多事，出岫閒雲未是遲。」「看罷繁櫻已倦遊，閒身更為海鷗留。年來詩思頹唐甚，那有雄心到九州。」皆在海濱作者，並錄於此。

一四一、海濱閒逸詩

武進管洛聲，有《海濱志略》之輯，余實促其印行。且以余倡另選《海濱集》之議，故凡唱和諸作不專屬海濱風景者從刪。近由友人先後鈔送詩料，真有美不勝收之感。輯為專集，請俟異日。余卸皖事後，即攜家居蓮峰山下，勞苦之餘，驟親水石，如獸出檻鳥脫籠，樂乃無藝。纕蘅遠道見訪，有柬余一詩云：「兼程赴宿約，有如鷹脫韝。蓮峰近在眼，排闥爭相投。主人甫罷鎮，心曠神逾遒。從知八騶貴，未抵一壑優。巖松送寒籟，邨酒供新芻。悠然生意滿，都付奚囊收。」「八騶」「一壑」得味各殊，非鷗盟中人不能道其隻字也。

一四二、不食人間煙火之詩

超觀有願夏廬，亦在蓮峰之麓。甲子歲，君與余酬唱酬至夥，詩筒往復無虛日。韻已實《海濱集》中。余最愛其話舊見贈句云：「中原無主空捫虱，巨翮摩天且養翎。」又〈雜詩四首〉云：「蓮峰鬱鬱海蒼蒼，十里樓臺盡啟窗。銷卻炎威渾瑣事，一丸曾此樹金湯。」（日俄、直奉兩戰韻在此設防。）「檻外清涼若可招，甘陵山下雨瀟瀟。十年空醒幽燕夢，何似支頭聽暮潮。」「金沙灘口掉輕舟，繞遍長堤出葦洲。更此薊門山色壯，海雲一抹出齊州。」「亭午波湉海樹低，兒童潑浪釣魚磯。平生歷盡風濤險，卻臥沙頭看水嬉。」吐屬清新，是不食人間煙火者。

一四三、顧雲與鄭孝胥論詩最契

顧子朋（雲），一號石公，江寧上元人。海藏詩所謂「江東顧五」者也。所居在盋山下，榜曰深樹讀書堂。海藏題詩最多，並為題聯云：「門有五柳樹，書成一家言。」可以想見風概。君與海藏論詩最契，有〈贈蘇龕即題其小影〉一絕云：「讞詩幾輩囚孟郊，若法司議獨弗撓。平反野史亭畔獄，復古直許儕謝陶。」皆紀海藏論詩語也。石遺嘗謂海藏詩為石公作者皆工，茲就石公詩與海藏有連者錄之，以見兩君交期，且以實石遺之言。〈雨中喜蘇戡枉過，留宿山居，即事有作〉云：「幢幢陸海中，閒者惟二人。一處盋山麓，一棲淮水濱。笑言阻索居，風雨愁蕭晨。豈期駕倏命，仍此物外親。濃陰縟几席，佳釀清心神。延賞極非想，放論彌無垠。斯世非我世，（蘇戡語）。群倫當誰倫。尊前黃虞邈，潭上煙波新。永夕理嘯詠，奇懷斂輪囷。短檠掀奚童，高枕鼾嘉賓。言念過從日，何必非隱淪。」君為薛慰農先生高足，選荊溪教諭不赴，所著有《盋山詩錄》。集中與時賢酬唱酬甚夥，桐廬袁爽秋、通州張季直、金壇馮夢華，及同鄉江潛之（雲龍），張楚寶（士珩），皆其吟侶也。

一四四、鄭孝胥哭顧雲

石公歿後，海藏哭之甚哀，詩云：「自意死窮邊，不復能見子。歸來誰與歸，得我子所喜。南行暫展墓，海上聊徙倚。一歡謂可必，何用書累紙。豈知有茲事，捨我遽為鬼。投袂欲相追，失望對逝水。眼前盡成夢，萬世不可誒。」又：「持謂絕不同，意氣極相得。每見不能去，歡笑輒竟夕。西州門前路，爾我留行跡。相送至數里，獨返猶惻惻。小橋分手處，驢背斜陽色。千秋萬歲後，於此滯魂魄。為君詩常好，世論實不易。夢中還殘錦，才盡空白惜」。讀之令人增氣類之感，至詩之微妙，固不待言。且「為君詩常好」之句，固已自道矣。

一四五、韓愈三上宰相書

昌黎三上宰相書，人或議其求進太過。實則世有高才，而當路不知，必迫其以書自媒，亦執政之恥也。興化鄭板橋（燮），讀昌黎〈上宰相書〉，因呈執政云：「常怪昌黎命世雄，功名之際太匆匆。也應不肯他途進，惟有修書謁相公。」此詩立論最公，亦自見身分矣。宋呂許公當國，一日有張球獻詩云：「近日廚中乏短供，孩兒啼哭飯籮空。母因低語告兒道，爺有新書謁相公。」公以俸錢百緡遺之，事見《青瑣集》。又唐詩僧皎然投知己云：「若為令憶洞庭春，上有閒雲可隱身。無限白雲山要買，不知山價出何人。」此與張詩同一語妙。

一四六、以詩諷喻

詩以諷諭為工，香山尚已，前賢詩中尤多名作。然亦有以諧謔出之者。唐宿衛裴略試判落第，謁僕射溫彥博披訴。略素以善諧謔稱，彥博指廳前屏牆令賦詩，略應聲曰：「高下八九尺，東西六七步。突兀當廳坐，幾許避賢路。」彥博曰：「此語似傷博。」略曰：「即扳公筋，何止傷膊。」以「博」「膊」同音也，彥博卒與之官。此一事也。

李清臣，宋北都人。方束髮，詞句驚人。一日薄遊鄭州，時韓公為帥，因往見其姪大祝。吏報曰：「大祝方寢。」遂求筆為一絕，書於刺，授其吏曰：「大祝覺則投之。」詩云：「公子乘閒臥彩廚，白衣老吏慢寒儒。不知夢見周公否，曾說當年吐握無。」韓公見其詩曰：「吾知此人久矣。」竟以女妻之，此又一事也。

一四七、古今名句相抗衡

偶閱《溫公詩話》，載大名進士耿仙芝詩一聯云：「淺水短蕪調馬地，澹雲微雨養花天。」甚佳。憶往年讀樊山詩，亦有「芳草五城盤馬地，綠蓑三海打魚人」之句，可與耿句頡頏。「打魚」句頗有微諷。合肥柄政，不居三海，並嚴網罟之禁，懲前失也。

一四八、易實甫、陳仁先詠樟詩

余居東日，有〈賦柞原古樟〉一絕，寶融乃以易實甫、陳仁先兩君詠樟詩寫寄。易詩舊曾寓目，誠為《哭盦集》中得意之作。陳詩工力亦不在實甫下，特所詠為杭州法相寺之樟耳。易詩題為〈萬杉寺五爪樟歌〉：「萬杉化去無一杉，惟有寺前老樟在。樟分五體其一本，身歷百齡更千載。旁達澗壑根已深，直干雲霄氣不餒。雲垂太陰逗雷霆，風翻白日動光彩。危柯半入煙冥冥，細葉還鋪雪皚皚。化人奇偉丈六身，猛上雄健尺八腰。全張數爪鱗之而，俯視眾木形傀儡。古來賢豪誰撫摩，其人已死不相待。惟有五老之奇峰，共對青天無倦怠。雖言乾坤要支柱，未免得罪庸與猥。下穿已愁傷富媼，上拏又恐妨真宰。獨立無友大哉聱，眾人皆忌甚矣殆。自恃刀斧莫能入，皮骨有類披鐵鎧。大才詎肯腐山林。神物猶思避俎醢。吾聞豫章生七年，便可與龍鬥滄海。何況此樹世稀有，壽過凡樟逾百倍。願為樓船擊西夷，知君九死終不悔。」按：此詩說者謂實甫借題譽張文襄，或亦近於附會，然其氣魄之大，結構之精，則真一時無兩矣。文襄評云：「雄偉恣肆，如張顛以頭濡墨狂叫作得意草書，真世間奇作也。」以詩境論，惟昌黎有之耳。

陳詩題為〈法相寺中老樟一株，雙幹皆大十圍，其本殆不可量，散原老人屬同賦之〉：「法相寺中長耳僧，早空諸相藏鋒棱。一期永明偶饒舌，結跏俄頃驚膚冰。應身歷劫住山寺，定光一線燃龕鐙。我尋春茶素來止，但賞修竹青層層。忽逢大身仰突兀，老樟分幹雙龍騰。亙如天柱伸兩戒，矯如雲翼張孤鵬。神物不敢臆年代，但識倒掛千歲藤。山僧築閣度長夏，片枝所覆蒼雲崩。四時風雨掃落葉，老僧傴僂階難升。散原老人詫一見，平生奇觀嗟未曾。匡廬五爪震寰宇，對此祇落聲聞乘。遯世無悶亦有待，發幽奇句精靈憑。高吟千里起鐘阜，佇聽夜半霜鐘應。」以詩境論，實甫雄肆，仁先婉約，可謂異曲同工。

一四九、陳三立詠樟詩

陳散原集中亦有〈法相寺古樟〉五古，蓋與仁先、恪士同時作也。詩云：「壓夢湖上山，晨望理笻策。步尋飛鷺旁，家兒跳俱出。（謂仁先家二稚子從遊。）徑轉矮樹重，穿影霏煙隙。佛場據巖腹，入憩靜樓壁。垂陰合景光，茗坐寒翠滴。側睨老樟怪，挺幹作勁敵。雄龍角嶷嶷，何年坼霹靂。飛將兩猿臂，射胡有餘力。疑灌菩薩泉，漫比精忠柏。天留表靈山，依汝如古德。鐘聲風葉翻，不壞斜陽色。」並錄於此，海內詠樟詩，要以此為大觀矣。

一五〇、古今號稱「三絕」者

三絕之稱，始自鄭虔。考《唐書．藝文志》，鄭虔，天寶初為協律郎中。明皇愛其才，置廣文館，以虔為博士。虔善圖山水，常苦無紙。時慈恩寺貯柿葉數屋，遂日取葉肄書，歲久殆遍，常自寫其詩並畫以獻。帝大署其尾曰：「鄭虔三絕。」蓋謂詩書畫三者韻臻絕詣也。後世沿用，咸本於此。但亦有隸事各別者。唐文宗太和中，詔以李白歌詩、張旭草書、裴旻劍舞為三絕，命翰林學士為之贊。又僖宗廣元明年，車駕幸蜀，詔曰：「行在三絕，右散騎常侍李潼，有曾閔之行；職方郎中孫樵，有揚馬之文；前進士司空圖，有巢許之風。列在冊書，以彰有唐中興之德」云云。是又一三絕佳話也。王漁洋云：「唐代留意風雅如此，談之芬人齒頰。降及近代，韻事日稀，而世變亦日亟矣。」

余生也晚，鄉中名宿，多不獲見。憶自兒時，先君恒喜以前輩暨並時諸賢行誼及詩文諄諄詔勖，耳熟能詳，往來心目，迄今耿耿。其尚能追憶者，有如盧泮溪、趙嚮泉雲池父子，王二石、黃拙翁、徐毅甫、朱默存諸老，及野亭先叔祖、畊生先伯。其為余所逮見者，則有沈石坪、宣薇墀、周筱峰、闞鳳池、黃季繩、蔡霞士、王五峰、郭健齋、王俊生、趙秀臣、朱藎臣、范蓮洲慕洲昆仲、蔡雲仙、徐鶴仙諸老，趙文卿、劉地山兩姻丈，暨罕齋叔祖、藎臣先伯。就中石坪善書，五峰善詩，俊生精拳術，各以所長，授徒鄉里，成就頗眾。余常推為肥上三絕，曾有詩識之云：「俊生拳術實堪師，寂寂衡門世不知。欲並二難稱三絕，石坪書法五峰詩。」俊生以文人精拳術，安貧樂道，有古隱君子之風。今諸老韻下世已久，里中後生小子，或亦有不能舉姓字者。表彰鄉賢，何敢辭責。其以後生拳術比於王詩沈書，猶裴旻劍舞之例也。余十年以來，輒思續修吾肥縣誌，藉徵文獻，惜犓具事例，未竟蒐羅。今尚存訪稿盈篋，回首趨庭，但有愧怍。

一五一、合肥三家詩

友人閔葆之（爾昌），有五續《疑年錄》之輯，曾以相貺。披閱一周，見列有沈石坪丈，差慰人意。近偶閱南通張季子《詩錄》，有王五丈自金肥寄詩見懷依韻奉答一律云：「淝上巍然老輩存，書來舊夢一重溫。盡收海氣歸詩卷，遙想霜髯照酒尊。原信何人猶好客，應劉無地為招魂。（謂吳武壯、朱曼君）。蒼涼久已拋簪紱，落日風煙況爾昏。」五峰丈原號謙齋，晚年自號五峰老人，所著有《遺園詩草》。仁和譚復堂（廷獻），曾宰吾邑，選君詩與同邑徐西叔（予苓）、戴子瑞（家麟）所作，為合肥三家詩，戴有《劫餘軒詩餘》。徐初字穀甫，一字南陽，晚年自號龍泉老牧，有《敦艮吉齋詩文存》，皆可傳也。馬通伯《抱潤軒集》中，有龍泉老牧、沈石翁兩傳，甚佳。

一五二、蘇東坡最喜陶淵明詩

黃岡杜于皇〈詠蘇子瞻〉云：「堂堂復堂堂，子瞻出峨眉。幼讀〈范滂傳〉，晚和淵明詩。」吾鄉龔端毅，每誦此詩，以為二十字說出東坡一生。按東坡和陶各詩，皆在謫惠州時所作。山谷在黔南聞之作偈曰：「子瞻謫海南，時宰欲殺之。飽吃惠州飯，細和淵明詩。彭澤千載人，東坡百世士。出處雖不同，氣味乃相似。」上四句當即于皇所自脫胎也。又坡老在嶺海間，最喜讀陶淵明詩、柳子厚集，謂之南遷二友。子厚當日被謫，遭際亦與坡同。坡嘗語柳州詩在彭澤之下韋蘇州之上，亦的論也。

一五三、黃仲則詩值千金

武進黃仲則（景仁）《兩當軒詩集》，海內傳誦久矣。君官止丞倅，憔悴以終，頗與江弢叔相同。集中如〈綺懷〉云：「茫茫來日愁如海，寄語羲和快著鞭。」〈都門秋思〉云：「全家都在風聲裡，九月衣裳未翦裁。」皆古之傷心人語。洪稚存《北江詩話》，稱君詩如「咽露秋蟲，舞風病鶴」，信然。鎮洋畢秋帆中丞，初不識仲則，見〈都門秋思〉詩，謂值千金，姑先奇五百金，速其西遊。好事惜才，亦佳話也。事見陸祁生（繼輅）《春芹錄》。祁生博學，曾為吾廬學官者。

一五四、湯山溫泉在明代已屬禁地

湯山溫泉，舊有行宮，今則已為都下息遊地矣。《日下舊聞考》祇載清代御製各詩，士夫題詠極少。地屬禁垣，遊侶不到，一也；僻在京西，輪蹄艱遠，二也。〈堯山堂外紀〉載武宗幸薊之湯泉，宮女王氏隨行，題詩賜之云：「滄海隆冬也異常，小池何自暖如湯。溶溶一派流今古，不為人間洗冷腸。」是湯山溫泉，在明代已屬宸遊禁地矣。

一五五、范成大與楊萬里田園詩莫辨

石湖、誠齋，韻為南宋大家。二公樂志田園，寄情閒適，人品既高，兼饒雅致，詩以人重，理有固然。誠齋詩，李越縵謂其「粗硬油滑，滿紙村氣，似〈擊壤〉而乏理語，似江湖而乏秀語」。余頗疑其譏訶太過。今觀《浩然齋雅談》，亦云：「詩家謂誠齋失之好奇，傷正氣。」是在宋時亦有微詞矣。誠齋之〈閒居初夏午睡起二絕〉之一云：「梅子流酸濺齒牙，芭蕉分綠上窗紗。日長睡起無情思，閒看兒童捉柳花。」草窗謂其極有思致。誠齋亦自語人曰：「工夫祇在一『捉』字上。」此詩委巷小兒多能傳誦。余尤喜其第二絕云：「松陰一架半弓苔，偶欲觀書又懶開。戲掬清泉灑蕉葉，兒童誤認雨聲來。」又可云工夫祇在一「誤」字上也。石湖與誠齋，互相引重，詩境間亦相同。〈夏日田園雜興十二絕〉之一云：「梅子金黃杏子肥，麥花雪白菜花稀。日長籬落無人過，惟有蜻蜓蛺蝶飛。」置之楊集，幾不能辨。

一五六、李慈銘評范楊有惡謔

越縵論詩，謂「石湖律詩，亦苦槎枒拗澀，墮南宋習氣，然尚有雅音。五七古亦多率爾，而大體老到，不失正軌。」雖不無微詞，然較之評誠齋者，已迥判軒輊矣。余謂石湖尚有雅音，誠齋不無村氣。越縵此論，雖涉惡謔，亦似定評。讀二公集者，自能辨之，不煩余為左右袒也。石湖有〈題釣臺〉一絕云：「山林朝市兩塵埃，邂逅人生有往來。各向此心安處住，釣臺無意壓雲臺。」（自注：臺上題詩甚多，其最膾炙者曰：『世祖功臣二十八，雲臺爭似釣臺高。』）論史平允，適愜我心。近正道居主讀釣臺詩，亦有句云：「光武際中興，子陵托高蹈。臺在主千易，何取空名盜。」高挹群言，皆未經人道過者。

一五七、范成大以「乾忙」入詩

石湖又有〈園林〉一律云：「園林隨分有清涼，走遍人間夢幾場。鐵硬磨成雙鬢雪，桑弧射得一繩床。光陰畫紙為棋局，事業看題檢藥囊。受用切身如此爾，莫於身外更乾忙。」「乾忙」二字，本南中慣用語，以之入詩，亦可喜也。

一五八、詠蚊詩

偶閱周草窗《浩然齋雅談》，稱范致能〈嘲蚊詩〉云：「沈酣尻益高，飽暖腹漸急。晶晶紫蟹眼，滴滴紅飯粒。」以為體物畢肖。余按《石湖集》中〈詠蚊〉，蓋凡數見，〈次韻溫伯苦蚊〉云：「白鳥營營夜苦饑，不堪薰燎出窗扉。小蟲與我同憂患，口腹驅來敢倦飛。」又〈次韻蚤蚊〉中句云：「羽蟲幺麼塞區寰，造化胡為弗疾頑。但願江湖無白鳥，何須金鼎鑄神奸。」又〈睡覺〉斷句云：「心兵休為一蚊動，句法卻從孤雁來。」皆妙有寄託，不僅體物之工已也。余意詠蚊詩重在寄託，孟東野之「願為天下幮，一使夜景清」，趙雲崧（翼）之「一蚊便擾人終夕，宵小原來不在多」，皆海內傳誦之作。原詩見先君子所編《養正詩選》，不具錄矣。

一五九、范仲淹詠蚊詩有寄託

范文正（仲淹），少時求為秦州西溪監鹽，其志欲吞西夏，知用兵利病。廨舍多蚊蚋，文正戲題其壁曰：「飽去櫻桃重，饑來柳絮輕。但知離此去，不要問前程。」宋釋惠洪《冷齋夜話》謂「其語雖戲笑，而豈弟渾厚之氣逼人，況其大者乎。」此亦詠蚊詩之饒有寄託者。

一六〇、蒼蠅之害甚於蚊蟲

蠅與蚊蚋皆擾人者，而蠅之有妨衛生尤甚。陸放翁詩云：「十月江南未擁爐，癡蠅擾擾莫嫌渠。細看豈是堅牢物，付與清霜為掃除。」是但惡其擾人也。至鄒志完（浩）〈秋蠅詩〉有句云：「況如一簞貧，未能萬錢歠。園蔬薦脫粟，杯盤殊滅裂。雙筋才欲拈，咀嚼遭爾餮。適從何處來，食飲污修潔。使我味不甘，欲咽還復噎。」則直言其妨害衛生矣。今西人驅蠅之厲，甚於逐蚊，其以此哉。

一六一、樊樊山是多產詩人

昔賢詩最多者，首推白陸。朱竹垞摘放翁集中雷同句，多至四十餘聯，洵屬多之為累，然要無害其為大家也。放翁卒年八十餘，「六十年間萬首詩。」後又增四千餘首。與放翁同時之楊誠齋，亦積詩至二萬餘首，韻能以多為貴者。近人存詩之多，似無逾袁爽秋、樊樊山二公。樊山天假大年，鈂吟尤力，他日或當突過白陸矣。

一六二、李慈銘、王漁洋與列之作

王漁洋《香祖筆記》載，在京師有詩云：「凌晨出西郭，招提過微雨。日出不逢人，滿院風鈴語。」自謂一時興到之作。其地即今之天寧寺也。近閱《越縵堂日記》，有〈欹枕〉一絕云：「紗窗小拓翠深深，一院無人盡綠陰。欹枕不聞朝事到，勝他巢許臥山林。」自注：「今日欹枕，見窗外綠陰滿院，鳥啼人寂，略無一事。」亦冗官之清福也。詩亦風神澹秀，抗手漁洋，故並錄之。

一六三、鄭孝胥「海藏樓」、「盟鷗榭」

海藏官寧鄂最久。在寧時起濠堂，地在綿俠營。水木明瑟，可眺鍾山。在鄂則於漢上起盟鷗榭，君口占詩云：「風從金口來，入我盟鷗榭。欲尋半日閒，臥看斜陽下。」賢者所至，動留勝跡，要皆藉詩歌以傳。君自龍州罷鎮後，則就滬築海藏樓，即今之南洋路寓宅也。有〈戊申過俠營故居〉詩云：「此地沉吟夢幾場，最難消遣是斜陽。濠堂已逐荒煙散，卻認鍾山作故鄉。」又〈題吳鑑泉鑑園圖〉云：「我去復來如燕子，濠堂無處尋巢痕。喜君久為此園主，收拾世事歸詩篇。豈知興亡一彈指。故國安在園空存。」三宿之戀，情見乎詞矣。

君滬寓極精雅，松竹之外，兼植櫻花。周梅泉（達）贈詩云：「射虎屠鯨願已乖，一樓天與巧安排。何緣占得南洋路，千載爭墩到簡齋。（自注：陳簡齋集：『奇甫先至湘陰，書來戒由祿唐路。而僕以他故，由南洋路來，夾道皆松，如行青羅步障中。』今海藏樓亦在南洋路，馳道交蔭，春夏之交亦如行步障中。古今巧合如此。」）梅泉與君樓居相望，過從極切。有〈移柝日本茶屋以贈海藏樓詩〉，以紀之云：「遮頭一把茅，竹窗罨以紙。客來脫屨登，敷座如憑几。自我此屋成，漸喜識茶理。夜鐙耿相依，聽雨若蓬底。今年花竹長。蒙密上階戺。南巖塞戶牖，屏蔽失其美。豈謂山可移，將勿室可徙。久奧忽得曠，引目一失喜。稍稍平丸礫，續續引清泚。兩足龜魚生，樂此水中沚。華嚴無實相，起滅現彈指。妄念襍愛憎，幻覺吾亦恥。空桑豈無情，緣盡去便休。楚弓泯得失，但願佳處留。浮生孰根蒂，住屋如牽舟。云何負而趨，夜半駕力遒。藏壑慮不固，藏海計或周。階前托盈尺，豈曰徇道謀。落落數株松，鬱鬱百尺樓。茲屋虱其間，蟻垤儕山邱。使君昔有居，門對江漢流。舊燕移巢痕，楚尾今吳頭。蘧廬雖云隘，萬象資冥搜。」

君得此屋，復構盟鷗榭，亦紀以詩云：「麴町山下舊詩人，辟世真成老海濱。高枕可堪尋斷夢，小窗誰與話前塵。風瀟雨晦悽惶地，酒盡花殘寂寞春。此際牽船還著岸，多情公瑾媿東□鄰。」「待與何人話武昌，吞聲飲淚更迴腸。論詩知己存黃土，讀史微詞本素王。心事百年留蠹簡，風雲萬變見滄桑。啼鷗祇在閒鷗側，口血齊盟那便亡。」麴鷗館者，君為日本領事時所居，其集中所謂「誰念詩人最消瘦，麴町館裡送歸鴻」者是也。君又有〈酬石遺題盟鷗榭詩〉云：「鷗榭三陳隔江居，石遺士可及善餘。士可健遊善餘病，石遺時時猶我俱。當年武漢不忍道，朋友變幻誰吾徒。寒盟於鷗復何責，我老久化為鵜鶘。更營此榭旁松石，江神竊笑將挪榆。與君席地尋舊夢，自詡雙鳥殊未孤。傷心黃鶴去不返，但見舉世騰群狙。南皮殘客今有幾，寧處溝壑非泥塗」。石遺之作必佳，惜猶未見，當續求之。

一六四、折節見推江湜詩

梅泉，吾皖建德人，一字美權，玉山丈之冢孫。所著有《今覺盦詩存》，海藏、石遺諸老，韻極稱之。君言詩服膺錢籜石、江弢叔，其自為筆意亦雅近海藏。吾鄉耆舊，日即凋落，君盛年顯學，驂靳時彥，又習從東南諸老遊，充其所至，固應絕塵而奔矣。《伏敔堂》者，弢叔所著，海藏極表彰之。余囊為詩話，亦助之張目者。梅泉題陳叔通所藏江弢叔手書詩卷云：「詩文遭亂例窮蹇，善作苦語淒心脾。中興開山幾鉅手，巢經秋螗胥倫魁。伏敔幽潛晚始出，異軍突起張偏師。並時熊盛亦健者，斂手藉湜推昌黎。」按熊字蘇林，名其光，江蘇青浦人。盛字良山，名樹基，弢叔同郡元和人。二君皆天挺異才，目空一世，於弢叔詩韻折節見推。事見弢叔集中自序，因並著之。

一六五、七夕詩

自星球之學大明，於是黃姑河橋之說，徒其笑噱。然七夕乞巧，則閨中兒女，固仍以為佳節也。日本亦極重視此節，以易歷故，改為八月七日，萬家燈火，門前雜陳百戲，猶有唐風。此余居東時目擊者。余所見七夕詩，以宋胡仔為最佳，詩云：「乞巧筵開玉露秋，一鉤涼月掛西樓。人間百巧方無賴，寄語天孫好罷休。」曾輯入《養正詩選》中。近海藏錄示木厂七夕詩云：「輕河如練月如舟，花滿人間七巧樓。野老家風依舊拙，蒲團又度一年秋。」木厂，元之詩僧。遺山作序，盛稱其七夕之作，頗為當時傳誦。詩似從胡詩脫胎，然用意遣詞，更新穎矣。

一六六、管世銘有所守也

武進管緘若先生（世銘），文章風節，為一時重。所著有《韞山堂詩文集》。君少時讀史，慕汲黯朱雲之為人。官京朝日，不阿權貴，時相亦嚴禪之。生平尤恥標榜聲氣，寓江寧日，客有勸謁袁簡齋者，詩以謝之云：「耆舊風流屬此翁，一時月旦擅江東。寸心自與康成異，不肯輕身事馬融。」畢秋帆尚書撫陝時，雅好延納，四方士多歸之，洪北江、程魚門諸人，其最著也。君客關中日，畢致千金聘不往。集中有〈遙別弇山中丞詩〉云：「慕府招延東閣賓，掃門懷刺日逡巡。要知玉貌風塵外，原有橫鞭逕過人。」即此可以見君之所守矣。

一六七、管世銘論詩

君有論詩二則，最愜鄙意，附錄於下。一云：「王阮亭（士禎）文潞公詩：『天遣不同韓富沒，姓名留冠黨人碑。』沈宗伯（確士）以潞公名列司馬光之次，易『冠』為『重』。崔華（不雕）『丹楓江冷人初去，黃葉聲多酒不辭』，極為漁洋激賞，所謂『神韻天然，不可湊泊也。沈病其合掌，易『丹楓』為『白蘋』。遂使昔賢名句，索索無生氣矣。」又云：「近日北方詩人多宗蒲城屈徵君（悔翁），南方詩人多宗長洲沈宗伯（確士）。屈豪而俚，沈謹而庸。施朱王宋之風於茲邈矣。」按悔翁以布衣薦博學鴻詞，傲岸自喜，出必高杖，四童扶持。在京師見客南面坐，公侯學詩者，入拜床下。專改削少陵，訾詆太白以自誇身分。耳食者奉若神明，山左顏懋倫心不平，獨往求見，坐定即問曰：「足下詩有〈書中乾蝴蝶二十首〉，此委巷小家子題目，李杜集中，可曾有否？」屈默然慚，人以為快事。見《隨園詩話》。隨園亦於屈之論詩有微詞也。沈歸愚《別裁集》僅錄屈〈王母廟〉一首云：「秦地山河留落日，漢家宮闕見孤燈。如今應是蟠桃熟，寂寞何人薦茂陵。」蓋能入唐賢之室者。

一六八、黎簡詩「幽折瘦秀」

有清中葉後之詩家，吾友梁任公盛稱鄭子尹（珍）、金亞匏（和），及順德黎簡。簡字二樵，所著有《五百四峰堂詩鈔》。李越縵《日記》謂其詩「幽折瘦秀，迴不猶人」。又云：「二樵以繪事名，詩中皆畫境也。」可以想見其詩矣。顧其集世不多見，詩名遂為繪事所掩。老友辛薹園聞余輯詩話，錄君詩若干首示余，嘗鼎一臠，已知全味。〈古意贈友〉云：「海水枯桑各自知，勞遲燕疾不能齊。長卿白首懷琴畔，小杜青春付竹西。傍地雄雌迷顧兔，懷人風雨有鳴雞。癡雲蕭索窗間曉，冷月尖纖柳外低。」〈夜色獨步〉云：「四更天海靜，月露闊難看。獨立人如夢，孤心影未安。岸陰魚板白，潮大水村寒。不寐吾無謂，徘徊輒夜闌。」〈絕句〉云：「春潮春草綠滿野，桃花李花明壓簷。高樓遠色冷於水，細雨斜風入下簾」。皆能不愧「幽折瘦秀」四字者。

一六九、黎簡作詩甘苦談

詩之甘苦，惟作者自道，始能真實。二樵有〈答同學問僕詩〉云：「簡也於為詩，刻意軋新響。當其跨闊步，語亦頗倜儻。試復虛自舉，得失如指掌。霜警鐘候明。悲壯秋清爽。草暖蟲細吟，幽咽春駘蕩。勞我蠶抽心，輟食入羅網。靜或女懷春，有怨言惝恍。以茲攖其生，作苦時技癢。一世取自畢，千秋敢延想。方寸抱冰雪，萬里在俯仰。吾希御風返，誰與恃源往。自非駿馬骨，焉得蒙上賞。倘誠虓虎姿，老死氣騰上。」竟體無一淺語，佳構也。

一七〇、黎簡文亦奧折

二樵文亦奧折，如其為詩。集中自序云：「簡自齠齓，先君子即教之為詩。既得其意而喜為之，其間存而慚，慚而焚者屢矣。既又復存，存又復慚，於二十餘年中，若有未可盡焚者。自乾隆辛卯，至於乙卯，所得詩分廿五卷梓之。少而壯其漸以老，可概其心力之利鈍也，體格之仍變也。詩人之殊途，醫門之多病也，藥之雖偏疢乎，近之者又其性也。且彼風氣者方置吾於其樞，吾不能撓其柄也。昔所非而今是，今所是而後非，吾烏乎知其鵠之正也哉。」其時適當嘉慶初元，士夫治詩學，率為宗派所囿，無能自開戶牖者。二樵崛起嶺南，清言見骨，若論轉移風氣，又在子尹亞匏之先矣。

一七一、羅癭公托興閒適

老友羅癭公，負詩名三十年。其〈香山雨香巖雜詩〉云：「清辰自課踏清巒。小住能令腰腳頑。莫笑老夫忘世事，愛將朝局當雲看。」余最喜誦之。又林暾谷〈江亭詩〉有句云：「六月長安無一事，借人亭館看西山。」詩中隱寓傲兀之氣，與癭公之托興閒適不同矣。

一七二、王安石憂讒畏譏

荊公詩有云：「穰侯老擅關中事，嘗恐諸侯客子來。我亦暮年專一壑，每聞車馬便驚猜。」嚮疑此詩必有所謂。偶讀《侯鯖錄詩話》，載「元豐末，有以王介甫罷相歸金陵後，資用不足，達裕陵睿聽者。上即遣使以黃金二百兩就賜之。介甫初喜，意召己，既知賜金，不悅，即不受，舉送蔣山修寺，為朝廷祈福。裕陵聞之不喜」云云。此詩即當日所作。荊公憂讒畏譏，情見乎詞矣。

一七三、紀鉅維詩宗盛唐

「憶昔燒燈倒瓦盆，老來襟抱接清溫。韌餘名輩猶能數，物外畸蹤未可論。讀畫評詩有家法，登樓彈淚看中原。白頭都講何人識，此是通儒五世孫。」此散原〈贈紀香驄詩〉也。香驄，直隸河間人，名鉅維，一字伯駒，號悔軒，晚署泊居老人。廣雅督粵鄂時，韻延君校藝，並迭主經心、江漢、兩湖三書院，得士最多。遺著尤其女夫桂林汪鞏庵（鸞翔）為之刊行，即所謂《泊居賸稿》者是也。

君詩不多作，〈湖樓望雨，陳伯弢、楊鈍叔、梁節庵、張聖可、江孝通同作〉云：「樓外雲陰冪女牆，半天飛雨濕湖光。江城落木寒初重，酒坐開襟話易長。彭澤醉餘容謬誤，樂遊歸處感蒼茫。移鐙卻照疏闌畔，幾點秋英尚傲霜。」又〈丁酉秋末，陪廣雅尚書師宴集胡祠北樓，送楊舍人入都〉云：「離筵高敞俯城頭，涼雨騷騷晚未收。風急雁鴻飄斷羽，波回江漢迅雙流。登車慷慨懷前路，運甓勤劬此上遊。為扶浮雲開白日，闌干極北望神州。」又〈題江潭話別圖，送楊舍人北上〉云：「髡柳蕭疏霜意酣，長條攀折愴江潭。分飛客子同秋葉，一夕西風別漢南。」「蒼煙一點楚帆輕，擊楫中流壯此行。見說風波渡不得，見人東指海雲生。」數詩皆宗法盛唐，屏絕浮響。片羽吉光，彌可珍貴。君學有家法，蚤歲師事同邑崔次龍（士元）。崔固樸學，能詩善畫，寓都下十年，無所遇而歸。廣雅贈句云：「浩然去國裹雙縢，惜別城南剪夜鐙。短劍長辭碣石館，疲驢獨拜獻王陵。半梳白髮隨年短，盈尺新詩計日增。我愧退之無氣力，不教東野共飛騰。」即此亦可想其為人矣。

一七四、張之洞輯《思舊集》

廣雅晚歲有《思舊集》之輯，初祇十家，陸眉生給事、李芊仙大令、韓果靖公（文襄之師）、劉伯洵明經（君立京卿夫人之父）、張銻生、謝麐伯兩先生、嚴緇生比部外，即崔次龍、劉仙石、楊叔嶠也。後在都續增數家，則為唐鄂生中丞、李稚和太史、朱眉君舍人，及袁爽秋、黃再同數人，乃易簣前所定。就中芊仙、眉君、叔嶠韻蜀人，以見廣雅與蜀賢緣分不淺。選校之責，廣雅以屬泊居，而屬吾友天津高蒼檜任剞劂。聞殺青近將蕆事矣。

一七五、張之洞集外詩

廣雅集外詩殊不多見。臨桂汪鞏庵寫示廣雅〈題李次星藍筆畫梅〉一絕云：「〈喜神〉舊譜與翻新，的皪雙枝解作春。識得孫卿懷抱在，門牆祝望勝藍人。（原注：是科君所得有學之士至多。）」次星名吉壽，廣西永福人。以畫梅有聲於時，字學金冬心。官四川知縣。此詩乃同治癸酉九月瑣院作，計其時廣雅方督川學，次星亦在闈中任分校也。

一七六、鄧鎔詩沉博絕麗

余居東日，友朋枉詩，聯翩而至，南冠異國，足慰寂寥。老友忍堪居士寄余四律云：「不談時事止談瀛，濯足蓬萊水淺滑。館客從亡工馬槊，廚孃侍食薦魚羹。傳來寶鼎三迻稿，（承賜戰後新憲法。）數到瓊窗五見櫻。（李白詩：『瓊窗五見櫻桃花。』）夜夜沖霄騰虎氣，湛盧飛去化金精。」「甘陵兩部黨人魁，文武兼資眾口推。雁塔題名新進士，雞林開府大行臺。山川所至皆能說，履屐之間各當才。空洞容君數十輩，何期鷹隼苦相猜。」「家居撞壞惜纖兒，征鎮連兵各有辭。射羿逢蒙親發矢，拒秦謝傅但圍棋。河陰胡騎危朝士，元祐諸賢刻黨碑。誰畀合肥有韋虎，角巾歸第盡堪悲。」「三年零雨久居東，衮舄西歸望我公。翦水吳淞前夢遠，看花湖邸俊遊空。（太平湖邸賞花，曾有拙詩記之，後奉滬函，亦有「湖邸看花，俊遊如昨」之語。）偶抛殘骨爭群犬，臥待驚霆起蟄龍。試到三神山上望，長安塵霧正濛濛。」忍堪詩沉沉博絕麗，耆宿傾眼，此四首尤其刻意者。所著《荃察余齋詩文集》已刊行，今之〈瓶水齋〉、〈煙霞萬古樓〉也。君有〈柬寶沈龕侍郎詩〉中句云：「高帝子孫龍有種，舊時王謝燕無家」，頗為日下傳誦。所居西城舊宅，即古西劉邨地，故又號西劉邨人。

一七七、蘇東坡讀松寥詩

東坡讀松寥詩，愛其無蔬筍氣，松寥用是得名。元遺山作〈木庵詩集序〉，稱述東坡語，以為非定論。蓋謂詩僧之所以自別於詩人者，正以其蔬筍氣在也。余謂松寥詩自有可傳，要未必專以坡語為重。然如〈自姑蘇歸湖上經臨平作〉云：「風蒲獵獵弄輕柔，欲立青蜓不自由。六月臨平山下路，藕花無數滿汀洲。」此豈徒有蔬筍氣者所能辦耶？

一七八、木庵詩有晚唐風

海藏盛稱元僧木庵〈七夕感興〉之作，余已錄入詩話。木庵詩不多見，〈七夕詩〉見於遺山所為集序中，當時詩名藉甚。趙閒閒稱其書如東晉名流，詩有晚唐風骨。遺山亦有詩寄之云：「愛君山堂句，深靖如幽蘭。愛君梅花詠，入手如彈丸。詩僧第一代，無媿百年間。」（木庵出世住寶應，有〈山堂夜岑寂〉及〈梅花〉等篇傳之京師。）其推服可謂至矣。偶閱周草窗《浩然齋雅談》，有〈七夕詩〉云：「銀河如練月如鉤，照見千家乞巧樓。野老平生事事拙，蒲團又過一年秋。」「銀河清淺界煙霄，欲渡何須烏鵲橋。今我去家千里遠，卻憐牛女會今宵。」原本失載姓名，不知何時何人所作。其第一首，木庵〈七夕詩〉大體與之皆同，特略改字面耳。按草窗《雅談》，《千頃堂》祇載書目，藏庋之家，並無傳本。《四庫提要》謂從散見於《永樂大典》中者搜輯排纂，分為三卷。朱彝尊編《詞綜》，厲鶚編《宋詩紀事》，博採群書，獨未及此本。其為晚出希覯無疑，宜遺山之不及見矣。附記於此，並質海藏。

一七九、馮煦義聲著海內

金壇馮夢華中丞煦晚年一字蒿菴，開府吾皖，去思獨多。君以一甲第三人進士及第，年已四十，出守鳳陽，徵文考獻，士論翕然。余曩滯南中，與之時有文酒往還，書問稠疊之雅，今篋中猶存手札多通，皆中丞遺墨，蓋敬其為人也。中丞國變後棲心禪悅，從事賑災，輸粟泛舟，無役不與，尤以義聲著海內。年過八十，而強健如五十許人。錢塘吳子修提學慶坻，以詩調之云：「不煩導引即神仙，氣海長溫法自然。晚契玄同從苦縣，早聞詞賦奏〈甘泉〉。禮堂舊業傳經笥，宂籍歡聲續命田。欲借涪皤詩句好，蚌珠明月祝來年。」自注：「歸安張君精星命家言，嘗言君八十二歲當得子，且貴壽也。」又長樂林貽書（開　）寄中丞詩，亦有「活人無算天應眷，明月珠光兆夢羆」之句。貽書夙精相人術，可謂不謀而合矣。

一八〇、馮煦壯年詩多愁苦

中丞通籍最晚，故壯年詩多咽苦之音，而性情真摯，亦於詩可見。〈將之建康與妹別，並寄仲兄吳中〉云：「冷雨淒淒夜欲闌，荒雞破夢太無端。百年易盡何堪別，十日相逢竟未歡。衰帽單車殘驛暗，孤蓬短燭暮潮寒。祇今兩地同羈旅，莫更歸雲獨自看。」又〈句容晚望寄兄妹〉云：「陰陰灌木泣饑鶚，野燒孤青晚未銷。三嶺東從勾曲合，百流西向建康朝。荒城斜日寒將暝，壞壁嚴風勁欲搖。為語故園莫相憶，疲驢破帽正飄蕭。」天倫之愛，羈旅之情，並寓於詩。音節亦極似明七子謝李之作。中丞為全椒薛慰農先生時雨高足，久寓江寧，與上元顧石公（雲）齊名，酬唱至夥。〈辛亥七月二十八日，獨遊城西諸山〉云：「卅載西潭汗漫遊，淩張（謂弢樓）鑠鄧（謂熙止）氣橫秋。狂歌痛飲驚山鬼，絕憶江東顧虎頭。（自注：石公舊宅在烏龍潭側。）」蓋其時吾鄉張弢樓丈猶健在也。

一八一、馮煦絕句風神道上

中丞詩詞稿，均已刊行，余尤喜其集中絕句諸作。〈久不得滋泉消息卻寄〉云：「峭帆去後柳成綿，早又霜欺病葉天。北雁未歸書未到，絲絲離恨付空煙。」〈寄井南〉云：「西津煙水正微茫，萬疊遙山晚更蒼。清角無聲寒雁盡，江樓一夜月如霜。」〈瓜步〉云：「瓜步荒煙上遠墟，金焦南望賦歸歟。亂鴉正掠斜帆過，寒柳黃於二月初。」〈卞塘〉云：「二月春寒峭似秋，卞塘初綠漸夷猶。斷橋疏柳垂垂發，一抹青山入兗州。」

〈劍州聞蟬〉云：「列柏西臺寂不鳴，九天風露特淒清。劍南雨過延新爽，始得疏林第一聲。」風神遒上，雅近漁洋。詞學白石、玉田，工力亦勝。故詩中間用詞意，韻味又自不同。並時如譚仲修（復），皆與君把臂入林者。中丞有〈得仲修書卻寄〉云：「一臥空江晚，風前得子書。詩歌猶磊落，煙病未蠲除。雨遇嵐陰合，霜清木葉疏。荒園秋色老，日涉更何如。」仲修曾宰吾肥，所輯《合肥三家詩》，皆有關鄉國文獻。異日當錄其遺詩，以實吾詩話也。

一八二、龔鼎孳集

清初江左三大家，牧齋、梅邨外，即吾邑龔端毅（芝麓）也。所著有《定山堂詩詞集》，及奏議文稿。清雍正間禁虞山文字，公之《詩詞集》板片，亦併入官。光緒初公裔孫引生刑部，於金陵得殘本，刻於京師。李文忠公為之序，以公與梅村、牧齋，身世各有不同。世人右太倉而擬端毅於虞山，非知言也。並謂端毅登第早歿，曾不及下壽，使天意稍遲回之，其文采物望，當非崑山、新城所能及。可謂知公者矣。民國甲子，公之六世裔孫懷西太史心釗校印公集，參以三韓吳刻，並江左香嚴諸選，勘正精詳，允推善本。其有裨於鄉邦文獻者實大，固不僅遠紹清芬已也。僊舟詒我一部，敢不寶之。

一八三、龔鼎孳典貸結客

端毅本不專以詩名。清順康間公歷任樞要，於易代擾攘之際，苦心調護，士類賴之，公去位不逾年，而南山諸獄起矣。梅村序公集，稱先生之功，於斯世甚大，固無俟借詩以傳，蓋非梅村亦不盡喻公之生平也。公清操雅量，領袖人文，通籍四十年，宦囊如洗。惜才愛士，常典貸結客。馬章民未達時，留京侘傺，以文投質。公閱之，中有「河山方以賄終，而功名復以賄始」句，為之延譽，翌年辛丑遂大魁。公歿後，門生故吏遍天下，獨吳園次任治其喪。朱竹垞輓詩云：「寄聲逢掖賤，休作帝京遊。」李笠翁詩云：「官居八座有簞瓢。」皆深慨之也。

一八四、龔鼎孳絕句豐神明秀

梅村序公詩之工，稱其選詞縟麗，使事精切，遣調雋逸，取意超詣，所以推服者甚至。余最喜其集中絕句，以為豐神明秀，突過漁洋；至虞山、太倉，非其比矣。〈上巳將過金陵作〉云：「倚檻春愁〈玉樹〉飄，空江鐵鎖野煙銷。興懷何限蘭亭感，流水青山送六朝。」一時傳誦大江南北。〈三月朔過秋浦〉云：「飽經萬壑並千巖，三月風花到客衫。霽後澄江真似練，白鷗秋浦送春帆。」置之唐賢集中，亦佳構也。〈祀灶口號〉云：「不因人熱又經春，索米頻看釜有塵。上帝若詢功過事，勿言口語忤平津。」「積薪終日上頭居，漢殿人猶忌〈子虛〉。今夕一杯聊媚灶，十年誤信解嘲書。」兩詩韻有骯髒之意，疑即公為郎官時作。

一八五、李經達一門濟美

龔氏為吾邑望族，聲華之盛，甲於淮南，今縣城西尚有端毅故宅。李丈郊雲（經達），嘗有過公故宅詩云：「城西樓閣何邐迤，崇祠甲第連雲起。竭來懷舊金斗門，惟問先朝尚書里。里前秋礎漬苔黃，禾黍高低舊址荒。石獸有神依故土，銅鐶無跡閉斜陽。聲華早歲榮簪笏，指顧層霄誇世閥。政蹟先行江漢風，壯懷曾醉秦淮月。蘄春寇警傳烽發，猛將連城徒擁鉞。百里才難困士龍，銜兵步卒張征伐。萬家生佛宰官身，惆悵棠陰樹未成。入侍柏臺除佞相，烽煙三月蔽神京，鼎湖龍去賢臣死，首陽薇蕨風高矣。未解楊雄投閣嘲，卻彈馮道污朝恥。公孤養望際承明，百粵還持使節清。荊契總聯吳祭酒，花封新授顧眉生。豈無門生與故吏，噓枯植朽生平志。少陵廣厦香山裘，好覆鄉園形勝地。主人別墅壇平泉，堂構經營不記年。畫棟曉開春郭雨，迷樓秋擁碧溪煙。珠顏玉貌藏金屋，閨房風雅推貞淑。妙腕工圖九畹蘭，生綃戲展同心幅。獻酒重簾事有無，錦冠豸服耀氍毹。爭傳門第名司馬，天遣才人典內樞。宦遊夢滯京華路，故林猿鶴思歸誤。滄桑變態宛浮雲，朱門草沒傷零露。今日重經瓦礫餘，定山堂刻已無書。芳郊莫問佳人塚，古木寒鴉繞故居。」讀之豈勝華屋山邱之感。

郊雲為文忠公猶子，盛年博學，尤躭吟事，曾官刑部郎中。庚子亂作，改官江西未赴，旋卒，年祗三十五。所著有《滋樹室詩集》二卷。生平與吳北山、江潛之友善。北山言事被譴，君寄詩云：「江表威儀列戟門，西華葛帔舊承恩。少年便作溪山計，京洛應留泥雪痕。客底茱萸聊解醉，歸程松菊自成村。尋秋記上新亭望，流涕征南故壘存。」晚卜居廬江西郭外繡溪上，有終焉之志。事詳陳子言詩序中。君有子三人，長國榛字曉耘，仲國檀字彥輿，季從衍字蕁季，韻從子言遊，采藻橫逸，耆舊嗟異。新建夏劍丞（敬觀）題君集云：「令子雛鳳凰，清詩聲琅琅。子美師必簡，成就未可量。」於此見君之遺澤遠矣。子言新輯《廬州詩苑》，錄君詩並及曉耘兄弟之作，一門濟美，士論榮之。

一八六、汪榮寶沉博絕麗

老友吳縣汪袞甫（榮寶），覃精國故，詩宗玉溪，沉博絕麗，殆出天才。其〈魏武一首和旭初〉云：「鄴臺遺恨付衣裘，銅雀風高妓吹休。賢子極宜知舜禹，君王微惜過伊周。至今龍戰當塗駭，終古烏啼繞樹愁。異日多情吳客至，空將清淚注漳流。」此詩似為洹上作者。民國初元，君亦梁園賓客之一也。又〈留滯〉云：「艱危留滯欲何成，鏡裡朱顏惜漸更。對月略能推漢曆，看花苦為譯秦名。劉楨未遂漳濱臥，鄭樸難忘穀口耕。自信雄心湔祓盡，夜闌匣劍為誰鳴。」〈故國〉云：「故國煙塵首重回，風廊愁對夜簾開。天臨大野星辰遠，秋入空山草木哀。一夕商歌催鬢改，萬方羽檄阻書來。龍拏蟻鬥知何限，同付殘僧話劫灰。」皆君持節比京所作，時正歐戰甚烈也。

君與余共事議席，投契夙深。使歐數年，法語精進，有如素習。儕輩中壯年勤學，旁通西文者，同年章生（祖申）外，未見有第三人也。今年君亦屆五十，余寄詩有云：「城南憲草共商量，彈指流光過十霜。要使天驕識麟鳳，可堪國論誤蜩螗。」首句乃述天壇憲法會議事。君亦有〈癸亥清明後遊天壇，觀兩院諸公手植樹，次陳漢園韻〉云：「滄海鷗夷未許逃，鳳城春色正如潮。芳林試策愁塵上，曲水憑闌怯酒消。大廈故難資一木，輕陰先與護初條。舞雩初服都無改，風詠惟當共此朝。」銅狄摩挲，信有同感矣。又〈瞿希馬出示先德文慎公止盦詩集即題〉云：「十載長安看奕棋，津橋兩聽杜鵑悲。」自注：「戊戌四月，常熟罷相，及丁未五月公去位，並余遊京時所見事。錄之以諗治國聞者。」袞甫致力樊南，深得神似，並世殆少與抗顏行者。近見其〈和黃黎雍丙寅除夕詩〉云：「客裡流光盡可憐，偶逢殘臘重淒然。風飄泉冽知何世，天動星回復此年。半畝荒園容小住，一庭積雪照無眠，朝來試和陽春詠，極目飛鴻到朔邊。」君居東日久，殆又不無留滯之感也。

一八七、集句賀詩渾然天成

梅郎畹華生日，名流寵以詩者甚多。以言傑構，要推袞甫集義山句四律。詩云：「想像咸池日欲光，今朝歌管屬檀郎。莊生曉夢迷蝴蝶，侍女吹笙弄鳳凰。檢與神方教駐景，久留金勒為迴腸。章臺街裡芳菲伴，一曲清塵繞畫樑。」「芝香三代繼清風，心有靈犀一點通。總卻春山掃眉黛，直教銀漢墮懷中。姮娥擣藥無時已，子晉吹笙此日同。賒取松醪一斗酒，綠衣稱慶桂香濃。」「憶向天階問紫芝，披香新殿鬥腰肢。荔枝盧橘沾恩幸，紫鳳青鸞共羽儀。漢苑風煙吹客夢，嵩陽松雪有心期。前身應是梁江總，自有仙才自不知。」「家近紅蕖曲水濱，羅窗不識繞街塵。從來此地黃昏散，並覺今朝粉黛新，萼綠華來無定所，毛延壽盡欲通神。浣花箋紙桃花色，一一蓮花現佛身。」集句如此渾成，洵不易矣。

玉霜簃主新婚，吾友江都閔葆之（爾昌）集牧齋句為〈花燭詞〉云：「蕙質蘭心桃李年，探珠拾翠小神仙。紅綃夜靜香為界，曲轉簫聲並月圓。」「歐骨虞筋寫硬黃，餘干傳得口脂香。銀釭照壁還雙影，是處棲鸞畫筆床。」「〈霓裳〉拍序漫回波，小謝賓朋珠履多。最是風流歌舞地，雷琴晉帖手摩挲。」「詩裡芙蓉亦並頭，天生標極擅溫柔。重簾勸酒鸚哥語，長護芳心度九秋。」附錄於此，亦他日《明僮錄》中一段掌故也。

一八八、樊樊山詩可當民國詩史

庚申以後，外重之局遂成，中央特守府耳。忍堪有〈和樊山感事二律〉云：「正譎桓文孰是非，婚姻權備又相違。洛駝背向銅街臥，遼鶴行從華表飛。諸貴此時毋競出，王人序次本來微。他年史筆論功罪，此局全輸責有歸。」「箭雨刀風刦未過，低眉菩薩對修羅。九官誰更遵堯典，四面真成困楚歌。左纛仍乘佗帝越，侵田不返沫盟柯。二分水與三分竹，遲爾淇泉理釣蓑。」語頗切至，未知當日執政者讀之，作何感想也。樊山原作亦佳，題為〈感事疊前韻〉云：「漢宮滿目舊儀非，世事悠悠意每違。一榻相容十國臥，千金能購幾人飛。灰阬自昔傷秦暴，髮衽於今恨管微。南北眼光注江漢，寄言春鳥莫催歸。」「五季煙塵不啻過，四方郊壘尚星羅。婦人仲達平生辱，壯士僧超慨歌。舊姓金刀誰滅火，中朝玉斧久無柯。紫垣盡撤方磚賣，從此王城不復蓑。」此亦可作民國詩史讀者。但前作未見，當續覓之。

一八九、趙對澂一門多能詩

吾邑風雅，盛於嘉道，而趙氏一門能詩者尤多。野航先生（對澂），所著有《小羅浮館詩詞集》及《別錄》四卷已刊行。其女兒筠湄名景淑，工詩，有《延秋閣賸稿》，亦採入《安徽通志》。弟掌宣，字對綸，似無專集，僅《延秋閣賸稿》中載其〈七夕絕命詩〉云：「黃粱夢醒十三年，回首雲深第幾天。珍重芒鞋收拾好，閒來還踏赤霞巔。」蓋先野航、筠湄下世者。《野航集》中首列〈史漢詠古諸什〉，次即〈桐華屋八韻〉。詩皆典實華瞻，不及備錄。錄其〈題湯節母楊太夫人吟釵圖〉云：「玉石銷沈劫火飛，一釵珍重記于歸。再傳手澤遺殘跡，萬事滄桑悟化機。出入鯨波曾不舍，從容璇閣忍相違。圖成七字徵題遍，留得春堂寸寸暉。」先生以明經歷官亳州訓導，廣德州學正。咸豐十年，粵寇陷廣德殉難。《尊瓠室詩話》稱其「詩學明七子，堅卓不同凡響。吉光片羽，彌可珍惜。」所刊《野航十三種》，多載邑人遺集。久燼兵燹，他日如能訪求，當續刊以永其傳。

一九〇、趙景淑合肥才媛

筠湄幼有夙慧，喜讀史，嘗集古今名媛百數十人為小集，各為小傳，題曰《壺史》。又有《香奩雜考》一卷，徵引詳博，韻語其餘事也。於清人詩頗推重王漁洋、李丹壑。所居妝閣，書史縱横，几榻皆遍。野航於吳門得唐〈孝女畫〉，筠湄愛之，取懸壁間。因所畫為菊，遂以延秋名其閣焉。有〈題唐孝女畫〉一律云：「生綃一幅淚痕新，午夜薰香展玩頻，妙筆獨支鹽米計，傷心都現女兒身。應憐慧業修來早，自寫秋花澹入神。忙殺才人空賣賦，年年望斷白頭親。（時仲弟客冀北。）」蓋紀之也。〈舟過露筋祠二絕句〉云：「白芡紅蕖出水香，一枝柔艣送輕航。船頭鸂鶒忽飛起，衝破浪花入野塘。」「一葉扁舟趁好風，水天空闊始飛鴻。篷窗閒坐渾無事，細數秋花兩岸紅。」風神澹秀，雅近漁洋。所著詩舊名《雲湄小稾》，後被毀，僅存《賸稿》。以道光辛巳五月卒，年二十五歲。其〈庚辰初度〉云：「料應夙世多詩債，罰住人間廿四年。」又不啻詩讖矣。事見野航所為前後序中。吾肥多才媛，如筠湄者，固應首屈一指。

一九一、江雲龍詩多佳者

寶融聞余方輯詩話，以《師二明齋集》見寄，蓋吾邑江潛之太史雲龍之遺著也。潛之初字潤生，一字叔潛，為父執蔡雲仙丈及門中高才生，與同邑張君子開（運），同負盛名。壽州孫子湘充生振沅，超悟士也。嘗遇異人蘇州，授以姚汪學說，精思數月，渙若有得。君與子開均折節事之，所詣益邃。猶憶不肖授書後，諸父執每集吾家譚藝，屈指後來之秀，必及潛之、子開、惠宇諸人，未幾而三君名並噪矣。先益陽兄夙治考據之學，以博洽為儕輩所重。戊子江南秋試，先兄以額滿見遺。潛之即以是科舉於鄉，旋成進士。科舉時代，亦有幸不幸也。潛之授編修後，居京師，以不能造請貴勢，乞外改江蘇知府。嘗一権通州釐稅，署徐州府事，未一年，以病乞休，卒年四十七耳。君與通州范肯堂、武陵王夢湘、江寧顧石公友善，翰林壽伯茀（富）、主事王伯唐（鐵珊），交尤莫逆。兩君殉節，君淒感身世，遂隕天年。

詩多佳者，〈飲張楚寶同年弢樓〉云：「歸田幾日出門去，輸子閒閒隱一邱。學聖欲穿滄海過，承明誤作赤松遊。冶山幽秀鎔材地，沽水荒寒落木秋。不廢文章千古事，眼中南北兩弢樓。」〈贈李仲仙布政〉有句云：「巢湖如洗鏡，孤山如點黛。就中生二女，容貌婉變對。年紀頗相若，幼者弱一歲。閭里既相接，性情復相愛。初七及下九，出入每聯袂。同守不字貞，各抱知希貴。畢竟幼者美，光華難久閟。空谷發幽香，幽颸飄蘭蕙。朝掃蛾眉月，夕解湘江佩。」時仲丈方授湘藩也。

一九二、江雲龍東坡死日生

君以東坡死日生。厥配阮夫人為文達公曾孫女，亦能詩畫，且以東坡生日生，亦天然佳話也。其〈雲龍山謁東坡像〉云：「先生歸去吾來日，七百年來特別逢。舞罷春衣添一笑，雲龍山下見雲龍。」又有「生死一東坡，請下一轉語」句，亦與夫人同作者。君甫十二歲，即解吟事。〈詠蟹〉云：「衛身自有甲冑，存心別無他腸。文章橫行一世，豈在口舌雌黃。」頗見抱負。居京師日，吳倉石贈句云：「千金不受一金受，無怪人呼野翰林。」其狷介可見。晚主道南書院，以樸學詔後進，學風為之一變。天假之年，其成就必不止此也。

一九三、梅堯臣詩神味雋永

近來風氣，崇尚宋詩，宛陵後山，瓣香尤眾。後山以格律謹嚴勝；若神味雋永，兼紓徐卓犖之長，則宛陵尚矣。余尤愛其〈寄歐陽永叔〉一首，如「君才比江海，浩浩觀無涯。下筆如高帆，十幅美滿吹。一舉一千里，祇在頃刻時。」又「慎勿思北來，我言非狂癡。洗慮當以淨，洗垢當以脂。此語同飲食，遠寄入君脾。」此等句法，頗耐咀嚼。若東坡為之，其才氣或較雄肆，然便直瀉無餘矣。「洗垢當以脂」，「脂」即今之肥皂類物品也，以之入詩，似為最早。海藏論詩云：「臨川豈易到，宛陵何可追。憑君嘲老醜，終覺愛花枝。」自注：「石遺示詩云：『著花老樹初無幾，試聽從容長醜枝。』今之以晦澀為宛陵病者，豈得謂善學都官哉！」

一九四、以詩而得官職

清季有某君需次川省，久居鬱鬱，除夕自題門聯云：「十年宦比梅花冷，一夜春隨爆竹來。」適為某方伯所見，極致延賞，遂立擢之。按宋胡恢坐法失官，困於京師，〈上韓魏公詩〉云：「建業江山千里遠，長安風雪一家寒。」遂得復官。兩事頗相類，亦愛才佳話也。

一九五、日人詩如日本料理

明石海岸錦明館，位錦江之濱，風景清佳。夜半海濤，聲撼几席，旅客聞之，別饒興味。庚申秋余寓此數日，館人款客極殷。壁上懸畫一幀，某君題句云：「幽棲卜在綠溪陰，無奈吟情猶未禁。苔色自兼蒼石古，山光偏與白雲深。一株枯木高仙骨，三碗苦茶清道心。不啻松風告般若，泉聲鳥語亦知音。」日人作詩，極意摹古，畢竟自成一派。斷句中時有雋語，如「一囊書畫怡兒女，三盞屠蘇慰老親」，「桃花深巷接深巷，楊柳一橋更一橋」，皆可入摘句圖者。曩余曾購《隨鷗集》數十冊，客中多暇，輒喜讀之。余嘗戲謂：讀日本詩如吃日本料理，其鮮魚湯等物蓋自有一種清香異味也。質之神山詩客，以為何如？

一九六、朱家寶贈日人詩

滇池朱經田先生家寶，歷任疆吏，有聲於時。甲辰夏，余應友人招，小住保陽，楊蓮甫方伯招飲，座中曾一識面，彼此通刺而已。丁未夏，余歸自東瀛，治軍遼瀋，先生已自兩司洊任吉撫，開府雞林矣。未幾移節吾皖，余亦作世界汗漫之遊，未曾一通書問。及甫抵申江，友人見告，謂君名已登薦剡，余茫然無以對也。嗣知為先生專疏入告，以余與亡友陸蕭山並列。旋函電再三，約返皖主軍事。余堅辭乃得請，亦置不入覲。然先生維繫之切，期許之殷，今猶不能忘也。

余北發前一夕，先生飲餞賦詩為贈云：「冒險精神作壯遊，長風萬里願欣酬。從軍驃騎忘家事，奉使延陵為國謀。戰伐低徊羅馬境，英雄憑弔閣龍洲。歸來好展澄清志，樹幟當推第一流。」推挹如此，甚愧之也。以「閣龍」入詠，知先生固亦留心時事者。先生以科第起家牧令，不以詩名。近先生老友虞山言仲遠（敦源），以余方輯詩話，鈔示其〈送立花小一郎中佐歸日本〉長韻，且曰朱公詩不多見，可否採入，以存其人。實則先生為人，固有足存者，此詩卻與國故有關也。

錄之：「立花中佐時之髦，湖海意氣元龍豪。握奇金版富兵韜，匡襄軍政何勤勞。臨淮壁壘肅旌旄，連錢戰騎騰於槽。將軍好武兼風騷，新詩吟出諧琅璈。天長聖節喜初遭，蓮池雅集玉饌叨。玻璃杯斝斟葡萄，菊天共評劉郎糕。酒酣耳熱語嘈嘈，陳義直薄秋雲高。曰我友邦誼可褒，接壤如古滕與曹。協力禦侮蕩腥臊，臥榻漫許人酕醄。我聞君語增鬱陶。痛癢恍被痲姑搔。慷慨長嘯眺神皋，匣劍躍作龍虯號。圖們鴨綠捲驚濤，千年華表淪蓬蒿。豺狼無厭性桀驁，遼瀋攫拏捷於猱。楚問九鼎吳百牢，非理要索恣貪饕。隴得詎有蜀□□，皮之不存安附毛。所冀邦交固漆膠，纏綿春繭同功繅。風輪火艦艤千艘，矛戟偕作吟同袍。矧復邊釁非我挑，長短自有公法操。一割漫洒舊鉛刀，執鞭願屬韃與橐。橫流東去障滔滔，權利忍令侵秋毫。會須驅除虎狼嘷，旋斡艮維扶柱鼇。呼乎天道本不諂，睡獅長睡徒訾謷。相期努力脫其絛，飛騰東亞參翔翱。嗟君行色上征篙，部門未錢中山醪。臨別贈言媿蚪囂，蕪詞聊壓芙蓉舠。」初立花任軍事顧問，北洋常備軍制，多出其手。嗣以解約歸國，仲遠及軍政諸公，既為序贈行，先生則為詩送之。時方知保定府事，今忽忽廿餘年矣。

一九七、趙爾巽惓惓於《清史》

襄平趙次珊先生爾巽，晚號无補老人。曩任疆節，聲施爛然。清末余治軍吉林，先生適開府瀋陽，為日無多，論事每契。比歲息影沽上，先生枉過，輒作半日譚。今年夏初一疾幾殆，曾寄示〈病後四律〉，內有「假我數年完纂述，頻年功罪費評量」之語。聞易簀時，猶惓惓《清史》發刊事。余歸自大連，以詩輓之云：「白頭節度垂垂盡，海上歸來又哭公。開府幾人精吏事，藏山絕業托書叢。壯猷充國渾忘老，高躅彝齋倘可同。世亂更無譚走處，可堪腹痛過城東。」首句謂張安圃、馮蒿庵諸公，均年逾八十，咸後本年先後逝世，蓋不勝殄瘁之哀也。

次老起家芸館，卻不以吟事自見。蒙古延子澄（清），所刊《清逸遺音》，錄其數詩，中有〈高臺道中即事〉云：「頗憚征途苦，今朝待嚮辰。河冰凝曉日，霜擷斂微塵。古堠常驚馬，流沙欲陷輪。未昏臨水住，誰信是勞人。」寫行役況味甚肖，亦見早歲詩力之深。正道居主丙寅春，有〈賦答修慧長老〉一篇，先生依韻奉答云：「古昔大豪傑，世出世多緣。乘願拯浩劫，其來必佛仙。潛運金剛力，旁參伏虎禪。悟道心惟一，那管棒與鞭。自關鍾毓厚，而非造化偏。苦海浩無際，仗此波若船。今也其誰居，國亦有人焉。翳維文忠李，歸神將卅年。中興炳偉業，銘頌高祁連。晚歲魔障叢，憂時殉焚煎。柱石忽崩摧，蒼生孰矜憐。潛嶽遺靈氣，磅礴絕復延。大澤隱蟄龍，空山泣子鵑。芝公獨崛起，艱鉅一身肩。秉鉞奮威震，握鏡含仁乾。公理戰則勝，交鄰寡尤愆。折衝謀國利，懍若朽索懸。友邦雖樂助，互鬩自喪權。西越波斯海，東望扶桑顛。日南暨斗北，戾氣彌綿綿。蟲沙恒河數，猿鶴不計員。嗟哉眾生苦，何以策安全。持誦萬德名，冀廣蓮宗傳。內外兩感餘，丁寧砭世篇。慧舌動頑石，神手排狂泉。莫謂千金墜，一髮不可牽。積誠驅風雲，踔厲直無前。儒釋辨異同，樹義真卓然。語淺理尤顯，蜜味該中邊。因果罔或爽，嘉禾著良田。宏願度娑婆，同升清淨天。華嚴倏彈指，普照億萬千。」詩中推挹合肥甚至，前輩襟度，固自不同。然非合肥亦不足當之也。

一九八、何雯吐納煙霞

懷寧何字塵（雯），晚歲棲心禪悅，自號澄照居士。人多以在家僧目之。遭時多故，幽憂為疾，遂以不起。所著《澄園詩集》，余為斥金印行。南湖任勘校，稿則君生前自定者也。君與余為鄉試同年，盛年博學，喜談時事，民國初遂以文字忤當道繫獄。余時方巡按吉林，抗言爭之，乃得解。君集中有《累詞》一卷，即獄中作也。餘留學東瀛時，君過從頗勤。其〈丁未月夜寄懷〉一首云：「春風匹馬入京華，官柳輕煙淡影斜。去國三年嗟鬢髮，深情一往問桃花。治安未有長沙策，慷慨無聞易水笳。獨使月明寄清興，教人回首憶天涯。」自是少年騁才之作，燼餘偶存，祇此而已。

余最喜君〈廬山吟〉諸作，吐納煙霞，兼饒妙悟，未可以尋常紀遊視之。〈萬杉寺羅漢〉一首云：「入門一見曾相識，菩薩殷勤笑眼開。此是靈山真法意，千巖踏遍認歸來。」蓋君曾以錄示者。其〈宿東林寺〉詩云：「遠公卓錫開真面，淨土東南第一宗。蓮社風流今已矣，還將華竺證玄同。淵明不入《高賢傳》，曠世猶傳《三笑圖》。今日山僧為供酒，陶然清夢滿江湖。」自注：「遠公為佛圖澄再傳弟子，卓錫東林，與十八高賢結蓮社，倡淨土宗，此為最盛。今則蘭若傾圮，東西蓮池，亦夷為稻田。崇禎間江西某官名有聲者，捐造《金剛經》七級銅塔。民國二年，日人脅僧奪塔。浮屠慧禪，請九江軍府發兵護持，卒無恙。此亦蓮社一段掌故也。」

一九九、何雯詩集中之變體

《澄園集》中多長篇，如《燕塵前集》之〈述懷〉一首，及《累辭》中之〈感幽賦〉，韻網羅故實，原本《風》、《騷》，尤見刻意。其〈香山見心齋聽泉〉云：「蒼龍夜叫萬馬舞，前村後村擊銅鼓。雲流海破天為憂，赤靈張空來怒雨。鐵板銀箏夢未成，青娥顰淚說秋情。金盤擲碎朝漏歇，眾星肅肅天江鳴。」余居東時，君曾寫寄，氣象極以長吉，在君集中為變體矣。

二〇〇、何雯姬人久持五戒

澄照姬人妙禪，賃廡僧寮，久持五戒，今之善持君也。南湖題君進句云：「最憶朝雲能愛客，拈花寺裡菜根香。」蓋詠其事。君歿後，妙禪益刻苦自持。余室人育季，與處相善，每道其美行苦節，心益敬之。闡幽之誼，所不敢辭。

二〇一、日本詩人賴襄絕句較佳

曩讀海藏〈居東雜詩〉云：「此都號文士，浮噪多不實。盛名如賴襄，語助未究悉。黎公昔在茲，求士惟恐失。芝山歲再會，賦詠積篇帙。求其粗可者，百十未得一。」按襄字子成，所著有《山陽集》，卜居西京三十六峰下，又號三十六峰外史，固日本舊時代之有名詩人也。近由渠園處得借其集讀之，古體頗有作意，然氣力未逮，亦見東人本色。近體要以絕句為勝。

〈雜詩〉云：「新尹東來舊尹還，過門車馬日喧闐。諸公鞅掌勤王事，成就吾儕企足眠。」〈送百谷東行，用在薩別詩韻〉云：「離亭把酒對櫻洲，曾是深秋欲盡頭。今日京城春又去，一杯送汝入東州。」〈客恨〉云：「客恨逢春不解消，平蕪斷靄路迢迢。銅駝橋外千絲柳，五見東風上舊條。」皆饒有神韻。〈中秋無月侍母〉云：「不同此夜十三四，重得秋風奉一卮。不恨尊前無月色，免看兒子鬢邊絲。」則性情語也。

山陽微時曾至長崎，為客店主計，適中國人士僑居其地者甚多，故得習聞漢學。生平服膺陽明之學，內行尤修謹。相傳山陽某年在家塾講《左傳》，適聞其母病耗，即輟講，歸已不及，自是終其身不再讀左氏書。集中趨庭之作頗多，東人尤重其行誼。且山陽之得盛名，緣於所著《日本外史》及《日本政記》各書。日本尊王倒幕，山陽實為鼓吹最力之一人。固不僅以詩工見稱已喜。

二〇二、汪宗沂論詩有精評

汪宗沂（仲伊），號弢廬，吾皖之歙人。自幼博覽群書，習其鄉先輩江慎修、戴東原之學，善禮樂，通六藝，旁及卜筮、遁甲、堪輿等術。以儒生遊曾文正之門，居江寧幕府，交遍一時巨公名士。所著書刻於金陵者，僅二三種，餘遭亂失去。民國初年，自京師歸里，卒年八十餘。孫仲容、樊樊山、李木齋均與訂交。詩不求工，亦往往可誦。其子立本、孫采白，皆以文學書畫聞於時。余友邵次公與立本善，為余述君學行，且以《弢廬詩略》見示，蓋遺稿之僅存者。

〈題袁氏隨園圖〉云：「不住西湖亦別才，白門秋柳手親裁。寓公名大因師重，吏隱心清奉母來。北郭雲山空斷瓦，南朝文物冷蒼苔。曾傳權貴描圖去，魚鳥忘機莫浪猜。」〈題合肥張氏泗溪別墅〉云：「新漲溶溶繞宅圓，此間大好放春船。頻支略約通花外，時聽鉤輈度竹邊。營造自關經濟學，嘯歌欣有水雲緣。弢廬卜築從今健，還望歸營十頃田。」君家於黃山下，曾買地三十二峰佳處。有「桃花峰下著書人」之句，可以見其高致。集中為黃山作者韻甚佳。其〈雜詩十八首〉，可作遊記讀也。《弢廬詩略》樂府諸篇，刻意摹古，多可誦者。君論作詩以音節為歸宿，每云：「老杜之不如李白者，正由音節之不入樂府也。」可謂精評。

同年許際唐太史承堯，為君門下士，君之遺詩，乃其所手錄者。有〈重遊弢廬詩〉云：「弢廬舊來客，重至已頭白。坐對輯易堂，叢篁引淒碧。抱沖（亭名）無片瓦，梅坪牓殘石。洗硯對黟山，斯人遽成昔。重尋沿徑詩，不見杖藜跡。（弢廬詩云：『安排筆硯封黟山』。又云：『杖藜沿逕自尋詩』。）酒酣說劍處，凝塵水棲壁。吾師晚歲饑，誰奪鳳凰食。牽蘿親補屋，半壁應自惜。況乃鑿楹書，牛腰空委積。抉髓遍九流，貫串匯真得。固知生有涯，豈謂名亦嗇。薪盡火不傳，餘子各喧寂。咫尺不疏園，（江慎修先生嘗讀書於此）。頹垣百年隔。愀然人間世，夕照寒林色。」即此詩亦可知許君之能傳師學矣。

二〇三、許承堯詩宗宋人

歙多學人，亦多詩人，以余所知，際唐即其一也。所著《疑盦詩》已印行，陳弢庵先生為之序。君自謂於宋取陳與義、梅堯臣，詩格亦似近之。吾友磨僧開府隴上，君五度往還，故集中多關隴行役之作。哀樂過人，自成馨逸，較之弢廬，更為精專。錄其悼吾友陸亮臣云：「忍淚揮聲耗，殊驚並一呼。去皮憐豹死，無命怨麟屠。白馬前胥在，（自注：亮臣兄靜山前年憤國事悼吳淞死。）青蠅弔客無。盛衰真轉矚，世難幾人逋。」〈甲辰同年公宴徵詩〉云：「登科餘故記，頭白忍重論。有夢憂天墜，無言看海翻。臣精疲壯歲，世態付春痕。廿載堂堂去，惟應倒酒尊。」貞元朝士之感，余固與君共之也。斷句如〈華州道中〉云：「宦味颯如秋後葉，酒悲驚點鬢邊霜。」〈寄鮑蔚次甘州〉云：「生澀山川難造夢，瞢騰歲月盡鐫疑。」〈飛檄〉云：「朝露人如雞犬賤，秋霜天助虎狼威。」〈寧夏〉云：「風沙搏霸氣，樓櫓壯雄邊。」〈江湖〉云：「將家作旅舍，暫如樑上燕。如燕亦復佳，歲歲常相見。」〈遊城南園〉云：「名理齋心得，風花倦眼看。」〈墮甑〉云：「勝情因別減，苦語為秋多。」皆能以哀樂過人勝者。

二〇四、棗花寺掌故

京師白紙坊崇效寺，本唐之棗花寺，蓋劉濟捨宅所建，元至正始改名崇效，明清因之。朱竹垞、王漁洋手種丁香，聞在西來閣下。今久非故物，惟春時牡丹盛開，遊賞如織。龔定盦詩所謂「詞流百輩花間盡，此是宣南掌故花」者也。寺內楸花二株，幹可十圍，濃陰滿院，信為巨觀。吾鄉太湖徐芷帆侍御與其弟養吾主政及番禺沈太侔（宗畸）遊，常徘徊楸陰下。養吾逝世，芷帆為繪〈楸陰感舊圖〉，海內名流，多有題識。未久芷帆圖卷不知流落何所。清季太侔乃倩陳松山給諫長女陳佩彤補繪徵詩，計題詩達四十餘人，洵為棗花寺中一段掌故，當與〈青松紅杏圖〉及〈訓雞圖〉卷子並傳矣。

陳簡持中丞與太侔善，有〈題楸陰感舊圖〉一律云：「宣南掌故費追尋，梵寺重來涕不禁。轉眼滄桑淪浩劫，盛時花木損秋心。茫茫人海風騷歇，袞袞名流歲月侵。檢點舊題成隔世，東陽消瘦怨同深。」易實甫云：「為看芍藥屢停車，幾度楸陰聽煮茶。尋夢更尋尋夢地，送春先送送春花。閒思棋局都成劫，小坐琴床便當家。感舊卻憐君似我，鬢絲禪榻共生涯。」簡持、實甫，韻余故人，鄰笛之哀，無間歲月。太侔曩客雞林，亦余舊識，風流文采，饒有典型。官祠部日，於宣南創「煮涒吟社」，並刊行《國學萃編》，表彰叢佚，沾溉藝林。晚年自署繫霜閣主，身世佗傺，人以「沈聾」呼之。丙寅秋病歿都下，遺稿飄零，殊可念也。

二〇五、桂赤為在家僧

桂伯華名赤，原名念祖，精研內典，兼持五戒，意即古所謂在家僧也。余知君名甚久，東遊時曾識面，詩則曩於報端見之。友人梅君擷雲，近以《淨聲詩選》見示，皆君學佛以後之作。君少專力攻詩，手鈔杜蘇及其鄉人蔣心餘集數過，每日吟諷各大家詩，寒暑不少輟。嗣從南海康更生遊，戊戌黨禍作。君匿跡山野學俠，似有所遇。然未竟其業，變而學佛，依楊仁山居士以居者累稔，刊行《大乘起信論科注》。沈子培深器之，為醵資助其東渡習真言宗。顧口吃不能操日本語，但研索經論，有時且聚朋儔講習，似未及入壇受持密法也。民國五、六間病腫，歿於東京。夏劍丞有題其遺墨後一律云：「一見楊居士，將持此道西。眼中佈前境，夢裡落恒蹊。著字須為偈，逢歧要不迷。平生果無漏，法喜與同棲。」君終身未娶，晚歲忽思置室，然亦無成議。「法喜」句蓋謂此也，亦見多生習氣捐除之難矣。

二〇六、桂赤未識鄭孝胥

伯華詩時有清言見骨處，和人作云：「客裡風光劫外天，飲愁茹恨自年年。未成境奪還人奪，強說禪邊勝俠邊。何處須彌藏芥子，早知滄海有桑田。杜陵老子猶癡絕，苦向空山拜杜鵑。」自注：「偶於友人扇頭見一詩，詞旨悱惻，讀之愀然。未署作者姓字，意其人必有〈黍離〉、〈麥秀〉之感，閔而和之。」實則作者即海藏，當時伯華顧不識也。海藏詩題為〈閱報〉云：「檻外江濤風動天，梅酣閣暖又經年。長愁可復知閒味，不飲那堪近酒邊。閱報終朝成抵几，收身上策祇求田。善夫老去空摹杜，雪涕何從拜杜鵑。」自注：「上稱疾罷元旦朝賀，並停筵宴。」時為己亥歲暮，海藏方在鄂中。其翌年遂有庚子之變。伯華所謂〈黍離〉、〈麥秀〉云者，殆豫為之讖耶？

二〇七、桂赤早期詩作

贛詩人歐陽仲濤云：「伯華為詩不多，而誦習甚博，評閱甚精，於時賢最服膺范伯子。中年殫精佛籍，所為詩生硬多梵語。」然此在昔賢，本有成例，以詩境論，未可以狂花客慧少之也。錄其舊作〈過吉安〉云：「樹光如沐水如油，絕好山川是吉州。三宿未償魚鳥約，再來思作賈胡留。不憂塵海無青眼，祇恐饑寒累白頭。何日山資許粗足，全家來續醉翁遊。」〈登關口臺町最高處〉云：「登臨爽氣新，愁客暫怡神。草木都遺世，川雲解媚人。趣幽雙蝶見，涼早一蟬聞。那識家園路，炎天莽寇氛。」在君集中，固為最妥帖者。〈感懷〉三首錄一云：「老淚無多莫浪傾，傾多消息未分明。由來轉綠回黃候，早竭河枯石爛情。大鳥集時天色改，蟄龍潛處海波平。憑渠起滅空花幻，一剎那間萬劫更。」頗似譚復生《莽蒼蒼齋集》中之作。至〈次韻酬楊昀谷〉云：「詩心淡後無奇句，世事談多有淚痕」一律，《平等閣詩話》已及之，不具錄矣。

二〇八、楊增犖詩佳又精禪理

新建有二詩人，一為夏劍丞（敬觀），一即昀谷也。昀谷名增犖，久官刑曹，與趙香宋、胡漱唐齊名，酬唱酬至夥。清季改官知府，將筮仕蜀中，未及行而國變作矣。君〈題香宋圖〉有「一官山色夢嘉州」之語。其出京時，輦下詩流，多有投贈。漱唐云：「極天翻雪浪，六月似深秋。一路猿聲苦，孤吟風滿舟。江聲吞白帝，謫宦擬黃州。君入夔巫後，詩宜別集收。」香宋固蜀人，則〈雜書絕句〉六十餘首，旁及沿途風物，山程水驛，各繫以詩，直可作遊記讀。石遺極稱之。眾異詩云：「峨峨劍門路，細雨隨小蹇。詩人例遊蜀，陳跡那可免。堂堂趙侍御，贈別語微婉。不言行路難，但與志遊覽。」蓋謂此也。香宋〈襍詩〉之一云：「十載東方鬢已新。散原無閣築延真。扁舟此日還為客，滿眼江湖綠戀人。」昀谷一字延真閣主，遐庵有〈送延真閣主入蜀〉詩云：「不信迂疏有百端，歧途真到淚闌干。相逢呵沫真無策，顛倒塵埃尚此官。冉冉浮雲千劫盡，蕭蕭急雨九衢寒。岷峨淒惻猶堪賦，世路全勝蜀道難。」余之知昀谷，亦以遐庵。寶融亦繩其賢，且云不僅詩佳，兼精禪理。十稔以來，賃廡僧舍，所詣益深。偶有吟事，多涉玄言，蓋詩境又一變矣。

二〇九、楊增犖早年之作

昀谷有〈無題〉二首，乃居東日遐庵錄示者。其一云：「廢井年年轉轆轤，露華一昔遍寒蕪。春來燕子巢依舊，淚盡鮫人海已枯。倚病登樓憐畹晚，將愁遣日勝歡娛。六張五角尋常事，消息何勞問紫姑。」又云：

「佇苦停卒意轉閒，幾回天外見華鬢。佳期誤報烏頭白，舊曲真傳雉子斑。拗夢留雲終易斷，咒心成石不能頑。明河瀉盡星無著，辜負青鸞數往還。」此或昀谷早歲之作。余尤愛其〈送堯生歸蜀〉云：「歸計真忘蜀道難，燈前強說醉鄉寬。畸人自昔為時棄，諫草零星作史看。天地故應窮位置，文章曾不救饑寒。荻花楓葉瞿塘路，後夜相思寸寸灘。」

二一〇、得閒便是主人

塵勞久縛，乍得退休，乃知閒中真味。吾鄉張敦復公有云：「山水花竹，無常主人，得閒便是主人。」實則能閒亦關福分。宋王晦叔〈雙溪種花〉云：「雙溪漸有雜花開，每日扶筇到一回。勝似名園空鎖閉。主人到老不歸來。」「閒」字豈易辦哉！余丙寅在海濱得句云：「與其慕君實，未若作堯夫。」此物此志，竊願卒償。偶閱《趙彝齋集》有〈贈術者〉一絕云：「紛紛塵土簿書堆，職在其間怎可辭。不向先生問榮達，但言何日是閒時。」可謂實獲我心矣。桐廬袁忠節（昶）〈安般簃集偶書〉詩云：「老去心情依淨土，吟詩蹇淺不成邦。王侯螻蟻看俄化，一笑區中有底忙。」世固有以忙為樂，閒且弗耐者，試讀忠節此詩，作何感想？

二一一、閒中況味誰能識

五十之年，忽焉已至，海隅卻掃，與世相忘。偶成小詩有句云：「久悔虛名銷道力，臢躭書味勝兒時。一年容易應休忘，又是西風上鬢絲。」海藏見惠長句，相勗至殷，詩云：「逸塘用世人，五十居閒地。豈無髀肉歎，自詭時未至。時至當云何，奈此囊底智。控弦雖不發，天下證猿臂。世途無萬全，欲取宜有棄。以我之下駟，當彼之上駟。一敗而兩勝，老算得深味。中年惜精爽，勿使疲人事。孫武誠難追，孰能比田忌。」友朋傳觀，罔不歎佩。余次韻答之云：「造物畀閒身，便是神仙地。云何羨神仙，蹉歎不能至。散木天所全，不才寧不智。並世有畸人，遑敢失交臂。青蒿倚長松，喜子不我棄。吾寧不自知，朽輿而瘦駟。鼎衡嘗已遍，一閒有真味。臧穀等亡羊，何必問奚事。重感用世言，怕觸道家忌。」自抒所懷，兼示知好。

「一閒有真味」之言，質之海藏，相視而笑。蓋高樓廿載，坐榻幾穿，閒中況味，亦惟海藏消受獨多耳。余津居近牆子河邊，暇輒獨往遊眺，曾信步有作云：「意行隨分到林坰，風送人聲過遠汀。暖日漸催新柳活，微澌不礙小舟停。閒中況味誰能識，年少嬉遊我亦經。散策百回渾不厭，底須危語說新亭。」海藏於項聯頗致擊賞，以為極似劍南。實則同一眼前景物，閒中領略，固自不同，惜余尚未盡寫出也。

二一二、字裡行間見敦厚

風人之旨，以敦厚為主，慧心仁術，每於字裡行間見之。唐張祜〈贈內人〉詩云：「斜拔玉釵燈影畔，剔開紅焰救飛蛾。」金景覃〈天香詞〉云：「閒階土花碧潤。緩芒、恐傷蝸蚓。」亦與祜用意略同。顧伊人有《集唐詩》一卷，中如「惜竹不除當路筍，伐薪教護帶巢枝。」皆此類也。

二一三、梁鼎芬讀書焦山有詩

焦山紀遊詩夥矣，余獨愛仁先一絕云：「蘇牆月色海棠枝，繞榻蟲聲來和詩。乞米隔江王太守，先生謫官是清時。」王太守蓋指閩縣王可莊（仁堪）。曩出知鎮江時，梁節庵方讀書焦山海西庵，文酒往還無虛日，且有歲時存問之雅。集中有〈謝王二太守送米〉詩云：「侏儒欲死君弗治，清談可飽吾不饑。山樓曉覺叩門急，行人喘汗知為誰。忍庵吾兄念羈獨，新收官俸聊分遺。尚嫌薄少意未盡，那用鄰僧乞送為。我生天幸百不死，適吳一賦猶〈五噫〉。疏慵未寫魯公帖，視此溝壑如居時。艱難一粒亦民力，無功作食翻自嗤。丈夫會須飽天下，豈以瑣屑矜其私。江南百姓待澤久，請從隗始鋪仁慈。」忍庵，可莊別號也。可莊移守吳郡，旋即捐館。節庵有〈夜抵鎮江〉詩云：「脫葉嘶風正二更，鐙船初泊潤州城。芳菲一往成凋節，言笑重來已隔生。寒鳥淒口背江去，疏星歷歷向人明。此回不敢過衢市，怕聽茅簷涕淚聲。」蓋即追悼之作。黃壚之慼深矣。

節庵通籍後，言事被放，即讀書焦山。盛年清望，風采隱然，海內重之。迄後被徵再出，又不時往來山寺。集中有〈庚寅四月二十八日初宿海西庵詩〉云：「辟地亦云遠，入山猶未深。殘鐘幾人夢，芳樹十年陰。（自注：「壬午年六月初至焦山。」）」書認儀徵字，詩傳狄道心。前塵漸飄落，獨立一追尋。」又有〈癸巳六月重返海西庵題松寥閣詩〉云：「樹石依然未染塵，十年不到事如新。風流未盡春還在，想見孫洪一輩人。」

其蹤跡固歷歷也。焦山書藏，阮文達（芸臺）所創，節庵重為檢理，其示庵主佛如詩，有「焦山書藏今始見，千卷籤函余再題」之句。此事此人，韻可不朽，因並著之。今東南文獻，多付蕩然，未知藏書尚無恙否。

二一四、梁鼎芬棲鳳樓

梁節庵知武昌府時，其自題書室聯云：「零落雨中花，舊夢驚回棲鳳宅；綢繆天下計，壯懷銷盡食魚齋。」棲鳳樓宅，乃節庵當日青廬，「零落」句有感而發，蓋節庵傷心之事。集中有〈臘朔自米市胡同移居棲鳳樓詩〉云：「漫與移家作，新吟擊壤窩。地偏觀物變，春近抱天和。翔仞須孤鳳，馱書欠二騾。看花意園近，乘輿一經過。」上聯蓋即指此。「食魚齋」則用武昌魚故事也。

二一五、武昌魚入詩

以武昌魚入詩者，海藏最稱范石湖〈鄂州南樓〉，詩云：「誰將玉笛弄中秋，黃鶴飛來識舊遊。漢樹有情橫北渚，蜀江無語抱南樓。燭天燈火三更市，搖月旌旗萬里舟。卻笑鱸江垂釣手，武昌魚好更淹留。」收句極見標格。廣雅有〈秋日同賓客登黃鵠山曾祠望遠〉詩云：「群公整頓好家居，又見邊城戰伐餘。鼓角猶思助飛動，江山何意變凋疏。三年菜色災應淡，一樹巖香老未舒。我亦浮沈同湛輩，登盤愧食武昌魚。」此亦善用武昌魚入詩者。

二一六、世運日替，今昔不同

世運日替，萬象凋疏，人人蕭然喪其樂生之心。偶值歲時，但聞秋歎；回首承平，比戶安樂，真不勝東京夢華之思矣。宋張演〈社日郵居〉云：「鵝湖山下稻粱肥，豘柵雞棲對掩扉。桑柘影斜春社散，家家扶得醉人歸。」明葉唐支〈江上邨〉云：「家住夕陽江上邨，一灣流水繞柴門。種來松樹高於屋，借與春禽養子孫。」此是何等氣象！每一讀之，令人夢想黃虞。

又宋人〈太平吟〉云：「紛紛紅紫已成塵，布穀聲中夏令新。夾路桑麻行不得，始知身是太平民。」今則滿地荊榛，亦欲行不得。民生斯時，生趣可知矣。龔定盦詩云：「紅日柴門十丈開，不須蹣濟與蹣淮。家家飯熟書還讀，羨殺承平好秀才。」試問今之黌舍諸生，寧復有此真樂？學術與世運之相關，有如此者。張廣雅晚歲入都，有詩云：「理亂尋源學術乖，父讎子劫有由來。劉郎不歎多葵麥，祇恨荊榛滿路栽。」蓋慨乎其言之矣。

二一七、詩人窮而後工

宋人得意之句，如山谷之「桃李春風一杯酒，江湖夜雨十年燈。」、簡齋之「客子光陰詩卷裡，杏花消息雨聲中。」、放翁之「江山重複爭經眼，風雨縱橫亂入樓。」皆開後人窠臼不少，亦以其格調便於摹擬也。若山谷之「落木千山天遠大，澄江一道月分明。」。非胸次高而筆力健者，安能道其隻字哉。馬端臨謂「山谷自黔州以後，句法尤高，筆致放縱，實天下之奇作。」山谷亦自云：「在黔中時，字多隨意曲折，意到字不到；及在僰道舟中，觀長年蕩槳，群丁撥棹，乃覺少進。」意之所到，輒能用筆，是則謫宦之有益於詩，山谷已不啻自道也。讀山谷集者，不可不知。

二一八、楚中三老酬唱之樂

楚中有三老之稱，謂樊樊山、左笏卿、周少樸也。三老韻為退宦詩人。入民國後，又韻寓都下，文酒過從，一時稱盛。吾友傅治薌（嶽棻）〈和樊山少樸冬日雜詠詩八首〉之一云：「城西別有楚人邨，祭酒常推二老尊。剪水方瞳朝對雪，遞詩長鬣夜敲門。名園每共深衣樂，好語多如挾纊溫。晚歲詞情終不退。香山務觀漫同論。」其時樊山、少樸韻買宅西城，笏卿則寓南城外丞相胡同。笏卿有〈和樊山少樸治薌夏日雜興八首〉之一云：「宣南老屋伏魔東，蝦菜隨時小市通。僧磬屢催歸樹鳥，書釭時引打窗蟲。電飛遙識前山雨，月暈先知翌日風。世事茫茫都不問，此生真作信天翁。」伏魔謂伏魔寺也。

樊山有〈同樸公過笏卿共飯〉詩云：「門策羸驂過左家，滿窗晴日綠陰斜。寫詩紙已盈書篋，沽酒錢仍費畫叉。陳穀飯增荒後量，（洪北江有『嘗笑陳古漁，偏到荒年飯量加』之句。）劉蕢菜現榜頭花。（菜榜劉蕢姓倪。）盤餐總有江鄉意，溉釜烹魚椀覆蝦。」少樸有〈次答樊山暮春雜興五首〉之一云：「弄翰觀書未是慵，案頭稿帙積重重。看山螺子盾新畫，瀉酒鵝兒色未濃。腳力過人能不杖，語音到老尚如鐘。簷花細雨宜春帖，近局嫌無二客從。（自注：二客謂樊左二老。）」又樊山〈丁巳除夕雜詩〉之一云：「堅坐梅邊左笏卿，杜門惟我共茶笙。僕夫與我兩相語，今日過午猶出城。」讀之均可想見道從酬唱之樂。不圖今日尚有老成典型也。樊、周兩公，名位較著。笏卿一字竹勿，應山人。清季官粵東南韶連道，有政聲。丁卯秋逝世，卒年八十一。詩詞均戛戛獨造。所為日記，密行精楷，數十年如一日。與樊山交期尤篤，並時楚人中，及與樊山輩行相埒者，笏卿一人而已。

二一九、樊樊山論詩精闢

樊山〈與笏卿論詩〉一首，最為精卓，錄之：「君不見蘭子七劍兩手中，中有五劍常在空。巧手能虛以運實，開鑿渾沌皆玲瓏。又不見單父種花驪花宮，萬花顏色無一同。匠心能以素為絢，坐使枯寂回春風。兵家在以少克眾，權家在以輕起重。道家在以靜制動，詩家在以獨勝共。能言人所不能言，如山出靈無不宣。能圓人所不能圓，如月三五懸中天。百汲不竭井底泉，任燒不絕香上煙。百花釀作酒一甑，百藥鍊成丹一丸。五味入口取其甘，五色入目取其鮮。五聲入耳取其和，惟貌不獨取其妍。取之杜蘇根底堅，取之白陸戶庭寬。取之溫李藻思繁，取之黃陳奧窔穿。言之有物餅中餤，裁之成幅機中練。視之無跡水中鹽，出之則飛匣中劍。無意何能作一經，無筆何以役萬靈。無才何以籠群英，無學何由躋老成。無法何所謂尺繩，無事何足為重輕。一字不安眾所議，八面受敵誰不能。老笏雜言昨挑戰，意亦學韓通其變。六十餘年窮生活，為君一騁雕龍辯。詩林籊籊百尺竿，老年進步如少年。學我者死殊不然，果如我語詩其仙。」此詩自道甘苦，在樊山集中，亦為清言見道之作。

二二〇、樊樊山自道詩法心得

近代詩人，其隸事之精，致力之久，益以過人之天才，蓋無逾於樊山者。或疑此老論詩，拘守宗派，與時流標舉，各有不同，是皆未知其深者。近見其序吳江金天羽（鶴望）《天放樓詩續鈔》云：向來詩家，率墨守一先生之集，其他皆束閣不觀。如學韓杜者，必輕長慶；學黃陳者，即屏西崑。講性靈者，則明以前之事不知；尊選體者，則唐以後之書不讀。不知詩至能傳，無論何家，必皆有獨到之處。少陵所謂『轉益多師是汝師』也。人所處之境，有臺閣，有山林，有愉樂，有憂憤；古人千百家之作，濃淡平奇，洪纖華樸，莊諧斂肆，夷險巧拙，一一兼收並蓄，以待天地人物形形色色之相需相感，吾即因以付之。此所謂八面受敵，人不足而我有餘也。所蓄既富，加以虛衷求益，旬煆季煉，而又行路多，更事多，見名人長德多，經歷世變多，合千百古人之詩，以成吾一家之詩。此則樊山詩法也。大抵詩貴有品；無名利心則詩境必超，無媢嫉心則詩境必廣，無取悅流俗心則詩格必高，無自欺欺人心則詩語必人人能解。有性情則詩必真，有才力則詩必健，有福澤則詩必腴，有風趣則詩必雋：此皆予自道所得而未輕以云人者」云云。樊山詩法，非其自述，又何能如此詳盡哉。

二二一、高其倬以「白燕」詩聞名

鐵嶺高文良公其倬，字章之，為且園之弟，以清乾隆戊午卒。所著《味和堂詩集》，坊間不多見。吾友晦齋太守，為公裔孫，能詩有家法。近謀重刊遺集，乃亂後得之漢上者。並乞余編入詩話，誦芬述祖，意有足多。文良公詩，以〈白燕〉二律最為海內傳誦，錄之。其一云：「瓊膏初染羽毛新，重向重湖覓故人。遲日不融梁際雪，生綃還戀掌中身。一痕瑤圃餘前壘，幾樹梨花共暮春。又是清明微雨後，玉堂開處已無塵。」其二云：「玉作身材似葉輕，刺桐花發半巢成。夢隨煙散塵蹤遝，心逐雲飛雪嶠晴。有色何曾相假借，不群仍恐太分明。素衿一種差同調，還笑籠中解語鸚。」『有色』二聯，極見身分，不僅體物之工。若準袁海叟之例，又可呼為「高白燕」矣。長洲沈文愨（德潛）選《國朝詩別裁》，入公詩三十餘首，稱其「中正和平，言不虛立。」文愨與孫文定（嘉淦），均同出文良門下，今集中二序，即兩公作也。

二二二、袁牧推崇高其倬詩

《隨園詩話》盛稱文良詩，且謂「駕新城而上，特為勳望所掩，故不大著。」公以文臣累膺疆節，所至如廣西、雲、貴、福建、臺灣，及中甸、青、海苗猓之地，皆備歷艱險。今觀其詩，則靜穆溫潤，妙出天成，間托諷刺，亦深得風人之旨。所養者深，固應如此，宜隨園之傾倒也。集中如〈覽薊州新城望雪山〉及〈過碧雲寺〉諸長篇，皆魄力沈雄，有關國故。餘亦多閒適澹永之作。〈劍州〉云：「六千庸蜀遠京華，劍外秋風倍憶家。馬上聽殘樓上角，客中看遍棧中花。已過月閏寒仍早，倍覺山深日易斜。卻念生平親舊語，使車爭似少游車。」〈摩訶菴〉云：「八字朱扉碧樹間，偶緣客至暫開關。松梢紅上三竿日，樓角斜銜一巘山。鋤麥人衝殘雨去，坐禪僧共落花閒。未能便入宗雷社，且約芳時數往還。」〈未至退谷入道旁僧寺小憩〉云：「身似籠禽豈自由，心如野鶴愛林邱。村童引馬看松去，嬌鳥憐春喚客遊。問道怕穿西苑路，攜僧閒上夕陽樓。經過底要知名寺，但有花開便肯留。」即論風格，亦似新城。又有〈重過燕子磯登眺〉四詩，中有句云：「課政敢云堪歲計，字民終欲布春溫。茲行謹與山靈約，擬為東南念本根。」蓋即公撫吳時作，即其詩可知為政矣。厥配季玉夫人，能詩工書。〈白燕〉詩傳誦之「不群」二句，即夫人足成者，隱寓箴規，足徵特識。文良集中多憶內寄內之作，托興雲鬟，尤見韻事。

二二三、英廉詩多清言見道

匏盧丈〈論詩絕句〉云：「味和家世席韋平，〈白燕〉沈吟懼獨清。崛起夢堂躋九列，頗疑相度遜詩名。」夢堂名英廉，字福餘，其先遼東，姓馮氏。嚮見錢籜石集，多與夢堂遊讌唱酬之作。所著《夢堂詩稿》，籜石為之序，稱其「溫潤縝密，超然意表。」又云：「夢堂詩詣之精，全從老杜得來。」其推重可想。一時名彥，自籜石外，如翁覃溪、紀曉嵐、施耦堂、沈椒園、陳勾山、鮑雅堂、羅兩峰諸君，皆與之遊。所居北城，曰檀欒草堂，街南壘石架閣，曰獨往園，九日必高會以眺城西諸山。均見籜石所為詩序。

集中〈陰雨未輟，籜石札來云：風冷添綿衣，猶不足，已遣人入市買蓮花白矣。蓮花白，海淀郇酒也。戲簡一律〉，中有「故人未敢憐張祿，熟客才知數杜康」之句，極見工切。〈詠紫芥〉詩云：「寒濤濕盡一江煙，山閣燈紅客未眠。記得春盤餐此味，夢闌酒醒又三年。」「春韭秋菘漫自雄，輸他風露滿幽叢。人間大有巢居士，一棱蛾眉餉長公。（自注：李時珍謂巢菜為野豌豆之不育者，近聞人云即蠶豆，未之考也。蠶豆一名蛾眉豆。）」題為〈讀查蔗塘押簾詞，有詠紫芥一闋。紫芥者，江南亦謂之諸葛菜。因憶甲子二月，與篁邨、步江宿焦山曙霞閣，夜半酒渴，庵僧烹此菜以進，食之佳絕。今見此詞，覺風露之香，猶在齒牙。昔東坡先生不忘與故人食炒豆瓜子，此種情味，老來方知。賦詩二絕，寄篁邨、步江，用識余懷。兼簡蔗塘〉。兩詩皆佳，蔬筍氣尤不易得。放翁〈食炒栗詩〉，有「喚起少年京輦夢，和寧門外早朝時」一句，皆此類也。惟夢堂以下吏宦江南最久，平日頗多車笠之交。不十年超躋政地，對於故舊，一變面目。《蒲褐詩話》，即有微詞，故匏盧詩中及之。然集中入都以後，多清言見道之作，又似與其晚節不類。於此益見知人論事之難。若專以詩才論，則又在梧門、竹坡之上矣。

二二四、吳觀禮天不假年

仁和吳子儁（觀禮）所著《圭庵詩錄》一卷，乃陳弢庵先生手寫印行者，弢庵因張叔度交圭菴甫一年，然相知則甚深。手寫遺詩，皆作精楷，風義之篤，又近世所無也。圭菴為何蝯叟之女夫，客左文襄幕府最久。通籍後始留京，與張簣齋、張廣雅諸人，誼有文章道義之契。廣雅有〈輓吳圭菴〉詩云：「詩君日淺見君心，兩疏憂時壯翰林。交遍公卿無詭合，久更戎馬轉湛深。憐才曾聽巫咸筮，（君典試，有綿竹楊生高才不遇，君深自咎責，至於下泣。）敦舊親調子敬琴。（謝麐伯前輩病歿，君經紀其喪）。使府三良同一厄，秦川嗚咽隴雲陰。（君與麐伯及張兵備樹荄皆為恪靖伯薦辟入幕，期月內並卒」。）簣齋〈答圭菴和淨師見贈之作〉有句云：「先皇十載歲辛未，君辭戎幕賓於王。玉堂相見遂心折，三年校秘商丹黃。」弢菴癸卯赴簣齋之喪，小住南京，留宿子涵寓齋。得詩十四首，一云：「坐上何郎舊飲仙，別來牢落亦華顛。人生畏友誰能少，太息圭菴不假年。」自注：「圭菴簣齋至契，詩孫姑丈也。」數詩皆可見交誼者。

二二五、吳觀禮詩隱切朝事

圭菴集中，多隱切朝事之作，其最著者為〈冢婦篇〉、〈小姑歎〉、〈天孫機〉、〈鄰家女〉諸首。〈冢婦篇〉云：「門祚本寒素，質陋長善愁。託身適貴族，甲第連朱樓。先後眾娣姒，什伯親疏儔。冢婦主中饋，明慧稱才優。威姑有喜怒，一意承溫柔。溫柔豈不懿，所願無訾尤。任勞先任怨，匪但心休休。馨腥久相習，早辨薰與蕕。況今家多難，舊業蕪田疇。我居介婦末，疏逖空涕流。鞠凶伊可畏，未陰亟綢繆。求賢庶自輔，為爾歌好逑。有姆倘善教，引近爰諮謀。資沅富蘭芷，明珠在炎洲。光氣世寶重，紉佩懸巾鞲。小姑暨諸婦，或恐志不侔。和眾與推挽，竊願從之遊。門庭既清肅，內寧無外憂。眾婦爾毋怠。墜宗實爾羞。」此首乃為恭親王及左文襄作者，「冢婦」以喻恭王。「有姆」以喻文襄，「介婦」、「疏逖」，則圭菴自謂。清同治間恭王長軍機最久，畺吏中以左文襄最負時望，詩中「資沅蘭芷」，及「光氣世寶重」等句，即指文襄而言。圭菴頗盼文襄入相，而深以遠在西陲為惜。「和眾推挽」及「墜宗實爾羞」等句，則以勖恭王，深冀其求賢自輔，共謀國事。迄後文襄雖入樞府，未幾即出督兩江，不能久於其位，又圭菴所不及料矣。

〈小姑篇〉云：「入門為幼婦，稽首歌姑恩。三日入廚下，諸姒為我言。家世守先業，田園甲幽燕。無端遘菑害。彫敝年復年。冢婦自明慧，孏漫思避喧。小姑育南土，于歸家太原。稍知道途事，臧獲交稱賢。歸寧侍阿母，中饋同周旋。初云佐筐錡，已乃操管鍵。事事承母命，處處蒙人憐。深潭不見底，柔蕤故為妍。女巫托靈談，寧止糜金錢。人或為姑語，善遣離堂前。非無姊妹行，遠嫁多在邊。舍旃勿復道，何以祈安全。諸姒語未終，我憂泣涕漣。思欲諫冢婦，室遠情未聯。小姑初見我，頗若親嬋娟。苦口倘能謂，諸姒寧憚煩。陰雲冪簷際，隱隱聞杜鵑。彿徊就私寢，終夜不成眠。」此首專指沈文定而言。恭王當國既久，年事復高，又深喜文定之附己，倚若左右手，故以「孏漫避喧」，及「處處蒙人憐」為喻。文定以山西巡撫入直軍機，原籍吳江，故有「南土」、「太原」等句。「深潭不見底」等句，蓋指文定之厚貌深情，外托廉介，可謂妙於寫真。「非無姊妹行，遠嫁多在邊」句，亦隱指文襄而言。「杜鵑」句蓋用南人作相故事，沈固南人也。

〈天孫機〉云：「少小織縑素，稍長裁錦緋。貧女無早嫁，為人作嫁衣。紛然理邊幅，刀尺從指揮。細意重慰帖，服衣架椸榫。嫁者亦殊貴，冠披紉珠璣。女紅乃嫻習，針神世所稀。納徵羅綵弊，鸞鳳行雙飛。心苦意拗暇，招我裏閨幃。度我鴛鴦譜，文理窺精微。作別送之子，楊柳何依依。一朝被召出，棘牆桑四圍。春蠶食葉盡，獻絲朝副幃。美人職染采，翬帨揚芳菲。知我事紡績，問我天孫機。天孫亦何巧，經緯分當幾。天吳與紫鳳。顛倒辨是非。我陋不足道，景賢陳所希。請師女公子，德音期無違。」此首乃圭庵自述者。貧女自謂，女公子謂文襄。圭庵久客文襄幕，倚畀甚切，故以為人作嫁，及「招裏閨幃」為喻。「一朝被召出」句，指辛未成進士事，時甫自隴上左營歸，故有作別之語，美人指李文正（鴻藻），時教習庶起士，故以「職染采」為喻，又文正時值樞府，文襄方在隴上，故以「請師女公子」為喻也。

二二六、吳觀禮詩諷翁同龢

圭庵有〈鄰家女〉篇，蓋為潘文勤（祖蔭）、翁文恭（同龢）作者。詩云：「小時門前劇，女伴相頡頏。鄰家久洽比，歡如姊妹行。西鄰早奉帚，華冠七寶璫。倩盼自矜寵，意態殊飛揚。良人稍裁抑，悲啼毀容妝。因緣復助箔，低首含淒涼。淒涼固自喻，顧我何莊莊。東鄰儗班左，絳紗懸洞房。時還佐中饋，有無勞龜皇。周旋舊儔侶，厚貌逾尋常。貌厚倘可語，敷衽言其詳。昔聞漆室女，憂時獨徬徨。亦有馮婕好，奮身熊敢當。縱非主內政，求賢慎扶將。入門易見嫉，子云戒其傷。亦勿取容悅，蘭麝徒熏香。泠泠〈洞蕭賦〉，笑我耽篇章。不望琥珀佩，矧彼珩與璜。人言同社燕，後先成鳳凰。西飛高舉趾，東飛鳴鏘鏘。同聲庶賀世，何以協歸昌。」詩中東鄰謂翁，西鄰謂潘，兩人交最密。故以姊妹為喻。潘在南齋有年，因癸酉科場事落職，頗為憒挹。後因門人等醵三千金，報效園工，始得賞京堂，故以「毀妝助箔」為喻。翁本任師傅，又兼戶部侍郎，故以「絳紗中饋」為喻，且與圭菴亦係同年交舊，時有往還，故有「周旋舊侶」之句。後半頗多規諷之語，容悅熏香，情見乎詞，直諒之風，近世所罕。惜潘翁之未能盡喻耳。圭菴當日詩成，即以示弢庵先生，故知之最詳。輒記所語，以補國聞。至其詩之工，更不待論。

圭菴又有〈耳鳴〉一篇云：「珊珊仙佩下增城，握手花間理玉笙。話到耳鳴紅暈頰，教儂休說許飛瓊。」讀者或誤以為閒情之作，實亦隱指時事也。圭菴憂時如痗。一日常熟過訪，圭庵輒以格非救時之大義責之。常熟喟然，以羽毛未豐，不能高飛為解，且云此語不可為外人道，若恐以此忤時者。圭菴遂有是作，此亦弢老追述者。按萍鄉文芸閣學士所為《閒塵偶記》云：「翁叔平尚書與余素善，余疏落，要不常相見。然比者以一人而兼師傅、軍機總理衙門、督辦軍務處，又領戶部，皆至要之職，而猶不能辦事，又不欲居權要之名，一彼一此，訖無定見，以此召亂，誰能諒之。嗟乎張茂先我所不解者也。」此節可與圭菴詩互相發明，亦治同光間國故所宜知者。

二二七、李文安列名「城東七子」

吾邑風雅，盛於咸同，一時有「城東七子」之稱。李玉泉先生文安〈自訟詩〉云：「浪得城東七子名，題襟欣得附群英。竭來剪燭西窗雨，酒冷香殘十載情」。自注：「與盛議卿、余荊南、趙雲墀、張雨邨諸人為文字交，受益良多。」計其時，先生方課讀里中也。李氏世居吾邑東北鄉，累葉皆力田習武，自先生始以科第起家，為廬郡望族。相傳先生官刑部提牢時，折獄平恕，矜全頗多。所著《愚荃濊帚》及《貫垣紀事詩》，尤徵陰德，世以于定國、徐有功比之。嗣隨袁端恪公歸里辦團練，毀家紓難，遂為淮軍所自始。文忠昌大其緒，卒佐中興，蓋得力於趨庭之教者，非一日也。先生遺集為文孫偉侯國杰編印，詩僅一冊，多作於官京曹時。〈乙巳仲春都門寓宅寄示諸子姪〉云：「紅米青煤白屋居，年年歸夢愧鱸魚。柳塘春浪松溪月，絕憶淮南舊草廬。」〈答楊紫亭秀才見贈〉云：「年來留滯天涯跡，舊雨飄零宿草迷。（謂仿仙）。好是雲亭無恙在，包墩東畔鮑臺西。」按包墩、鮑臺，皆邑中勝跡，即香花墩、明遠臺也。

二二八、孝感白燕

先生集中有〈倚廬白雁〉詩，錄其二云：「無數春前雁，翩翩著白衣。幾回雙鶴至，來弔遠柴扉。」「來賓揚索彩，墓外幾回翔。意似悲梁木，哀鳴欲斷腸。」自序云：「丙午人日奉諱里居，有白雁千百成行，回翔空中，哀唳遠聞。此物南中向少，共驚為異，隱廬感泣，得句誌之。」此與李文定（容齋）廬墓白燕來巢，同一孝感。容齋年六十，奉太夫人之諱，歸里營窀穸，築室墓上，負土攀條，擗踴號痛，三年不入城府。事見毛西河（奇齡）所為詩序中。容齋〈廬居感述〉亦紀其事云：「白燕原微鳥，雙來亦偶然。惟憐迴雪影，閱月重流連。輿頌慚過實，箋辭愧附詮。開延真不敢，莫訝閉門堅。」又〈除夕禮墓〉云：「春至可還來縞雁，歲除猶見哺慈烏。」史稱趙清獻越國夫人墓廬，白爵呈祥，不能專美於前矣。近日後生小子，競倡異說，廢孝短喪，書之滋痛。因述先輩遺型，並及同里盛事，冀為澆俗衿式之資，亦四始、六義之教也。至容齋〈喬梓詩〉，余於《廣德壽重光集》已為刊行，佳詩固不止此。

二二九、詞外求詞之道

詞為詩餘，原本《風》、《騷》，被之弦管，托興抒情，與詩並重。世俗以詞為詩之賸義。殊屬誤解。余於詞之工者，每喜諷繹。汴京、臨安諸老，凡工詩者，固無不為詞；且詩之佳者，亦多含詞意。梅宛陵詩「不上樓來今幾日，滿城多少柳絲黃」。六一云：「非聖俞不能到。」亦即李易安詞「幾日不來樓上望，粉紅香白已爭妍」之所自濫觴也。稼軒詞〈鷓鴣天〉歇拍：「不知筋力衰多少，但覺新來懶上樓。」實則仍從香山「老來筋力上樓知」句脫胎而出。東坡樂府為北宋大家，偶讀其〈法惠寺橫翠閣〉有句云：「雕闌能得幾時好，不獨憑闌人易老。」置之詞中，亦屬絕妙。又耶律文〈正鷓鴣天〉歇拍云：「不知何限人間夢，並觸沈思到酒邊。」置之詩中，亦屬雋語。臨桂況夔笙云：「詞中求詞，不如詞外求詞。詞外求詞之道，一曰多讀書，二曰謹避俗。俗者，詞之賊也。」知此可與言詩。

二三〇、胡樸安、胡懷琛兄弟均能詩

吳江陳佩忍（去病），一字垂虹亭主，南社吟侶中之健者。所輯《松陵文集》、《笠澤詞徵》，韻已行世。君與貞壯、晦聞、秋枚、寒碧諸子，多有唱和。杭縣徐仲可寄所為《浩歌堂詩鈔》，半民國後之作。〈述懷疊韻〉云：「我亦頻年戀破扉，著書徒遺蠹魚肥。滄桑幾度經來慣，那復能令海嶽飛。」自注：「茶陵都督，常集定公『世事滄桑心事定，胸中海嶽夢中飛』手書楹聯見贈。」君又有〈春暮集樸學齋詩〉「市樓一角日西斜，細雨櫻桃正落花。尚有斯人存古誼，獨招朋舊泛流霞。殘春欲去情猶戀，乳燕初飛力未奢。底事荼䕷消息晚，故教魂夢繞天涯」。乃為胡樸安作者。

樸安，吾皖涇縣人，名蘊玉，樸學齋其自署也。余耳君名甚久。靜仁囊在海濱，曾贈君集，近仲可又以寄示。其〈答佩忍、匪石、楚傖〉四首之一云：「陳子太邱裔，慷慨能彣彰。闡幽徵文獻，汲古綆何長。（謂佩忍。）孔璋富藻麗，吐辭多悲涼。磊落而英奇，肝膽照人腸。吾愛葉夢得，豪氣不可當。雋逸多壯思，落筆吐光芒。（謂楚傖。）卓哉三君子，永矢吾不忘。」又有《和陶詩》一卷，番禺潘蘭史序之，盛稱其「飲酒保天真，常醉以為寶。吾觀清醒人，往往盛修表」之句，沉冥自放，非得已也。君學有家法，所著《包慎伯年譜》頗精詳，為士論所稱。弟懷琛，字奇塵，亦工詩。〈津榆道中作〉云：「換盡貂裘醉不成，天涯猶是作長征。人經憂患難為客，笛到幽燕已變聲。歷劫千年城獨在，出關八月柳先零。何如歸去江南臥，相對黃花插膽瓶。」〈渤海舟中作〉云：「窗外風濤日夜奔，橫支孤枕壓驚魂。迷離斷夢在何處，天際青山髮一痕。」君兄弟自相師友，世以為難。又論詩云：「宋詩如西洋油畫，善刻畫；唐詩如中國水墨山水，善寫意。黃山谷詩曰：『江流畫平沙，分派如迴筆。』油畫也；韋蘇州詩曰：『歸棹洛陽人，殘鐘廣陵樹。』水墨山水也。」亦發前人所未發者。涇固望邑，尤多詩人，山水有靈，信不虛矣。

一三一、林寒碧詩筆沖夷

余於寒碧、栝廬之死，均極哀之，並載同時挽詩入《詩話》矣。寒碧，侯官林氏，名景行，字亮奇，詩筆清迴沖夷，殆不類得此禍者。〈畏暑入山，得行嚴京國書卻寄〉云：「夜氣猶荒曙未明，枕樓無際待風生。病中千態君能寫，湖外雙眸我最清。漫喜較量篗與舸，乍應問訊雨還晴。濕雲不散鷗先倦，何取煙波狎此盟。」〈湖泛口占示貞長〉云：「晚風翼翼浪吹衣，涼水鱗鱗翠入微。借與詩人隨一舸，枕流看樹澹忘歸。」石遺錄君詩入《近代詩鈔》，強半皆湖上勾留之作也。

二三二、輓林長民詩

和鈞以〈霜栝圖〉介寶融徵題，且曰海內知者，多有題贈。石遺、海藏，亦皆寵以佳什。以余與栝廬主人交誼，當必有所發抒。陳容同死，郭亮收屍，偶念兩年前風雪過遼返骨情景，亦足淒然。余當題二絕云：「華屋山邱一剎那，歸來遼鶴感如何。眼中雙栝猶無恙，憐爾貞心歷劫多。」「收骨沙場事可傷，梁侯風義不尋常。雪池賓客多星散，宿草荒荒又幾霜。」石遺、海藏詩未見，容續求之。哲維有〈苣苳輓詩〉甚佳，並錄於此：「慘澹迷龍戰，凋傷遘鵩年。伏弢隨李密，失策佐桓玄。玉碎真當惜，膏明本自煎。向來相厚意，流涕不成眠。喪亂看駢盡，於君有至哀。秋堂成永訣，記室是虛陪。溫序鬚難返，賓王貌漫猜。故鄉城郭異，化鶴莫歸來。」苣苳，栝廬別字也。

二三三、黃侃詩有所諷

蘄春黃季剛（侃），其尊人為翔雲先生。以文章氣節，有聲咸光間。君少承家學，壯有才名，與吳縣汪東（旭初）、歙縣吳承仕（檢齊）、蒲圻但燾（植之），同為太炎高足。余與君久不相見，前歲自武昌曾寄書索寄近刻。時方都講鄂校，屏絕聲聞，邈然高躅，心竊敬之。君工填詞，詩亦不作六代以後語，近體尤不輕作。

〈贈大圓居士唐粲六〉云：「都梁奇卉遠傳芬，矯矯唐生信不群。辯理直過〈齊物論〉，歸真早有發心文。螺音應揭狂禪覆，雁宕今看晏坐雲。我已人間無所戀，值回江海擬從君。」〈至武昌寄北京大學文科同學〉云：「深淵有回瀾，嘉卉向故根。宿心既云慰，萬事何足論。馳車武陽外，日夕歸修門。江漢自安流，南紀今彌尊。追維龕亂功，始信危能存。雖幸楚風遠，猶憐秦俗昏。微軀感萍蓬，累歲懷蘭蓀。鄉黨不見遺，承命載欣奔。早憐朔野寒，晚愛江鄉溫。誓將息紛華，專志罄饔飧。登樓望薊丘，慷慨懷舊恩。談讌且軫念，況乃托弟昆。久要貴不忘，薄終義弗敦。徒恐燕雀輩，昂首譏翔鶤。離別誠獨難，思之尚銷魂。」〈始達武昌，即事言懷〉云：「十載飄蓬始得歸，眼前百態與懷違。故鄉多少傷心地，試問當年丁令威。」「篝火叢祠楚始張，八年歲月去堂堂。贏顛劉蹶君休問，且夢人間建德鄉。」「朔野頻年作旅人，屢勞皀莢瀚黃塵。歸車如劍過郎陂，到眼山川盡可親。」「回首風塵合息機，遠遊何事久忘歸。歸來百計皆須後，且向秋山看落暉。」「隴漢逡巡馬季長，晚途折節亦堪傷。君看繞指柔何甚，猶是當時百鍊鋼。」「菽水深慚義養人，關河轉徙累衰親。晨飧罄潔推鄉味，從此南陔有好春。」「篝火叢祠」句，頗有所諷，君之沉冥遺世，殆亦有托而逃乎。

二三四、韓桂舲題《花王閣賸稿》詩

元和韓桂舲司寇《尌還讀齋詩稿》，有〈花王閣賸稿題詞〉二首：「河朔當年豪俠儔，拚將《騷》、《雅》寄離憂。知他多少興亡淚，銷得銅駝陌上愁。」「破碎山河遺一老，頹唐風月足悲歌。六丁從受仙官敕，流落人間已不多。」稿為河間紀厚齋先生所作，泊居先生，其裔孫也。節菴亦有紀拔貢鉅維贈先世《花王閣賸稿》一卷，〈漫題〉五絕云：「已是斜陽欲落時，不成一事鬢如絲。文章無用從飄泊，惆悵花王數首詩。」「休將晉惠比明熹，聽講心開尚可為。不見當年孫閣部，令予論世獨傷悲。」「普德寺高配聖尊，前潘後陸不堪論。此時此局真難得，楊左猶能一雪冤。」「青豆房中意想深，酒醒撫劍更沈吟。誰知一滴芙蓉淚，已入才人異代心。」「河間風格比田間，蜨戀餘香未忍閒。我亦觀星通帝座，由來同調在深山。」詩中有明熹、楊、左等語，作者必為晚明人物。泊居實為文達五世孫，散原贈詩，有「此是通儒六世孫」之語，亦誤，泊居嘗以告人云。

二三五、韓桂舲謁包公祠詩

桂舲司寇以京曹按事至皖，有〈謁包孝肅祠，迫次錢香樹先生韻〉云：「金斗城南路，松杉孝肅祠。兒童私爵氏，鬼物凜容儀。正色中朝望，清風百世師。一泓門外水，好與薙蕪蘼」此詩可入邑乘。司寇為文懿之孫，與吾鄉歙縣鮑覺生（桂星）侍郎唱酬至夥。覺生有〈桂舲司寇枉臨賦謝詩〉云：「竹外停油碧，花間坐門斜。童孫解窺客，稚子學檠茶。朗月垂襟佩，春風散齒牙。皋陶有真面，何必削如瓜。」司寇賦答云：「敧屋橫街北，朝回日未斜。門真清似水，客至便煎茶。結習成魚蠹，流言聽鼠牙。升沈莫須說，端合學匏瓜。」覺生曾貳戶部，以言事被譴，故詩中及之。平日與吳蘭雪齊名，而吳服膺甚至，贈句有「低頭東野」之語。故司寇輓君詩有句云：「平生臭味猗蘭並，猶道低頭臺拜君。」蓋紀實也。

二三六、藉忠寅躭吟成癖

任邱藉亮儕同年忠寅，吾黨中之健者，〈五十初度徵和〉有句云：「櫪下駒垂老，書中蠹已肥。為詩告朋舊，因病得忘機。」見道之語，不僅詩工。余次答二律云：「舉世誇歠餔，斯人昔已醒。棋奩空白黑，薪火話藍青。習靜心求放，鈔詩手罷停。蟠胸饒國故，滄海舊曾經。」「世論惟憎愛，千秋有是非。津橋鵑正惡，遼海鶴將歸。交以忘年契，身因味道肥。王城容大隱，早息漢陰機」，君為吳摯甫先生主講蓮池時高足，故以「薪火」、「藍青」為喻。比歲杜門養疴，躭吟成癖，曾以手寫《病呻集》寄示。其〈春晴遊北海〉詩有「由來青帝真無我，飽放韶光不要錢」句，亦極見作意。

二三七、汪洛年是汪康年之弟

石遺自閩寄示《石遺室詩續集》，中有〈續除夕懷舊詩〉為汪鷗客（洛年）作者：「供養雲煙不永年，清門文采早華顛。節菴不作香驄死，誰賦丹青引一篇。」鷗客杭縣人，故人汪穰卿（康年）之弟。穰卿清季在京主《蒭言報》，余猶數數見之。鷗客則知其專精繪事刻石，篤於風義。庚申余在上海，君主沈子培家，不時往來愛儷園，顧未及一晤。君以薄宦滯鄂，與節菴、香驄諸人交最篤。節菴有〈丁酉十月與鷗客別二首〉云：「心共林巒日日深，佳人窈窕托幽琴。不知何處茆菴好，許我從容抱膝吟。」「猿鶴笑人長不歸，枇把花較去年肥。讀書有得同招隱，子備蓉裳我芰衣」。又〈汪社耆青山老屋圖，迎沈乙菴歸，屬余題詩〉云：「清溪老屋好歸來，昨夜山雲似有開。一道飛泉千點雪，幾株老樹百年苔。」社耆，鷗客別字也。君耳重聽，故人呼為「汪聾」。寶融嚢在滬，君贈以二畫求一詩，其嗜名如此。海藏有贈君詩云：「江漢相逢早識君，滄桑□□感離群。畫師遺老人爭重，君是前朝汪水雲。」可以見君生平。

二三八、陳衍抨擊嚴嵩詩

秋岳舊藏漁洋老人手批明刻《鈐山堂詩》選本，並以徵題。石遺詩云：「河豚有毒腴真美，孔雀雖華膽莫嘗。顏色平常風味薄，尚勞諸老費評量。」「格天閣下豚兒貴，偃月堂中隻字無。錯把冰山當冰雪，新城低首接新都。」「始終窠臼落明人，贗體唐詩尚隔塵。未免於情加惋惜，祇應清秀李于鱗。」「圓海工詩說矯情，

（乙盦說）。虞山骨穢望溪評。休論出拜安妃日，（漁洋批語。）少日何曾唱〈渭城〉。」漁洋〈論詩絕句〉於分宜頗致惋惜，此與弇州孔雀之喻，同一見解。今京師宣武門外有松筠菴，為楊椒山故宅。陽湖趙味辛（懷玉）題聯云：「燕寺宅猶存，兩疏共傳公有膽；鈐山堂在望，十年不出彼何人。」下聯蓋深惜之。石遺此詩，於分宜抨擊甚至，「少日何曾唱〈渭城〉」句，直翻漁洋之案矣。馬阮韻有才名，阨於清流，為世唾棄。圓海詩，聞南京圖書館有鈔本，中有澹靜之作，亦不類其為人。友人徐森玉（鴻寶）亟稱之，容當索閱。

二三九、題王批《鈐山堂詩》

匏廬〈題王批鈐山堂詩〉，亦為秋岳作者：「愛好漁洋是夙心，鈐山十載感何深。〈渭城〉忍俊流傳句，跋尾猶容拾碎金。」「青詞唾罵滿人間，侈紀恩榮不汗顏。苦覓箇中冰雪語，大都少作已從刪。」「百泉序又升庵序，壇坫當時幾盛名。匹似醉書綾綾裓，白頭金齒可憐生。」「心畫心聲總失真，遺山昔已誚安仁。累累髒貫冰山錄，此本翻為庋閣珍。」「松筠諫草賸虛堂，不獨慈仁寺址荒。文武即今憂道盡，休論遺臭與流芳。」秋岳自題云：「不記東堂清寂時，卻煩兒輩作青詞。弇州鬻餅真佳喻，何處王維少作詩。」「掛角羚羊詡正宗，每從澹墨想春容。如皋馬上論詩日，小簇山光幾得逢。」「冷攤無地訪慈仁，聽雨樓荒話近鄉。獨擁殘書隨坐臥，紅橋愁憶冶春人。」此亦一詩案也。

二四〇、吳汝論東遊日本紀詩

日友大倉喜八郎，以戊辰春逝世，年九十三矣。余輓一聯云：「五湖煙水懷高躅，萬石家風啟後昆。」見者頗訝其隸事之切。曩桐城吳摯甫先生遊日，亦有〈大倉招飲席上詩〉云：「永和曾記集群賢，鄰國千秋復此筵。襟抱已無王謝輩，風流今落海雲邊。兩心契合金堪斷，一士精誠石未堅。自古殷憂能啟聖，韋弦幸佩意茫然。」摯老東遊，已在甲午後，故有殷憂之句。集中多與彼邦朝野士夫投贈唱酬之作，文采風流，照耀瀛海，至今東人猶樂道之。摯老又有〈過馬關詩〉云：「願君在莒幸無忘，法國摧殘畫滿牆。聞道和親有深刻，欲移此碣豎遼陽。」國內紛爭久矣，甲午往事，誰其念之，讀此詩為之撫膺三歎。

二四一、呂清揚詩抒豪情

旌德呂眉生（清揚），即世所稱淮南三呂之一也。清季余客遼東，眉生適都講女校，與余及舒宜園均有唱和。其柬余詩一首云：「仲宣吾鄉豪，山嶽氣崢嶸。仰吞日月光，吐作世界明。壯遊走遼瀋，豈為宦情攖。亦欲覽山川，一抒豪宕情。何期客中遇，投詩意自殷。捧誦謬矜好，使我顏為。願君揮戈手，怒浪斬長鯨。風雲一叱吒，天下看澄清。元勳垂竹帛，芳馨千載名。」巾幗有此，良為難能。改革後閉門修學，聲華黯然。昨見〈致孤桐書〉云：「近二十年，幽居白下。有竹一叢，日思勁節。種樹園屋，藉看回黃。」寥寥數語，彌徵雅抱。

二四二、王安石絕句，前無古人

荊公絕句，前無古人。初夏即事云：「石梁茅屋有彎碕，流水濺濺度兩陂。晴日暖風生麥氣，綠陰幽草勝花時。」廣雅極稱之。今京師下斜街畿輔先哲祠不朽堂側，有綠勝盦榜，乃廣雅所題，即取荊公詩意也。周泊園詩宗宋賢，早歲致力簡齋，國變後則致力正字、荊公。晚歲自述所得，有「後山吾友半山師」之句。近人如李亦元《雁影齋詩》，頗以絕句擅長，亦多神似荊公者。

二四三、陸繼輅有關合肥獻徵者

陽湖陸祁生為吾肥學博時，輯《淝水蘭言錄》，余久覓未得。其《崇百藥齋詩文集》，刊於合肥學舍，由徐漢蒼、蔡邦紱、盛朝傑、束大鏞、李汝琦、趙對澂、趙彥倫、虞毓芳、王應銘、黃承谷、李鴻圖醵資為之，皆吾邑士人之及君門下者。

集中〈題徐秀才漢蒼詩卷〉云：「一月平梁白髮侵，天南昌谷共高吟。不知此日瀁湖水，持較春愁孰淺深。」「絕憶詩人趙倚樓（席珍），城南一醉典征裘。徐郎解識離鄉苦，祇放輕帆到潤川。」〈題趙秀才對澂冀北送春圖〉云：「朝來正賦送春篇，何處春歸不可憐。我去江南君冀北，不知春去定誰邊。」〈選詩行簡趙孝廉席珍、夏秀才雲、李明經宗白、徐徵士漢蒼、盧明經先駱，並寄李，嚴州春、黃秀才承谷、趙秀才對澂〉，中有句云：「合肥詩人領袖誰？前龔後李肩相隨。尚書盤盤才較大，次韻五言疑可汰。固知詩好不貴多，蘭發一花真絕代。」「我閒無事欲選詩，引年卻疾此最宜。諸君愛我競持贈，已覺五日忘朝饑。」「序詩但序齒，周子（大槐）龍頭趙（彥倫）龍尾。好詩非好名，未許妻孥喻悲喜。」「東望漅胡感逝湍，梅花消息殢春寒。一編《淝水蘭言錄》，便作詞科薦牘看。」

又〈題夏秀才雲詩集〉，則有「試看襆興五十篇，遄穀集中無此句。我初縱筆為歌行，頗向流輩誇吟狂。後來稍窺五言秘，欲與陶謝參翱翔。君今此體天下少，慎勿見異趨名場。」等句。〈題盧明經先駱詩〉，則有「盧郎才思通銀河，清詞麗句刪逾多。三千餘字〈頤園賦〉，燦若銀花開瓊樹。」及「我到平梁訪友勤，心傾第一倚樓人。還從城北邀詞客，重與江南賦冶春」等句。自注：「謂趙孝廉席珍、徐徵士漢蒼也。」又〈題趙孝廉席珍集〉，則有「一卷詩應冠五城」及「三疊琴心道欲成」之句。又〈贈李徵士宗白〉，則有「孝廉之徵李生可，我言於眾皆云宜」之句。

〈題及門蔡徵士〉詩，則有「蔡生拙修飾，下筆頗頹放。心花忽怒發，顯晦不可狀」之句。〈贈張秀才丙〉則有「夜來讀君詩，寒檠發光怪。七言設長城，百雉壓曹鄶。尤工懷古篇，全史恣澎湃」之句。又〈口占寄懷〉云：「不見張郎久，相思遣最難。書憐柔日輟，客罷腐儒餐。樂府近何似，柳花吹又殘。牽舟如可住，各有舊漁竿。」按漁村先生詩，前已錄入《詩話》。以上皆關吾邑獻徵者，余曩有《合肥詩徵》之輯，冀與邑志並舉。南陵徐隨龕〈乃昌〉，疊以鈔詩見寄，稍暇當卒成之。陳子言之《廬江詩苑》，先我而作，拾遺補闕，有待方來，不敢不勉也。

二四四、黃承谷〈冷宧閒趣圖〉

〈冷宧閒趣圖〉，邑人黃秀才承谷，為祁孫學博作者。圖凡十二幀，曰〈四頂看雲〉，曰〈雙流晚釣〉，曰〈浮槎調水〉，曰〈灤湖泛秋〉，曰〈群經審韻〉，曰〈衰柳填詞〉，曰〈石塘訪友〉，曰〈安豐題墓〉，曰〈賞雨攜尊〉，曰〈街寒送別〉，曰〈學舍定文〉，曰〈雪庭聯句〉。君〈贈黃秀才詩〉云：「屈指平梁詩弟子，黃生最似六朝人。近來畫筆尤無敵，持較詩才更絕倫。驚爾速成知慧業，老余作達寄閒身。不妨便有千秋想，幅幅流傳逸事真。」蓋謂此也。君風流宏獎，尤得士心。同里李明經汝琦秋試不售，以詩慰之，李答詩有「先生寧以科名重，我輩全當骨肉看。慚媿師恩同罔極，受時容易報時難」之句，亦科舉時代佳話。詩亦甚工，殆可方駕城東七子者。

二四五、陸繼輅謁包公祠

吾邑香花墩為包孝肅公讀書處，後人即其地建公祠。祁生有〈謁祠詩〉云：「褋花淺草城南路，名宧鄉賢共一祠。赤棒威名京尹重，烏臺逸事野人知。此墩介甫無爭意，遺像方平有去思。我是五湖煙水客，釣竿可許試春池。」自注：「祠前有池產鯽尤美，非包姓不得漁。」又所為〈孝肅公畫像記〉謂：「從公末孫士毅許拜公遺像，而始決知向所聞見，皆非真孝肅。」且曰：「孝肅狀貌醜怪，即如世俗所傳。孝肅之為孝肅，固不在此，而況其否耶。」錄之以補志乘之遺。

二四六、詩社殤詠酬唱

津門城南詩社，範老實主之，吟侶甚盛，頗多舊識。報載〈城南十子歌〉，直可作小傳讀也：「範孫歸然魯靈光，頭白先朝舊侍郎，溫柔敦厚詩教昌。（嚴範孫）。鄉人更有比部王，說詩每道范肯堂，淡語能真混宋唐。（王仁安）。式之南派亦清剛，春在平生賜也牆，《晚晴》詩選費評量。（章式之）。以詩喻畫顧長康，便便腹笥無盡藏，鏤金錯采殊喬皇。（顧壽人）。幼梅自喜稱酒狂，淋漓醉墨醒即忘，柳條邊外天蒼蒼。（趙幼梅）。珊瑚擊碎聽劉郎，七言脫口蘇與黃，廣筵招客芍藥香。（劉雲孫）。子通上數屈陳梁，心脾飽沁荔枝漿，海南萬里誇吾鄉。（吳子通）。李侯躭吟冰雪腸，丹青餘事同流芳，秋山一抹真如妝。（李寀盦）。名父子之有漢章，工於裁對成〈七襄〉，蒲牢百八塵夢涼。（王漢章）。俠龕清才似兩當，春蠶食葉下筆忙，詩話城南話短長。（陳誦洛）。」作者自署詩逋，殆粵人也。

余息影沽上，偶躭吟事，初畏人知，範蓀、幼梅諸公，強邀入社。憶丙寅九日，集寀盦宅，余分得「人」字，即席成詩云：「坐有黃花酒色新，天津橋畔聚詩人。尊前忍負重陽約，世外聊容小隱身。得意神交堪入畫，（同社徐石雪李琴湘均工繪事。）未寒天氣乍如春。硯田卅載荒蕪甚，回首師門媿火薪」。末二句，謂壽人先生也。嗣招同人讌集寓齋，以攄懷舊之蓄念，發思古之幽情。分韻，各賦一詩。纕蘅適自京來，亦得與焉。幼梅云：「眼底茫茫果何世，六合擾攘無寧居。攬轡澄清有同志，甚欲枯朽蒙吹噓。忍淚看天值天醉，嗟我此願真成虛。眾仙拍手作大笑，笑我塵世皆蝍蛆。今傳是樓足千古，填胸煩惱全消除。吟詩作字適吾適，何者為龍何者豬。他日湖上閒騎驢，使我意氣一發攄。」

緯齋云：「斯文合有如蘭契，〈大雅〉能追如谷懷。信是樓臺無地起，不妨憂樂與人偕。」玉裁云：「主人重風義，論交無新舊。相視如骨肉，往往在邂逅。漁洋感舊詩，言之意何厚。悠悠文字海，於此見所守。君詩如漁洋，衣鉢孰傳授。海天弔亡友，熱淚滿襟袖。淵然古性情，疇能出其右。推君報國心，寧避顛與仆。一朝掛冠去，曠懷溢宇宙。結廬人境外，有巷敢云陋。烽火滿中原，同室日相鬥。既無悔禍心，纓冠豈能救。不如臥海濱，哦詩且自壽。朔風捲微雪，寒梅已爭秀。想見抱膝吟，人鶴兩消瘦。」壽人先生云：「此夕同傾北海尊，他年會合延津劍。斫地酣歌且莫哀，東山應為蒼生念」。

仁安云：「少小不如人，老來語更訥。有足不能行，無蛩苦若蹶。忽於文字中，得識吾家勃。促句復傳觴，詩興渙然發。方今世事奇，清流半污淈。入山友麋鹿，下床避蛇蠍。一笑轅下駒，長鳴互齕。願得老泥途，嘯歌到黃髮。」琴湘云：「黃山石室大如斗，著箇詞人無不宜。是地曾修文字會，知君應有故鄉思」。問田云：「年年動地驚鼙鼓，文字可憐賤如上。今傳是樓開詩筵，將軍獨作騷壇主。曩者久耳將軍名，後無來者前無古。方今萬方正多難，何事翛然謝簪組。大地已枯萬流橫，朝陽未浴千山瞽。斯人不出將奈何，海內蒼生望霖雨。」子通云：「避地詞人室獨幽，於今傳是有高樓。因緣文字多青眼，落拓江湖漸白頭。」縹蘅云：「補天事業出儒生，開府歸來擁百城。亂世苔岑珍氣類，少年湖海悔詩名。（趙幼梅謂民國初元在報端時見拙作。）題襟尚有貞元侶，變《雅》能追正始聲。末座黃裳吾豈敢，朋簪惓惓愧深情。」

余分韻得「之」字云：「孤行卻曲欲何之，落落乾坤一酒卮。敢謂陋居堪避世，最難嘉客慣吟詩。小陽時節春初報，淡水交情久更知。好事雲崧嚴擊缽，（謂幼梅。）撚髭得句總嫌遲。」同人多有和作，範老云：「躭詠何傷竟戒之，聊勝枯對酒盈卮。隨緣便作逢場戲，省事無如疊韻詩。未必文章妨要務，或從酬唱結新知。待公再起東山日，暫廢清吟亦未遲。」時余戒詩兩月，破例為此，故範老詩特及之。孤桐云：「總為多情方好客，賢於作政是論詩。」纕蘅和余兼柬範老云：「羊裘風月宜高隱，驢背光陰付短詩。掌故待從前輩問，鬢霜真遣遠人知。」以外息庵、幼梅、靜娛、栩人、蹇廬、侗伯諸君，和者不少，且有累疊者，余亦累疊報之，詩多，不具錄。此真範老所謂「省事無如疊韻詩」矣。孤桐、纕蘅、醇士，均先後被邀入社，偶有觴詠，尚不寂寥。遐庵書來，以津門吟事方新，幾復水西之盛，極致推挹，則又不免聲聞之過云。

二四七、賦京師琉璃廠詩

京師琉璃廠，為遼時燕下鄉海王邨地。廠東門內一宅，相傳為王漁洋舊寓所在處，手植藤花尚存。孫松坪詩云：「詩人老去跡猶存，古屋藤花認舊門。我愛綠楊紅樹句，明月惆悵海王邨。」蓋紀實也。歙縣程魚門太史晉芳，有〈移居琉璃廠之火神廟西夾道〉云：「廠東西畔結深廬，藏海微身一葉如。聽鼓趨衙塵擾擾，打鐘吃飯步徐徐。勢家歇馬評珍玩，冷客攤錢問故書。倘趁春燈倦遊歷，煮茶燒筍幸過余。」君詩成，以寄袁隨園。隨園笑曰：「此必琉璃廠也。」今其地名太平巷，吾友武進徐石雪京寓，又即魚門舊址。賦詩云：「蕺園故宅卜新居，文采風流媿弗如。一事與公緣不淺，舊藏猶有手鈔書。」自注：「藏有太史手鈔選本《文選》一冊」。

二四八、徐宗浩題畫詩清絕可誦

石雪名宗浩，一字養吾，城南社中之健者也。余於蟫香館坐上始識君，襟度翛然，尤徵夙養。君工詩善畫，字學松雪，得其神似，尤精畫竹，自題所居萬竹廬，有「幽篁矮屋無人到，自有千秋在箇中」之句。所為題畫詩，多清絕可誦者，蘅曩有「八年綿竹縈歸夢，到眼修篁似故人」句，乃在西山大悲寺作者。君為繪立幀，並題詩云：「少陵格律謫仙才，吐屬清新不染埃。蕉萃明玕蕭寺裡，閉門誰與護蒼苔。西風華篥動重城，撩亂鄉愁一夕生。寫得峨眉數竿竹，與君聊慰故園情。」君又為余畫〈今傳是樓著書圖〉，綴以長句云：「淵明〈歸去來〉，室無儋石蓄。君秉十年節，退稅數間屋。瘦骨傲霜花，清風想寒竹。貽我一篇書，百回不厭讀。親舊感零落，世事嗟起伏。抱膝且長吟，高懷時所獨。」詩畫韻佳，敢不永寶。《石雪齋詩稿》絕句之工者極多，〈自責〉云：「一舸江湖又早秋，鋤犁身世轉悠悠。何須看到飛鳶墜，始念平生馬少遊。」〈偶見壁間煮石山人畫竹〉云：「道人畫竹不專師，變化猶龍任所之。何事誤投傖父手，乘雷破壁恐無時。」皆妙有寄託。題畫詩近人惟林畏廬最工為之，石雪亦當首屈一指。

二四九、詩意古人早說盡

宣和時有人題野店云：「是非不到釣魚處，榮辱常隨騎馬人。」放翁詩云：「千古事終輸釣艇，一毫憂不到禪房。」亦即此意。余舊有句云：「後樂敢希窮塞主，繁憂不到信天翁。」頗為海藏所許，實則此意已早被古人說盡矣。

二五〇、登日本摩耶山

余東渡日，居神戶者三年。近市諸山，時蠟遊屐，獨摩耶以陡峻未能累遊。山巔有忉利天上寺，為弘法大師開山。大師唐時入中土，學灌頂大法於無畏三藏。密宗之東，自師始也。摩耶夫人為釋迦如來母。寺額曰摩耶山忉利天上寺。相傳夫人象大同間浮海至此，故以摩耶名山。佛母逝世，上生忉利天，佛升忉利為母說法，故寺曰忉利天上寺。

余友周養安（肇祥），前歲東遊，有〈遊摩耶山二律〉甚佳，錄之：「不登忉利寺，摩耶空往還。松杉清夏暑，塵土淨禪關。白乳池中水，青螺海上山。報恩知佛重，何敢惜躋攀。」「鐵綆二千尺，煙雲幾百重。撥開無色界，坐斷最高峰。海氣明殘照，松濤和晚鐘。誰聞微妙法，夜夜有天龍」。余亦有〈登摩耶山謁天上寺佛殿及摩耶夫人堂，小憩眺海詩〉云：「三載居神市，習聞摩耶山。土人曩語我，險峻不可攀。今朝值來復，早食午得閒。家人偶發興，散步睇螺鬟。不知嶺多少，但覺路縈彎。初疑近絕頂，旋見水一灣。面面有異趣，如文不可刪。同行僅四人，相顧力皆孱。坂急徑蟠曲，無端比玉環。十步頻一憩，疲極淚自潸。亦欲半途止，寶山肯空還。衰竭更作氣，壯語供破顏。蘭若忽在望，拾磴叩禪關。最後得殊勝，清絕非人間。脫帽禮我佛，殿古苔痕斑。回身眺遠海，飛舟類逐鷴。悠悠遺世立，俯視憐痌瘝。同行互相慰，笑語頓忘艱。詠歸告我友，山靈緣未慳。茲事良瑣瑣。可以喻一般。」詩卻不工，聊紀遊事。

是日同遊者余挈育季外，為惠民、劭鶴。惠民軀幹壯偉，且精技術，向以健步自翔，茲遊亦有難色，且行且卻者屢，他更無論矣。記余所御者和服，所著者木屐，鼓勇直前，絲毫不覺憊苦，歸至青谷，新浴振衣，愈喜腰腳之健。及今追憶，真東遊中第一快心事也。數月後旡冰過神寓，聞談此事，欣然招伴前往，卒以蹇步止於山腰一逆旅中，向女居停假邯鄲枕，高臥而還，竟不能一登絕頂，今且傳為趣語。甚矣濟勝之難也。

二五一、程晉芳以富室而降為窶人

文人絀於治生，已成通病，然未有如程魚門之甚者。魚門累世以鹽筴起家，乾隆初兩淮殷富，程家尤豪侈。君兄弟三人，接屈而居，延接賓客，筵讌無虛日。罄資購書五萬卷，又好周戚友，求者必應，不求者或強施之，顧付會計於家奴，任盜侵了不勘結。以此家益落，負券山積，勢不能支。晚乞假赴陝，將謀之畢秋帆，為歸老計。時酷暑，索逋者呼噪隨之，君已衰老，乘弇棧車，行烈日中，頓撼，復飲食失節，未抵陝即病，至中丞署十一月死。歸葬恤孤，皆中丞一人任之。覃溪輓詩云：「載書西笑尚遊遨，半世聲名苦太勞。白璧琢成功更粹，黃金散盡氣仍豪。」蓋能知其生平者。

君有〈寄答楊二監雲〉云：「阿堵夙所嗔，恬不理家事。要知此遊宦，遂作避債計。吟哦殊未已，薪米紛告匱。儒冠果誤人，書史姑廢棄。拙辭叩誰門，引領冀稱貸。迫我以困難，阻我所樂易。轉頭望江南，一瓦覆何地。遑遑念阿兄，孑孑憐孱弟。家門久衰謝，蘭艾虞芟薙。君知我最深，前策曷煩置。」又〈寄懷舍弟〉詩云：「迎年最是貧家忌，乞福終疑冷灶神。」皆可見其清況。

惟魚門以富室而降為窶人，卒至於饑驅道路，憔悴以終，如以許魯齋學說繩之，則操術之疏，或亦無庸為諱也。趙甌北輓王西莊詩，有「牙籌不廢手親持」之句。西莊頗講封殖，居官亦乏清譽，當時議者頗多。甌北此詩，洵為實錄。余意魚門之疏闊，與西莊之鄙吝，一失太過，一失不及，論者以為何如？

二五二、朱筠顧恤程晉芳見其風誼

魚門登第甚晚，朱笥河為其座主。君〈送笥河先生視學安徽〉詩所云「昔友今吾師，敦勉在行誼」者也。笥河督皖學，其李鐵拐斜街宅，屬魚門居之，且以書籍見付。君賦〈移居詩〉，有「首冬旌節出江淮，特遣攜家宿舊齋。花事六時環近砌，市聲三面出斜街」。又云「饘粥於斯感公甚，更無人索賃租頻」。皆紀此事，亦見昔賢之風誼矣。

二五三、袁牧詩讚畢沅義助程晉芳

隨園有〈撫孤行〉，為畢尚書作者，余最喜誦之。文曰：「我聞郭代公，四十萬緡脫手空。又聞魯子敬，指千囷粟作投贈。此皆周恤生前朋，不如畢尚書待死友有深情。諸公聽我〈撫孤行〉。（一解）新安魚門子，姓程字蕺園。平生著述千萬言，重仁襲義人稱賢。祇有作家二字天性短，玉卮無當不能盛一錢。食翰林俸，逋負如山。長髯拂拂兩眉皺，急走西方求佛救。（二解）彤彤徂暑，乘弇棧車。烈風燒其心，炎風炙其軀，行年六十胸煩紆。望見畢尚書，當作菩提如。尚書迎入南衙居，衹道故人來，不圖新鬼俱。奄然一病遽萎化，瞑目而去片語無。（三解）尚書親視含殮，泣下數行，楄拊為藉幹，袒免為喪服。三桃湯，五穀囊，一一布置加周詳。柳翣駢羅，羽葆輝煌，送東靈輀白下葬，旁人嘖嘖相誇張。道如此，異鄉死，哀榮勝故鄉。（四解）死者樂矣，生者哭矣，孤兒曾無棲宿矣。尚書聞之又買屋矣。可奈尚書官大梁，孤兒居建業，昏夜乞水火，鞭長莫能及。魚門平日交滿海內空紛紛，誰管東里西華冬日猶衣葛練裙。如枚百輩何足數，衹能代為躅足仰望高天雲。（五解）闖然明駝千里來，黃金百鎰光皚皚。交與桐城俠士章淮澍，替主進，替營財。但許取子不取母，十年以後交兒手。（六解）七月二十四日，隨園風和，章公挈孤兒，載酒相遇。作畫紙券，唱〈得寶歌〉。頃刻金城千萬丈，崽子嫋孀得依傍。（七解）滿堂賓客，額手再拜。不信當今，古人尚在。一叟無言搔白頭，招阿遲來笑不休：而翁縱死汝無憂，汝不見畢尚書，風義高千秋。」隨園此詩，情文悱惻，可以風世，直可作一篇紀事文讀。阿遲，隨園晚歲所舉子也。

二五四、詩讖數則

蘇子美作〈春醒詩〉云：「身如蟬蛻一榻上，夢似柳花千里飛。」歐公見之曰：「子美可念。」未幾果卒。賈秋壑〈甲戌寒食〉云：「寒食家家插柳枝，留春春亦不多時。人生有酒須當醉，青塚兒孫幾個悲。」明年以謫死。兩人雖品格不同，而事極相類。又楊叔喬京卿銳，世所稱六君子之一也。戊戌春間，雅集江亭，分作詩鐘。京卿所作為「來」「本」二字五唱，云：「抽刃我思來歙壯，橫刀人詫本初雄。」一時服其工切，其後果及八月之難。易哭盦曾為寶融言之。近如周泊園〈贈師鄭吏部〉有句云：「乘風欲去坡公老，臨水將歸楚客悲。」人亦詫其蕭槭，未幾遂歸道山，亦可異矣。

二五五、黃淳耀香奩詩豔麗

「柳絲不繫玉蹄騧，拗作長鞭去路賒。春色也隨郎馬去，妝樓飛盡別時花。」此嘉定黃陶庵先生淳耀詩也，先生湛深經術，大節凜然，蓋不愧古人所謂鐵石心腸者。而其香奩之作，豔麗如此。兒時甫解吟詠，先君子即舉以相告，並有一絕句詠之，惜遺稿不存，今亦不能默誦矣。楹書猶在，追憶泫然。

二五六、言情之作，賢者偶為之

言情之作，賢者不廢，以詞害意，殊為無取。趙清獻有「春窗惱春思，一枕杜鵑啼」之句，司馬溫公有「相見爭如不見，有情還似無情」之句。范文正公詞，有「眉間心上，無計相回避」之句。韓魏公詞，有「愁無際，武陵凝睇，人遠波空翠」之句。林和靖詞，有「羅帶同心結未成」之句。此在昔賢不過偶一為之，亦陶庵先生之例也。後生小子品格學問不如數公，藉口風懷，競趨綺靡，此豈風人之旨哉！

二五七、黃淳耀詩絕無懦響

陶庵工為制藝，兒時即習誦之，其詩亦卓然大家。《四庫總目》稱其「渾雅天成，絕無懦響」。竹垞則謂其「不惑於楚人之咻」。蓋先生承王李鍾譚餘派之後，去之若浼，集中〈和陶〉、〈和蘇〉、〈詠史〉諸詩，多見道之言。近體亦不廢唐音。〈白日〉云：「白日公然瘦，青天不復高。頹垣無鼠立，廢壘有狐嗥。亂過民生賤，兵殘賊勢牢。遺黎相對語，毛髮尚騷騷。」〈送張子石再遊江右〉云：「江介鶯花自接連，峭帆何處認歸船。瀧分上下元同歷，月照悲歡已再圓。孤舫雨聲溫昔夢，高樓春思入新篇。憑君莫憶離群者，漸負匡廬又一年。」以詩格論，頗似亭林。

二五八、大寒、大熱、大風、大雨不出門

康節自言「四不出」，謂大寒、大熱、大風、大雨也。放翁〈春日雜興〉云：「四十餘年學養生，誰知所得亦平平。體孱不犯寒時出，路濕常尋乾處行。」昔賢恒德，殊不可及。〈復齋漫錄〉記孔侍郎朝回遇雨，避坊叟廡下。叟延入廳事，烏帽紗衣，逢迎甚雅，因具酒饌。孔為借油衣，叟曰：「某寒暑風雨俱不出，未嘗置油衣也。」孔不覺頓忘宦情。此叟不傳姓名，殆亦有道之隱君子歟？

二五九、康濟自身始

康節〈林下〉五首之一云：「老年軀體索溫存，安樂窩中別有春。萬事去心閒偃仰，四肢由我任舒伸。庭花盛處涼鋪簟，簷雪飛時軟布裀。誰道山翁拙於用，也能康濟自家身。」「康濟」二字，說得有神。余謂欲康濟斯民，必自康濟自身始。

二六〇、人間郄超不再得

郄超聞人欲隱，輒為辦百萬貲，代置居宅。在剡為戴安道起宅甚精。王宣徽為康節構宅三十間於天津橋南。富鄭公復為置園宅南，多水竹花木之盛。陸平泉、董玄宰為陳眉公築讀書堂於小崑山。昔賢盛事，豈見於今。幾輩饑驅，寧忍深責。海藏有〈詠郄超詩〉云：「丈夫　然如繫囚，自短猶堪歸隱邱。人間郄超不再得，縱有高隱誰當收。當時戴公剡中宅，精整乃與官舍侔。辦貲百萬意奇絕，未用夷跖窮推求。咄哉傅約隱不果，慎勿輕詆渠非優。從來酸寒痼山水，焉取名節驕王侯。士人初願衣食足，鬼神靳汝寧相酬。嘉賓可作吾可隱，買山豈畏譏巢由。」蓋有慨乎其言之矣。

二六一、王再咸論史別開生面

湔江王澤山（再咸），蜀中孝廉，以能詩於咸同間有名京師。其鄉人趙沅青給諫、李申甫方伯、李眉生廉訪、范雲室太守、朱眉君舍人、李芋仙刺史，均與之善。客都下幾二十年，尤多唱酬之作。顧遺集外訛雜出，妄人或有竄易，已非廬山真面矣。蜀友謂君為人俶儻有奇氣，詩亦似之，比於瓶水齋、煙霞萬古樓，殆無遜色。

摘錄其〈蘇臺柳〉絕句云：「踠地長條復短條，柔情無那客魂銷。飄零賸有東君在，緣到吳淞第幾橋。」「青溪燕子白門烏，夢裡聲聲喚鷓鴣。一夜載人何處去，秋風已渡女兒湖。」「千金寶玦百金裝，大道青樓夾路長。聞說門前堪繫馬，紅兒爭唱〈羽林郎〉。」「斷岸如山浪打舟，片帆望斷海東頭。阻風中酒年年事，費盡黃金祇買愁。」「南樓簫鼓北樓歌，淚落君前喚奈何。種出一雙紅豆子，相思他日是誰多。」「萍根猶有再生緣，飄去飄來鎮可憐。付與人間買春色，東風百萬水衡錢。」皆可譜入樂府者。〈馬嵬題壁〉云：「馬前一死戰兵東，緩敵真輸地下忠。車駕得西靈武北，中興應首女兒功。」此與隨園「〈唐書〉新舊分明在，那有金錢洗祿兒」句，同為玉環雪冤，亦論史之別開生面者。

二六二、王榮寶詩隱約清超

袞甫詩余既錄入詩話，頻年寫示，近作尤夥。海藏亦歎其詩境孟晉，余馳書告之。袞甫覆札，有「欣幸之懷，如登上第」之語，固是詞流佳話，亦見氣類之感獨深。比示海藏，相與拊掌。又書中間道致力為詩之甘苦云：「弟之好訓故詞章，第不能為詩。及官京曹，與鄉人曹君直、張隱南、徐少璋諸君往還，始從事崑體，互相酬唱。爾時成見甚深，相戒不作西江語，稍有出入，輒用詬病。故少壯所作，專以隱約縟麗為工。久之亦頗自厭，復取荊公、山谷、廣陵、後山諸人集讀之，乃深折其清超遒上，而才力所限，已不復一變面目。公試觀吾近詩，略可見其蛻化之跡」云云。實則袞甫詩境，近年固已銳變，隱約清超，殆兼有之。

海藏於袞甫為父執，袞甫自云為童子時，則誦其謁沈文肅祠等詩，心竊好之。文肅祠在南京龍蟠里烏龍潭上，海藏集〈沈祠詩〉云：「一見斯人悵永藏，病中猶自意堂堂。流風可但興吾黨，後起誰當望雁行。入幕往曾依肅毅，遊吳晚及接忠襄。若憑目擊評風節，公論年來有短長。」此老於咸同諸賢中，尤心折文肅，詩為文肅作者亦特工。〈南京節署西園〉云：「當年弱冠過江初，雙檜婆娑略憶渠。猶有園丁諳故事，夕陽閒話沈尚書。（自注：文肅嘗館余此園。）」又〈題文肅書扇〉云：「不帶湘淮習氣來，眼中此老最崔嵬。〈道因碑〉外儒酸氣，君實何妨喚秀才。」公論所在，海藏或非阿好鄉人也。「淮湘習氣」句，海藏蓋指末流之敝言之，或亦有責備賢者之意乎。

二六三、汪旭初、黃季剛稱「餘杭二妙」

吳江金松岑（天羽），有〈贈餘杭汪旭初大令東寶詩〉云：「君家伯子氣英妙，文采風流海外聞。交君又見詩格秀，落紙靄靄春空雲。同綢〈纗華〉才縱逸，（蘄春黃李剛侃著有《纗華閣詩詞》。）二妙亞出餘杭門。（章太炎。）一朝去攝餘杭宰，吟詩嘔噱官不尊。道書洞天三十四，大滌之山離世塵。君才合知洞霄宮，（君新葺洞霄宮。）衙參牒訴非其倫。招遊大滌不克往，為我十千貰得餘杭春。」旭初，袞甫之弟也。洞霄宮為餘杭名勝。顧主者以與臨安接界，時涉構訟。旭初宰杭日，集資新之，亦一段佳話。

君詩學玉溪，詞學清真。〈春暮有感〉云：「細雨漂花又送春，遙情幽意兩難申。不知鏡裡添華髮，但覺尊前少舊人。青鳥幾曾傳別恨，啼鵑空自妒芳辰。餘香儻得隨風播，何惜微軀擣作塵。」又〈寄陳師曾槐堂〉云：「童稚交親得幾人，與君心跡最相親。謫仙才調真無敵，玄宰丹青更絕倫。江海常愁歸夢阻，干戈不礙寄書頻。祇今柿葉翻時候，萬里廣風獨愴神。」詩作於民國十一年，末二句用義山詩意。蓋旭初與師曾均曾有微之之戚。袞甫見之詫曰：「何其蕭槭類輓詩耶？」越一年而師曾卒，又不啻讖語矣。君古體多出入鮑謝，與季剛交期極篤，故世論目為「餘杭二妙」云。

二六四、生日宴當戒豪奢

介壽張筵，本非古禮。逮於晚近，競尚豪奢，酒肉朱門，識者所惘。曩見施愚山〈生日讌客詩〉云：「庶類皆吾徒，好生帝所與。鋒刃更相尋，殺機簇鼎俎。一筵殄群命，所甘能幾許。口腹成江河，橫流不可禦。割鮮日狼藉，歡娛變辛楚。味多禮數煩，傴僂疲客主。何如真率會，高譚送芳醑。五簋與三釜，儉德有成矩。我久戒特殺，賓至時一舉。蔬茗佐肴核，隨興命歌舞。及我所生日，劬勞念父母。蚤孤養不逮，摧心淚如雨。吾既愛吾生，彼詎甘就釜。臨縛爭哀鳴，札札相告語。未死神已泣，（見坡公〈戒殺詩〉）。斯言觸肺腑。寧敢佞浮屠，饕餮憐盡取。蘋藻薦神明，至敬非簋籃。百拜告嘉賓，同心勿我吐。」余喜其情文深摯，已補錄《童蒙養正詩選》中。

桐城張文端，於生日移設梨園宴親友之費，製綿衣袴以施饑寒，事見《聰訓齋語》，亦可師法。吾友聶雲臺（其杰），於其《家言》旬刊中，力倡生日素食之說，海內人士，感動尤多。近讀匏廬丈〈題固始吳亦甦先生生日家誡冊〉，其末段云：「子輿論遠庖，東坡戒止食。靄然仁者言，遐哉君子澤。世俗踵事華，稱壽亦其一。未知誰濫觴，末流益縱佚。祝延特其名，獻賄乃其實。降辰皆甫申，考行成蹻跖。大官日恣睢，下走爭朘削。累累冰山錄，孰非民膏血。生靈尚煩冤，物類更奚恤。」用意與愚山同。而箴砭頹流，彌為切至。風氣轉移，士夫有責，矧今日物力凋殘，尤非昔比，還淳返樸，亶其時乎。

二六五、章梫彌厲高節

寧海章一山同年梫，曩在春申，過從甚數，唱酬遂多。自遯神山，頻枉書翰，余寄詩有「笑我冥鴻淹倦羽，感君雙鯉越重溟」之句。君次答云：「新愁往事殘春夢，異地同袍兩鬢星。何日乘槎返霄漢，相將銜石塞滄溟。故人幾輩先埋碧，微尚他年付汗青。一樣飄零家國恨，聲聲杜宇那堪聽。」海外讀之，益感離索，「故人」句謂陸蕭山父子也。余在滬曾編《上海租界問題》一書，君題一律云：「中朝大老一官羸，八十年前地已租。使者九能絕域語，江干一角督亢圖。爭成鷸蚌翁終利，箴到膏盲病未輸。我願邦人鈔萬本，東隅失去補桑榆。」今此書涵芬樓已再版行世，或不止鈔萬本矣。所謂鷸蚌之爭，方且較前尤甚，將勿為漁翁竊笑於旁乎。

海上耆舊，漸等晨星。君久負清名，國變後彌厲高節，至可敬也。

二六六、詠西山靈光寺池

西山靈光寺，舊為金元鉅剎，翠微公主塔在焉。山泉為各寺冠、自石竇流出，承以一畝許之池，高柳叢篁，清流映帶，寶竹坡少時讀書池上。廬已久毀，今惟端午橋所建歸來庵尚存，乃一寺最佳處也。弢庵先生〈題石詩〉云：「巖腰已漶題名墨，池水應憐縐面人。約略老坡眠食地，卻從榛莽告晁秦。」自注：「並示石遺、畏廬」蓋兩君韻竹坡典閩試所得士。石遺亦有〈池上待月詩〉云：「寺後孤峰冠翠微，畫師偏喚虎頭癡。空山待吐三更月，淨土惟存一畝池。螢火荷香深碧裡，流泉石竇細鳴時。坡公百宿題詩處，桑海茫茫愴寤思。」腹聯用漁洋詩意，寫景逼真。余曩遊，尚於巖腹見弢庵題墨，近聞亦漫漶不可辨矣。

二六七、江湜、彭蘊章相知至深

江弢叔集中，為彭表丈作者甚多，〈答見懷里居之作〉云：「未識家園樂，嘗知行旅愁。此生堪自斷，於世本如浮。長者遙相憶，新詩難卒酬。惟應今夜雪，催夢到皇州。」彭謂長州彭文敬公詠莪（蘊章）也。詠莪既卒，弢叔為詩哭之，有句云：「薦士不徹天，時也我有命。終感廿年知，心親非貌敬。」蓋知己之感深矣。

詠莪有《松風閣詩鈔》，〈歲暮奇懷弢叔里居〉云：「白雪光中逼歲闌，故園高臥十分寒。閒鷗有夢還鄉穩，獨鶴無棲得食難。不見軒車過陋巷，曾攜書劍度危灘。何時重與論經詁，更似閩山舊日歡。」又〈題弢叔集道堂詩〉卷云：「盤硬昌黎句，翻新山谷詩。兩賢生異代，隻手在今茲。刮目三年學，傾心一字詩。夢中誰授筆，使爾冠當時。」又序弢叔詩云：「古體皆法昌黎，近體皆法山谷，無一切諧俗之語錯雜其間，可傳於後而不適於時」云云。弢叔不能諧俗，憔悴以終，身後之名，久而彌永，士固不必以適時為得計也。

二六八、梁家園景物全非

梁家園在北京虎坊橋之西北。《茶餘客話》：「黃藏巖民部寓梁家園，積水到門，顏其房曰半房山。後有疑野亭、朝爽樓，前對西山，後繞清波，極亭臺花木之盛，遊人竟夜泛舟忘返。王橫雲有〈宋荔裳招飲梁家園詩〉云：「半頃湖光搖畫艇，一簾香氣撲新荷。」漁洋有〈過梁家園憶昔遊詩〉云：「此地足煙水，當年幾臥遊。」李雨邨（調元）寓此，築看雲樓，有「檻外遠山排闥繞，樓頭積水當湖看」之聯。皆可想見煙水遊觀之盛。《詠莪集》中，有為梁家園作者，自注：「讀葦間叔父遺詩，盛稱梁家園風景清幽，每攜客遊覽，時乾隆六十年前事。今其地已成穢區。」〈感賦〉云：「我居此地已八年，不聞左右有林泉。前賢探幽每到此，招邀詩客停吟鞭。詩中盛稱壽佛寺，喬木蒼秀依梁園。小橋流水抱曲徑，清磬一聲心曠然。今來此地一憑眺，寺門古樹寒鴉噪。荊榛深處號穢區，佳客尋芳豈肯到。」是詩作於道光丙午，數十年間，景物變遷如此，亦可慨也。李越縵〈日晡過梁家園詩〉云：「日落驅車過，荒園尚姓梁。夕光生積水，秋意眷疏楊。橋小人聲聚，原空馬影長。當年遊宴地，裙屐繼漁洋」。今日廬舍櫛比，已成闤市，即積水疏楊，亦渺不可得，追憶承平影事，益觸夢華之思。

二六九、張之洞詩有佳句

黃山谷詩云：「馬齕枯萁喧午夢，誤驚風雨浪翻江。」隨園謂「落筆太狠，遂無意致」。張廣雅〈白日一首示樊山〉句云：「夢爭王室煩驚醒，櫪馬依牆齕斷萁。」說出山谷，而意致卻佳。〈同張繩庵訪僧心泉，因與同遊南窪〉云：「此際蟣鞅盡擺脫，何異枯僧揩馬疥。」意境亦在昌黎山谷之間。又〈詠顧祠雙松〉云：「儼如魯兩生，偃蹇不可招。」皆佳句也。

二七〇、陸游以雋語寫幽致

放翁〈遊修覺山寺〉云：「山從飛鳥行邊出，天向平蕪盡處低。」若以俗手為之，便云「鳥從山邊出」，更有何味。又〈月夕詩〉云：「開戶滿庭雪，徐看知月明。微風入叢竹，復作雪來聲。俗塵不待掃，凜然肝肭清。郵深無漏鼓，鶴唳報三更。」以雋語寫幽致，在《劍南集》中，最為僅見之作。有謂此詩前四後二，平仄都協，頗似律體，中二句雜以古體，於律似覺未合者。豈知興到之作，正以亂頭粗服見長也。

二七一、情至文自佳

放翁〈示友詩〉云：「道向虛中得，文從實處工。凌空一鶚上，赴海百川東。氣骨真當勉，規模不必同。人生易衰老，君等勿匆匆。」「文從實處工」一語，乃甘苦有得之言，非如漁洋之偏於神韻也。漁洋〈雪後懷家兄西樵詩〉云：「竹林上斜照，陋巷無車輒。千里暮相思，獨對空庭雪。」意境幽勝，何讓古人，然移作他人寄懷西樵，亦無不可。又〈真州懷西樵〉云：「依然山郭與江樓，長夏蕭條祇似秋。十里香生芰荷水，亂蟬聲送木蘭舟。試尋戰壘連京口，無數雲山指石頭。曾與坡公吟賞地，對床風雨戀真州。」全首除卻坡公二字，切合兄弟外，餘亦可移贈他人。大約漁洋言情之作，皆乏至性流露。其悼亡詩又何嘗不然，前賢已有議者。余〈題濟寧許佩丞自撰亡室事略〉云：「漁洋悼亡詩，頗嫌詞太縟。情至文自佳，語語皆實錄。」著眼實字，語本放翁。

二七二、點化古語更見精采

作詩最忌沿襲，然亦有點化古語，更見精采者，徐陵〈鴛鴦賦〉云：「山雞映水那相得，孤鸞照鏡不成雙。天下真成長會合，無勝比翼兩鴛鴦。」山谷〈題畫睡鴨〉云：「山雞照影空自愛，孤鸞舞鏡不作雙。天下真成長會合，兩鳧相倚睡秋江。」末句之工，更軼原作。海藏有〈和月蝕詩〉云：「盧韓涕泗立中庭，欲礫癡刃未靈。吾道正悲失光耀，天梯何路上青冥。春秋書食雖無月，嘰虱輸忠詎不經。少待碧穹吐寒彩，為君收卻撳沙星。」全首俱用玉川〈月蝕詩〉句，而以點化出之，彌見能事，且是類題目，發揮已盡，如此作法，亦相宜也。

二七三、張雲璈雜興詩

錢塘張仲雅（雲璈），自號簡松居士，蓋慕袁簡齋、趙雲松兩詩人也。所著有《簡松草堂詩集》，冷雋清新，卻不甚似袁、趙。謁選京師，寓萬明寺，作〈襍興八首〉云：「客裡情懷不當春，粥魚茶版寄閒身。一雙燕子歸來晚，翻笑長安閉戶人。」「風光如此我何堪，吹面塵沙亦自甘。不願落花微雨好，對來生怕似江南。」「十日相隨看海棠，隔年又復見丁香。棗花寺裡人如螘，一樣紅塵未是忙。」「楊花終日各西東，舞遍風前幾萬重。忽地成團共飛去，始知人世有相逢。」「坐來乍覺氣愔愔，新綠當窗影漸深。我與芻尼同作客，晝長消受一庭陰。」「紛紅駭紫足風流，到處尋芳興轉幽。惟有城西馬都諫，八千長閱樹春秋。」「六街日日走輕車，輸與儀曹蔡浣霞。橫砌落英三尺厚，風亭如雨撲藤花。」「流塵冉冉凝窗霧，香篆沉沉鏁帳煙。昨夜春寒如水過，盡牽歸夢上吳舷。」余頗喜誦之。

二七四、劉學詢感事詠歌

杭州西湖湖濱，別莊林立，甲於東南。而吾友劉問芻（學詢）所居，尤擅園林之勝，即世所稱劉莊者也。君久作寓公，靜觀世變，憂時感事，托諸詠歌。丙寅冬有和余東遊雜詩十首，錄其二云：「年年避地滄州臥，辜負黃花幾度開。畢竟西湖拋未得，不辭風雪夜歸來。」「斜風細雨雪霏霏，欲破春寒酒力微。滿地落紅天不管，水雲深處掩雙扉。」又〈戊辰人日快雪後見憶〉云：「人日題詩寄故知，陽春白雪愧新詞。平吳入蔡烽煙息，為賦泉明歸去辭。」可以見其高致。君別字西湖水竹居士，其近狀余友韓次君每為言之，蓋嚮往非一日矣。

二七五、孫寒崖是廉南湖契友

無錫孫寒崖（道毅），乃南湖生平最契之詩友。余每誦其詩，輒想見其為人。曩客神山，南湖以君兩律寫示，〈浦口戍樓有憶〉云：「哀樂中年兀自傷，亦知事業轉荒唐。天涯芳草又春色，江上青山老夕陽。落葉蕭蕭登北固，採菱泛泛下南塘。疏星簾幙初涼夜，何處銷魂不斷腸。」〈扶病攜姬人泛橫塘有寄〉云：「減盡腰圍瘦不支，又聞蕭鼓日斜時。閒雲野鶴逝將老，落木哀蟬有所思。空復殷勤接桃葉，可憐憔悴泣楊枝。石湖煙水微茫甚，嬌嫡亂吳娘〈月子詞〉。」時君之《寒崖集》尚未行，嘗鼎一臠，已知全味。

二七六、吳棠詩宅衷悱惻

盱眙吳仲仙制軍棠，以淮右宿儒，起家大令，督漕袁浦，開府蜀中，學道愛人，流風未沫。制軍帥蜀八載，與張廣雅學使、薛覲文侍郎議建尊經書院，成就甚夥，並創刊書局，津逮藝林，海內稱盛。所著《望三益齋詩集》，有〈公餘〉、〈燼餘〉、〈歸田〉各卷。黃翔雲廉訪之，稱其「蘊抱宏深，宅衷悱惻」。魯通甫則謂其「以沈鬱跌宕之懷，處家國艱難之會。由中之言，佇興而動，非徒以詞采聲律見長可比」。亦篤論也。

集中〈聽雨〉云：「兵燹西南喚奈何，東南畫舫自笙歌。金閶蓬背蕭蕭雨，不及江淮涕淚多」。〈自題抱經圖〉云：「卅年宦轍苦奔馳，蠹簡陳編是我師。安頓此心無別法，一經手到去官時。」〈別泛月舫〉云：「繞郭江流走白沙，一航安穩出三巴。朱魚孔翠增留戀，何況窮簷十萬家」。蜀人於制軍去思獨切，書院諸生，均為詩送之。廣雅贈別詩中所云「春水方生公去時，萬民戀母士戀師」者也。又云「西蜀安危仗才傑，花縣相公曾持節。武功才竟未修文，前哲遺憾待來哲。譬如病後須淖糜，公以寬大蘇瘡痍」。花縣謂駱文忠，廣雅初以癸酉主試入川，旋簡學政，《輔軒語》、《書目答問》等書，均在蜀時作。

二七七、吳棠與李鴻章酬唱

〈望三益齋集〉中又有〈和少荃觀察丙辰明光題壁詩〉二律，亦佳。中有「可憐戰骨多新鬼，無那窮途半故人」及「眼看滄海竟成塵，同此鄉關潦倒身」之句。時制軍亦未顯也，文忠原唱，前已錄入，其〈戊午七月廬垣再陷，重過明光，追步原韻〉見示云：「猿鶴蟲沙跡已塵，見幾悔不早抽身。破家奚恤周嫠緯，贈策慚多魯子囷。蜀岫愁雲自終古，梁園詠雪又何人。憤來快草陳琳檄，鼙鼓無聲暗愴神。」「單衫短劍走江湖，飄泊王孫泣路隅。大漠風高秋縱馬，故山月黑夜啼烏。治軍今有孫吳策，籌餉誰為管葛徒。閉口莫談天下事，鄉關回首重躊躕」。制軍和詩有「田橫本自多奇客，劇孟還應訪博徒。聞說義團能殺賊，官軍何事重踟躕」之句。

文忠又再疊前韻贈之云：「江呂諸公骨作塵，鄉邦扶義仗君身。危疆赤手支三載，饑歲仁恩賑百囷。天子知名淮海吏，蒼生屬望潤阿人。眼前成敗皆關數，留取丹心質鬼神。」「浮生萍梗泛江湖，望斷鄉園天一隅。心欲奮飛隨塞雁，力難返哺戀慈烏。河山破碎新軍紀，書劍飄零舊酒徒。國難未除家未復，此身雖去也踟躕。」時翁帥新接撫篆，勝帥授欽差大臣，皆廬郡陷後事，故文忠詩有「河山破碎」之語。各詩皆沈鬱悲壯，前輩事業，胥自困心衡慮中得來也。

二七八、詩不宜歎老嗟貧

牢愁之語，不可入詩，非獨胸次廣狹，於詩見之，即一生通嗇，亦可預卜。東野云：「出門即有礙，誰謂天地闊。」宜其一生不第矣。香山云：「無事日月長，不羈天地板。」康節云：「靜處乾坤大，閒中日月長。」此是何種氣象，亦可見其所養。今人有盛年美宦，動輒歎老嗟貧者，余所未喻。

二七九、詠齊山翠微亭詩

貴池即古秋浦，為唐賢杜樊川遊宦，李青蓮寄寓之地，張佑、杜荀鶴、伍唐珪、殷文珪之故里。歷代文人，後先輝映，指不勝屈；而山水清佳，亦為東南之冠。青蓮當日由宣城流寓到此，集中載〈秋浦吟〉各詩，地名如水車嶺、清溪、大東樓諸境，皆距城二三十里；而齊山杏花邨，毫無題詠，豈足跡所未到耶？邑人方雲耕大令汝霖詩云：「流寓宣州過九華，入秋浦境興猶賒。近城獨少驚人句，孤召西郊賣酒家。」「水車嶺接上清溪，秋浦行吟路不迷。搜遍齊山名勝處，謫仙何以未留題。」

齊山距池城南門三里許，以唐相齊映得名。山上舊有翠微亭，取牧之〈九日登高〉詩意，所謂「江涵秋影雁初飛，與客攜壺上翠微」者是也。武穆〈翠微亭詩〉：「經年塵土滿征衣，得得尋芳上翠微。好水好山觀未足，馬蹄催趁月明歸。」相傳武穆曾駐軍於此。顧詩尚存石刻，亭之舊址，日就傾圮。民國戊午，方雲耕輸資修復，海內為詩張之者頗多。周玉山丈詩云：「翠微亭上俯遙岑，雲樹層層入望深。千石欲飛騰羽翼，萬峰清影逼衣襟。滄桑猶指先賢宅，生殺難明造物心。空谷寂寥鸞鶴遠，蛩然誰嗣後來音。」「滄桑」一聯，蓋有懷宋華子西殿司、明黃文貞侍中諸賢也。哲嗣息庵，亦有詩云：「清娟風物愛池州，修竹家家碧玉流。待得南湖春水綠，一川鵝鴨傍歸舟。」頗能寫出江鄉風景。

二八〇、蕭德藻詩高古

南宋詩人，以楊、陸、范三家首稱。同時有蕭德藻、尤袤，皆以詩名，與之相埒，而遺詩湮沒不傳。間有傳者，亦等之叢殘，無人論列。顯晦之殊，不圖至此，良可異也。按楊誠齋〈序千巖摘稿〉云：「余嘗論近世之詩人，若范石湖之清新，尤梁溪之平淡，陸放翁之敷腴，蕭千巖之工致，皆余之所畏者。」故一時有尤、蕭、范、陸之稱。千巖一字東夫，三山人，初與誠齋同官湖湘，後止於福建帥參，方虛谷云：「使不早死，雖誠齋詩格，猶出其下。」姜白石乃東夫之，其自序詩云：「尤延之為余言：近世詩人，喜宗江西，溫潤有如范至能者乎？痛快有如楊廷秀者乎？高古如蕭東夫，俊逸如陸務觀，是皆自出機軸，直有可觀，又奚以江西為？」觀諸賢之極意推服，必非浪得大名者比也。

東夫詩不多見，〈次韻傅惟肖〉云：「竹根蟋蟀太多事，喚得秋來籬落閒。又過暑天如許久，未償詩債若為顏。肝腸與世苦相反，巖壑嗔人不早還。八月放船飛樣去，蘆花叢外數青山。」項聯紀曉嵐譏其粗野，然五六卻佳句也。〈立春〉云：「半夜新春入管城，平明銅雀綠苔生。浮澌把斷東風路，訴與青州借援兵。」又〈登岳陽樓〉云：「不作蒼忙去，真成浪蕩遊。三年夜郎客，一柂洞庭秋。得句鷺飛處，看山天盡頭。猶嫌未奇絕，更上岳陽樓。」又「荒郵三月不肉味，並與瓜茄倚閣休。造物於人相補報，問天賒得一山秋。」韻見《詩人玉屑》，殆所謂高古一路者。

二八一、尤袞身後零落

延之一字遂初，其詩見於《詩人玉屑》者，〈寄友人〉云：「胸中襞積千般事，到得相逢一語無。」又〈臺州秩滿而歸〉云：「送客漸稀城漸遠，歸途應減兩三程。」又有云：「去年江南荒，趁逐過江北。江北不可住，江南歸未得。」不知何題也。此外《瀛奎律髓》，載延之詩獨多。〈別林景思〉云：「論交卻恨相逢晚，別袂真成不忍分。」〈送楊大監誠齋解組西歸〉云：「為郡不知歌舞樂，憂民贏得鬢毛斑。」〈海棠盛開〉云：「曉妝無力燕支重，春醉方酣酒量深。定自格高難著筆，不應工部總無心。」〈劉屯田墓壯節亭〉云：「後生無復知前輩，故老猶能說長官。」〈詠梅〉云：「桃李真肥婢，松筠共老蒼。」〈梅花〉云：「索笑幾回驚歲晚，相思一夜繞天涯。」〈落梅〉云：「五夜客愁花片裡，一年春事角聲中。」〈甲午春前得雪〉云：「梅枝堆亞難尋，萱草侵淩不辨苗。殘甲敗鱗隨處是，被誰敲折玉籠腰。」以詩格論之，殆亦不後南宋諸子。方虛谷云：「遂初詩，其孫藻常刊行而焚於兵。余得其家所抄副本，頗有訛誤。」在當時流風未沫，且已有此感歎，年湮代遠，零落可知。文人身後之名，固亦有幸有不幸哉。

二八二、濮文暹擅園林觴詠

溧水濮青士（文暹），吳中老名士，久官刑部，以風節自見。出守河南，所至有聲。晚居金陵，擅園林觴詠之勝。所著《見在龕》集，散原序之，謂「天才照爛，悱惻而委備。蓋於昔賢遺軌，雅近元白者」。滿州震在廷（鈞）出君門下，集中有〈別在廷詩〉云：「縱難重聚幸生離，此後光陰好護持。我輩行臧無不可，天涯歌哭有誰知。東南山色青何用，衰病頭顱白已遲。自在中流真羨汝，落花風裡掛帆時。」在廷國變後易名，即唐元素也。又〈松寮閣小憩〉云：「僧窗便是好行窩，有夢無塵更不波。大供養宜學閒嫩，小勾留亦悔蹉跎。此中壽命惟松石，歸去風流也薜蘿。何用山林分半席，自修清福近來多。」亦佳。

二八三、濮文暹詠佛峪紅葉詩

濟南城外，有佛峪、龍洞、千佛山、開元寺諸勝，而佛峪紅葉尤佳。青士曾為詩張之云：「秋霜勝春風，一夜成暘谷。山氣酣於酒，醉痕滿大麓。夕陽助乾紅，冷露洗零綠。貼地騰野燒，擎空燎庭燭。矮屏圍琉璃，高柯綴瓊玉。青女工作態，金神失嚴肅。移來燕支山，山鬼媚膏沐。茫茫大色界，乃在寒山曲。更有壞色衣，掛之古錦幄。妍媸奚暇評，石室盡金屋。佛門真富貴，功德亦眼福。停車豔所遭，坐愛意未足。把臂誰入林，遑顧桑三宿。若比梨花雲，春夢未免俗。豈知絢爛極，平淡歸幽獨。空翠千萬株，老柏絕樵牧。肯貪轉瞬間，凍霞生滅速。自笑分別心，乃寄閒草木。乳泉幸可品，（寺有乳泉。）洗心先洗目。題紅酬山靈，詩稿已滿腹。」佛峪余所未到，讀此輒動褰裳之思。詩亦老筆紛披，故自可貴。又濟城東門外，有地名北園者，郇樹蔥蒼，溪沼迴環，寬約千畝，藝荷最盛，亦見青士詩序中。

二八四、陶元藻題壁詩聞名

題壁詩殊不易覓佳者，隨園極稱良鄉旅店題壁詩云：「滿地榆錢莫療貧，垂楊難繫轉蓬身。離懷未飲常如醉，客邸無花不算春。欲語性情思骨肉，偶談山水悔風塵。謀生消盡輪蹄鐵，輸與成都賣卜人。」當時作者，僅署篁邨二字。隨園和其詩，有「好疊花牋抄稿去，天涯沿路訪斯人」之句。過十三年後，始在客座晤篁邨，方知姓陶名元藻，會稽諸生也。事見《隨園詩話》中。陶詩不多見，衹此一首，固已傳唱旗亭。先君子平日尤愛誦之，故兒時習聞，亦能上口。

昔龔定盦有〈三別好詩〉，謂方百川遺文、宋左彝《學古集》，其一即吳駿公《梅村集》也。詩云：「莫從文體問高卑，生就燈前兒女詩。一種春聲忘亦得，長安放學夜歸時。」自注：「三者皆於慈母帳外燈前誦之。吳詩出口授，故尤纏綿於心，每一吟此，宛然幼小依膝下時」云云。余於篁邨詩，殆與定盦有同感也。

二八五、杜濬為龔鼎孳辯誣

顧黃公與杜茶邨齊名，且韻與吾鄉龔瑞毅為文字忘形之交。茶邨集中，有〈龔宗伯座中贈優人扮虞姬〉云：「年少當場秋思深，座中楚客最知音。八千子弟封侯去，祇有虞兮不負心。」據《考田詩話》，謂「宗伯招飲，演項羽故事，扮虞姬者固楚伶，坐客曰：『楚人演楚事，茶邨楚人，請以一語贈之』，遂提筆書絕句，語關名教，不得以罵座少之。」余謂如此曲解，既乖風人立言之旨，又沒兩家投分之真。茶邨有〈紀懷詩〉

云：「合肥抱眾作，如澥百王谷。出之復精警，玄圃皆積玉。幽憂指誠深，歡賞趣彌足。呼我飛仙人，且慰窮途哭。以爾媲古賢，遙遙共一轂。」所以推重端毅者甚至。知己之感，情見乎詞。至〈黃公〉二律，則直為端毅辯誣矣：「天壽還陵寢，龍輴葬大行。義聲歸御史，疏稿出先生。浮議千秋白，餘生七尺輕。當年溝死，苦志竟誰明」。「憐才到紅粉，此意不難知。禮法憎多口，君恩許畫眉。王戎終死孝，江令苦先衰。名教原瀟麗，迂儒莫浪訾。」第二首謂橫波夫人事，出語持平，不得以阿好少之。

二八六、王士禛揚州詩

漁洋司理揚州，〈讌遊紅橋詞〉云：「北清溪一帶流，紅橋風物眼中收，綠楊城郭是揚州。西望雷塘何處是，香魂零落使人愁，澹煙芳草舊迷樓。」一時傳為絕唱，屬和遍大江南北，承平文讌之樂，至今譚及，齒頰猶芬。舒鐵雲有〈揚州襍題〉云：「吹簫乞食古風存，一笑看囊似少恩。誰寫紅橋修禊卷，故應留待鄭監門。（自注：乞者甚夥，殊減遊興。）」余謂名跡凋殘，流亡滿地，瓶水此感，今昔所同。易哭盦〈天橋曲〉有句云：「滿眼哀鴻自歌舞，聽歌人亦是哀鴻。」亦此意也。然世變更可知矣。

二八七、舒位以詩解《論語》

法梧門有〈三君詠〉，謂舒鐵雲、王仲瞿、孫子瀟也。三君皆才人，詩皆有奇氣。而鐵雲《瓶水齋集》中〈讀論語六十首〉，新解頗多，在乾嘉作者中，固亦別開生面者。錄其一云：「武王曰人十，孔子曰人九。用九一陰生，見群龍無首。吾聞牝雞晨，能令玉馬走。何以此婦人，名並列功狗。漏天靈媧補，陰符元女守。舜妹始作畫，女狄始作酒。天子試匹夫，必用英皇耦。稼穡初生民，尚頌姜嫄壽。人間娘祀蠶，天上姆居斗。古今數大事，不出婦人手。所以稱陰陽，陽陰則不受。亦無言牡牝，而但云牝牡。某月繫每日，月先而日後。地天則交泰，天地乃否否。以數對較之，奇本不勝偶。以身近取之，左亦不敵右。名為實之賓，內外定已久。揖讓變征誅，實皆由彼婦。妹喜與妲己，不幸逢其醜。太姒與邑姜，幸則享其厚。」此詩發皇陰教，左袒女權，在當時或為遊戲之作，在今日則不幸言中矣。惜不及起作者於九原而質之。

二八八、同年嫂乃是同嚴人

竹坡納江山船妓事，前已紀之。忍堪〈杭州雜錄〉之一云：「桐瀨江山九姓船，好姻緣是惡因緣。休官換得同年嫂，強勝郵亭一夜眠。」亦及此事。「同年嫂」，鐵雲詩凡數見之，自注：「江船婦稱同年嫂者，向不解其名義。篙師為言，凡業此者，皆嚴郡人，蓋『同嚴』耳。『年』、『嚴』南音無別。」戲為詩云：「祇知蘇小是鄉親，誰識嚴陵亦故人。宋嫂羹湯調自好，吳娘歌曲聽誰真。紗窗掩雨眠雙槳，羅襪裁雲印一塵。惆悵芳年有華月，幾錢能買此青春？」又〈江山船擢歌〉云：「不住樓臺祇住船，一家一水一同年。綠波開鏡低頭笑，紅豆安床枕手眠。」以此入詩，亦一韻事。

二八九、張元奇見酬詩

余之治軍遼陽也，與薑齋民政、今頗都護，時有文酒往還之雅。薑齋送余入吉林一律，前已述及，茲又覓得其見酬五古一篇云：「士夫薄武事，全國不知兵。金鐵果何物，乃以咿唔爭。君本宮郎曹，惻然憂神京。奪身入尺籍，戰死以為榮。取彼武士道，歸為國干城。挹婁幸識面，偉器一座驚。軍中喜詠歌，善本收東瀛。搜篋持贈我，奇餉逾侯鯖。更脫金寶刀，腰間作龍鳴。我方恥一割，垂老百無成。所得祇詩卷，僅足怡余情。每思事戎馬，劍術慚未精。感君策駑鈍，鵜膏光瑩瑩。中夜思起舞，不作秋蟲聲。」時余東旋未久，以日本所刊《螢雪軒詩話》，並軍刀持贈，故薑齋詩中及之。今君墓有宿草，偶讀遺詩，兼懷陳跡，豈勝延陵掛劍之感。

二九〇、張元奇〈廠甸〉詩

《知稼軒詩》，皆薑齋生前手定。石遺謂其學蘇，允矣。君晚居都下，詩境時斂就幽敻，撫時感舊，所詣益工。余最喜其〈廠甸〉詩云：「新春風日何喧妍，廠甸遊人爭摩肩。廣場雜遝陳百戲，馬龍車水日喧闐。火神廟裡稍風雅，文士聯轡多流連。昔時海宇久清宴，六曹九列官如仙。閱肆時復得善本，論值不惜捐俸錢。近今人心出險詐，書畫贗鼎來聯翩。顏標魯公多錯認，朱繇道子誰則賢。貴人但解博麻縷，窮市偏驚多寶船。乃知細事關國運，偶來遊覽驚逡巡。」「貴人」句諷世殊深。寶融今春〈獨遊海王邨〉句云：「朝貴但論珠寶價，市民偏怯鼓鼙聲。」息庵句云：「流連書畫名家少，逗引兒童戲具多。」皆與薑齋有同感者。區區遊賞，世運繫之，非細故也。

二九一、騎驢入詩

甲子逭暑海濱，有「年來髀肉生如許，賃得村驢當馬騎」之句，謬為海內朋好傳誦，甚有索閱《海濱集》者。乙丑夏卸皖事歸，小住蓮峰者逾月，又有「失馬方知驢背穩，海天寥廓勝西湖」之句，友人葉仙蓂（堯階）見懷詩云：「何必東山竹與絲，錦囊日日寫新詩。騎驢北戴河邊路，可似希夷笑倒時。」且曰：「讀公消夏詩，同一騎驢，而前後感想不同。然在吾儕，想望太平，甚願有陳希夷驢背大笑時光景，不欲蘄王之徜徉湖上也。」見勖甚殷，愧無以副。此與海藏所謂「控弦雖不發，天下識猿臂」者，同一刻畫無鹽。今夏散擇有詩見及云：「為問清涼老居士，幾時湖上與騎驢。」余次答云：「猶被世人知姓字，浪傳斷句到邨驢。」遊山策蹇，事本尋常，偶爾入詩，浸成故實，又可為詩家添一韻事矣。

二九二、葉堯皆詠海棠

仙蓂為全椒名士，天懷澹索，不為物役。曩長皖政，君適為府椽，顧視清高，異於流輩，心益敬之。君論詩一以清新為主，蓋「清則能明淨雅切，俗者不能也。新則能發生變化，腐則不能也。」余極韙其言。賃廡宜城任家坡下，為霄漢樓遺址，清初任克家督學之故宅也。樓前有西府海棠一株，高二丈餘，春時著花極盛。先仙蓂賃居者，顏曰海棠巢，取山谷〈題潛峰閣〉詩中語。君卜居後，成〈海棠詩〉八章，傳誦大江南北，和者尤盛，遂以《巢海棠》名其集。詩多，不具錄。余最喜其「客裡風情聊復爾，天涯芳草未歸時」之句，殆即所謂清新者耶？君和余婆韻詩凡四律，錄其一云：「東海三年春夢婆，早聞妙語契東坡。謗書盈篋隨名至，匠石揮斤錯節多。射影微蟲甘作祟，投懷怖鴿仗降魔。使君久抱澄清志，新憲編成自校訛。」又寄余海濱云：「恩牛怨李幾時休，魏博縱橫盡沐猴。一局未終柯已爛，願回冷眼看神州。」皆於皖事未能忘情者。實則過眼雲煙，寧值一哂，局中人固早不置念矣。

二九三、趙芾詩舉止深穩

天津趙蒙齋（芾），一字生甫，能為桐城派古文。創北菁學舍，以古文詔後學，從遊者盛。詩不多作。〈津上道中得句〉云：「慚愧追鋒車疾轉，不嬰塵網果何人。」有物外之致。又和余之韻詩見柬云：「四方蹙蹙悵何之，猶幸中丞數舉卮。綠野堂前多舊雨，浣花溪上有新詩。雲霄翔鳳鳴仍急，風雪潛龍蟄未知。下榻劇憐徐孺子，南州詎許久棲遲。」亦舉止深穩，如其為人。

二九四、跋扈之氣見詩中

「風急踢開湖口浪，月明踏破水中天。」此宸濠〈韈山〉句也。「戰退玉龍三百萬，敗殘鱗甲滿天飛。」此張元〈詠雪詩〉也。一為叛藩，一事元昊，跋扈之氣，悉見於詩。

二九五、賈島籍貫有爭議

賈島〈渡桑乾〉詩云：「客舍并州已十霜，歸心日夜憶咸陽。無端更渡桑乾水，卻望并州是故鄉。」據此島當籍咸陽，乃史稱島為范陽人，不知何故。今涿州乃古范陽，保定是古上谷，去涿州僅二百里。島又有〈上谷旅夜詩〉云：「故園千里數行淚。」果范陽人，當不作此語。房山有島墓，或亦偽託。昔賢如青蓮、昌黎，其地望所在，至今聚訟不已，又不獨閬仙也。

二九六、詠梅詩如林

詠梅詩名作如林。嚴海珊（遂成）〈梅花詩〉前後十二首，余最喜者：「老氣直教無我敵，清風似亦畏人知。」「幾多味在有誰會，忽地香來無地尋。」「不應有恨偏疑我，便是無言亦可人。」「自入山來皆雪意，最無人處有煙痕。」「即空是色休疑月，在遠能香不畏風。」「殘笛一聲涼在水，遠峰數點碧於煙。」綿綿神理，耐人諷繹，是於「暗香」「疏影」之外，自闢窠臼者。唐人絕句云：「數萼初含雪，孤標畫本難。香中別有韻，清極不知寒。」以視君復，又為太羹元酒。

二九七、詠梅詩以杜工部、陸放翁最佳

余嘗謂詠菊詩最古者，莫如淵明。其「秋菊有佳色」五字，蓋已寫盡天然之妙。詠梅詩要以工部之「江邊一樹垂垂發」一句，最得神理。其次則放翁〈西郊尋梅〉句云：「餘花豈無好顏色，病在一俗無由砭。」亦能搔著癢處。後人連篇累幅，一涉言詮，便落下乘矣。

二九八、題俗詩佳

明人訪某駙馬不遇詩云：「踏青駙馬未還家，公主傳宣坐待茶。十二闌干春似海，隔窗閒煞海棠花。」又某落第歸至某關，關吏欲榷之，獻詩云：「獻策君王不見收，歸心日夜向東流。扁舟載得愁千斛，幸有明王不稅愁。」題目雖俗，吐屬卻佳，大雅不群，固自可貴。

二九九、下筆當鄭重

元遺山〈野史亭雨夜感興〉云：「私錄關赴告，求野或有取。秋兔一寸豪，盡力不能舉，衰遲私自惜，憂畏當誰語。輾轉天未明，幽窗響疏雨。」「秋兔」二句，詎獨史官之箴，亦可為今之立言者戒。士果有信今傳後之思，則下筆時自當鄭重以出。若夫掇拾讕言，雌黃任意，晚出坊本，訛謬雜陳，以此號為「野史」，寧足徵信哉！。

三〇〇、詩思以偪仄而益精

龔端毅（芝麓）每酒酣賦詩，輒用杜韻。漁洋問其故，曰：「祇為捆倒好打耳。」此與嚴範老所謂「省事無如疊韻詩」者，同一用意。余近日每喜為和韻及疊韻詩，雖間亦出於勉強，然詩思以偪仄而益精，有時反得警句。乃悟端毅此語，不僅為詩人解嘲已也。

三〇一、姚永樸詩名為文名所掩

余創辦中華大學，延桐城姚仲實（永樸）為都講，兒輩且相從問字。君與其弟叔節，並以能文有聲海內。君治經學尤勤，世所稱桐城二姚者也。叔節詩前已及之。近見仲實《蛻私軒集》，詩雖不多，然馴雅有法度，多有為而發。錄其最者。〈都中偕叔弟夜坐〉云：「隱隱年光若逝波，幾番秋月上庭柯。欲歸故里為貧縶，未了殘書奈老何。道喪得人瀾可挽？才高如子眼無多。空階坐久童眠熟，靜聽蟲聲響碧莎。」〈陳伯巖索近作賦寄，並懷肯堂〉云：「憶昔曾同江上舟，十年身世共沉浮。眾芳蕪穢佳人老，一葉飄零天下秋。微尚半生駒易逝，嚶鳴千里鳥相求。卻思舊日譚詩侶，雞酒松楸奠莫由。」〈自旅順歸舟中寄泰興朱曼君〉云：「置我正宜居絕島，逢君翻喜見人豪。炫空筆底千年雪，捲地樽前六月濤。雲水但知催艦舶，文章誰遺醉蒲萄。相思萬古論交地，碧海青天月正高。」君於清光緒壬辰、癸巳間客旅順，曼君見其書大驚曰：「吳越士夫有此取聲名一世者，君乃掩覆不肯襮，今日見古人矣。」君詩名為文名所掩。即以詩論，亦卓然成家。乾嘉以來，治經之儒，率多闇修實踐，不求人知。君與遷安鄭刑部東甫（杲），皆其選也，因並著之。

三〇二、殷鑑不遠，覆轍相尋

羅昭諫〈中秋不見月〉詩云：「祇恐異時開霽後，玉輪依舊養蟾蜍。」二句包含無限。一部「廿四史」，殷鑒不遠，覆轍相尋，皆可作如是觀。

三〇三、戎馬倥傯不廢詩

岳忠武翠微亭詩外，又有「潭水寒生月，松風夜帶秋。」之句，蓋題湖南僧寺作也。宗忠簡〈華陰道二絕〉云：「煙遮晃白初疑雪，日映斕斑卻是花。馬渡急流行小峗，柳絲如織映人家。」又云：「菅茅作屋幾家居，雲雄風簾路不紆。坡側杏花溪畔柳，分明摩詰〈輞川圖〉。」二公戎馬倥傯，不廢吟事。即大家為之，亦當斂手，固宜傳誦至今。

三〇四、滬上雜詩寫景工

偶讀秋蟪吟館〈滬上雜詩〉之一云：「車去如飛大道邊，小紅樓下數車錢。挽車人亦多情者，曾在此樓樓上眠。」此不獨足為少年冶遊者戒，寫舊日滬上社會狀況，亦極有神。

三〇五、以民命為芻狗何以善其後

唐杜荀鶴有〈再經胡城縣〉詩云：「去歲曾經此縣城，縣民無口不冤聲。今來縣宰加朱紱，便是生靈血染成。」此可為今之民社詠之。曹松〈己亥歲二首〉之一云：「澤國江山入戰圖，生民何計樂樵蘇。憑君莫話封侯事，一將功成萬骨枯。」此可為今之軍帥詠之。然民變兵變，亦時有所聞矣。以民命為芻狗，以內爭為兒戲者，其將何以善其後哉？

三〇六、「中」字之平仄

中酒之「中」，似應作去，卻是平聲；中興之「中」，似應作平，卻是去聲，韻不可解。唐人詩云：「氣味如中酒，情懷似別人。」東坡云：「公獨未知其趣耳，臣今時復一中之。」是作平用也。杜云：「萬里傷心嚴譴日，百年垂死中興時。」又云：「今朝漢社稷，新數中興年。」是作去用也。

三〇七、鄭孝胥悼亡詩前無古人

海藏每謂詩之佳者，必其人哀樂過人。此語不啻自道，集中如〈述哀〉及〈哀小乙〉諸篇，固已流傳萬口矣。弢庵〈題海藏樓詩〉，所謂「我讀〈述哀〉作，聲淚一時迸」者也。今春〈傷逝詩〉十二首，海內外讀者，尤盛稱之。袌甫自東貽書，謂其以宋賢之意境而有漢晉之格調，深遠悲涼，驚心動魄，何止近世所無，直當獨有千載。海藏自云：「古人作此等詩，皆無求工之意，庶幾近之。」實則悼亡之詩，汗牛充棟，語其極則，不外情文兼至。他人有此哀情，無此健筆，固宜海藏之前無古人也。

三〇八、鄭孝胥推崇汪榮寶詩

袌甫近作，年來寫示不少。海藏每謂其色香兼至，夐越尋常。就中尤極稱其〈次韻聞笳詩〉之「刻意為歡終不似，如期得老恰無差」等句。〈題李主事曾廉太夫人寒燈課子圖〉之「風林無復經秋葉，霜燼猶為照曉花」等句。以為「令人哀感」。且曰：「詩以道性情而已，果非所語於觸熱之輩也。」「觸熱」語諷世殊酷，無性情者，詎足言詩？

三〇九、詩中有歸隱意

放翁〈自雲門之陶山過隱者茅舍〉云：「陂池幽處有茅堂，井臼蕭條草樹荒。小鴨怯波時聚散，病蔬傷蠹半青黃。兒童沖雨收漁網，婢子聞鐘上佛香。我亦暮年思屏跡，數椽何計得連牆。」每誦此詩，輒思歸隱。余亦有〈次散釋韻書感〉詩云：「世間何福抵田家，箕坐松陰自煮茶。稚子哦詩娛永晝，山妻把酒醉流霞。柴門香稻常臨水，老屋芸籤遍插牙。如此安排吾願足，人生由命底須嗟。」友人以為頗似劍南。湘綺樓詩云：「居人未必無塵事，卻被塵中羨若仙。」亦有言外味。

三一〇、陸游觀化有得

放翁有「得福常廉禍自輕」之句，余已錄入《養正詩選》中，近讀《劍南集》，又得二句云：「造物有乘除，貧悴博無恙。」非觀化有得，安能道其隻字。

三一一、陸游諷諭詩婉約

放翁〈暮冬夜宴〉云：「主人愛客情無已，箏聲未斷歌聲起。亦知百歲等朝露，便恐一歡成覆水。爐紅酒綠春為回，坐上梅花連夜開。堂前咫尺異氣候，冰合平地霜壓階。」後四句可謂善於諷諭，較之工部「朱門酒肉臭，路有凍死骨」句，更為婉約。

三一二、陸游詩排宕開闔

放翁〈聞猿詩〉云：「瘦盡腰圍不為詩，良辰流落自成衰。也知客裡偏多感，誰料天涯有許悲。漢塞月殘人不寐，渭城歌罷客將離。故應未抵聞猿恨，況是巫山廟裡時。」《詩醇》評云：「排宕開闔，波瀾無限。格調自李商隱得之，故自青出於藍。」按義山〈詠淚詩〉云：「永巷長年怨綺羅，離情終日思風波。湘江竹上痕無限，峴首碑前淚幾多。人去紫臺秋入塞，兵殘楚帳夜聞歌。朝來灞水橋邊問，未抵青袍送玉珂。」此放翁後四句藍本也。又東野〈聞砧〉云：「杜鵑聲不哀，嶺猿啼不切。月下誰家砧，一聞亦淒絕。」亦同此作法。以言排宕開闔，則放翁為勝。

三一三、陸游詩句勝於司空圖

司空表聖〈過道觀〉句云：「棋聲花院閉，牆影石壇高。」放翁〈過天慶〉云：「孤燈經院曉，殘雪醮壇寒。」蓋藍於表聖者。

三一四、鄭孝胥機杼一新

樂天詩云：「醉貌如霜葉，雖紅不是春。」東坡云：「小兒誤喜朱顏在，一笑那知是酒紅。」語本樂天，而味更雋永。近海藏有句云：「老去詩人似殘菊，經霜被酒不能紅。」用舊公案，而機杼一新，且歲寒心事，見於言外，不僅語妙也。

三一五、談世事而敗興

樂天贈談客云：「請君休說長安事，膝上清風琴正調。」東坡亦云：「若對青山談世事，我應舉白便浮君。」此類感觸，吾輩亦時有之。其為敗興，實等催逋。然長安道上，正觸然之徒，固未足喻此也。

三一六、言不必為心聲

元遺山〈論詩〉云：「心畫心聲總失真，文章寧復見為人。高情千古〈閒居賦〉，爭信安仁拜路塵。」譏潘河陽也。王阮亭論詩云：「十載鈐山冰雪情，青詞自媚可憐生。彥回不作中書死，更遣匆匆唱〈渭城〉。」譏嚴分宜也。分宜〈鈐山閣秋集〉有云：「萬事浮生空役役，擬從山客借蒲團。」〈齋巾讀書詩〉有云：「世事浮雲那足閱，此生拚老蠹魚叢。」如此口吻，固不類後日所為。甚矣，言之不必為心聲也。

金劉豫初為宋濟南守，降金封齊王，後又佐金侵宋，但其詩亦甚清敻，錄之：「竹塢人家瀕小溪，數枝紅杏出疏籬。門前山色帶煙重，幽鳥一聲春日遲。」「風荷柄柄弄清香，輕薄沙禽落又翔。紅日轉西漁艇散，一川山影暮天涼。」「古渡亭皋日向沉，淒涼歸思梗清吟。碧山幾點塞鴻靜，紅葉一林秋意深。」「寒林煙重暝棲鴉，遠寺疏鐘送落霞。無限嶺雲遮不斷，數聲和月到山家。」

三一七、霧淞非關祥災

曾子固守齊州，〈冬夜即事詩〉云：「香清一榻氍毹暖，月淡千門霧淞寒。」自注：「齊寒甚，夜氣如霧，凝於木上，旦起視之如雪，日出飄滿庭階，尤為可愛。諺曰：『霧淞重霧淞，窮漢置飯甕』，以此卜豐年之兆。」按《漢書·五行志》所稱「木稼」，當即此類。今俗稱「樹掛」，又名「木冰」。《唐書》：寧王臥病，引諺云：「樹若稼，達官怕，（二語亦見《漢書·五行志》。）吾其死矣。」已而果然。此與齊諺吉凶相反，不知何故。余按楊升庵云：「寒淺則為霧淞，寒甚則為木冰。霧淞召豐，木冰召凶。」以此解之，庶幾近似。然木稼北方高寒，歲恒有之，必謂其有關災祥，亦未免刻舟求劍矣。

三一八、鄭綮之語被誤為孟浩然

「詩思在灞橋風雪中、驢子背上。」是鄭綮答人問詩思語，今人以為孟浩然，誤也。浩然祇有〈赴京途中遇雪〉詩云：「迢遞秦京道，蒼茫歲暮天。窮陰連晦朔，積雪遍山川。落雁迷沙渚，饑烏噪野田。客愁空佇立，不見有人煙。」全詩韻與灞橋無涉。

三一九、盧文弨與曹雪芹交誼甚深

餘姚盧抱經（文弨），湛深經學，並精校讎，詩不多見。近見《鴝鵒庵詩集》一冊，乃百年前手鈔本，或云乃抱經堂未刻稿。中有〈贈曹雪芹〉詩云：「滿徑蓬蒿老不華，舉家食粥酒常賒。衡門僻巷愁今雨，廢館頹樓夢舊家。司業青錢留客醉，步兵白眼向人斜。何人肯與豬肝食，日望西山餐暮霞。」又〈輓雪芹〉云：「四十蕭然太瘦生，曉風昨日拂銘旌。腸迴故壠孤兒泣，淚迸荒天寡婦聲。牛鬼遺文悲李賀，鹿車荷鍤葬劉伶。故人欲具生芻弔，何處招魂賦楚蘅。」「開篋猶存冰雪文，故交零落散如雲。三年下第曾憐我，一病無醫竟負君。鄴下才人應有恨，山陽殘笛不堪聞。他時瘦馬西州路，宿草寒煙對落曛。」兩人交期，於此可見。

三二〇、于式枚詩少但工

　　餘生平於賀縣于晦若侍郎式枚僅兩面，一在瀋陽，一在青島，然心輒敬其為人。侍郎辛亥前絕少作詩，志盦見示二律，係強為之者，題為〈廣雅太世丈席上送樊山前輩之浙江，分得鹽韻〉云：「共拈險韻鬥叉尖，勝地名流豈易兼。方闢西湖容李沁，不愁南浦賦江淹。傳杯談快風生座，擊缽詩成月上簾。投轄且拚今夕醉，重城禁鼓不知嚴。」「西來車騎數郵籤，行部南馳又去襜。地合越杭同節制，官如陝虢異寬嚴。湖山賓客猶全盛，政事文章況兩兼。滄海東流民力盡，欲陣三策待蘇髯。」此集廣雅亦作詩送樊，所謂「且倚湖山供判牘，好留壓土檢朝衫」者也。晦老淹博絕倫，工於削牘，詩似非所措意，亦不自收拾，且於時流亦尠所許可。然偶一為之，固甚工。嚮見其〈秦中懷古〉十二首，及〈成都浣花草堂謁杜少陵〉詩，大率皆少年之作，韻典飭可誦。又有〈李寶臣紀功碑歌〉，見石遺〈《近代詩鈔》〉，疑非少作。

三二一、詩有歇後語，但不足為訓

　　鄭五作歇後語，世多輕之，不謂竟有以入詩者，工部云：「山鳥花花皆友于。」昌黎云：「誰謂貽厥無基址。」雖在大家，未足為訓也。

三二二、詩家慣用語有不可解者

詩家慣用字樣，如「遮莫」之為「如此」，「祇今」之為「至今」，「取次」之為「按次」，「賸欲」之為「欲想」，又如「若為情」、「若為通」、「若箇邊」、「作麼生」之類，其例甚多，更僕難舉。大都有可解者，亦有不可盡解者，有有來歷者，亦有無來歷者。正如官場中文移常用之語，通行至今，究無以易。

三二三、譚獻與王尚辰酬唱

仁和譚仲修（獻），以詩詞名於同光間，世所稱為復堂先生者也。曩宰吾邑，風流文采，一時稱盛，刻徐子苓（西叔）、戴子瑞（家麟）、王伯垣（尚辰）所為詩為《合肥三家詩選》。伯垣一字謙齋，君與之酬唱獨多。茲僅錄其關於鄉獻者。〈苦雨同謙齋作〉之一云：「莫掃遺園徑，泥塗老更驚。鳴琴同失響，種秫恐無成。大造知何意，微官益自輕。還思訟風伯，唇舌藉君卿。」遺園者，謙齋所居也。〈和謙齋秋感〉之一云：「紫蓬山色晚蒼蒼，意與浮雲六合翔。白髮鳴琴猶吏隱，青春無石作歸裝。邇來偃蹇還鄉夢，往事銷沉結客腸。濯馬欲尋人不見，逍遙津上有新霜。」

〈消寒雜詠，為謙齋典籍作〉云：「高閣寫松風，遺園酒不空。銀刀違我輩，儒俠抱誰同。暢以題襟集，棲之半畝宮。阮生仍至慎，興在竹林中。」〈懷遺園海棠〉云：「明妝照鏡鏡無塵，絳樹垂垂豔四鄰。西府自憐紅袖影，東風留贈白頭人。園林好處難離別，煙雨多時減笑顰。隔斷輕綃空入夢，一番閉置不成春。」〈答王謙齋方子聽小除夕見懷長句〉云：「小除同此天崖雪，憶我憶君兩不知。飛鴻過都甘早退，谷鶯求友永相思。春風憔悴淮南夢，人日荒涼老杜詩。各有千秋倍珍重，年年莫負歲寒時。」〈和答王謙齋蒯翰卿廬州見懷〉云：「浮屠桑下憐三宿，況夢青山又故人。倦鳥葦苕知有雨，落花藩溷更亡茵。攀出叢桂君招隱，鉏後芳蘭我幸民。互答歌聲二千里，百年原憲老長貧。」

〈又送謙齋回廬州〉云：「浩蕩前期在，蒼茫後約留。天涯同一室，心事各千秋。已罷餐英酌，還思採藥遊。清暉知不隔，歲歲月當頭。」「磨跡問遺園，林花應更繁。別君梅樹下，念昔竹林尊。寶劍長相望，青山若有云。三年重晤手，止水復留痕。」此詩乃謙齋丈遠道相訪時之作。又〈千秋歲〉詞〈示遺園詩老，時同客上海〉云：「曲闌干外，前度輕紅退。疏雨斷，微雲碎。新愁慵攬鏡，舊病難忘帶。江水闊，盈盈不渡空相對。意外同高會。寒減西園蓋。好鬥取，身長在。夢中芳草遠，曲裡朱弦改。留影去，依然明月生滄海。」遺園花木之盛，里中人猶盛稱之。

復堂有〈壺中天慢〉詞為〈夏夜訪遺園主人不遇作〉云：「眉痕吐月，倚新涼，羅袂流雲棲暝。楊柳知門塵不到，記取羊求三徑。疊石生秋，餘花媚晚，何地無幽境。先生舒嘯，結廬祇在人境。我是琴賦嵇康，依然病，即漸忘龍性。留得〈廣陵〉弦指在，無復竹林高興。裁製荷衣，稱量藥裡，況味君同領。清暉遙夜，碧天飛上明鏡。」復堂以詞人作宰，吏事非其所長，時人亦有以是嘲之者。實則時際承平，民安耕鑿，長孺臥治，自屬無妨。

今按《復堂日記》二則，一云：「行縣大風雪，輿中閉置，簾隙中閱《草堂詩餘》。」又云：「郵舍點閱《草堂詩餘》，擁鼻微吟，竟忘身作催租吏也。」大似「落日無王事，青山在縣門」情景。追憶清時，渺如天上，蓋不勝悠悠我里之思。《日記》中又曰：「謙齋老去填詞，吟安一字，往往倚枕按拍，竟至徹曉。予自來合州，與謙齋交，政罷長吟，奚童相望，兩人有同好也。」謙齋丈固不以工詞名，致力之深，於此可見。

三二四、譚獻宰合肥時所作詩

復堂有〈題包孝肅祠堂〉云：「祠門雲氣接華光，待雨先秋試蚤涼。水鳥飛來蒲葦碧，青山影里芰荷香。好從尊酒頻中聖，見說清時有諫章。芳草遠尋歌楚怨，人間何地不三湘。」〈施水秋汛〉云：「青歸山色到眉間，施水裴衷往復還。一自風雲開甲第，遂令草樹隔人寰。漁歌白日盧中去，秋士青絲鏡裡斑。不信巢湖三百里，老夫無耳洗潺湲。」〈夜宿中廟〉云：「浪華雲集共沈浮，對此泓崢我欲愁。水底有山如照鏡，人家種柳易悲秋。三更月出涼無際，千頃波平翠不收。巢父曹公同一夢，隱淪戰伐兩難留。」〈姥山〉云：「中流袖拂姥山青，葉下依稀似洞庭。湖水湖煙迷處所，九歌無意問湘靈。」〈和答李丹叔〉云：「國風從古說溫柔，無屋何妨且住舟。樓上才人曾作賦，機中春女尚悲秋。綠波碧草吟兼夢，白水青山臥亦遊。病裡把君詩過目，負他婪尾與遨頭。」各詩似皆宰吾邑時作者。

三二五、中廟為合肥勝地

中廟為吾邑勝地，《復堂日記》云：「宿中廟待月。月出，臨湖覽眺。白石詞『千頃翠瀾』，蕩人胸肌，姥山中流一螺，殆如浮玉望焦山宅。」按復堂詩所謂「千頃波平翠不收」者，蓋自姜詞脫胎。余屢過中廟，曾留長句，惜稿韻不存矣。

三二六、姜忠源高行傳佳話

中興人物，以湖湘為盛。而特立獨行，卓著風義，則江忠烈公岷樵，實堪首屈。忠烈殉節在吾肥金斗圩側，距余家僅咫尺。今旌忠碑亭及城內專祠韻尚在。兒時聞鄉老談公就義之烈，不讓睢陽，輒為景行不置。忠烈詩不多見，其〈發都門二首寄別曾滌生庶子〉云：「久客思鄉井，常恐歸無時。僕夫已趣裝，又作別離悲。別離隨處有，感君入心脾。逢人誇我賢，相對仍切偲。緬思古人交，形隔神明隨。君非私我好，此意我自知。西風何太急，臨歧吹我衣。」「向晚度桑乾，月暗雲水黃。平生四度過，今夕真淒涼。我友已為鬼，我師復病床。咫尺行不易，況此道路長。蟋蟀號四野，悲風動陰房。遙憐高堂上，今夜夢還鄉。」兩詩皆性情中語。

曾湘鄉撰公墓志，其銘辭中云：「有師鄭君，有友鄒子。臥病長安，朝夕在視。亦有曾生，燕南旅死。謀歸三喪，返葬萬里。」亦及此事。蓋惟篤於師友，而後不負國家，固不俟其就義從容，早卜其必以忠義死矣。又湘鄉〈酬岷樵詩〉云：「市廛交態角一鬨，朝為沸湯莫冰凍。江侯爾豈今世人，要須羊左與伯仲。漢上鄒生獧者徒，臥病長安極屢空。導養難絕三彭仇，惡讖欲尋二豎夢。君獨仁之相掖攜，心獻厥誠匪貌貢。執役能令賤者羞，感物頗為時人誦。」全篇余已選入《養正詩選》中。鄒名興愚，字柳谿，新化人。客居陝西新安。道光庚子舉陝西鄉試，家酷貧而自守嚴，不苟取。大病居京師，不得與禮部試，醫藥雜役，皆岷樵躬之。迨病死，湘鄉與忠烈及其族人為經紀後事。事見湘鄉〈酬岷樵詩附記〉。當時都下有「曾滌生包辦輓聯，江岷樵包運靈柩」之稱。前輩高行，播為佳話，因並著之，以式澆俗。

三二七、楊士琦一門能詩工畫

泗州楊杏城侍郎士琦，與余初晤於申浦，再聚於秣陵，一談大悅，蓋夙契也。詩宗玉溪，稿多散佚。近志盦以二律見示，〈新居鐵獅子胡同李侯宅〉云：「舊時相國通侯第，今日尋常百姓家。堂燕有巢憐幕客，鐵獅無主弔宮娃。楸梧早種冬青樹，桃李猶開故國花。泣路王孫哀杜老，青門何論邵平瓜。」〈園居〉云：「地僻園荒客過稀，雨霏霏後柳依依。負暄野老黃綿襖，忍凍鄰童白袷衣。怕看圍棋爭死劫，坐觀庭草暢生機。周妻何肉非吾累，飽飯胡麻便不饑。」洵詩中雋品也。晚歲卜築西湖，沒於滬上。吾友袁伯揆（思亮）輓之云：「華屋山邱恨，湖波日夜流。可憐前度月，猶照舊時樓。楊悲長掩，膺舟愴昔遊。酒痕襟上在，忍更說杭州。」

侍郎為文敬公蓮甫之弟，一門鼎盛，甲於淮北。兄味春，弟芰青，猶子瑟君，並皆能詩工畫。芰青甲子暮春遊杭，有〈湖莊〉詩：「太息故廬好楊柳，左鄰蘇老右林逋。」其時湖莊已易主矣。瑟君有〈贈眾異〉詩：「愁滿山川不暇夢，憐君羅網翼差池。一燈人夢重城隔，萬淚當前細字知。未必世人皆欲殺，可能圓蓋便無私。浮生亦說閒非易，他日朱顏好護持。」當係庚申後作。石遺謂瑟君年少才美，詩學玉溪，固宜與眾異秋岳並駕。

三二八、楊士琦待易順鼎極厚

易哭盦之於國變後入都也，杏城實左右之。樊山有〈次實父韻寄杏城〉云：「依然癸丑永和年，催起嘉賓幕裡眠。天定猶當與天競，人才難得有人憐。從他瓦缶雷音沸，還我金甌國勢堅。春夜新宮無夢到，蒼龍溪上憶山玄。」自注：「公遇實甫極厚。」

三二九、陳士廉詩隱諷時政

湘鄉陳翼牟主政士廉，博通群籍，餘事為詩，殆與玉溪、冬郎為近。志盦檢示遺詩，乃辛亥以前作也。〈春日雜詩〉云：「偶控茅龍謁紫微，漢家故事已全非。羊頭爛賤通侯貴，願借天錢十萬歸。」「衛霍聯翩擁節旄，烏衣門巷漸蕭騷。清貞頗笑王懷祖，得隸中兵已自豪。」「茂才異等試新科，浮海齊揮落日戈。去國悲吟歸國笑，春風紅杏少年多。」「華冠縱履敢逃名，一笑驪官抵葉輕。君看樓臺平地起，幾人坐嘯到公卿。」「黃金能解相如渴，白眼翻遭亭尉呵。獻賦封侯兩無分，雙丸相逐去如梭。」皆隱諷時政者。清季官郵傳部時，尚書某君，深嫉名士，能詩文者多自諱。一日有壽某權要文，眾舉翼牟屬草。後司中請派事，單內但見其名，輒曰：「此人工文，不能任事。」坐是沉滯。悔讀〈南華〉，古今同慨。所著《黃學廬雜記》，極見精博。近代湘中郎潛僕學，君與李亦元（希聖），韓力畬（樸存），皆可傳也。

三三〇、胡朝梁篤志為詩

鉛山胡朝梁（詩廬），初學海軍，精英文。旋折節讀書，師事散原。中年隱於末吏，篤志為詩，形神俱槁，戛戛獨造，雅近後山。甲寅、乙卯間，余與君唱酬最夥，今亦什不存一矣。曾記余過詩廬，有「簷低典似船」之句，頗肖當時情景。偶檢君遺札，有「辱和詩風格至高，在東坡、臨川之間」一語，可謂阿其所好，為之赧顏。詩何所指，都不省記。君寄余四律，錄之，以志應求之雅。

其一：「公卿以下大夫士，幾輩能如君好賢。下走徒抱空文爾，來詩比之大隱焉。堆胸兵甲沖天氣，洗眼滄溟歸國船。巷尾猶嫌往還遠，隔鄰為卜兩三椽。（自注：逸塘先生招飲，並約結鄰，感賦奉謝，欲次來詩韻，未能也。）其二：「將軍善處功名際，姓字紛傳淮海間。矮屋打頭知未慣，高軒過我竟忘還。噓春消息迎梅柳，隔坐光芒接肺肝。早晚專城領旄鉞，寧教掛壁大弨閒。」（「矮屋」句蓋答余「簾低典似船」之作。）其三：「佛面猶蒙累劫塵，丁香又壓短簷新。我從都下諸賢後，來媚花間半日春。一老今為天下重，閒身舊是太平民。詩僧苦意追《騷》、《雅》，挽住風光作主人。（自注：三月二十九日，法源寺餞春雅集，呈湘綺老人兼示道階和尚。）其四：「無人省識春來處，此是春歸餞別圖。眼底勝流皆至矣，松間獄立者誰乎。衣冠今世已非古，文酒當年何日無。盛事乾嘉數難遍，可能一一與追摹。」蓋題〈法源寺餞春圖〉也。

三三一、胡朝梁託興深婉

詩廬晚佐吾友徐又錚幕府，庚申後屏跡學佛，中曾戒詩，旋又為之甚力，嘔心協律，竟夭天年，亦可傷矣。君歿後余馳書寶融，謀刊遺稿，旋聞已由君之友人武進蔣竹莊編付商務書館印行。竹莊篤於風義，今之古人也。寶融與詩廬交甚篤，又從君遺孤處鈔得贈余詩二首寄余。其一：「合肥諸將起書生，公以知兵位列卿。畢竟功成愛蕭散，此心慣與白鷗盟。」余卸內長後赴歐觀戰，詩廬見懷，故有是作。其二則丁巳次答余見贈一律云：「孝章眾所毀，要自有大名。堂堂孔北海，乃暱一書生。荒哉言割據，鼓角動哀聲。如公秉文武，獨未習縱橫。」余之原作則已佚矣。余居東後，寶融曾摘錄君病中寄懷之作數句云：「海濱風日佳，繁櫻可照几。白門舊遊地，柳色今何似。會當起東山，賴公振邦紀。」原寄當日不知何故浮沈，今遺集中亦未見。「白門」句託興深婉，其時英威捐館未久也。此與寶融之「試向石城尋斷夢，將軍白骨已先寒」句，皆能不失風人之旨者。

三三二、周樹模詩氣象宏博

時賢之詩，其氣象最博大者。要以天門周沚園中丞為首屈一指。沚園與樊樊山、左笏卿同稱楚中三老。余與沚園同官瀋陽時，即有文字之雅，曾記其〈遊南城外小河沿〉一律云：「城外清流與夏宜，我來正值凜秋時。涼臺客散無歌管，曲岸人稀有釣絲。積水蛟龍凝望久，故山猿鶴說歸遲。崢嶸最愛遼東帽，莫誤山公飲習池。」余友舒宜園有和作云：「秋風園扇本非宜，況是邊城落木時。未識膽肝誰與共，空餘鬢髮漸成絲。創深元氣知難復，夢醒黃粱惜已遲。回首舊廬巢尚在，來春待疑燕差池。」「池」韻活押，頗為一時同人傳誦。又泊園〈民四十月九日出都〉一律云：「雞聲曉唱促南轅，僕馬羞人噤不喧。身外何曾攜一物，眼中非復舊三門。（京師舊稱正陽、崇文、宣武為三門，今皆改作。）蓴羹已自輸先見，薤本今方拔意根。桑下轉頭增戀惜，北城松竹是吾園。」蓋是時項城方議帝制，泊園去官南歸，「蓴羹」一聯，有深慨矣。

三三三、鄭孝胥詩中有遲暮之感

西山大悲寺花事甚盛，舊為閩詩人張亨甫讀書處。陳弢庵先生有〈詠大悲寺秋海棠詩〉云：「當年亦自惜芬芳，今日來看信斷腸。澗谷一生稀見日，初花惜又值將霜。」弢老居林下近三十年，清季被徵再起，朝局已非，故有此感。詩雖婉約，奇慨已深。河間紀鉅維（泊居），有〈題番禺梁節庵畫松卷子〉詩云：「拗鐵虯枝久鬱蟠，世人都作散才看。十年樹木猶如此，識得貞心歲已寒。」節庵曠世逸才，動而得謗，生前不獲大用，卒完大節，即此詩可想見其風概矣。又鄭海藏〈題錢南園畫馬〉有句云：「他年駿骨千金日，莫遣人間伯樂知。」遲暮之感，情見乎詞，較弢庵、泊居兩詩，更為質直。海藏又有〈贈呼倫道宋鐵梅小濂詩〉，結句云：「滿洲若有圖存策，要及中年用此人。」此詩又不啻自為寫照者也。

三三四、陸亮臣被關軍校獄中詩

詩言性情，不爭工拙。余非詩人而多詩友，可傳之詩甚多，可傳之人尤不少。偶分暇晷，泚筆寫出，及余未死前讀之，或余之友未死前讀之，景事宛然，亦覺有味。但余欲寫詩話，即手心悸，淚盈盈欲滴，而追憶生平第一畏友蕭山陸亮臣矣。亮臣與余同年生，長余僅數日，以兄事之。軀幹雄偉，貌尤篤厚，一望而知為有道之士。友人間以其貌故，以中國之西鄉隆盛目之。又因其字而戲呼以「老亮」。實則其生平澄清之志，每飯不忘，亦不在南洲臥龍下也。君東渡學陸軍，遲余一年有餘。校規每休日晚，歸校有定刻。君善飲且豪，一日因事為諸友勸飲，大醉竟不能歸。觸校規應入營倉，（即校中獄室。）亮臣固當地之貴公子而名翰林者，為守校規故，亦不得不暫屈縲拽中矣。

出營倉後，以四絕郵示云：「我來遊戲神山上，蠖屈龍伸祇自安。今日獄窗獨不寐，始知養氣十分難。」「矮床兀坐夜三更，雨滴空階夢未成。抱膝閒吟還自笑，為誰惆悵到天明。」「年來學業太新奇，練得千重鐵臉皮。翻怪群蚊更無賴，撲人爭向面前飛。」「中宵默數平生事，愧對前賢已不多。他日吾文編訂者，莫删今夕〈楚囚歌〉。」年來更事多，記憶力銳減，獨此四詩，至今尚能上口。記當日余讀此詩後，曾戲謂亮臣：「『抱膝閒吟』，君固以武鄉自命，萬一我能後君而死，編訂之責，豈異人任。」今不幸而成讖語矣。余藏君遺墨獨多，庚申之難，淪失不少，努力為之，亦後死者之責也。

三三五、陸亮臣贈在日本之小影

亮臣有〈自題丙午歲日記詩〉一絕：「三十年華一瞬過，雲煙塵土兩蹉跎。待當除夕從頭數，醉裡光陰有幾何。」此詩君曾自題新年所印小影貽余，此影係東京牛神樂坂上，森本蔘洲所攝。君前後贈余小影，以數十計，獨此幀最小，易於攜帶。所映小影，貌如其生，且有題詩，余尤愛之，無論到何處，此幀常貯行篋，隋珠卞璧，不若是之珍貴矣。

三三六、陸亮臣遊日光詩

亮臣遊日光，適余以割痔入東京醫院。君每日必以兩三郵寄余，俾慰岑寂。函中有〈宿南湖〉五古一首，蓋生平得意之作也。詩曰：「我來遊日光，最愛南湖水。高踞萬峰巔，宕漾雲霞裡。清流鑒毛髮，波瀾靜不起。誰遣巨靈來，鑿破神山趾。遂使群蛟龍，突飛不能止。作勢挾風雷，萬象俱披靡。在山與出山，水自如常耳。境遇有殊致，沖懷無異理。試為窮其源，豈復見奇詭。乃知偉大觀，端自平淡始。」又一年余與同學何君錦庵同遊日光，觀諸瀑布，曾至南湖，盤桓不能去，乃知君詩之佳喜。又亮臣一日忽來書云：「昨日別後，冒風雨乘車而行，意致快絕。自到日本後，遇大風雨，此為第一次，竟藉車夫之力，與之搏戰，覺日前松島、日光之遊，猶輸此痛快也。車中偶想他日廁身軍旅，一旦冒風雨，潛師進薄敵壘時，或尚不能如此安坐車中之穩適耳。因口占一絕曰：『高垣飛瀑下成渠，轣轆行來快不如。卻想潛師風雨夜，三軍壯士一聲呼。』此詩雖俚，然頗足自適其意，寫之博吾弟一粲」云云。觀此益知老亮之所志矣。

三三七、陸亮臣以身殉父

甲辰同年留日學陸軍者，祇余與亮臣二人。當時風氣未開，固不足異。余喜亮臣東渡詩，有「鳳池多少神仙侶，但得君來已不孤。」蓋紀實也。辛亥九月晉陽之變，年丈陸文烈公鍾琦從容就義，亮臣亦以身殉。余曾以詩哭之，其一：「父死國兮子死父，義經日月緯江河。阿兄蹈海成三烈，正氣君家聚獨多。」其二：「同年同學復同庚，十萬胸中富甲兵。吾道未行君已逝，賸雙眼淚哭蒼生。」實則寥寥數語，不足抒悲懷之萬一也。先是庚子之變，文烈公方丁父艱，國憂家難，同遘一時，憤欲自裁。亮臣乃於孝帶中書一銘曰：「我生不辰，罹此末造。父死成忠，子死成孝。九原相遇，破涕為笑。幸而後死，或至壽考。堅白爾心，以對蒼昊。古人有言，榮名為寶。」蓋其殉父之意，已決於是時矣。不謂十二年後，竟成讖語，殆數之前定者耶？亮臣妹夫烏君謫生告余，今此帶尚存其家。當與魏笏謝硯，並垂不朽矣。南海關穎人同年賡麟有詩云：「殉孝何妨即殉忠，千秋碧血鬼猶雄，不須帛語翻疑案，從古成仁算考終。」亦紀此事者。

三三八、陳仁熙蹈海而死

亮臣之兄韜庵君，申甫年丈之出嗣長公子也，以憤世蹈海死，名仁熙，字靜山，幼與其仲弟亮臣，季弟慎齋，韻從盛伯希先生遊。學富根柢，慷慨有大志。十八入邑庠，十九秋闈，已魁選矣。旋復棄去。自後屢丁內外艱，遂絕意進取。歷佐端午橋制軍、寶湘石中函幕府。會申甫年伯由詞曹簡任蘇糧道，韜庵歸侍養，自號過渡散人，又號陸啞子。蹈海前數月，自呼曰陸瘋子。一日忽失蹤，翌日乘廣濟船，蹈海中死。瀕行遺書別家，並賦詩明志，死時年才三十四。詩曰：「夢中來了夢中還，小墮塵寰陸靜山。此去瘋魔瘋入海，不留遺蛻在人間。」「脫屣妻孥未是憨，傳家忠孝有人擔。死看東海西來船，化作鯨濤漫虎耽。」讀此詩者殆可想見其為人。亮臣與申甫年丈同死國難。遜清三百年結局，以忠孝完人稱者，當首推文烈、文節父子。靜山「傳家忠孝」之句，又不啻一讖語矣。

三三九、湯化龍悼亡詩纏綿哀艷

蘄水湯濟武同年，吾黨中之健者也。投分之深，逾於儕輩。遊美之役，不幸為奸人狙擊以殂。噩耗傳來，交遊扼腕。余曾有四截句輓之云：「停車過我笑言溫，（君長教育時，每散直，輒徒步過談，幾無虛日。）一瞑煩冤訴九閽。悵獨前遊黃叔度，（謂遠生同年亦緣遊美遇害。）重瀛猶有未招魂。」「廣長舌底妙瀾翻，（君最擅長演說。）新籍覃研不禪煩。（君居官後讀書恒不倦。）五鳳齊名君已逝，人才凋落我何言。（進步黨未組之先，君與劉君崧生、孫君伯蘭、林君宗孟曁蒲伯英同年，創民主黨，余戲有「民主五鳳」之稱，蓋皆一時之選也。）」「二難文武競賢聲，各奮扶搖萬里程。半翅雲天傷早弱，不堪回首鶺原情。（謂鑄新同年。）」「太息人天幾折磨，年前曾聽鼓盆歌。落機山色蓬瀛水，兩地魂歸喚奈何。」

按濟武平生詩不多作，獨其悼亡諸什，成於赴美以前者，纏綿哀豔，惻惻動人，知交皆謂其尋常無此兒女子情。題為〈亡室夏夫人以丙辰七月卒於東京寓廬。今年四月，余漫遊來東，桑田夫婦引視故居，愴然有作〉：「海外重來賦〈大招〉，故居凝睇黯魂銷。隔牆桃李將春去，舊路蘼蕪入夢遙。十步回頭腸九轉，卅年離恨羽雙修。蓬山青鳥知何處，望斷天涯淚似潮。」又：「蜂慵蝶懶奈何天，落盡櫻花又一年。鵑淚已枯惟有血，鸞膠欲續更無弦。仙蹤盼斷三山影，癡夢猶尋再世緣。萬里相隨舊明月，照人不似舊時圓。」又：「種草忘憂酒遣愁，抽刀不斷愛河流。報君拚著鰥開眼，老我誰憐鶴上頭。可有癡魂能化蝶，不堪密誓負牽牛。風尖露冷春寒重，淒絕更深獨倚樓。」又：「春事闌珊夢影驚，異鄉花鳥總無情。檢囊怕觸同心結，背地時溫齧臂盟。忍使黔婁傷獨活，不教方士報雙成。青梅竹馬兒時戲，此樂重尋是再生。」又：「死別經年夢尚疑，羌無片語寫哀思。卻驚宿草封香塚，豈有飛花返故枝。清怨靈妃遺錦瑟，空名夫婿誤金龜。思君一字千行淚，天上人間知未知。」君本不以詩名，然此數作隸事遣詞，極見工雅，知浸潤於古者深矣。

三四〇、黃遠生遊美遇害

先濟武遊美遇害者為黃遠生同年，遠生籍隸江西德化，原名為基，後以字行。與張嘉森（君勱）、藍公武（志先）有新中國三少年之目。歿時余方使吉林，曾有詩哭之，今稿已久佚。曾記侯官嚴又陵（復）輓詩極佳，詩云：「到底何人賊，傳來四海驚。微生丁厄運，亂世諱才名。渡海風吹翣，歸途雨滿旌。與君一日雅，歎息意難平。」秋風隣篴，讀之惘然。遠生天姿明敏，嗜學綦勤，早歲才名藉甚，爭以遠大期之。嗣後有聲新聞界，（余當戲推君及丁佛言、劉少少為新聞界三傑。）天假之年，所詣必不止此。玉樹早埋，又不獨吾黨之私痛也。遠生詩不多見，言事之文特長，蓋得力於天事者為多。近聞吾友梁任公、林宰平，已裒集遠生遺文付梓，亦可謂篤於風義者矣。

三四一、哀陸亮臣等三君

甲辰一榜，逮甲子廿年，留京諸子，感念舊遊，揚扢盛事，徵言及余，遂以詩話中涉及亮臣、遠生、濟武者應之。當時印成小冊，一山、錫侯、衡山、穎人、晃之，韻有題詠。而組安適在羊城，題語尤為沉摯，且曰：「三君操術不同，其死則一。人生會有死，洞顱穴胸，與呻吟床蓐、奄然待盡者，亦復何擇？與其隨俗俯仰，厭厭無生人氣，孰若一死快仇讎之心，使後死者為之嗟歎乎！」不言哀，哀可知矣。

三四二、江湜性情中語

友人寄示〈伏敔堂詩錄〉，乃長洲江湜（弢叔）遺著。有清咸同中之能作宋派詩者，時論以伏敔堂與鄭子尹之《巢經堂集》、金亞匏之《秋蟪吟館》並稱，蓋能於舉世不為之日，自開戶牖，戛戛獨造，亦云難嫌。李越縵論弢叔詩，以為「有勁氣而多病粗率。」實則「粗率」二字，未免失當。弢叔久官閩浙，終於卑官，故詩中時多抑塞淒苦之作，要亦其境地使然。集中有〈彭表丈屢賞拙詩，抱愧實多，為長句見意〉云：「筍輿篾舫兩年間，苦調勞歌不盡刪。豈可向人獻窮狀，更令讀者損歡顏。旅懷伊鬱孟東野，句律清奇陳後山。他日無成還志短，詩名幸與二君班。」即其自況，可以見其詩矣。余最愛君〈舟中絕句〉云：「我向西行風向東，心隨風去到家中。憑風莫撼庭前樹，恐被家人知阻風。」性情中語，自然流露，不僅詩之工也。

三四三、作吏之難

作吏之難，昔賢所慨，弢叔沈淪末吏，世鮮知者。其〈送顧康尚其仁由海道北上〉詩云：「奇氣胸中苦鬱盤，舊勞汗馬此彈冠。君知臨賊衝鋒易，難莫難於奉上官。」才人偃蹇，為之然。偶讀陸放翁〈寄子虡詩〉有云：「平生膽力薄，不敢犯張禹。有時一言失，恐懼氣如縷。念此思掛冠，自首冀安處。吾兒哀乃翁，歲莫忍羈旅。何時得斗粟，歸舍聊笑煮。便草北闕書，乞骸歸卒伍。」曠達如放翁，亦苦作吏之恭然疲役，宜弢叔之不能無感也。按淳熙乙未，放翁年已五十餘，參議蜀軍府，遇故人范致能來為帥，不能僚佐束縛，相得殊懽，未二年范即去。此詩殆別有感獨乎。袁忠節公爽秋有〈題放翁小像六絕〉，其一云：「抱牘牙參畏吏嗔，鍛餘鸞翮暫須馴。府公何幸得學士，度外能容岸角巾。」蓋詠此也。

三四四、江湜身世坎凜

歎老嗟貧，文人結習，識者鄙之。然無病之呻，固無足取，如本愁苦而強作歡娛，本秋士而故為達語，將言為心聲之謂何也。弢叔處境至困，悉見於詩，其能以曲達之筆，狀難寫之情，而又無尋常怨懟悻悻之意，尤難。〈歲除日戲作〉云：「庭角無梅座不春，門扉雖闔豈遮貧。晚來雪屐鳴深巷，半是吾家索債人。」「有人來算屋租錢，小住三間月二千。使屋如船撐得動，避喧應到太湖邊。」〈雜書〉云：「早歲耽吟興不孤，惟愁門外吏催租。祇今身作催租吏，敗盡人詩我亦無。」〈與朱象山夜話〉云：「君行問道常遭賊，我受奇窮等被兵。惟死未曾經歷耳，異鄉鐙火兩殘生。」〈挈眷〉云：「挈眷今朝信使回，寓廬門對北風開。別無家具隨身到，使異流民就食來。即日米薪愁瑣屑，在途烽火幾驚猜。時危正要憂天下，數口飄零未足哀。」《石遺詩話》謂弢叔「近體出入少陵，古體出入宛陵，而身世坎凜，所寫窮苦情況，多東野後山所未言。」其推服可謂至矣。

三四五、江湜詩中有見道語

弢叔詩見道語甚多，錄其〈擬寒山詩三首〉云：「妻不共甘苦，在家如作賓。小女性差慧，食貧知習勤。勿以女為喜，而對妻作嗔。相與有瓜葛，韻是夙世因。」「瞽者擿埴行，導路以竿木。竿木揣得處，便可進其足。妙在目無見，以竿作之目。若是有目人，反有窮途哭。」「使小人變法，而君子守之。荊公誤蒼生，其誤在於茲。寄語宰官身，慎取在學術。學術殺人時，比於水火烈。」以上各詩，尋常注蟲魚吟風月者，安能有此見地。「學術殺人」，又可為今日詠也。

三四六、江湜狷介自守

弢叔賦性狷介，備歷艱困，彌敦風節。其以諸生納貲為從九，乃其表丈彭公詠莪助之。初仕入浙，杭陷入閩，曾主螺江陳氏家，弢弢庵先生之從叔某某，韻從授讀。彭公曾督閩學，君入幕襄校，於閩固舊遊地也。已而又入浙司鹽榷，終於差次。天將昌其詩，固寧嗇其遇耶？海藏為余談君身世甚詳。臨川李小湖（聯琇），君之故人，視學吳中。君先期以遊學自解，謝不應試。作詩道意云：「吾鄉昔有彭甘亭，白頭坐困一監生。有人令出我門下，卻棄鄉舉逃時名。（甘亭以監生應鄉舉，有相知者典試江南，密寄文訣，甘亭不入場而返。）又有詩人黃仲則，作客英年好遊歷。笥河學士渴愛才，挽袖留之留不得。（朱笥河視學安徽，延仲則襄校，仲則與同事者不合，買舟徑去，笥河遣人追之不及。）吾生不能學古人，聊學二子全吾真。窮無意氣慕榮達，病厭奔走甘沈淪。向來與君相識新，此意今在臨歧陳。青山一路冬入春，畫船插幟寒溪濱。君行我住隱顯異，他日惟堪交以神。」君之自守如此，豈可專以詩人目之。

三四七、李鴻章詩有天下之志

清季中興人物，湘鄉、合肥並稱。湘鄉具三不朽，人無間言。合肥以勳業顯，生平致力政績，於藝事非所措意，故湘鄉有「李少荃拚命做官，俞曲園拚命著書」之謔評，實則合肥天才卓越，少時文名藉甚，老宿驚服。其〈赴秋闈感懷〉八律，中有句云：「丈夫赤手把吳鉤，意氣高於百尺樓。一萬年來誰著史，八千里外覓封侯。」又「碧雞金馬尋常事，總要生來福分宜」。詩雖少作，然其作秀才時氣象，便已不同，亦可徵後來之事業矣。公詩尤不多見，尋常傳誦〈明光村鎮題壁二律〉，乃丙辰所作。時公以翰林治軍，已有隱任天下之意。詩云：「四年牛馬走風塵，浩劫茫茫剩此身。杯酒借澆胸磊塊，枕戈試放膽輪囷。愁彈短鋏成何事，力挽狂瀾定有人。綠鬢漸凋旄節落，關河徒倚獨傷神。」「巢湖看盡又洪湖，樂土東南此一隅。我是無家失群雁，誰能有屋穩棲烏。袖攜淮海新詩卷，歸訪煙波舊釣徒。遍地槁苗待霖雨，閒雲欲去又踟躕。」

馬關之役，彈丸洞頰，為日本軍醫總監佐藤進君治癒。佐藤索詩紀念，公親筆揮贈一律云：「耄年秉節赴東瀛，願化干戈見太平。盟約重申同富弼，伏戎一擊鄙荊卿。寄才醫國君無敵，妙手回春我再生。待乞寶星邀上賞，綠章歸去達通明。」此蓋老年隨意應酬之作。余東遊時，曾訪春帆樓故址，且於昔年文忠駐節之舊寺院中，見公遺墨，高懸壁間，尚奕奕如新。余曾藏公精楷詩卷，庚申京宅被掠，詩亦不復省記矣。

三四八、賞丁香花詩

余之創辦中華大學也，最初在虎坊橋側，繼以來學日眾，乃移至城西南角太平湖邸。余二次歸自歐洲，時校事已停，士林惜之。世變如此，再興未知何日也。邸後廢園，丁香最盛，龔定庵詩所謂「一騎傳牋朱邸晚，臨風贈與縞衣人」，即為憶太平湖丁香作也。民七之春，園址新葺，丁香盛開，余柬約都下名士會賞，到者四五百人。樊山以次，均有詩見柬，都為一集，美不勝收。惜南行後竟付散佚。茲由寶融錄示數首，雖非全豹，亦慰情勝無也。

樊樊山作題為〈戊午春莫，湖邸丁香盛開，王會長約為茶會，為賦長歌紀之〉：「太平湖上醇王邸，甲觀畫堂誕龍子。穆宗登遐歲甲戌，帝御紫宸五北徙。（德宗承統後，醇邸移居什剎海。）儲祥宮觀鎖秋煙，金扉一閉四十年。年年潛邸花開日，禁地無人啼杜鵑。啼鵑喚醒江山夢，天統逡巡嬗人統。飛廉桂館千門開，五柞長楊萬民共。為惜賢王第宅閒，兩齋弟子安弦誦。往日驚飛興獻龍，祇今任引承天鳳。竹花不實鳳凰饑，化為勞燕東西飛。（學堂以無款停。）剩有丁香百餘樹，風飄香雪沾人衣。學堂主人淹中客，房杜程仇俱注籍。即今暫輟鵝湖講，嶽嶽龍門羅俊及。公餘小作看花會，招客西園擁鶴蓋。夷陵七十老侯贏，何意信陵親執轡。來遊朱閣惺芳華，黯淡紋窗換舊紗。兩世親王天子貴，十三沖聖讓皇家。銀屏珠箔開芳苑，扣砌銅鋪啟前殿。千步廊迴迤邐通。九華石峭參差見。葳蕤紫白萬花垂，藠藋詹唐諸品賤。壓倒城南白紙坊，佛香那及天家釅。烏巾白袷入畫圖，（是日群聚攝影。）清簞疏簾置筆硯。主人風雅催賦詩，嚼花一噴雲錦爛。白頭重遇舊朱門，愁對名花數夢痕。門下賜櫻臣甫淚，後園補橘豫章魂。興亡莫向花枝訴，兩王攝政關天數。君不見壁間尚掛金桃弓，墳上已摧銀杏樹。」樊山此作，一時傳誦殆遍，真今之元白也。

陳徵宇作：「荒徑新開重見招，人中故是阿龍超。稍回遠想親風雅，坐遣芳辰動市朝。舊水記從何代涸，野花禁得幾番飄。未須苦覓春風主，老樹遺臺意自驕。」郭蟄雲作：「綠沈青鎖屬詩家，此亦宣南掌故花。誰與池臺記興廢，盡多車騎斗繁華。妍春到眼寒猶滯，影事沈吟日又斜。玉照堂前慚寫照，百年松石對槎伢。」羅癭公作：「每歲逢春盼花發，一日走遍城南北。是處花開不待招，定將詩句酬春色。今年花開不知賞，似海春光等閒擲。友朋笑我忙何事，吾亦自詫情非昔。屢幸俊約對花慚，一春花底無行跡。豈知別有花解語，每為聽歌成間隔。何不相攜花下行，較量顏色誰傾國。終成隱忍棄芳時，坐恐花殘三歎息。」癭公是日，適未蒞會，此蓋事後補作也。桑下前塵，玄都花事，他年重到，感可知矣。

三四九、范仲淹山水襟懷

《宋詩鈔》中有韓安陽、趙清獻之詩，而獨不及范文正。文正〈漁家傲〉諸詞，乃守延安時作，傳誦人口。詩則不多見。有〈西湖絕句〉云：「長憶西湖勝鑒湖，春波千頃綠如鋪。吾皇不讓明皇美，可賜疏狂賀老無。」乃知杭州時作，山水襟懷，固自不淺。

三五〇、日本使臣詠西湖

日本國使臣答里麻，有〈詠西湖詩〉云：「一株楊柳一枝花，原是唐朝賣酒家。惟有吾鄉風土異，春深無處不桑麻。」見尤西堂《外國竹枝詞注》。余按：范景文〈西湖詩〉：「湖邊多少遊觀者，半在斷橋煙雨中。盡逐東風看歌舞，幾人著眼到青松。」用意亦約略相同，均可作時流當頭棒喝。

三五一、吳炎世述祖德抒懷

盧江吳公木，一字公穆，名炎世，北山先生之嗣子也。北山為武壯公次子，早負文名，厲風節，與義寧陳散原諸人遊，當時稱四公子。顧抗直忤俗，浮沈郎署，憔悴以終。而公木又以美才早逝，彌為士論所惜。武壯為中興名將，愛才如渴，南通張嗇庵、朱曼君，及項城袁公，均其所羅致者。幕府之盛，甲於東南。嗇庵〈呈吳提督詩〉云：「峨峨高節擁轅門，拂拂朱旂絳陣雲。難得名公趨趙壹，況容揖客重將軍。明珠卻聘寧無意，寶劍銜知昔所聞。駿骨從來能得馬，好收驥驥共殊勳。」蓋紀實也。

公木為項城資遣東渡習法政，與余過從頗數。僦居東京富士見町，每休沐輒謀一聚，飽啖痛飲，上下議論，為狀至樂。余在金澤聯隊中，公木曾不遠千里相訪，把酒說詩，流連竟日。執別未久，旋以病逝。余曾有詩哭之，稿今佚矣。

公木有〈渡韓敬題先大父武壯祠八律〉，自注：「丁未初，朝鮮亡於日本。時方行抵漢京，追念先大父平韓之役，不過距今二十年。曾幾何時，河山易主，祠堂蔓草，廢壘荒煙，不覺淒然。」詩云：「蓮華斜抱漢城開，遙憶元戎小隊來。夢裡旌旗飄落日，禁中宮闕長荒苔。殘民轉壑雞豚少，萬騎屯雲鼓角哀。往事功名誰更說，一回追念一回灰。」「百戰山河指顧收，祇今漢水盡東流。十年專閫遲楊僕，五月征蠻哭武侯。畫閣功臣誰甲第，迴天事業總荒邱。我來弔古懷先德，幾樹垂楊繞郭秋。」「薄伐王師憶渡遼，迎恩門外肅弓刀。勳名表海餘威重，日月孤忠遠戍勞。共說風流談大易。肯將家門斗豐貂。南山一望天方醉，浪打空城萬馬號。」「細雨斜風崇禮門，不愁風雨滿層城。降王底事還行酒，鉤黨翾勞苦用兵。天寶君臣忘社稷，景陽簫鼓奏春明。國亡心死真堪痛，獨有銅山淚暗傾。」「蜻蜓嬌小亦能雄，東島蒼涼落照中。寧有藩封夷郡縣，更無豪傑實關東。荊州諸將論羊祜，回紇遺民哭令公。自是好花容易散，不須飄泊怨東風。」「荒祠十丈草離離，校射臺高歇鼓鼙。傳檄不難收屬國，和戎畢竟失藩籬。海棠春睡偏無主，楊柳新栽又幾圍。歷歷東風停節處，有人下馬讀羊碑。漢城無恙夕陽斜，狼藉京塵苦憶家。入世便應求將相，歸田何自種桑麻。天涯一劍存知己，古國千年付落花。忙裡不妨尋樂處，坐看大地莽風沙。有酒逢秋愁更長，城頭無語立蒼茫。衣冠新舊關時代，書卷飄零憶草堂。亂世祇應工粉飾，盛年已自厭風霜。平原客散多蕭瑟，獨向滄溟學楚狂」。諸詩述德抒懷，情文並茂，可謂綽有父風。

公木又有〈瀋陽訪錦庵濟舟留別〉一律亦佳，詩云：「北風吹雪夜飛沙，瀋陽門外且停車。九州喪亂存知已，一劍飄零愧將家。木葉聲乾遲歲月，江鄉味美憶魚蝦。各言別後相思苦，落盡尊前蠟燭花。「飄零」句身世淒感，誠非少年人所宜，詩卻清新可喜。

三五二、吳葆初姬彭嫣

北山一字瘻公，晚納妓彭嫣、王姹，而嫣最得名。散原過天津戲贈云：「酸儒不值一文錢，來訪瘻公漲海邊。執袂擎杯無雜語，喜心和淚說彭嫣。彭嫣不獨憐才耳，誰識彭嫣萬劫心。吾友堂堂終付汝，彌天四海為沈吟。」當時海內知北山，蓋無不知彭嫣者。公木下世，北山益侘傺寡歡，兩姬亦以金盡求去。歲晚佯狂，卒以不起。揚州方大（地山）輓之云：「心死已多年，地北天南都鬱鬱；魂歸有何處，嫣紅姹紫太匆匆。」海藏極稱其工。散原亦有輓詩云：「為郎一疏壯當年，遽絕朝班溷市廛。意氣空能問屠狗，吟篇自許訴幽蟬。已迷王謝爭墩處，（前三歲與君同遊半山亭）。應喻唐虞易簀前。天壤寄癡寄孤憤，終留佳話到彭嫣。」

三五三、易順鼎見贈詩

龍陽易哭庵（順鼎），湘中老名士也。君介吾鄉楊杏城侍郎訪余於太平湖邸，一談大契，隨定交焉。癸丑、甲寅間，時有唱和。最初贈余二絕云：「數卅六國如掌上，藏十萬兵在胸中。文通武達渾閒事，肝膽方為一世雄。」「黃金養士思遊俠，赤手擎天仗友生。不見合肥劉少保，對君使我意縱橫。」（自注：「黃金」二句乃李眉生丈贈劉省三宮保者。」）此詩在君為信筆之作。近見君《癸丑詩存》內有贈余一律，更為工整，詩云：「從古英雄具熱腸，淮淝況是偉人鄉。救時欲比大隗伯，好客還過小孟嘗。兵五萬餘談杜牧，（君著《近邊建置要略》，深切時勢。）國三十六畏陳湯。（君棄進士學陸軍，又棄統制遊二十五國。）杜陵感激慚衰朽，青眼高歌屬望長。」推挹太過，媿不敢當。又君有詩贈余，今祇記「揖唐身如大願船」一句，其全文當覓得，實吾《詩話》也。君有《琴志樓編年詩》。甲午以後，尚未刊行，聞易贇前曾手自寫定。世亂年荒，未知能不散失否。

三五四、易順鼎有七生之說

沈培老有〈重至西湖口號〉詩云：「老人濟勝已無具，客子登樓還有情。寄語葛仙休悵望，騎牛或恐有來生。」蓋用圓澤三生石故事也。來生之說，先例甚多，佛家以了生死為第一大事，且以隨趣流轉為可悲。隔陰之迷，高僧不免，況凡夫乎。培老又有〈易實甫過談詩〉云：「露電光中最後身，鑊湯熟處再來人。遊魂故是易家變，善哭我識唐衢真。歷劫不迷雲水性，化生成幻玉臺春。麻姑狡獪方平笑，東海簸揚又一塵。」疑亦指實甫六生事。實甫有「六生慧業」小印，謂前身為王子晉、王曇首、張夢晉、張船山、張春水及陳純甫母舅也。迨後實甫之友鄭叔問又謂王曇（仲瞿）是實甫前身，實甫遂有七生之說。見所為《琴志樓小說》中。惜叔問之語，未聞其詳，亦一恨事。

按船山、春水之為張靈後身，據實甫所述，所得二張畫冊，均有「張靈後身」小印，其畫冊則薛次申、端仲綱所貽也。當時海內故人，知實甫蓋無不知其為夢晉後身者。盛伯希祭酒亦以所得夢晉畫折枝長卷寄實甫汴梁。實甫於卷中自題八絕，並詳載其事，其說甚辯。略云：「光緒癸未之歲，余嘗遇李仙於并門。李仙作詩贈余，初云：『吹簫王子，乞食張郎。』時在旁者，均不知張郎為誰。惟余嘗見黃九煙所作〈張靈崔瑩合傳〉，彷彿記有乞食事，因為諸人言之。李仙繼書云：『葆其虛靈，戒其顛狂。優曇首出，後事方長。勿求仙籙，且盡人綱。』書畢，又書云：『前王後王，堂堂乎張。笙聲縹緲，簫韻淒涼。月明虎阜，花　吳閶。前塵隱約，云胡可忘。』至此決其所言為夢晉，問後王為誰，曰詩中『曇首』句已明示矣。問崔瑩事則不答，但稱家君為六如後身，與三十年前呂仙語合。他語甚多，不備記，雖涉荒渺，非盡妄也」云云。又八絕之一云：「梁園歲暮正無聊，魂斷江南不可招。慚愧故人千里意，汴雲燕雪寄迢迢。」謂伯羲祭酒也。

三五五、唐寅償張靈之願

夢晉臨終絕筆詩云：「垂死尚思元墓麓，滿山寒雪一林松。」唐六如遂以崔瑩與夢晉合葬元墓，以償其願。事見黃九煙所作〈張靈崔瑩合傳〉。實甫〈雪中遊鄧尉〉詩云：「重聽元墓寺前鐘，小徑昏黃鬼氣濃。指點前生埋骨地，依然寒雪滿林松。」是直以夢晉後身自況矣。顧王仲瞿為實甫前身之說，未知何據，文人傅會，容亦有之。若以天才論，則《琴志樓》與《煙霞萬古樓》未知孰為軒輊。

三五六、唐寅墓在桃花庵

六如之歿也，亦葬元墓，即今之桃花庵。顧當時得謗滿天下，人無肯為之製文者。太守胡宗纘哀之，為書墓石。清代唐陶山明府以六如祠墓荒蕪，又分廉俸助葺，一時傳為盛事。仲瞿有桃花庵詩云：「百年紅樹已成塵，何事方墳又一新。吾輩功名多鬼禍，君家文字兩傳人。憐才守宰悲枯骨，薄命桃花哭替身。彷彿長官題字處，荒畦磷火舊時春。」「真把青衫著老寄，十官身詒鬼何知。清明埜火唐衢血，黃土碑文幼女辭。闌雨殘風居士塔，衣香人影水仙祠。從他塑土摶泥後，可做人間繾綣司。」自注：「六如無子，惟一幼女。」又云：「準提庵有六如塑像，婦女於桃花開時，瓣香致敬，蓋以月老事焉。」此則近於唐突昔賢矣。實甫詩云：「昌門西去是横塘，一片寒雲水市荒。淒絕挑花盦主墓，冷紅何處弔斜陽。」亦丙戌雪中遊鄧尉時作。實甫才大如海，佳詩甚多，當續錄之。

三五七、袁世凱詩固英雄本色

項城袁公，一字容庵，彰德養痾時，自號洹上漁人。有〈煙蓑雨笠一漁舟〉圖，曾以攝影見贈，並題詩云：「百年心事總悠悠，壯志當時苦未酬。野老胸中富兵甲，釣翁眼底小王侯。思量天下無磐石，太息神州變缺甌。散髮天涯從此去，煙蓑雨笠一漁舟。」公起家華胄，少負雄才，於詩自非所措意，實則即論餘事，亦大有可觀。

罷政後築養壽園於洹上，優遊林下，得句較多。其〈次王介艇丈養壽園韻〉云：「乍賦歸來句，林棲舊雨存。卅年醒塵夢，半畝闢荒園。雕倦青雲路，魚浮綠水源。漳源猶覺淺，何處問江邨。」又〈次韻〉云：「曾來此地作勞人，滿目林泉氣象新。牆外太行横若障，門前洹水喜為鄰。風煙萬里蒼茫繞，波浪千層激盪頻。寄語長安諸舊侶，素衣早浣帝京塵。」又〈春日養壽園〉云：「背郭園成別有天，盤飧尊酒共群賢。移山繞岸遮苔徑，汲水盈池放釣船。滿院蒔花媚風日，十年樹木拂雲煙。勸君莫負春光好，帶醉樓頭抱月眠。」〈春雪〉云：「連天雨雪玉蘭摧，瓊樹瑤林掩翠苔。數點飛鴻迷處所，一行獵馬疾歸來。袁安蹤跡流風渺，裴度心期忍事灰。二月春寒花信晚，且隨野鶴去尋梅。」〈雨後遊園〉云：「昨夜聽春雨，披蓑踏翠苔。人來花已謝，借問為誰開。」〈嘯竹精舍〉云：「烹茶簷下坐，竹影壓精廬。不去窗前草，非關樂讀書。」〈登樓〉云：「樓小能容膝，高簷老樹齊，開軒平北斗，翻覺太行低。」公固不期以文事自見，然使當日無休官之舉，未必有覓句之閒，即謂造物玉成，亦無不可。又以詩境論之，「釣翁眼底小王侯」、「一行獵馬疾歸來」等句，硬語盤空，固是英雄本色，尋常文士，正未可同年而語。

三五八、袁世凱上洹酬唱之樂

洹上倡和之侶，為廬江吳君遂（保初）、漢陽田煥廷（文烈）、會稽沈呂生（祖憲）、甘泉閔葆之（爾昌）、吳江費仲深（樹蔚）、項城張馨菴（鎮芳）、番禺淩潤臺（福彭）、宜賓董冰谷（士佐）、汲縣王小汀（錫彤）、合肥朱石庵（家磐）、永城丁春農（象震）、江都女士史子希（濟道）、靜海女士權效蘇（靜泉）諸人。以外則筱石制軍、寒雲公子也。當時賓從唱酬，門庭雍睦，竊謂為項城平生第一適意之時。人或以投閒惜之，則真皮相之論矣。

三五九、袁世凱諸子皆擅吟詠

項城諸子雲臺、寒雲、規庵，並皆能詩，且多與余有譚藝之雅。曩在蓮峰，雲臺迭和拙作，已實《海濱集》中。易哭盦有〈次韻答雲臺自洹上墓廬寄詩〉云：「吾愛袁公子，貴介知尊儒。胸中有大志，欲畫黃虞圖。惜哉一片席，獨向松陰敷。久別寄新詩，詩來從墓廬。豈惟世念絕，客慧悉摒除。咀含真樸意，字字陶與儲。能從萬劫後，善保千金軀。歲寒尚存我，此誼今則無。嗟我似貧子，自忘衣有珠。與道久相棄，學荒身益孤。願君展古籍，終日勤伊吾。」「能從萬劫後」兩語，於此見君之所養，惜原詩未覓得。

寒雲才氣橫溢，鑒賞尤精，有近作〈上旡隅師兼示規庵弟〉云：「瘴海垂吞日，東風竟轉西。輕花悲墮水，弱絮怨沾泥。蝶亂飛驚閧，鶯閒泣盡悽。當年春可憶，丹碧遍行堤。」是能學玉溪者。規庵有〈荷花生日柬旡隅師〉云：「朱顏剝蝕神猶王，脫口成章不著思。亹亹雕談筌奧旨，央央芥子納須彌。萬泉娛老君何壯，一蹶攀龍我已遲。塔影湖光渾往事，袖邊珍惜夜遊詩。」此詩以贈地山殊切。又〈孤憤〉云：「烏衣子弟總新除，炙手何勞藉一噓。論史不從王霸後，安身且近釣屠餘。商量共訂買山約，檢點同焚相斫書。鏡裡蹉跎君莫問，鬅鬙華髮已慵梳。」殆不無西華葛帔之感。余夙聞嚴範老稱君之賢，逮讀其所為《百衲詩存》，益覺寒雲難為兄矣。余受知項城，喜其有子，因並著之。

三六〇、彌歎袁世凱

項城往矣，域中多事，彌歎才難。忍堪〈相州懷古詩〉云：「精舍譙東冷薜蘿，征西墓道鬱嵯峨。名高河朔人才記，氣盡陰山〈敕勒歌〉。颯爽雄姿餘劍寫，縱橫群盜滿關河。白頭殘客桓公幕，淚比髯參短簿多。」每一誦之，豈勝人物眇然之感。

三六一、金傳是樓得名之由來

余之詩話，以今傳是樓命名。海內外友人亦多為詩及之。傳是樓者，崑山徐健庵尚書乾學藏書之所也。清初徐氏，一門鼎盛，健庵以康熙庚戌進士第三人及第，官刑部尚書，尤為士類所歸。京師為之語曰：「萬方玉帛朝東海，一點丹誠向北辰。」「東海」，徐郡也。弟秉義字果亭，元文字公肅，又字立齋，並以一甲登第，海內豔稱三徐焉。康熙朝士評三徐曰：「公肅仁人君子，健庵大人君子，果亭正人君子。」事見龔定盦詩注。三徐均以藏書稱，果亭有《培林堂書目》，立齋有《含經堂書目》，而健庵之《傳是樓書目》名特著。

當時藏書之富甲天下，〈儋園集寄曹秋岳先生詩〉云：「嗟余才綰髮，屈首事誦習。博贍服茂先，弇陋愧難及。發憤購遺書，蒐羅探秘笈。從人借抄寫，瓻甑日不給。」即此可想見網羅之勤。葉鞠裳（昌熾）詩云：「一洗空華變闤茸，瑤臺牛篋出塵封。一門並擅名山藏，白鹿爭高指玉峰。」蓋紀實也。按《崑新合志》所載，崑山藏書家，自葉文莊後，為顧侍御潛園、周孝廉士淹兄弟，能蓄能讀。周于舜多購法書名畫，樽罍彝鼎，建凝香、雲谷、夢芝、六如諸館以儲之。何上舍（道光）獨喜藏書，焚香煮茗，哦詠萬卷中。上舍死，其子琪枝取其愛玩者以殉。

至清初，則惟徐尚書乾學傳是樓所藏益富，宋鈔本以百計。歿後散佚，惟《傳是樓書目》著海內。〈傳是樓記〉作者數人，黃宗羲（梨洲）、汪琬（堯峰）、邵長蘅（青門），而堯峰之文特詳。文曰：「崑山徐健庵先生，築樓於所居之後，凡七楹間。命工木為櫥，貯書若干卷，區為經、史、子、集四種。經則傳注義疏之書附焉；史則目錄、家乘、山經、野史之書附焉；子則附以卜筮、醫藥之書；集則附以樂府、詩餘之書。凡為櫥者七十有二，部居類纂，各以其次，素縹緗帙，啟鑰爛然。於是先生召諸子登斯樓而詔之曰：『吾何以傳汝哉？吾徐先世，故以清白起家，吾耳濡目染久矣。蓋嘗慨夫為人之父祖者，每欲傳其土田貨財，而子孫未必能世富也；欲傳其金玉珍玩、鼎彝尊斝之物，而又未必能世寶也；欲傳其園地臺榭、舞歌輿馬之具，而又未必能世享其娛樂也；吾方以此為鑒。然則吾何以傳汝哉？』因指書而欣然曰：『所傳惟是矣！』遂名其樓為『傳是』」云。此為傳是樓得名之始。

志載尚書第在崑邑半山橋西，健庵所建。有對山堂，傳是樓後有憺園，中有怡顏堂、看雲亭諸勝，其右又有青林堂。今並廢，然邑中人士固無不知尚書第者。閩人育季，本亭林支裔，亦崑籍也。其母家比鄰樓址，閩人出私蓄三千金，購得之。以告余，意謂山水清佳，偕隱可卜，鷗鄉娛老，固自不妨。余曰：「前賢勝蹟，何敢自私。顧任其蕪廢殊可惜，盍就地建一圖書館，為崑山添一故實，可乎？且也公諸橫舍，既無專壑之嫌，仍襲舊稱，詎有爭墩之意？質諸士論，僉以為宜。時余以南北議和事留滬上，友人旡冰君與崑之賢士大夫相習，躬任規劃。因請以今傳是樓定名，余欣然從之。此為今傳是樓定名之始。閩人與亭林同籍玉峰，而亭林與健庵又誼屬甥舅，事之巧合有如此者。

三六二、合肥第二更眉樓

閨人歸余，今逾十六載矣。隨侍遊歐，過俄時遘革命之變，庚申後又從亡扶桑，患難相依，備歷艱苦。憶余當時曾因家事，復某君書中有云：「硯田向無惡歲，況早年科第，妻則非糟糠之妻；姓名謬冠黨碑，致浮海從亡，妾則誠患難之妾。」雖係一時涉筆成趣之語，碧夢諸友閱之，皆為感歎不置。壬戌歲暮，余養疴京都病院中，以詩慰之云：「艱貞侍我作東遊，巾幗雄才孰與儔。桴鼓待教紅玉助，當爐詎是長卿羞。綢繆病艾三年蓄，補綴征衣十指柔。思古幽情偏效我，合肥第二更眉樓。」

蓋余舊有「合肥第二」小印，閨人效之，乃鐫「第二眉樓」印章。眉樓者，即世所稱徐橫波夫人，《定山堂集》中所稱「善持君」也。夫人本姓顧，名媚，字眉生，一字智珠，又字眉莊，歸龔端毅為側室。陳其年《婦人集》，稱徐夫人識局朗拔，尤擅畫蘭蕙，蕭散落拓，畦徑都絕，固當是神情所寄。著有《柳花閣集》。〈海月樓坐雨〉云：「香生簾幙雨絲霏，黃葉為鄰暮捲衣。粉院藤蘿秋響合，朱欄楊柳月痕稀。寒花晚瘦人相似，石磴涼深雁不飛。自愛中林成小隱，松風一枕閉高扉。」余於端毅為同里，而閨人亦姓顧，事之巧合又有如此者。

余居東日，老友壺山寄詩云：「獨上方瀛俯滄海，齊州九點幻雞蟲。平生涕淚風塵外，早有紅君識衛公。」蓋謂閨人也。閨人閱書能識大意，古詩歌多琅琅上口。居東時臨池甚勤，字樸拙有古意，惜以縈情家政，時有作輟。以言內助，得力至多。海外流離，相從患難，則又橫波夫人所無者。王豫《盟鷗榭筆譚》：「端毅晚年偕橫波寓金陵市隱，園中林堂，今為熊桂卿宅，小西湖即其地也。豫嘗邀洪稚存、孫淵如暨海內諸名士雅集，有『名士與美人，夢醒烏啼處』之句。」橫波為上元人，金陵其故鄉也。余與閨人本有玉峰偕隱之約。異日者白頭負戴，共謝世緣，於今傳是樓中掃地焚香，嘯歌水日，拾儋園之墜緒，契亭林之古歡，造物其許我乎？敢告山靈，此為息壤。

三六三、閨人歸我十五年，作詩慰之

余自東歸，每歲逭暑海濱，輒攜閨人與偕。寶融有詩見及云：「宰相山中大有人，可堪袖手對蕭晨。棕鞋竹杖蓮峰路，便是吳門梅子真。」嗣於東山之麓，小葺茅茨。比歲阻兵，未能往也。猶憶丙寅歲暮有遼左之行，薄遊湯崗子，寓對翠閣中。余有詩云：「回首前遊劇可憐，清光籬落照溪邊。此來不見湯岡月，說與卿知倍惘然。」蓋十餘年前，曾挈閨人同遊賞月於此，有詩記事。丁卯九秋月圓之夕，恰為閨人歸我十有五年初度，以詩慰之云：「佇苦停辛十五春，同心廡下總前因。黃花晚節秋容好，宦海如君亦幸人。」余戲謂以亞妻躋繼室，頗如憲法中白宮缺位，副座繼任之規定，故末句及之。曩者端毅原配童夫人，於明受封儒人，入清後，讓善持君受一品封誥，一門褕狄，播為美譚。閨人既以眉樓第二相尚，似不妨援此解嘲也。又清尹文端公側室張氏晉封一品夫人，隨園賀啟中最後一聯云：「祝西園老圃之花，九秋香滿；壯世上朝雲之色，少女風高。」每與閨人縱談及此，不禁莞爾而笑。

三六四、龔鼎孶作詩予顧媚

《婦人集》云：「尊拙齋中『辜負香衾事早朝』及『不知何福得消君』諸絕，韻為橫波夫人詠者。」今《定山堂詩集》已佚此詩，但他詩為善持君作者，亦無不佳，余最愛其〈寒甚，善持君送被〉二絕。其時端毅方拜兵科給事中，奉命察理畿南、廣平諸處，一月中疏凡十七上。坐言事觸首揆怒，下獄。詩曰：「霜落并州金剪刀，美人深夜玉纖勞。停針莫怨珠簾月，正為羈臣照二毛。」「金猊深擁繡床寒，銀翦頻催夜色闌。百合自將羅袖倚，餘香長繞玉闌干。」又〈上元詞和善持君韻〉云：「紫霧晴開鳳闕初，五侯弦管碧油車。芳閨此夕殘燈火，獨照孤臣諫獵書。」「珠斗春濃接玉京，千門萬戶月華生。五陵遊冶青絲騎，誰愛荊卿擊筑聲。」亦端毅獄中所作。「五陵」二語，慨乎言之，冷暖人情，蓋古今一概也。

三六五、龔定庵與徐乾學緣分不淺

崑山流寓中最著者，則有龔定盦，余迺今傳是樓，乃不能不連類而及。據志載，定盦之尊人闇齋先生麗正，嘗官蘇松太兵備道。定盦素輕財，任意揮霍，既購洞庭別業，又得崑山徐尚書園亭。園築竣樓三層，最上層藏漢趙飛燕玉印，姚總憲元之顏其額曰寶燕閣。時奉老母來園息夏，數年歸籍云云。所謂徐尚書園亭者，雖未能確定為傳是舊址，然據〈破戒草〉，定盦得趙婕妤印，喜極賦詩云：「引我飄飆思，他年能不能。狂臚詩萬卷，高供閣三層。拓以甘泉瓦，然之內史鐙。東南誰望氣，照耀玉山棱。」自注：「余得地十笏於玉山之側，擬構寶燕閣，他日居之。」以地望考之，當即尚書舊居。

又按集中有同年生徐編修寶善齋《中夜集》，觀其六世祖健庵尚書〈邃園修褉卷子〉，康熙三十年製也。卷中凡二十有二人。邃園在崑山城北，廢址余嘗至焉。編修屬書卷尾詩云：「崑山翰林召詞客，酒如淥波燈如雪。八人忽共遊康熙，二十二賢照顏色。七客沈吟一客言，請言君家之邃園。一花一石有款識，袖中拓本春煙昏。背煙酹起尚書魂，二十二賢不可再。玉山峨峨自千載，東南文憲嗣者誰。剔之綜之抑有待，布之結客妄自尊。流連卿等多酒痕，十載狂名掃除畢。一邱倘遂行閉門，以屬大人君子孫。」

邃園據志載在馬鞍山北麓，康熙甲戌上巳，乾學招集四方冠蓋，為耆年會，尚齒不尚官，與者為常熟錢陸燦、崑山盛符升、太倉黃與堅、長洲尤侗、華亭王日藻、長洲何棅、常熟孫暘、華亭許纘曾、上海周金然、崑山徐秉義、無錫秦松齡，清樽雅集，琴奕觴詠，禹之鼎作圖，錢陸燦作記，一時推為盛事。乙酉三月戊午，清仁廟南巡，之馬鞍山，幸焉。乾隆己未，廢為普義園，是定盦所嘗至者，固其廢址也。錄此以見定盦與徐氏緣分不淺。

當日攜家小築，不僅愛玩湖山，兼寓表彰文物。余曩長中華大學，在宣武門內太平湖醇王廢邸，定盦〈憶太平湖丁香〉詩所謂「一騎傳箋朱邸晚，臨風贈與縞衣人」者也。花時招客，觴詠如雲，寶融贈詩，有「展褉人疑蘭渚集，傳牋客和羽琌詩。」即用定盦故事。不謂偶聯鴻雪，又復重接履綦，事之巧合更有如此者。余有句云：「太平湖畔尋詩客，傳是樓中寄寓人。韻事百年有因果，定盦合是我前身。」記係庚申客滬時作，彈指八年，鷗盟未續，泚筆及此，又不勝秋風蓴膾之思矣。

三六六、各有獨到

洪稚存〈論詩絕句〉云：「晚宗北宋幼初唐，不及詞名獨擅場。辛苦謝家雙燕子，一生何事傍人牆。」為竹垞作也。李越縵〈論詩絕句〉云：「北江健筆有餘妍，憶舊風情詎忍刪。祇惜未除傖父氣，平生多事友船山。」為稚存作也。平心論之，竹垞船山，各有獨到，江河不廢，自有公評，必欲蹈相輕之習，又豈得為知言君子哉。

三六七、陳師曾工詩擅畫

亡友胡詩廬亟稱陳師曾君之賢。君名衡恪，散原冢子，工詩喜畫，克嗣門風。年未五十，以母喪奔歸金陵，不數日以憂毀卒。弢庵先生有詩哭之云：「筆耕代祿養衰親，清白兒孫故耐貧。三絕能為殊俗重，一瞑誰謂彼蒼仁。戴星力疾輕千里，品畫來過欠五旬。我為壽髦猶涕出，不堪老纖對蕭晨。」末二句用霜紅龕故事甚切。

三六八、興學多年有成

吾國興學，亦既有年，至今日而其效已略可睹矣。時賢欲矯其弊，輒有學制未善之疑。夏劍丞〈題姚叔節西山精舍慎宜軒兩圖〉云：「歛金庀材成廣廈，牛毛學子麟角寡。使民識字計以年，終竟六經付搏撦。吾曹少年讀書處，頭上才有數椽瓦。通人百輩出窮廬，我雖不才勝於野。披圖一讀姚氏記，追憶承平舊鄉社。」劍丞此論，實獲我心。曩余有規設太平湖書院之議，當世賢達多韙之者。夙願之債，俟之異日。又余〈題楊味雲錫山貫華閣〉云：「出林高閣瞰平皋，鹿洞遺風未寂寥。屈指人才書院盛，豈徒科第重前朝。」貫華閣者，顧梁汾讀書之地。志載梁溪先輩多讀書閣中，成名甚眾。此亦可與劍丞詩互相發明也。

三六九、汪榮寶與鄭孝胥論詩之契

袞甫與海藏不見殆逾卅年。今秋海藏東遊，溪山佳客，一時合併，其喜可知。袞甫以書抵余曰：「頃與海藏譚公詩，以為三年以來，進德之速，有如奔軼，相與嘆服。今又成〈贈海藏〉一首，五六自謂近似，幸不吝指示」云云。余詩詎有咫進，甚愧斯言。袞甫〈再柬海藏〉之作，則真語言妙天下矣。詩云：「小閣清秋漢水濱，別公已自話酸辛。宗周再顧成秋草，滄海相逢是逸民。一往江河知不返，微明風慨可無人。嗟余晚有揚雄悔，巖石空知慕鄭真。」腹聯神理綿邈，耐人味繹。袞甫與海藏論詩之契，亦可於言外見之。其第一首中有「垂地斗樞寒未落，極天霞意鬱終伸」之句，海藏尤稱其工。余亦有〈送海藏東遊並訊犬養君詩〉云：「登岱山皆小，乘槎海不波。輕裝應載鶴，歸棹定籠鵝。裙屐交真遍，風雲氣已多。因懷木堂老，清興近如何。」第六句用海藏「中原戲臺」聯意，聯文為：「風雲氣少，兒女情多，命世才華空往事；忠孝勞生，功名滅性，悲歌慷慨幾知音。」沽上人爭傳誦之，不僅書法之佳也。

三七〇、徐曦文采斐然

同邑徐君炎東（曦），與余交最早。深思好學，文采斐然。詩不多作，偶一為之，輒驚儕輩。庚戌、辛亥間，櫜筆遼東，落落寡合，所著《東三省志略》，風行一時。曾有寄余二十韻云：「天道無公私，榮枯乃人力。年少各有志，蹉跎各四十。冥鴻干青霄，斥鷃溷塵俗。是豈造物心，因物而附物。憶昔里閈遊，與君共晨夕。矯矯延陵子，（吳君蜀翹。）相與為鼎足。一朝歎別離，東西各異跡。蜀翹十萬兵，而今猶寂寂。惟君獨奮迅，時會復相值。既歸東瀛帆，更掛西海席。斯遊誠逍遙，青天振鵬翼。舉世悲沉淪，蒼生望汝出。嗟我獨蕭條，朽腐同草木。原憲長憂貧，毛義猶捧檄。便欲賦歸來，戀此五斗粟。雖有老驥心，悲鳴伏槽櫪。北風吹曼珠，冰雪漫大陸。當此懷故人，感慨繫今昔。忽聞乘槎回，欣喜動顏色。何時語巴山，共剪西窗燭。」

時余甫自環遊歸也，憶當日應童子試時，炎東而外，過從最密者，則有吳蜀翹（兆蓉）、單文渠（運昌）、毛子安（保泰）、李誠庵（緒昌）、吳杏園（春芳）陽初（春生）昆仲。今單毛二君，墓有宿草；蜀翹則翩然歸去，移家巢湖之濱；炎東久役宜城，陽初方羈白下。天末之思，何時可置？近炎東寄示〈題山水畫軸詩〉云：「萬壑千巖迥絕塵，森森喬木乍逢春。深山歲月知何世，尺幅雲煙各有神。一室縱觀猶小魯，九州垂定莫逃秦。蓬萊江上諸峰秀，早晚從公墊角巾。」足音空谷，彌足慰也，陽初書學安吳，時摹散原，聞積稿已盈尺。頃郵示其〈中秋玩月賦贈炎東〉斷句云：「卅年風雨憐才調，萬劫蟲沙共月明。」其胸襟可想，惜余未得窺全豹耳。

三七一、沈宗畸詩社有《國學萃編》

沈太侔曩於勝清戊申結著涒吟社於都門。辛亥六月，詩社星散，越兩月即有武昌之變。太侔為詩紀之云：「主文譎諫抱深悲，八表同昏哭向誰。風雅淪亡關國運，此中消息幾人知。」今坊間有所謂《國學萃編》者，皆吟社中刊物也。新會陳簡持中丞開府吉林，延太侔為座上客，不以吏事責之。君集中有〈塞上雪痕集〉，均斯時作。有〈自題詩〉一絕云：「〈秋笳〉寫盡逐臣悲，風調康乾彼一時。後二百年生有我，雪花如掌夜鈔詩。」嗣響漢槎，庶幾無愧。

三七二、陳豪題畫詩至佳

仁和陳止庵先生豪，一字藍洲，余友仲恕叔通之尊人也。先生作宰鄂中，循績稱最。晚歸隱明聖湖上，杖履倘徉，得詩亦多，所著有《冬煊草堂遺詩》。散原謂其高逸夷澹，稱其為人。尤精繪事，集中題畫詩至佳。

曾為人作便面，秋江浩渺，岸楓作丹，蘆中艤小舟，篙師科頭酣臥，極盡蕭閒之致。並題二絕云：「得錢買醉已微酡，泛宅浮家涉歷多。鷗鳥同眠江上穩，轉疑朝市有風波。」「蘆花風起水天寬，午倦垂頭正早餐。得受個中涼意味，此兒曾未夢長空。」可以想見風概。〈湖上〉云：「夢回已聽好禽鳴，有叟呼輿便出城。湖柳四時都入畫，野花孤賞半無名。林溪流響喧中靜，山黛濃妝雨後晴。老去衹耽閒意味，樓臺佳處避人行。」余遊杭時，輒於湖山佳處，見公楹帖，彌覺杭厲風流，去今未遠。

三七三、蔡元培題詩

杭縣徐仲可（珂），為譚復堂入室弟子，躭吟成癖，尤工倚聲。曩以〈純飛館填詞圖〉屬題，未及作也。偶見蔡孑民題句云：「文人自命便無用，此論未公吾不憑。五代若非詞世界，一般相斫更堪憎。」孑民詩不多作，寥寥數語，殊不肯人云亦云。

三七四、陸龜蒙襲用李賀詩句

「無情有恨何人見，月白風清欲墮時。」陸龜蒙〈白蓮詩〉也，漁洋盛稱之。然長吉〈新筍詩〉云：「無情有恨何人見，露壓煙啼千萬枝。」陸上句乃全襲其語。

三七五、費念慈隱諷朝局

翁松禪有〈題費西蠡歸牧圖便面〉詩云：「越齋寄字何人識，〈歸牧〉新圖我尚疑。籥口鍵精緣底事，十年冷卻鳳凰池。」「碑板圖書古鼎樽，一龕斗大隘乾坤。桃花塢里清溪水，可許扁舟直到門。」「鶴廬小隱畫中禪，不獨人傳畫亦傳。風雨閉門太蕭瑟，會添一鶴兩詩仙。」西蠡者，武進費太史屺懷別號也。君聯捷入詞館，聲名滿都下，考證金石，評品書畫，雅才博贍，士論推之。光緒辛卯典試浙江，榜後以淳議為言路所摘，幾被譴。旋告歸吳門，所居曰桃花塢，極花木竹石之盛。時松禪相國及侍郎郎亭汪公鳴鑾，皆屏逐里居，喁於相與，酬唱至勤，《瓶廬集》中附見尤多。

君曾得宋人左建〈江邨歸牧圖〉，因以自題所居，並以名其集。哲嗣叔遷都護以刊本示余，皆歸里後之作。弢詩先生為之序，極稱其〈感事〉四律，錄之：「蕭蕭風雨聽晨雞，直北浮雲入望低。鬼載車中愁見豕，人來江上欲然犀。驕軍嚄唶啨難存趙，孤島零丁尚報齊。何事乘槎張博望，至今人說有胡妻。」「緣撞擲戟舞天魔，海水群飛亂鸛鵝。幕上有烏聊復爾，門前生莠欲如何。明燈錦瑟將軍帳，大酒肥羊出塞歌。可惜平生程不識，一錢不值悔應多。」「雄關扼險峙金墉，千里連營走傳烽。擊檝渡江空慷慨，圍棋賭墅太從容。衛青有幸新持節，魏絳承恩舊賜鐘。獨向長沙懷賈誼，湘波無際暮雲重。」「風馬雲車弔國殤，海天如鏡恨茫茫。死能必赴悲狼瞫，善果難為泣范滂。竟奮空拳當矢石，未聞長鬣對艅艎。楚些哀怨無窮意，終古濤聲撼夕陽。」玩其詞旨，蓋指甲午、乙未間事也。

〈到家〉云：「才卸征帆浣洛塵，忽驚詩筆已如神。春心漸逐梅花發，秋鬢難隨草色新。世味經過悲火宅，江鄉重到慨風輪。桂冠豈為鱸魚美，頭白堂前有老親。」當即君告歸時作。〈即事〉云：「臥闕沈沈虎豹驕，綠槐陰里沸螗蜩。雨淋或恐流桃梗，風勁先驚折葦苕。絕頷幾曾走越國豹，然臍何日戮人梟。芳蘭祇為當門惜，別遣巫咸賦〈大招〉。」疑亦隱諷朝局者。潭江搖落，寄慨已深，身世之感，與並時文道希、江建霞諸君頗相類。君又有〈和田邊碧堂詩〉云：「長堤披拂柳絲青，折贈柔條半醉醒。海氣昏黃街落日，樓邊金碧帶春星。座中舊雨兼新雨，別後長亭更短亭。欲向蓬萊問深淺，驪歌淒斷不堪聽。」碧堂，扶桑詩人，亦余舊識也。

三七六、秦淮風月詩人別感

秦淮夙為風月遊讌之地，湘鄉克復金陵，首恢復河干歌船，論者多其閎識。余友劉放園〈秦淮詩〉有「笙歌如沸船如織，兩岸紅樓正上燈」之句，承平盛事，可以二語括之。入民國後，繁華消歇，日改舊觀，纕蘅〈乙丑過南京雜詩〉云：「門巷枇杷晝不開，畫船愈少愈堪哀。復成橋下盈盈水，曾照宮袍玉貌來。（自注：庚戌來遊，畫船尚盛。」）貞壯亦有〈淮上放舟詩〉，錄之：「列炬樓船夜若城，韡刀帕首氣縱橫。今看早燕初鶯裡，仍有喑嗚叱吒聲。」以詞客行歌之地，為健兒獵豔之場。貞壯固及見承平者，宜其不能無感也。又云：「觀河皺面本無端，自懺風花語亦難。行盡秦淮三四里，更無人倚畫闌干。」蕩氣迴腸，不堪卒讀，皆可入《板橋雜記》者。

三七七、三處西湖一色秋

山水清佳，因人而著，西湖雖好，亦正賴白、蘇、和靖諸人為之張目。東坡集中，為西湖作者最夥。實則東坡守杭之外，守潁亦有西湖。秦少章云：「十里熏風菡萏初，我公所至有西湖。欲將公事湖中了，見說官閒事亦無。」後謫惠州，復有西湖。楊誠齋詩云：「三處西湖一色秋，錢塘汝潁及羅浮。東坡原是西湖長，不到羅浮那得休。」

三七八、單溥元、王揖唐兩代世交

同邑單惠宇內翰溥元，初字子惠，晚號老禿，著有《妙吉祥室詩鈔》。先君子及門中最得意弟子也。先君子授徒鄉里，垂數十年，成材甚眾。餘生也晚，多不及見。惠宇與徐君夢白（先庚）、周君弼臣（汝輔），均環居惠政橋畔，咫尺余家，服勞尤摯。且尚有一段佳話，為里人嘖嘖豔稱。先是，惠宇之尊人，以商陶業傳家，為一鄉長者。惠宇以世交故，從先君讀數年矣。一日惠宇尊人以輟學習賈為言，且曰為療貧計也。先君愀然曰：「是區區修脯者，寧足容心？以吾兩家交誼論，若子即吾子，余不忍君家屈一美材，邑中失一佳士。」反覆開譬，卒為感省，遂令惠宇肄業如初。未兩年而惠宇已高擷芹香，旋食廩餼矣。先君子之於及門，曲為裁成，皆此類，里中人多樂道之。

惠宇於甲午成進士，用中書，輒有奪我鳳池之感。及余甲辰入京，同寓廬館，每談藝必竟夜不輟。一日適閱《定盦集》，余戲謂之曰：「當日與定盦之同年鼎甲及諸翰林，君今日儻猶記其姓名乎？」吾輩所爭，固在沒世，乃相與屈指近三百年中之以中書出身而為傳人者，以破岑寂。至今思之，猶想見宣南風雨，冷齋夜話情味也。

入民國後，惠宇里居為祭酒，間亦出遊。興之所至，寄於詠歌，詩亦較夥，惜祇存戊午、已未間行卷，非其全豹也。卷中如〈哀湎行〉為端午橋作，〈後長恨歌〉為珍妃作，皆有關國故，卓然可傳。以詞長不備錄。君書〈後長恨歌〉一律云：「舊事重提日，新聲入破時。露華歌白也，風葉泣微之。約略〈金鑾記〉，淒涼〈白紵詞〉。貞元老朝士，萬感沁心脾。」知其所感深矣。又有〈己未八月十二夜津浦車中口占〉云：「文武真嗟道已窮，幾疑破爛到虛空。加餐可奈三遺矢，識字何如兩石弓。桂兔清輝澄午夜，蓴鱸鄉思戀秋風。新涼真妒羅紈薄，愁聽天邊報警鴻。」是歲惠宇以議修縣誌事入都，猶及暢晤也。

三七九、單溥元未利詩稿

惠宇之歿也，為壬戌八月。余方居東，以詩哭之云：「飯顆積年吟杜瘦，懷人兀自望鄉雲。心肝嘔出驚凶耗，長吉前身應是君。」並函索遺稿。君之嗣孫維城，錄〈丙寅遺詩〉見寄。其〈次韻戲答劉寄園釗，以仿鄭體題巢經巢集〉七古見示云：「寄園詩境雲間鶴，棲止不屑睨雞巢。譬之富家日珍俎，難持草具止貪饕。偶鍊長句走相示，直三洗髓九拔毛。陳語恥作抄胥抄。如花當春霞生朝。巨響下噤群兒聲，孰為韓奧孰蘇豪。低首鄭詩仿鄭語，餘經真歎曾子饒。遵義吟魂不可招。幸得金石和絲匏。蘆笙應詑音近苗，君詩元著自超超。胸中邱壑本各具，陽朔豈讓匡廬高。胡為效顰寒蟲號，厭薄舊好譽新交。得毋詩奇弄狡獪，藉充貧子詩腸枵。文字適意斯稱快，休學安仁望塵拜，勇士何妨持不介。」又〈自述〉云：「漸定浮沉局，勞勞付短歌。無繩能繫日，有面怕觀河。田海遷流易，乾坤涕淚多。生平寧靜意，不敢怨蹉跎。世態朱成碧，天刑薺亦荼。風雲醒舊夢，雨雪泣前途。寂寞揚雄吃，呻吟鄭緩儒。袖中詩一卷，不是避兵符。（時方戒嚴。）」似皆未刊稿。

三八〇、曾鞏非不能詩

自彭淵材有「子固不能詩」之恨，東坡述秦少游言，亦有「子固以文名天下，而有韻輒不佳」之語。後世遂疑南豐於詩學或少致力，耳食相仍久矣。桐城姚石甫〈論詩絕句〉云：「文掩詩名置子固，論才合與亞歐王。《元豐類稿》從頭讀，遺恨何人比海棠。」文定得此，大可辨誣。

按曾詩近體之佳者頗多，〈丁元珍輓詞〉云：「從軍王粲筆，記《禮》後蒼篇。漫有殘書在，能令好事傳。鵬來悲四月，鶴去遂千年。試想長橋後，昏昏隴燧煙。」丁死於四月，故用鵬事以對令威，信為雅切。〈早起赴行香〉云：「枕前聽盡小梅花，起見中庭月未斜。微破宿雲猶渡雁，欲深煙柳已藏鴉。井轤聲急推寒玉，籠燭光繁秉絳紗。行到市橋人語密，馬頭依約對朝霞。」音節高亮，即使少游輩為之，寧能過此？

絕句如〈城南〉云：「雨過橫塘水滿堤，亂山高下路東西。一番桃李花開盡，惟有青青柳色齊。」〈離齊州後〉云：「文犀剡剡穿林筍，翠靨田田出水荷。正是西湖消暑日，卻將離恨寄煙波。」「將家須向習池遊，難忘西湖十頃秋。從此七橋風與月，夢魂長到木蘭舟。」「荷氣夜涼生枕席，水聲秋醉入簾幃。一帆千里空回首，寂寞船窗祇自知。西湖一曲舞〈霓裳〉，勸客花前白玉觴。誰對七橋今夜月，有情千里莫相忘。」西湖即齊州明湖，七橋在其上，文定曾適判齊州，諸詩皆去任時作。斷句如〈彭城道中〉云：「一時屠狗英雄盡，千里河山戰伐餘。」亦佳。余嘗謂南豐詩名為文名所掩，廬陵詞名亦幾為文名所掩，少游諸人在當時已有相知不盡之感，況異代耶？是可慨矣。

三八一、陶子麟精刻《海藏樓詩集》

《海藏樓詩集》為陶子麟仿宋槧刻成，坊間流行乃其縮印本也。蒼虬閣有〈壽海藏六十生日詩〉云：「斂手孤吟氣更新，閒居歲月鬱嶙峋。何窮蓋世回天意，付與黃州陶子麟。」子麟之技頗精，其刊《海藏集》，尤刻意也。

三八二、鄭孝胥養生新論

題《海藏集》者眾矣，弢庵先生外，要推李審言（詳）。詩云：「一世風流魏晉人，誅茅穿逕自藏身。山河已改將焉托，皮骨猶存莫論貧。東閣吏羞丞相辟，南宗詩并考功陳。李邕求識行能遂，浩蕩閒鷗想漸馴。」自注：「君與伯巖吏部，屹為二宗，如禪家之有能、秀」云。又陳師曾亦有〈讀海藏樓詩〉云：「老來猶未斂鋒芒，用世心情近陸（放翁）王（半山）。夜景每工緣晏起，秋聲益肆試邊防。橫看海市懸樓月，高臥滄江入鬢霜。詩固權奇書守駿，欹斜何礙米元章。」自注：「公詩注引趙子固語，謂『北海欹斜之狂，流為米氏父子』。」第三句「晏起」似誤。

海藏固以早興為日課者，所居署夜起庵。耄老精勤，並世罕覯。朋輩為詩多及此事。其〈夜起庵〉一絕，余已錄入《詩話》中。猶憶癸亥十二月十八日，海藏將南歸，秋岳與沈彥侯兄弟淩晨為具帳飲，歌者程郎亦至，霜蘇暾動，意氣如神。秋岳詩云：「一世沉沉戀夜行，朱門凍骨對縱橫。獨呼卯酒先群動，要遣人間識啟明。」「曈旭窺窗酒半酣，未應末座得何戡。坐中卻有貞元士，解作開天菊部譚。」此一事也。纕蘅每到津必訪海藏，且多未明即往。海藏〈感賦〉二首云：「中夜起待旦，初非欲人知。好我且信我，可感孰若斯。昧爽聞叩門，是子決不疑。歡笑苦未足，促坐同啜糜。我室雖云邇，里許勞奔馳。來時肝腸熱，去時懷抱怡。氣類喻針芥，聖者難言之。持此默自訟，無端殆兒嬉。豈同訪戴人，興盡情遽移。」「夜起既有年，斯道良可久。頗同獻曝心，願以遺吾友。晦明轉移間，造物露樞紐。人身小天地，吐納等難朽。清明常當令，昏惰詎能糅。神完形不敝，聊用卻老醜。死生雖繫命，操縱或在手。終時幸無疾，何必千歲壽。」此詩直可作養生新論讀。

海藏為纕蘅書長幅，已懸之座右矣。纕蘅和詩亦佳，錄之：「早興與晏起，利病世所知。一暴而十寒，恒情類如斯。海藏學道人，山立排群疑。葆此平旦氣，何待餐瓊糜。尋常冠蓋場，看人日夜馳。卻尋寂寞味，暫對神已怡。此事關氣類，微君孰喻之。名節須自立，肯與群兒嬉。世議縱見嗤，吾意終不移。」「海上始識君，心敬固已久。蘇州與柳州，是我南遷友。威弧竟弗神，九州成解紐。高樓萬首詩，餘事已不朽。平生薑桂性，到老更難糅。枕戈欲何為，志在掃群醜。江湖未忍歸，閒卻垂釣手。願持卻老方，更益斯民壽。」此又一事也。

三八三、曾季貍有《艇齋詩話》

朱晦翁集中，有〈寄曾艇齋詩〉云：「有約來何晚，行吟溯遠風。老懷清似水，雙鬢斷如蓬。晤語非無得，疏慵正略同。清秋湖上集，祇是欠車公。」按艇齋亦南豐人，名季貍，字裘父。詩不多作，〈白水寺詩〉云：「暫假僧房憩，炎熱覺頓忘。誰知六月雨，一似九秋涼。石徑苔痕滑，稻花田水香。鳴蟬休歎息，相與共徜徉。」所著有《艇齋詩話》。玩晦翁詩意，亦可想見其為人矣。

三八四、詩法淵源有自

曾茶山詩宗工部、山谷。其〈東軒小室即事〉云：「烹茗破睡境，炷香玩詩篇。問詩誰所作，其人久沉泉。工部百世祖，涪翁一燈傳。閒無用心處，參此如參禪。」蓋自述其得力處也。放翁師事茶山，自述「生平受知無與比」者，其詩學亦淵源有自。故趙仲白贈詩有云：「清於月白初三夜，淡似湯烹第一泉。咄咄逼人門弟子，劍南已見一燈傳。」茶山受學於韓子蒼，韓得詩法於山谷，是放翁又不啻山谷之法乳綿延矣。劉後村以茶山未入山谷詩派致疑，惜不能起呂舍人於九原而叩之。

三八五、曾幾嗜竹成癖

茶山嗜竹成癖，詩為竹作者皆極佳。〈官舍堂後種竹千竿，名其亭以留客〉云：「種竹無他事，林間與客遊。自應攜手入，安用閉門留。靜可過僧夏，清宜對奕秋。衰翁九節杖，來往亦風流。」〈竹軒小睡〉云：「好竹迷時手自栽，一軒寒碧謝塵埃。清風政為我輩設，小睡忽從何許來。已用官茶麾得去，莫因家釀挽令回。呼兒靜掃黃葉徑，吾與此君俱快哉。」又斷句云：「手自栽培千個竹，身常枕藉一床書。」偶一誦之，如與此君相對，塵思為之灑然。

三八六、曾幾詩在豫章、劍南間

茶山絕句，最有神理者，〈三衢道中〉云：「梅子黃時日日晴，小溪泛盡卻山行。綠陰不減來時路，添得黃鸝四五聲。」〈讀書〉云：「黃卷中人最起予，病來相對卻成疏。新涼試傍青鐙看，猶有飛蚊小未除。」風格在豫章、劍南間，余最喜誦之。

三八七、胡銓偶賦風懷，何損平生

胡澹庵十年貶海外，北歸飲於湘潭胡氏園，題詩曰：「君恩許此一朝醉，旁有黎頰生微渦。」謂侍妾黎倩也。朱文公見之題詩云：「十年竄海一身輕，歸封黎渦卻有情。世上無如人欲險，幾人到此誤平生。」後人於澹庵清節，每不免有白圭微瑕之恨。實則廣平梅花，文山聲伎，知人觀過，何損平生。按放翁《老學庵筆記》云：「前輩置酒飲客，終席不褫帶，後遂廢。紹興末，胡邦衡還朝，每與客飲，至勸酒必冠帶再拜，朝士皆笑其異，然邦衡名重，行之自若。」邦衡者，澹庵字也，其居恒不苟如此，正未可以偶賦風懷少之。且朱詩重在垂戒後生，特借澹庵而發，又何可以辭害義乎。

三八八、為晏殊詩隱刺宋祁辯

晏元獻殊〈弔蘇哥〉云：「蘇哥風味逼天真，恐是文君向上人。何日九原芳草綠，大家攜酒哭青春。」據《西清詩話》云：「元獻出守亳，每歎土風凋落。一日營妓劉蘇哥有約終身而寒盟。方春物暄妍，馳駿馬出郊，登高塚曠望，長慟，遂卒。元獻謂『士大夫受人眄睞，隨燥濕變渝，如翻覆手，曾狂女子不若』。為序其事，以詩弔之。」《苕溪漁隱》曰：「此詩為宋子京作也。元獻待宋極厚，其罷相，宋草制，頗極詆斥，觀者無不駭歎。詳見《東軒筆錄》。」

按《龍川志》，元獻撰李宸妃志文，止生一女。仁宗恨之，以語李文靖。李曰：「宮省事秘，殊之不審，理或有之。然章獻臨朝，若明言先后實生聖躬，事得安否？」上默良久，命出守金陵，改守南都。及殊作相，八大王謂上曰：「此人名在圖讖，有成敗之語，並記志文事。」欲重黜之。宋祁為學士，當草白麻，爭之。乃降二官，知潁州。詞有「廣營產以殖私」云云，以他罪羅織之。殊免深譴，祁之力也。果如此，則宋詞正為元獻地，又未可以涼薄相譏。又元獻〈弔蘇哥詩〉，意在風世則有之，必謂隱刺子京，亦近周內，姑存闕疑，以俟續考。

三八九、駁朱熹批評杜甫、白居易詩

少陵〈同谷歌〉「長安卿相多少年，富貴應須致身早」。朱子嘗謂其陋。樂天〈琵琶行〉，致慨遷謫，朱子亦謂其貪戀祿位，說著富貴，便口角津津。當日作者，不過自抒所感，初無容心。後人切墨引繩，轉失風人之旨。即如少陵〈遣興〉詩云：「豐年豈云遲，甘澤不在早。」此即「烈士暮年，壯心不已」之義，又何可一概論耶。至香山集中，強半皆閒適之作，此豈熱衷利名者所能同年而語。

三九〇、朱彝尊曝書亭遺址

朱竹垞曝書亭遺址，在今嘉禾王店，蓋蕪廢已久矣。亭之楄字，舊為嚴繩孫書，楹帖乃汪楫書，其句為

「會須上番看成竹，何處老翁來賦詩」，竹垞自集杜句也。據士人云：荷鋤犯此地者，其人輒病。詞客有靈，事或有之，然讀集中〈南垞雜詩〉云：「不知黛色成陰日，此地何人結草堂。」則竹垞固早作達語矣。

三九一、《江湖集》詩集南宋之大成

宋嘉定間，東南詩人，集於臨安。解元陳起，取南渡後以詩馳譽者，刊為《江湖集》。至寶慶初，言官李知孝見之彈事，於是劉克莊、敖陶孫、趙師秀、周文璞、曾極，均羅無妄，而陳起亦不免焉。詩至《江湖集》，可謂集南宋之大成。今日以「江湖派」為譏四方遊士專鶩聲聞者之詞，未為的解。宗子威有句云：「平生不薄江湖派，野逸蕭疏愛四靈。」可謂知言矣。

三九二、「永嘉四靈」有別開戶牖之功

南宋詩人楊宋而外，則有徐照、徐璣、翁卷、趙師秀，稱「永嘉四靈」。為詩力追晚唐，雅近姚武功一派。佳句之傳誦者，如徐照〈冬日書事〉詩：「梅遲思閏月，楓遠誤春花。」翁卷〈曉對〉詩：「梅花分地落，井氣隔簾生。」〈遊寺〉詩：「分石同僧坐，看松見鶴來。」〈吾盧〉詩：「移花連舊土，買石帶新苔。」趙師秀〈冷泉夜坐〉詩：「樓鐘晴更響，池水夜知深。」〈病起〉詩：「朝客偶知承送藥，野僧相保為

持經」等句。當時屬此派者，若薛師石（《爪廬詩》），如萬元承（《東山詩》），其流不廣，蓋其派刻意苦吟，取徑太狹，破碎尖酸，是其流弊。葉水心跋劉潛夫詩卷，謂「進乎古人而不已，何必四靈。」然四靈諸人，固意在矯江西派之失實，有別開戶牖之功，則又未可抹煞也。

三九三、符曾居室雅緻

清符藥林戶部曾，官京師時，嘗僦屋乞值，屋主人追逋急。大司空無錫嵇公調之云：「是家詠竹，能作『吹得葉聲如水流』者，寧不可須臾緩耶？」一笑而罷。按藥林舊居，在韓家潭。床幃之外，書籤畫卷，茗碗香爐，列置左右。几案無塵，四時常供名花數盆。王沭庵笑謂之曰：「入君燕寢，已如在斷橋籬落間，使人不復憶西子湖矣。」前輩風流自不可及。

三九四、譽之太過

標榜之習，賢者不免。趙秋谷之於馮鈍吟，服膺之極，稱為私淑門人。漁洋謂鈍吟著「卑之無甚高論，乃有皈依頂禮，不啻鑄金呼佛者」，蓋謂秋谷發也。然漁洋之於吳蓮洋，亦何解於譽之太過耶？

三九五、「李杜」之李是李衒，不是李白

李白杜甫齊名，本昌黎「李杜文章在，光芒萬丈長」語。然當時所稱，乃李衒非李白也。杜贈衒詩「李杜齊名非忝竊」，乃其明證，特世人不暇深考耳。

三九六、詩有假對之法

詩有假對之法，本於杜少陵「子雲清自守，今日起為官」。情文相生，固自可貴。後人尤而效之，往往專對字面，則餖飣矣。

三九七、活字之妙在言外

字有虛、實、活三用，惟活字多習而不察。蓋詩斡旋轉捩，起伏鉤管，全在活字。如晚唐「雞聲茅店月，人跡板橋霜」，人多將「聲」字「跡」字當實字用，豈知作活字讀也。即如「聲罪致討」之「聲」，是當活字用，今試將「雞」字「人」字，略一逗讀，則原詩「聲」字「跡」字之妙，尤在言外。

三九八、李學詩英雄已老

「走馬天南踏萬山，喜從瘴癘奪身還。吟逢木客餐三秀，病想溪鳶葬百蠻。過社思君澆白墮，登高為我殼黃閒。南園夜雪須人賞，得句風狂約叩關。」此吳江金松岑〈贈李希白詩〉也。希白，騰越人，名學詩，以諸生從戎，旋擢副將，又以傔從十五，勘滇緬邊界，功高不賞，侘傺無聊，今已垂垂老矣。君與吾友印泉為從兄弟。印泉奉母居吳門之網師園，君出遊依之。無何印泉太夫人殂，厝柩石湖治平寺，君伴印泉居廬卜兆，哀動路人。遊蹤所至，寄於詠歌。其《治平吟草》一冊，即其時作也。集中多及吳西諸山名勝，讀碑弔古，尤裨獻徵。

余最喜其〈山居〉一首云：「長夏山居事事佳，疏鐘清磬滌塵懷。日移竹影清排闥，雨潤苔痕綠上階。試取巖泉烹活火，偶尋松菌佐清齋。幾人識得幽棲趣，樵唱山顛漁水涯。」清言見骨，雅近毘堂。吾友谷九峰有贈君句云：「老去英雄豪氣在，肯隨雞鶩競餘粱。」甚佳。即此可見其為人矣。九峰又有〈留宿湖山堂漫賦〉云：「禮防潰決今為烈，獨行何人遠著聞。廬墓爭傳真孝子，鏖兵誰識故將軍。」亦為印泉作者，永慕之真，聞之起敬。不圖澆俗，尚有斯人。

三九九、城南歌管都消盡

余不入國門，已逾四載，舊京風味，時縈夢魂。昔龔定盦己亥出都後，有憶京師鸞枝、芍藥、海棠、丁香及北方獅子貓各詩。三宿之戀，自昔已然。余每憶宣南酒肆，輒亦不忘廣和居，殆勿類此。廣和居佚事，《詩話》中前已及之。余友楊邠薾所謂「春盤菜半成名跡，壞壁詩多繫史才」者也。近友人鈔示時賢諸作，亦多可補舊聞者。江陰夏閏盦（孫桐）之感舊詩，尤為淹贍，錄之：「城南雅集憶承平，近局時時陋巷迎。酒肆未隨朝市改，〈夢華〉元老話東京。」（近年酒樓歌場多非其舊，其不改舊風者僅一二家耳。）「聽雨樓東蕭寺北，蝸廬肇自道光年。公卿小巷常停輒，也作貞元軼事傳。」（其對宇為嚴氏東樓舊址，南與伏魔寺鄰，原為隆盛軒酒鋪。道光十一年，始改今名，僅門屋一間。後屢充拓。僻在城西，市儈熱客所不至，惟文人樂就之。朝貴耽風雅者亦時蒞止。光緒中，松禪協揆每出城訪書畫，輒過飲。抱冰相國自武昌入覲，猶時攜客談藝。）「閱世青簾漾冷坊，名流幾輩醉爐旁。東洲詩老留嘉話，酒債諸孫尚未償。」（道光以來，名士文酒之會接跡於此。何子貞先生居巷南，直以為外庖。詩孫觀察嘗與論四世之文，言舊債上溯六七十年亦不相計論矣。）不將珍錯競肥甘，春韭秋菘味自醰。肉號東坡魚宋嫂，食單掌故補宣南。」（烹炙多傳自南土，或標其姓氏。潘魚者，耀如太史炳年也；吳魚者，潤生中書韻金也；江豆腐者，韻濤太守澍昀也。近日韓力畬部郎授以鍋燒豬肘，亦足追配，曰韓肘。昔陶鳧鄉待郎有清蒸白菜，瑤柱肚塊，號曰陶菜，不始於廣和居，今獨留遺製，他家皆絕響矣。又烹魚法最多，皆佳。五柳魚即宋嫂遺法。）「畫壁旗亭結習存，趙行秦草各專門。周髯竟欲移樽避，抹殺顏家屋漏痕。」（壁上多趙堯生、秦宥橫所書屏聯，秦書尤多。周少樸前輩素與持論不合，每覓座，必擇室無秦書者。文人結習，亦可留一談柄。）「四十年來萬事非，閉關頌酒代餐薇。黃公爐下重經過，嵇阮徒悲舊侶稀。」（余光緒丁亥始寓京，繆藝風柚岑、余壽平、徐芷帆養吾、劉式甫皆居相近，無三日不會於此。庚子後秦宥橫、王病山、李亦元過從較密。滄桑之後，惟余與宥橫復來。今宥橫墓已宿草。王書衡、章曼仙、邵伯頫諸君猶偶然作夜談，每話昔遊，慨歎不已。）

以外，志盦云：「食單品格比新城，三世能知有定評。今日京華艱粥飯，霞川枉重酒家名。」（會稽李越縵先生精食饌，曾見其與鄉人短札，謂廣和居菜如漁洋詩，非北人品格。）叔進云：「歷歷清遊似眼前，黃公爐下太淒然。高陽徒侶今何在，難忘璘斑碧血年。」（往時京朝官多在城南，每有小集，輒至廣和居。三十年來，知舊零落，追思昔遊，何可復得，小詩意指戊戌之楊叔嶠、譚復生二君及庚子之劉葆真前輩，皆曾與余同飲此肆者也。）少圃云：「文心雅與桐城契，筆陣曾教淮海驚。一妙清言長寂寂，爐頭買醉不勝情。」（昔與姚叔節同館正志學校，近廣和居。偶來小飲，滿壁皆秦宥橫字。叔節語余，宥橫論古今人書，多所掊擊。昨過余齋，見君書，稱歎不已。余與秦君固未識面也。彈指十有五年，感慨繫之矣。）至邵伯絅、章曼仙，則皆填詞。伯絅詞云：「豆腐瓜笳作大烹，荊妻兒女飽殘羹，種榆雋句漫污蠅。他日宣南遺事補，震聞朱〈志〉憶神京，吟邊聊與一飛觥。」（昔年曾以陳漫生書「大烹豆腐瓜笳菜，高會荊妻兒女孫」聯語，寫詒城南某黔菜館，為俗客所抹。嗣香滿園索，書此，至以頗黎格之。廣和居軼事，《京師坊巷志》及《天咫偶聞》所不載，得閏老感舊詩，當成故實，為後人筆記所採錄矣。）「市近樓高詠寓齋，先廬咫尺久封苔，牡丹詩讌舊曾開。卅載公車彈指過，鄉人道故柬頻來，門前弈局任推排。」（先祖位西公官樞曹時，曾寓半截胡同，即聽雨樓舊址。集中〈詠寓齊〉詩所謂「市近心偏遠，樓高室易昏」。又〈四月三日招同人觀寓齋牡丹〉均指此。余以光緒癸卯公車入都，夏厚庵吳補松諸老頻招廣和居小飲。回首前塵，緲入隔世。譜聲既竟，繼以累欷。）曼仙詞云：「城南歌管都消盡，賸此青簾影。旗亭無復柳絲絲，猶憶黃河遠上白雲辭。（癸巳、甲午間，此地詩鐘局極盛。）酒家傭保渾相識，三十年前客。壁間淡墨走龍蛇，誰與一樽清醑酹籠紗。」以上作者諸君，皆余舊識。每一誦之，猶想見賭酒談詩之盛，曷勝神往。聞伯絅已精書裝池障壁，寄語肆主，幸以碧紗籠護之。

四〇〇、蔣士銓工長歌

潘四農（德輿）〈論詩絕句〉云：「蔣袁王趙各成家，六義頹然付狹邪。稍喜清容有詩骨，飄零不盡作風花。」為蔣心餘作也。心餘工長歌，多為寄節獨行而發，淒鏘激楚，可以風世。王蘭泉謂其古體勝近體，七言古勝五古，數百年來詩人，能紮硬寨，打死仗者，要推鉛山。斷句如「幾人春鬢白成雪，十里菜花黃到門」，「饑驅氣藉詩書長，遊倦心惟骨肉親」，皆極佳。又〈題新法劄子〉云：「後來十九遵遺法，功罪如何請細思。」語亦持平，集中論史之詩，多具隻眼，此類是也。

四〇一、蔣士銓母是奇女子

心餘之母鍾太夫人，名令嘉，字守箴，晚號甘茶老人。心餘少時，太夫人嘗負之走千里，以訪贈公於蓮幕，蓋寄女子也。著有《柴車倦遊草》。〈登太行山〉云：「絕磴馬蕭蕭，群峰氣力驕。蒼雲橫上黨，寒色滿中條。返軛河如帶，捫車跡未遙。龍門劃諸水，禹力萬年昭。」〈金陵斷句〉云：「一片風流地，千秋醉夢多。」沈鬱跌宕，不類女郎。

四〇二、張之洞淚灑香山諷諭詩

張文襄〈病中絕筆〉詩云：「誠感人心心乃歸，君民末世自乖離。豈知人感天方感，淚灑香山諷諭詩。」或疑「君民」宜作「君臣」。詢之陳弢老，謂「民」字不誤，實有所指。文襄在樞垣日，力持大體。時津浦路方謀始，將簡大員督辦。粵人某君，聲氣素廣，期在必得，朝議已垂定矣，沽上士紳大譁，呼籲甚切。文襄以輿論不洽，力爭。監國問：「輿論不洽如何？」文襄曰：「推其極，恐激成民變耳。」監國怫然曰：「君如贊同，誰再梗議？且朝廷練兵奚為者，何以動畏民變耶？」文襄變色曰：「朝廷練兵，非以殺民者。」亦拂袖去。某公督辦之令，旋亦未果下。時長郵傳之某君適隸津籍，遂以屬之。然文襄因此嘔血，而病源遂伏於此矣。

迨後朝旨突以監國攝行大元帥，未幾又以近屬某某典軍。文襄力爭無效，乃乞病假。初本無疾，猶冀藉此促負扆者之悟。久之親貴競進，時事日非。文襄欷歔感歎，每語客曰：「清社亡矣！」祈死之心愈決。中間曾閉閤謝客，輯師友遺詩，以償宿願。即今日吾友高蒼檜所刊之《思舊集》也。其遺疏中有「不樹黨援，不殖私產」之語，聞為弢老所加。弢老〈送文襄歸櫬詩〉云：「太行蜿蜒送公處，世載豈意重隨肩。對談往往但微歎，此景追味滋涕漣。」又輓聯云：「窺微早識病難為。」語外亦有所指也。

四〇三、滿漢新舊之爭尤烈

南皮入相已晚。其時滿漢新舊之爭尤烈，感歎所及，輒寓於詩。〈新舊〉云：「璇宮憂國動霑巾，朝士翻爭舊與新。門戶都忘薪膽事，調停頭白范純仁。」又〈西山詩〉末二句云：「新舊祇今分半座，廟堂端費斡旋功。」凡知光宣朝局者。皆可識南皮苦心也。袁甫輓公句云：「匡時苦費調停策，絕筆驚看諷諭詩。」兩語肅括，可見生平。

四〇四、張之洞有感滿漢之爭

南皮〈讀宋史〉詩云：「南人不相宋家傳，自詡津橋警杜鵑。辛苦李（綱）虞（允文）文（天祥）陸（秀夫）輩，追隨寒日到虞淵。」自注：「李，閩人；虞，蜀人；文，吉水人；陸，楚州人。皆南人也。」此詩疑為有感滿漢之爭而作。近屬典軍，清社遂屋，此中關鍵，顧不鉅耶。

四〇五、鄭孝胥與張之洞固有談藝之雅

輓南皮詩夥矣，余終推海藏之作。其一云：「湯趙走相語，南皮昨已薨。鬱鬱此老翁，其意寧樂生。一生

抱忠節，舊學頗殫精。惜哉如紈扇，秋至難施行。公常稱我詩，謂非世士能。江湖雖浩蕩，隱愧知己情。年年泥憶雲，今日殊幽明。病中必見恨，此恨終冥冥。」其二云：「抱冰堂中飯，餘味猶在腹。別時恐遂絕，所欠惟一哭。棄官如棄世，用意固已毒。知公疾我去，積憤亦殊酷。偶然見其詩，失歎不自覺。卻求〈爪雪卷〉，感念定何觸。功名果滅性，並世迷九曲。子期既云亡，〈高山〉欲誰屬。」自注：「南皮見余〈題鄭子尹爪雪山樊詩〉，乃屬喬茂萱，求其圖卷看之。此鄒懷西告楊壽彤語也。」

海藏與南皮，固有譚藝之雅者。龍州罷鎮，累徵不起，迨庚戌海藏入都，南皮已先一年逝矣。海藏云：「生平詩為南皮作者獨多，若後賢吹求，或資談柄。」余謂君詩立論自有本末，無些須世俗酬酢之語，多亦何害？且即以詩論，亦無篇不佳。余所最喜者，〈廣雅尚書招同姚園探梅〉云：「看遍官梅愛野梅，自麾騶從踏莓苔。入春風色連林覺，過雨山園一半開。賞會未妨饒勝事，憂勤終是靳深杯。尋花士女成圍處，競指元戎小隊回。」一起二句南皮於廣座中極稱之。

又〈梁星海山長招陪廣雅尚書兩湖書院看桃花〉云：「斷石治廣除，納湖以為囿。長廊行欲盡，橋影帶高霤。回看何冥冥，柳浪覆千甃。緋桃閒深淺，繁麗如展繡。頳顏殢始怒，誕意縱未透。離離弄妍日，爛爛燒春晝。雄堂中勸學，海內鬱奔輳。九流百家貫，一破萬古陋。賓師得烈士，懸鏞待眾扣。主人扶僮至，最愛循牆走。鬖絲映花枝，頗似飯顆瘦。相將開水閣，遠思發醇酎。拍波起群鳧，遮眼拖孤岫。微言引深感，世議安叢詬。樹人同樹木，時事猶可救。十年才輩出，行與木俱茂。從公且婆娑，河清人自壽。」其中「主人扶僮至」四句，南皮亦擊節歎賞。海藏囊為余述之，輒為追記，亦他日詩家故實也。

四〇六、姜詠牽牛詩

詠牽牛詩夥矣，余獨愛白石句云：「青花綠葉上疏籬，別有長條竹尾垂。老覺淡妝差有味，滿身風露立多時。」末句自見標格，他人安能有此俊語。

四〇七、樊樊山題畫詩

樊山翁今年八十四矣，風情筋力，不減當年。井水旗亭，爭傳舊句，且記憶之強，尤非時輩所及。其〈為陳公紉題自書王文敏便面〉云：「光緒己亥，余參武衛軍事，適王十三翰林三為祭酒，余賦二律書扇為贈。迄今二十九年，文敏墓早已宿，此扇流落人間，為公紉仁弟購歸寶藏。君為蘭浦先生之小同，仲兄公侗，又余之同社友也。丁卯仲冬，以此幀屬題，既悼廉生，復傷公侗，睠懷交舊，擲筆憮然。」原詩錄之，其一云：「振玉三為天下師，醺賓應有酒如池。功名白燕原無競，喜慍於菟兩不知。汲黯蹉跎積薪下，劉郎想像種桃時。門生門下門生盛，消得沙哥七字詩。」其二云：「供奉南齋早賜緋，君恩特許午前歸。已教〈雲笈〉窺東壁，仍遺冰銜帶北扉。紫禁神仙惟李泌，玉屏名字記楊徽。請看國子先生愈，吏部文爭日月輝。」題為〈廉生十三哥，以南齋翰林，三為祭酒，賦詩奉賀。時己亥荷花生日也〉。

最近又為某君〈題文虎卿舊藏施壽伯畫竹〉云：「此五十年前余寓漢上陳氏水閣，為南海文虎卿題也。畫者施壽伯，治刑名學，以詩鳴鄂中，兼工墨竹，與余交最篤。己巳人日，同社宗君子威持此畫來問余真贋，此固灼然不謬也。根觸前塵，不勝悵惘，因再題其端，以諗來者。」原幀樊山題二絕句云：「又見湘筠發故枝，自礬宮絹寫相思。扁舟舊熟君山路，腸斷哀猿暮雨時。」「望雲詩筆老於鐵，畫與眉山相頡頏。今日看來渾不似，天然風致似瀟湘。」並署「虎卿屬樊山題，己卯端五前二日燭下」之款。時為光緒五年，迄今計之，已逾五十年矣。壽伯名山，其自題一絕云：「叢叢翠篠掩柴門，鎮日科頭自舉尊。憶及齋東少年事，天涯惆悵陸平原。」亦佳。

四〇八、鄭孝胥之弟詩婉約

閩縣鄭稚辛（孝檉），海藏之弟，學養醇粹，刻意為詩，顧不多作，然余所見者，固無不工也。君與海藏少歲齊名，詩境則所詣似異，石遺所謂「海藏精悍，稚辛婉約」者，蓋為近之。甲午十月，將去福州，題詩西湖開化寺壁，中有「山槲葉黃詞客面，水花瘦女兒魂」句，最為一時傳誦。壬子九月返里重題云：「七字題詩猶疥壁，少年歸客已無家。」皆膾炙人口者。近歲北來，時與雅集，丁卯沽上禊集分韻，君拈得「分」字，以詩柬余及纕蘅云：「世變於今異古云，永嘉避地轉燕云。鶯花不改瀕千劫，塵土何嫌帶二分。鄴下思王誰比並？江東茂叔舊知聞。飄零海內歸無日，各倚高樓看夕曛。」是集海藏在滬，君在京，皆未與，故末句及之。君又有〈甲子九日靈光寺登高〉詩云：「長公著意惜佳時，歲歲人傳九日詩。更喜石倉工遺興，西山迎爽戒秋期。」石倉謂纕蘅也。

四〇九、鄭孝檉紀舊京掌故

稚辛有〈宣南雜詩〉甚工，偶見二絕，皆紀舊京掌故者。〈詠竈溫〉云：「可是成都犢鼻褌，過門時復駐高軒。伯鸞風概何人省，二百年來愛竈溫。」自注：「東城隆福寺對門，有飲肆署曰竈溫。相傳康熙中有爇竈於此，鄰右售酒炙者，恒就取暖，因而得名。今以善製面稱。」又〈詠沙鍋居〉云：「花豬肥美謝珍饈，風尚原來自滿洲。但使微臣知卜晝，未須肉食咒無謀。」自注：「西城缸瓦市有白肉館，日以一豕餉客，不涉他味，踰午則閉市矣。今士夫習於晏起，故云。」

四一〇、楊萬里詩若竹枝體

誠齋詩，白石推為高古，殊不盡然。誠齋詩善道人意中語，施於竹枝體尤宜。〈峽山寺竹枝詞〉云：「峽裡撐船更不行，櫂郎相語改行程。卻從西岸拋東岸，依舊船頭不可撐。」「一灘過了一灘奔，一石橫來一石蹲。若怨古來天設險，峽山不到也由君。」能讀此詩，可以處逆境矣。

四一一、欒鈞古體尤工

臨川欒蓮裳（鈞），〈過江至金陵絕句〉云：「長干古道綠楊灣，飛在楊花酒肆間。孫楚樓邊人獨飲，夕陽紅遍六朝山。」比於定山堂之「流水青山送六朝」，同為佳句。所著有《青芝山館集》，古體尤工。〈讀墨子〉云：「違道非一端，〈非命〉復〈非樂〉。〈兼愛〉說亦偏，用心良已博。帶城距高梯，高義濟寄略。功成眾不知，俠與魯連若。剪葉用其根，實救人心薄。風義日澆漓，寸胸列城郭。病苦在他人，談笑看炮烙。同室時有斯，況若楚宋各。象教主慈悲，反為眾生托。」仁者之言也。按半山亦有〈讀墨詩〉云：「凡人工自私，翟也信寄偉。惜乎不見正，遂與中庸詭。」用意與蓮裳同，以言警透，似猶遜此。

四一二、劉過詩才敏妙

劉改之詩不多見，漁洋謂其「叫囂排突，風雅掃地」，似亦非定評。改之在辛稼軒座，賦羊腰腎羹，限「流」字，信口吟云：「拔毫已付管城子，爛胃曾封關內侯。死後不知身外物，也隨樽俎伴風流。」又賦雪限「難」字云：「功名有分平吳易，貧賤無交訪戴難。」如此敏妙，稼軒安得不相愛重耶。又〈能仁寺〉一絕云：「流年轉眼一飛梭，如此頭顱奈老何。狼藉落花春不管，竹雞啼處雨聲多。」亦非叫囂者流所能辦也。

四一三、成文昭詩風調芊綿

大名成文昭（過邨），有《薹觴詩集》。朱竹垞序之，稱其「風度雍容，辭氣和雅。一望而知為王謝崔盧之子姓。」又曾受學於漁洋、山薑，所交皆一時知名之士。集中《東吳萬里集》，有〈合肥三絕句〉云：「港上寒禽比翼行，港頭拱樹接柯生。迢迢淝水東流去，不及廬江小吏情。」「少年人不愧英豪，城北當年住小喬。事去風流留不得，荒墟落日草蕭蕭。」（舒城有周瑜城。）「斷風零雨一孤邨，古屋垂楊亂鳥呼。身後無勞汗青簡，販夫邨嫗說龍圖。」風調芊綿，是能帶江南煙水氣者。魏令張秉衡贈文昭句云：「畿南慷慨無雙士，海北風流第一人。」可以見其標格矣。

四一四、張之洞書扇詩

《廣雅堂詩集》，乃南皮病中手定，集外賸藁，似亦不少。偶於友人處見有南皮書扇詩云：「冰纈霏空晚未殘，六街車馬歲闌單。但憑折券賒春酒，且喜充庖簇菜盤。銅甑待僧成遠涉，爇糜留客勸加餐。西龕芻稿關宸慮，莫誚邊兵透甲寒。」自注：「此余戊寅除夕，與繩庵學士、安圃尚書，對雪小飲二首之一。病中檢舊稿得此，錄之以示仲昭賢侄。繩庵墓木已宿，余亦日就衰頹，回念昔遊，彌增愴感」云云，當是公晚入樞府時作。

四一五、陳三立、梁鼎芬詠十桂堂

武昌督署有十桂堂，南皮督鄂，書「魚鳥親人濠濮想，桂山留客楚騷詞」為聯，其地木石蒼秀，賓僚每觴詠其間。散原有〈十桂堂賦呈抱冰宮保〉云：「藤棘垂絲拂桂廊，坐閒微雨說秋香。支頤啜茗憂危大，負手看花意思長。曾向池亭憐舞鶴，祇今觴詠苔寒螿。賓僚久慣依迂叟，餘事論文未可忘。」節庵亦有〈寄題十桂堂詩〉云：「桂山留客酒頻傾，絕世芳菲不自呈。樹木盡憑天長養，樓臺全向日光明。投林坐笑鴉爭暝，臨水誰知鶴獨清。莫笑希文窮塞主，歲寒心事共崢嶸。」南皮補重陽作，有「寒煙去雁窮懷抱」之語，蓋用范文正公〈漁家傲〉詞旨，故節庵詩藉以廣之，亦十桂堂故實也。

四一六、朱啟鈐精鑒女紅

老友紫江朱蠖公，長余五歲，與余交逾廿年。光宣間，余治軍遼瀋，君督蒙務，過從甚數。厥後余長民曹，及赴滬主和會，皆為君作瓜代。蓮峰消夏，衡宇相望，素心晨夕，譚讌多歡，蓋朋輩中之饒夙緣者。君風標遒上，崖岸峻整。蟄居津門以來，日惟從事鉛槧，先刊行宋李明仲《營造法式》，中外奉為圭臬。余習知長於審曲面勢之學，經始舊京市政，都人至今稱之。客歲復有《存素堂絲繡錄》之刊，其〈弁言〉中有「童時在外祖家，見書畫褾帙，多為宋錦刻絲。先慈傅太夫人擅女紅，每綴緝錦片，製為香囊佩帨。或碎裁花樣，作針黹之譜錄。手澤所存，如在心目」云云。

余曩居京時，即聞君於刻絲及刺繡品，鑒藏甚精。近又聞其輯有《女紅傳》，蒐集古今名閨之嫻女紅見著錄者，至數百人，初以為物聚所好耳。嗣得其新刊傅青餘（壽彤）《澹勤室詩》，及楊劍潭（文照）《芋香館詩》，始詳及君之家世，蓋亦性耽美術，與生俱來，非偶然也。君太夫人名夢瓊，字清漪，為貴筑傅青餘先生長女。《澹勤室集》中〈初生女〉詩，有云「傳書尚是他年事，先遣人來繡我詩」，即為太夫人作者。洎稍長，隨官南汝光道官舍，乃受業於楊劍潭先生。時君尊人梓皋先生慶墉，亦相從問字。同治乙丑，劍潭將北遊，梓皋先生梁孟，韻以詩贈行。而太夫人之詩，復有「蓬萊七字他年約，先繡天涯感舊詩」及「新絲繡個維摩丈，香火一龕拜劍師」之句，且手繡此詩於索綾絡上。劍潭先生紀其事於《梁園留別詩卷》，卷中更有「靜漪繡不能如阿姊」之語。（靜漪名寶瓊，青餘先生次女，適黃再同國瑾。）當日針神，蓋可想見。蠖公三歲喪父，孤露劬學，悉稟母教，故於絲繡美術，別具慧心。即此一段詩案觀之，外孫虀臼，一線相承，亦藝林佳話也。

四一七、文字別有精微在

昔人謂一命為文人，便無足觀。余謂甘為詩人，其詩境亦可想。放翁詩云：「我生學語即耽書，萬卷縱橫眼欲枯。莫道終身作魚蠹，邇來書外有工夫。」觀此可以見放翁之為人，亦可論放翁之詩矣。海藏有〈題林學衡詩本句〉云：「文字似非標榜事，可教塵土污毫端。靜中別有精微在，莫作狂花客慧看。」敢持斯語，以詔後生。須知詩外大有事在，正不能專從詩裡討生活也。

四一八、黃遵憲詩一時無兩

嘉應黃公度京卿《人境廬詩》，多紀時事，且引用新名詞，在晚清詩格中，良為變體。人謂其浸淫定盦，石遺則謂其嗣響晞髮。要之一時代中，固有一時代作者，能開風氣，舍君其誰？綜其所作，關係戊戌、庚子間國故甚多，惜未及自注，時移事往，誠不免「無人作鄭箋」之歎。余最喜君〈新別離〉、〈臺灣行〉諸詩，即論才力，固已一時無兩。

四一九、黃遵憲詩輓李鴻章不無微詞

李文忠之歿也，侯官嚴又陵輓之云：「使當時盡用其謀，知成效必不止此；設晚節無以自見，則士論又當如何。」人咸服其持平。公度亦有〈輓肅毅侯〉詩四首，茲錄其三，皆有關國故者。「連珠巨礮後門槍，天假勳臣事業昌。南國旌旗三捷報，北門管鑰九邊防。平生自詡楊無敵，諸將猶誇石敢當。何意馬關盟會日，眼頭鉛水淚千行。」「畢相伊侯久比肩，外交內政各操權。撫心國有興亡感，量力天能左右旋。赤縣神州紛割地，黑風羅剎任飄船。老來失計親豺虎，卻道支持二十年。」自注：「公之使俄羅斯也，遵憲謁於滬上，公見語曰：『聯絡西洋，牽制東洋，是此行要策』及膠州密約成，歸又語遵憲曰：『二十年無事，總可得也』。」「九州人士走求官，婢膝奴顏眼慣看。滿篋謗書疑帝制，一床踞坐罵儒冠。總無死士能酬報，每駁言官更耐彈。人哭感恩我知己，廿年已慨霸才難。」自注：「光緒丙子，余初謁公，公語鄭玉軒（星使），許以霸才。」諸詩皆對文忠不無微詞者，自亦《春秋》責賢之義，故並錄之。

四二〇、端方詩吐屬清新

浭陽端忠敏匋齋收藏之富，為海內冠，風流文采，照映一時。余清季由海外歸，猶接譚宴讌，並於坐上識梁藏山。國變後偶過西山歸來庵，輒有黃公酒壚之感。君詩不多見，其〈山中四友歌〉云：「采生（于晦若侍郎）北遊窮八荒，文章日月爭光芒。非惠非夷世病狂，微言久久終芬芳。不如且共藏山藏，（藏山，梁節庵號。）柳溪（李昂若侍郎）風概何堅剛。寶書十國早所詳，繞謀適用憲萬邦。寫憂時復升林岡，浮生半日過僧房。沈盦（寶瑞臣侍郎）四十鬢已霜，屬籍忠匹誰能方。更生說書隱有匡，精甄書畫充巾箱。更取山水恣徜徉，仲魯（劉大理若曾）孝聞平津鄉。力卻肉食甘椒薑，歐山美瀑載奚囊。餘興猶將遍太行，政平祇為尋山忙。」乃庚戌夏日西山歸來庵作，即君北洋罷鎮之次年也。

〈焦山觀音崖晚眺〉詩云：「憑巖西望潤州城，無盡雲山萬景清。大似春初好天氣，不須惆悵晚來晴。斜陽一道貫江紅，纖膩波紋織晚風。如此風光豈相負，會圖歸臥此山中。」乃甲辰作，是時由蘇撫調湘撫任，道出鎮江，同遊者有李猛庵、陳仁先，遂有此詩。忠敏逝世，藏山於焦山松寥閣建歸來庵祀之，木主楹帖，皆其手書。瘿公詩云：「焦山佳處松寥閣，已作匋齋香火龕。想見梁髯思舊淚，交柯萬竹蔽幽巖。」仁先〈戊午九日焦山登高〉詩云：「歸來有庵祀忠敏，嚴裝屹立如遐瞻。當年陪宴盛賓客，招魂一老摧霜髯。」皆紀此事。仁先又有〈紀遊雜詩〉云：「夷叔閒馳九陌塵，看山宿諸競逡巡。爭棋舊夢憑誰話，淒絕重來作記人。」自

注：「甲辰歲與端忠敏來遊，林夷叔與蒯禮卿爭棋竟夕，此亦可入《山志》者。」〈題孫師鄭吏部舊藏子瀟吉士雙紅豆圖〉二首之一云：「江左曾傳小紅豆，春風詞筆付文孫。粗官老去心情減，一葉凌波向白門。」又〈遊莫愁湖〉詩云：「五月湖樓趁夕涼，重來祠樹飫新霜。秋風莫續箜篌引，春夢難尋玳瑁梁。孫楚酒樓餘蔓草，麗華宮井剩枯楊。佳人底事生南國，家世分明系洛陽。」均忠敏重督兩江時作。君本不以詩名，吐屬清新，固自可喜。

四二一、詩可醫躁進，可警因循

「青雲上了無多路，卻要徐行穩著鞭。」此香山〈送崔郎中赴闕〉詩也。「莫嫌海角天涯遠，但肯搖鞭有到時。」此隨園〈還山詩〉也，一則可醫躁進，一則可警因循。余均補入《養正詩選》中。隨園年垂七十，猶作閩粵之遊，前詩蓋歸時作也。

四二二、張祖繼已詩自娛

「士無遺草真能隱，山有梅花轉不孤。」此昔人題林君復祠聯語也。君復「茂陵他日求遺稿，猶喜曾無〈封禪書〉」句，論者多其介節，近見南皮張𨓏民（祖繼）〈書林集後〉詩，其一云：「一生清節似牛牢，詩酒娛情亦足豪。畢竟好名心未盡，書無〈封禪〉自鳴高。」詩雖翻案，卻自可喜。其二云：「湖山落得伴梅妻，高臥何嘗警鼓鼙。生不逢辰管龍尾，與君遭際判雲泥。」此與弢庵先生〈壽東坡生日〉詩「若較陸張文謝輩，先生生世未暌孤」句，同一用意。飈民以布衣從族祖文襄公遊粵遊楚，老於記室，以詩自娛。光緒末卒，年八十餘矣。所著《飈民詩草》，文襄為選入《思舊集》中。

〈拜林文忠小象〉云：「為謝金人罷李綱，英姿想見讋重洋。傷心新豆蘭猶在，竟死奸民一寸香。」自注：「新豆蘭，廣東要地，公臨歿連呼之，人訛為『星斗南』。孝達公蒞此，始悟其語，恐世不知，告予記之。」此亦可供史料者。李越縵〈贈飈民〉句云：「文章貧後健，天地布衣寬。」可以見君生平。

四二三、妻怕罷官貧

昌黎詩云：「莫為兒女態，戚嗟憂賤貧。」工部詩云：「浮生有定分，饑飽豈可逃。歎息謂妻子，我何隨汝曹。」淡於榮利，刑於妻孥，固不可及。偶讀和靖詩，亦有「馬從同事借，妻怕罷官貧」之語。千古以來，殆有同慨。朱九江先生〈守歲與閨人夜話〉詩云：「高懷吾愧汝，卒歲恥言金。」原注：「宋真山民詩『貴無可買恥言金』。」觀此彌歎先生內佐之賢。

四二四、梁啟超十年以後當思我

任公逝矣，戊戌朝士，又少一人。猶憶任公〈去國自勵〉詩，中有「十年以後當思我，舉國猶狂欲語誰」及「世界無窮願無盡，海天寥廓立多時」之句。此與南海〈出都〉詩「陸沉忽望中原歎，他日應思魯二生」句，同為自負語。世變蒼黃，彈指千劫，固作者當日所不及料。余聞任公示疾，曾為詩寄之，中有「黨論今猶紛洛蜀，纖兒孰解重膺融」之語。未幾遽聞撤瑟，傷何如也。

四二五、李聯奎學人之詩

吾鄉人物之盛，首數中興，拔茅連茹，恒至通顯。於時有隱君其人，為一鄉矜式者，厥為李澹巖先生聯奎。先生以明經里居教授，三十喪耦不再娶，終身不入官府。覃研宋學，歸諸實踐。粵亂既平，士爭問學，成就甚眾。幼時與張靖達同師事里中名宿陳亦昭先生，相得歡甚。及為諸生，與李文忠並轡文場，交推互服。二公既鼎貴，諷以出仕，均婉謝之。後已經明行修聞於朝，特賞京秩。大府爭致禮羅，先生爾以聲聞為恥。擬於二曲九江，庶幾無媿。吾友龔元凱（櫳屏）夙從先生問業，有〈吾師〉四律，中有句云：「中興多將相，一老自儒冠」。蓋紀實也。先生不欲以文字自襮，顧詩文均有義法。

錄其〈詠廬陽八景〉云：「蜀山突兀倚城西，雪後相將望眼迷。好是銅鉦斜掛候，玉屏風樹與天齊。」（〈蜀山雪霽〉）。「碧波蕩漾繞城隅，春色來時景更殊。鶯趁風清歌翠柳，魚欣水暖戲新蒲。」（〈淮浦春融〉）。「山呼四鼎矗湖邊，爛漫朝霞彩徹天。疑是仙人今尚在，凌晨丹竈火方燃。」（〈四鼎朝霞〉）。「淨域周旋雲母幃，夜珠照澈水晶盤。祇因泛棹灤湖裡，月色三更耐飽看。」（〈灤湖夜月〉）。「城東往事說藏舟，浦上年年草色稠。三兩漁船斜繫處，王孫好試踏青遊。」（〈藏舟草色〉）。「魏文教弩有高臺，幾許松陰捲作堆。松想化龍飛去盡，重新梵宇更宏開。」（〈教弩松陰〉）。「鎮淮樓閣入雲霄，四角聲喧夜與朝。不是護花鈴漫語，卻疑警眾鐸頻搖。」（〈鎮淮角均〉）。「漫等闍黎飯後鐘，鐘聞不絕響春容。辟雍鼉鼓誰為伴，叩擊偏教古寺逢。」（〈梵剎鐘聲〉）。又〈邨居四首〉云：「自從離亂後，久矣樂村居。宅繞羊腸徑，門臨燕尾渠。送青山峝岃，交翠樹扶疏。愧乏陶公韻，依然識愛廬。」「性本懶隨人，蹉跎老此身。抱孫餘歲月，教讀敝精神。瘠土堪為寶，醇甿幸結鄰。時聞雞犬鬧，便是葛天民。」「夷險備經過，鄉邨樂事多。半畦分宿韭，十畝長新禾。水積魚頻戲，林成鳥試歌。劇憐桑棗熟，童稚日摩挲。」「未解覓侯封，依田且學農。蒔蔬晨助採，收稼暮聞舂。榴發朱霞爛，棉彈白雪濃。樹根書倚讀，相和有吟蛩。」學人之詩，彌為可貴。

四二六、朱次琦老輩風趣

南海朱九江先生稚圭，咸同以來，嶺南學者之泰斗也。流風餘韻，沾溉百年，賢哲代興，多秉遺教。先生學主躬行，詩不苟作，年二十六肄業越華書院。桂林陳蓮史山長，以天中、節燕諸生，命賦新松。先生詩云：「棟材未必千人見，但聽風聲便不同。」蓮史為諷詠久之。先生久躓文場，三十一歲時赴鄉試獲薦，試文用史事，主者不解，以粗見棄。揭曉後主者發其卷，知先生名悔之。

先生俳體〈戲答友人問〉詩云：「譆出聽來事可嗟，矛頭淅米險些些。定知貧賤牛衣債，未了扶風處士家。」「略減容光滿月痕，壓驚荀令最殷殷。豐容不稱詩人婦，正好環肥瘦二分。」「風鬟水佩動珊珊，飄瞥氛煙一慘顏。擬抱齊紈同玉碎，為郎名字在中間。」「附和隨聲到處皆，遺珠喪貝巧安排。圓明三五如珪月，見否團團在妾懷。」「拋到俳諧笑不禁，那言鄉土力難任。他生願化同心藕，補種情絲入地深。」自注：「來書云：鄉土無此風致佳人，失扇子去，恐是為地所囿云云。失扇事雖子虛，其言致足感也。」老輩風趣，於此見之。先生後成進士，需次山西。初抵太原，僦次僧舍，蕭然獨居，出則徒步，入則齏鹽。嘗答友人康述之書云：「作官是何物事，不過與和尚們隔壁耳。昔魏果敏官京師時，不攜眷屬。王漁洋尚書作詩嘲之云：『三間無佛殿，一個有毛僧。』弟今有佛，勝環溪遠矣。」弟子簡竹溪（朝亮），輯先生年譜，謂集中諸詩，皆三十五前為之。先生學有本末，名在循良，早歲躭吟，特其餘事。

四二七、許珏晚清通曉時務者

晚清以通曉時務稱者，吾於無錫得二人，一薛叔耘（福成），一即許靜山（珏）也。靜山字復庵，曾持使節，閎識清操，為當時重，國變後隱居不出。詩不苟作，多關時政。〈北過舊黃河〉云：「大河北徙忽廿年，昔日北徙今平田。膏腴千里等甌脫，黃塵莽莽無炊煙。我思神禹共行水，濬川距海澮巨川。蓄洩既為早潦備，灌輸亦令洪流宣。東周一徙漢再徙，黃流之患自此始。歷唐宋明千餘載，補苴苟且徙為爾。仁皇中葉屢告災，翠華一幸江南來。口講手畫示方略，宣防既築民忘危。黃淮合流歲五百，河身日高流日塞。物窮則變變則通，天為聖清導使北。頗聞吏議尚紛紛，欲復南流息民力。書生所見定可哂，如瞽論棋昧黑白。況今北流方順軌，濟能變黃疾趨海。長淮南北幸晏然，及時稼穡利斯在。古溝洫法難猝行，但得其意足灌溉。北引汶泗南引淮，洪澤微山皆水匱。奈何當事懵不圖，坐令沃壤成瘠區。鳩形鵠面亦赤子，忍使乞食臥路衢。車中觀此長吁嗟，中夕數起心躑躅。作詩敢告良有司，胡不乘時宏遠謨。」

又〈己亥九月自晉入都感事〉之一云：「先民教耕稼，粒食功配天。桑麻及果蓏，尚可妨中田。奈何罌粟花，栽植盈陌阡。春晚夏初時，紅白競絢妍。農氓幸逸獲，縣令貪稅錢。小利忘大害，倏忽三十年。猥云勝洋藥，抵制策良便。漏卮爾雖塞，種鴆亦可憐。司農議加徵，舊禁悉棄捐。大府嚴課最，昔一今百千。遂令三晉壤，十畝九種煙。誰能澹此災，世無曾與閻。」自注：「光緒丁丑、戊寅間，晉中大饑，曾忠襄、閻文介兩公合疏請禁栽罌粟，一時毒卉刪除過半。迨庚寅歲，戶部奏土藥為中國土產大宗，請以徵為禁，由是栽種日繁。視閻曾二公時，不止十倍」云云。今日毒卉滿天下，未知較前清己亥何如。即頻年海上之爭，亦皆肇端煙土。不除禍水，奚塞亂源？謂宜先從寓禁於徵，及化私為公兩者入手，急則治標，賢於諱疾。凡關心民生國計者，當亦不河漢吾言乎。世無曾閻，有同慨矣。

四二八、朱祖謀詩有斷雁之感

太湖徐芷帆侍御德沅、養吾主政德溉昆仲，官京朝時，皆有文名。花時輒讌賞崇效寺楸樹下，養吾逝世，芷帆繪〈楸陰感舊圖〉徵題，一時題句至多。沈太侔為成〈滿江紅〉一闋，芷帆讀之淚下。朱彊邨題〈繞佛閣〉一闋，語多悽咽。蓋彊邨季弟彥價，曾與遊讌；養吾沒後五年，彥偶亦墓有宿草，故彊邨尤軫斷雁之感，不僅黃壚之悲。余入都已不及識芷帆，其詩亦不多見，有題某酒肆敗壁一絕云：「氣壓元龍借酒豪，眼前春事水滔滔。倚囊恰有千金劍，扶上淩競馬首高。」其氣骨可想。曩陳子言有《廬州詩苑》之輯，余擬廣為《全皖詩徵》，蒐羅散佚，不敢不勉。

四二九、李士棻長於律詩

曾湘鄉有〈酬李芋仙〉詩云：「巴東三峽猿啼處，太白醉魂今尚存。遂有遠孫通肸蠁，時吟大句動乾坤。愛從吾黨魚忘水，厭逐人間虱處褌。卻笑文章成底用，千篇不值一盤飧。」芋仙名士棻，蜀忠州人。當時與劍州李申夫（榕）、中江李鴻裔（眉生），同稱三李，為湘鄉庚戌主蜀時所得士。三李中，惟芋仙名位較嗇。同治初，知江西彭澤縣，移宰臨川，政聲卓著。去官後貧不能歸，流寓上海，江湖落拓，幾二十年。〈滬上寓館旅述〉云：「仕宦還鄉豈不佳，其如偃蹇與時乖。饑寒亦半由人事，富貴焉能到我儕。謝傅年衰妨子覺，龐公身隱有妻偕。古來賢達甘無用，醉便高歌死便埋。」又斷句云：「故里愛才無狗監，新詩傳誦有雞林。」及「文人幾輩能消福，相者從來祇舉肥。」皆不能無身世之感者。

芋仙長於律詩，而不能為古體，故自署其集曰《天瘦閣詩半》。其律句之佳者頗多，易哭庵亟稱其「不應我輩皆如此，正恐他生亦復然」一聯，謂全以虛字取勝。又「重攀白下當初柳，一看元都去後桃」，及「琵琶彈出秦淮月，照見蛾眉有淚痕」，俱能瀏亮頓挫者。滬上有姚七姚八兩校書，為芋仙女弟子，相從學詩。哭盦在滬，和其「桃」字韻詩云：「邀月主賓唐代李，渡江姊妹晉時桃。」又云「連床阿母備偷桃」，及「掌上楚腰看燕燕，耳邊吳語聽蟲蟲」，皆紀當時情事。又為二姚書聯云：「上界謫仙李白，眾香國主姚黃。」芋仙亟稱之，均見哭盦所為《琴志樓摘句詩話》中。

廣雅與芋仙同出豐城徐稼生門下，集中有〈稼生師招同張孝達孝廉〉、〈楊子恂舍人對菊飲酒〉詩云：「一尊乘興醉東籬，佳日高齋接履綦。弟子來陪無事飲，先生心與此花宜。乃年絲竹升沉澹，並世雲龍上下隨。冷局相招娛晚節，九衢冠蓋任紛馳。」乃客都門時作。《天瘦閣詩半》流傳頗少，廣雅選芋仙遺詩入《思舊集》，篤於風義，人以為難。

四三〇、花之寺遊事銷歇

京師右安門外花之寺，俗稱三官廟，內有題榜，乃曾賓谷所書。廣雅有〈花之寺看海棠詩〉云：「乾嘉遺老南城曾，腰纏十萬來廣陵。日攜姝麗到花龕，寶箏瑤席驚枯僧。牆頭詩榜黯塵土，繁華轉眼如風鐙。」似廣雅當時，已有遊事銷歇之感，今日燕麥兔葵，寧堪再問。至其地望所在，恐年湮代遠，即號稱搢紳，亦多傳訛。士人更茫然矣。寺之花事，以海棠稱，乃董文恭公手植樹，定盦詩云：「女牆百雉亂紅酣，遺愛真同召伯甘。記得花陰文讌屢，十年春夢寺門南。」遊衍之盛，猶可想見。

四三一、曾燠詩妙有寄託

賓谷官兩淮都轉時，提倡風雅，招邀勝流，遂有《邗上題襟集》之刻。漁洋雅雨而後，主持壇坫，輒首推之。今日人往風微，大雅不作，蕪城憑弔，韻事寂寥，世運與譚藝之盛衰，其關係有如此者。余於〈賞雨茅屋詩〉，甚喜其格調清新，妙有寄託。〈登岱〉云：「須知天下雨，還望一山雲。」識者固早知，其必能建牙開府矣。洪北江以言事謫戍伊犁赦回，以出關入關之詩，編為《荷戈》、《賜環》二集，一時題詩者甚多。賓谷題一絕云：「君得為詩是國恩，長歌萬里入關門。請看紹聖元符際，蘇軾文章戒不存。」北江極讚賞之。又〈淮陰市口占〉云：「能忍少年辱，偏憎噲等伍。人生得意時，誰記從前苦。」此皆未經人道過者。余擬於續輯《童蒙養正詩選》時錄入之。

四三二、禁洋煙詩

贛之宜黃多詩人，清代如黃樹齋（爵滋）、符雪樵（兆綸），皆其著者。樹齋道光十八年奏禁洋煙一摺，海疆夷釁，因之而起，人遂咎其發難。實則常時疆吏奉行者，盡如林文忠，則事無不集矣。東鄉艾至堂（暢），有〈呈樹齋鴻臚〉詩云：「天地生金數有常，銀刀作幣價相當。不應酖毒甘中國，盡逐泥沙漏外洋。涓塞從來虛本計，峻刑今日費交章。滔滔江漢將誰挽，〈平準書〉成兩鬢蒼。」至堂詩遒勁有骨力。少嘗與樹齋同學，其平日議論，固先有以啟之矣。雪樵與樹齋同里，其〈漫感詩〉云：「曾欲漏卮塞，固知流毒長。至今斷魂草，難覓返魂香。功罪猶難定，空虛實可傷。何須尋戰鬥，民困日流亡。」疑亦為洋煙入中上而作。

四三三、詠鴉片詩

先伯祖野亭公亦有〈詠鴉片〉詩云：「費時失業是洋煙，流毒中原已百年。一盞孤燈人影瘦，秋風瓜瓞不綿綿。」憶余童時，先君子嘗為誦之。

四三四、丁寶楨詩風在中晚唐人間

平遠丁文誠公（稚璜），勳業彪炳，餘事為詩，顧遺稿極少，有《十五佛齋詩存》，多督蜀時按部之作。〈崇郫道中〉云：「郊行豈是樂遊春，閱武由來重使臣。沿路燉烽通斥堠，連營甲仗戍城闉。人聲鳥語千山亂，楊柳旌旗一色新。最喜昨宵時雨偏，畇畇遙望淨無垠。」〈始晴喜作〉云：「歸程風雨計連旬，曉發資陽霽色新。野老釋蓑填窄徑，僕夫浣屨踏輕塵。水田漾碧嬉雛燕，蔗隴分青閙竹筠。簾捲輿窗開倦眼，乍看叱犢似耕春。」〈重慶道中〉云：「暮雲裊裊漾輕絲，江上歸舟晚泊遲。兩面山城齊倒影，雙銜落日照鸕鶿。山上高樓江上船，嵐光人影水如天。擄搖背指前潭月，已向朝天門外圓。」風格在中晚唐人之間。

又〈中條山訪閻丹初〉云：「中條山色靜分明，知有賢人隱上清。繞徑柿林秋氣肅，到門竹影夏寒生。相逢白髮傷遲暮，共嚼青蔬感世情。我愧抗塵君抱潔，要將晚節證前盟。」文誠與文介，皆翊贊中興，交誼至篤。文介歸田較早，風采隱然，一時重之。詩中「繞徑」一聯，可當楹帖。

四三五、常熟虞山尋訪柳如是暮

幼時讀常少府「清晨入古寺，初日照高林」一律，輒於吾谷尚湖，嚮往久之。己未初冬于役滬上，友人嚴俊叔招遊。先期艤舟蘇門以待，半日舟抵常熟。翌晨入山，縱覽興福、清涼諸勝，紀以二詩。其一云：「喜子扁舟約，清遊亦夙緣。姑蘇剛小別，虞嶺已當前。飽覽破山寺，言尋君子泉。此邦林壑美，信宿便欣然。」其二祗記「千載安禪地，爭傳少府歌。滄桑隨劫換，桂栝閱人多」四句。南行以來，茲遊最適，惜匆匆返棹，未及幽探，於山靈為負之矣。

當日寶融述王病山紀遊詩甚佳，錄之：「入寺高吟常少尉，清辭都讓古人先。祇應老樹冰霜節，今日須空六代賢。」「枕水湖田萬罫方，涵天海氣接微茫。江東日對菰蘆色，來立峰巔瞰大荒。」「拂水山莊幾劫塵，林慚澗愧亦淹淪。停車欲問探梅徑，祇弔香車共載人。」「千磴雲峰寒絕壑，數峰嵐翠倚晴霄。午風細細吹香至，疑有藏山古藥苗。」「拂水巖西署劍門，山間百態此稱尊。雄關天險吾鄉物，分與吳兒一角痕。」「峭壁摩空劍斫痕，赭青飛動石嶙峋。夕陽盤磴下山去，添作荊關畫裡人。」「鵓鴿峰前故相墳，薜碑淒絕自書文。遊人話到神州事，應更重泉不忍聞。」「嵬嶤青塚占先賢，天穴分明峙碧巔。自是葬書三代備，世人解道景純先。」（虞山有言子墓。）「文學江東燦宋元，四科先啟孔門賢。孕雲一塚三千歲，光被勾吳萬里天。」「經過彭趙兩名園，美意樓臺與水分。墨丈之間見泱漭，我於邱壑愛翁君。」「畫家寄筆黃子久，得自茲山朝暮間。尺絹千金衒寶，幾人貪愛到真山。」

近歲鶴亭、遐庵、叔雍諸子，連袂往遊，得詩甚多，且於火雲六月中，披荊跰足，訪得河東君墓，非惟一時韻事，亦可訂邑志之失。東澗有知，能無破涕。鶴亭紀事詩特詳，云：「舊聞牧齋翁，邱墓依拂水。河東葬其西，相距不踰咫。昨過拂水巖，冥搜空累晞。路人指巖下，隱約碑未圯。詰朝花園濱，（地名）柳下一舟艤。初尋得墓道，諦審復不是。（錢梅溪〈書牧齋先生墓道碑〉：「峙田中從墓道入，得一塚，為高姓，後始於高姓墓東北得之，碣書『東澗老人之墓』。又西南行約百步，得一塚，題『河東君之墓』，《縣誌》稱距東澗墓二十步，非也。）穿林度阡陌，荊棘刺吾履。同遊盡姍笑，何事竟干彼。吾耳褎不聞，既到無反理。果然得瞽相，道遇嬋娟子。自言道光朝，四世卜居此。似聞陳縣官，（案此陳雲伯也）稍稍修廢祀。邇來近百年，但牧牛與豕。遊人到虞山，競說虞山美。誰能操麥飯，一念若敖鬼。又聞父老言，亡者顏如李。金風玉露中，往往見此豸。色相天人姿，緋衣跕高履。鬼神古則有，其事非譎詭。矧茲尤物生，草木詎能比。君家有蘼蕪，十載黃土委。曾因弔羅隱，一灑薛濤涕。可惜程孟陽，不穿此塚死。」（裕甫有亡姬，虞山人。沒，葬京師西山，其下即詩人羅扶東墓。）

遐庵云：「抔土朝雲伴大蘇，春風斷夢落蘼蕪。炎天藺足荒榛道，合寫虞山訪墓圖。」叔雍云：「河東黃上棠梨外，寂寞何人弔夕暉。欲附《桑經》存酈注，不辭榛棘自鉤衣。」皆紀此事。張宜仲並畫虞山訪墓圖，鶴亭自題云：「荒塚迷紅粉，雲山黯白楊。過橋尋履跡，照水想衣香。多謝僧繇畫，平添陸賈裝。真真吾敢喚，紙上有神光。」亦可為紅豆山莊添一故實。虞山四大禪寺，曰興福，曰報國，曰三峰，曰維摩。余前遊祇及其半，宿願之償，俟之異日。

四三六、天津海光寺修褉紀詩

丁卯天津海光寺禊集，余實主之，以顏光祿〈曲水詩〉序分韻。京津耆宿，強半來會，如陳弢庵、李星冶諸老，韻年逾八十以上，範老亦近七十。余詩所云：「諸賢能好我，聯蘗歡未既。就中洛社英，積歲矢敬畏。」蓋紀實也。弢老分得「纏」字，即席成詩云：「臨河循例會群賢，海上羈棲又一年。積雪涉春都作水，連陰逢霽似闢天。相從攜酒同登閣，有興褰裳與刺船。歲歲祓除兵未寢，可堪南望戰氛纏。」腹聯海藏極稱之，以為置之宋賢集中，亦僅見之佳句。星冶分得「轡」字，賦詩云：「世變輒滄桑，初服我久遂。淑氣扇春風，行行散遊騎。況逢上巳辰，欣然修褉事。古有會稽會，今非蘭亭地。勝境亦何常，浩蕩海光寺。校舍假肆筵，殷勤來客遲。濟濟列群賢，列坐依其次。湖平觴不流，綺席自揚觶。欲以伸雅懷，拈韻各分字。珠玉落九天，詩成權作記。嗟彼閧牆人，奈何傷同類。祓除苦無方，民生亦顦顇。盼定澄清局，憑君一攬轡。」結句見勖，何以副之。未幾星老捐館舍，余輓之云：「曾共春洸泛羽觴，如何彈指即滄桑。神州縱有澄清日，可惜斯人宿草荒。」蓋不勝黃壚之感矣。範老分得「芬」字，賦詩有「寒重晚春猶欲雪，地偏勝友尚如雲」之句。是日歸途，並在八里臺泛舟，觴詠之歡，可云稱盛，付之剞劂，且俟異時。比歲每逢褉日，輒亦小集朋尊，顧吟侶散處，不易合併，以視曩集，殊有積盛難繼之慨。

近友人野崎誠近君鈔示戊辰、上巳範老分韻之作，亦於前遊，深致惓惓。尺波駒隙，所感正同。詩云：「修褉曰重三，其日曰上巳。此會但一開，傳者必王氏。逸少書蘭亭，元長序曲水。昔賢既有然，今賢尤樂此。去年淝水王，（謂逸塘。）招邀南河涘。今年沽水王，（謂竹林。）東閣集簪履。矍鑠主人翁，皓首今園綺。娛情晚何恃，金石兼圖史。廣結朝墨緣，到處逢知己。昨者飛一牋，少長咸戾止。庭花遲來客，窗竹待佳士。二十有九人，同坐春風裡。爰循去年例，題名聚一紙。張之漢石樓，（主人得子游殘石，名所居曰漢石樓。）遙映今傳是。（今傳是樓，逸塘樓名。）酒酣歌抗墜，笑語雜詼詭。三爵日已晡，餘興殊未已。今日宜有詩，尤非他日比。將詩祓不祥，乃符修禊旨。不祥莫如兵，斯語出老子。祓除倘有力，弭兵從此始。」今範老逝矣，沽河重泛，腹痛何堪！余有〈次範老自輓詩韻〉一律云：「壽考令名公已備，弧辰屈指隔兼旬。方期舉案歌偕隱，何遽騎箕作古人。吟社有聲當代重，釣臺無恙一星淪。水西莊畔盈盈水，從此閒鷗孰與親？」城南社者，範老主之。嗣響水西，積詩成帙，代興之責，是在諸賢。

四三七、七言詠物詩最難工

詠物詩以七言為最難，蓋用意刻琢，易於傷格；專講超脫，又難到題。昔賢工為此體者，首推工部、東坡。工部詠〈返照〉云：「楚王宮北正黃昏，白帝城西過雨痕。返照入江翻石壁，歸雲擁樹失山邨。衰年病肺惟高枕，絕塞愁時早閉門。不可久留豺虎亂，南方實有未招魂。」如此大篇，驚心動魄，安可以詠物目之！又〈野人送朱櫻〉一首，和〈裴迪登蜀州東亭送客，逢早梅相憶見寄〉一首，亦係傑作。東坡〈李鈐轄坐上分題戴花〉云：「二八佳人細馬馱，十千美酒〈渭城歌〉。簾前柳絮驚春晚，頭上花枝奈老何。露濕醉巾香掩冉，月明歸路影婆娑。綠珠吹笛何時見，欲把斜紅插皂羅。」可謂極隸事之工。又〈玉堂栽花，周正孺有詩，次答其韻〉云：「故山桃李半荒榛，粗報君恩便乞身。竹簟暑風招我老，玉堂花蕊為誰春。纖纖翠蔓詩爭發，皎皎霜葩髮鬥新。祇有來禽青鳥帖，他年留與學書人。」此詩不僅詠物，而當時出處懷抱寄託，咸寓其中。詩道性情，固應如是，如專以刻畫雕琢求之，要非上乘。至斷句如張漁川（四科）詠〈胭脂〉一聯云：「南朝有井君王辱，北地無山婦女愁。」某君應京兆試不售而歸，即席賦白菊花一聯云：「燕臺秋老金無色，栗里人歸鬢已華。」韻膾炙人口者，翁覃溪極稱之。近如王湘綺詠〈蘋果〉云：「南土移來香漸減，北方亂後到應稀。」亦極佳。惜祇記斷句。湘綺自謂神似工部，每以告人。

四三八、易順鼎詩淒艷獨絕

樊山「柳色黃於陌上塵」一絕，膾炙人口久矣。哭盦〈燕晉道中題壁〉句云：「夕陽紅煞鴉邊樹，秋柳黃於馬上人。」亦復傳誦一時。哭盦生平最工此體，年十六七時往返五溪夜郎間，道中題壁句云：「春波綠濕桃花影，夕照紅乾燕子泥。」由梧州赴桂林，舟行灕江道中得句云：「四山雲似飯初熟，一路灘如花亂開。」〈癸卯暮春題海淀酒樓〉云：「十日九風偏少雨，一春三月總如煙。」己酉年，燕晉道中又有題壁句云：「心上故人三五雁，腰間神物一雙龍。」上句蓋用定盦詩意，淒豔獨絕，固宜傳唱旗亭。

四三九、張鳴岐老筆紛披賦悼亡

幕客起家，咸同最盛。湘陰合肥而外，如劉霞仙、郭意城、陳雋丞、李勉林諸公，皆其著者。清季則吾友無棣張韓齋，亦擅盛名。開府南曹，猶是壯歲，余與君聞聲相思，民國初元，始獲執手，過從之歡，顯顯心目。顧其後君幽棲海上，屏絕世緣，似聞閨中相佐之力為多。今春君忽寄示所為悼亡詩冊，蓋為慧淨夫人作也。慧淨周姓，以才媛從君逾十載。歡君所為輓詩，沈痛如此，則其賢可知。情之所鍾，原在吾輩。曩奉新許仙屏悼其姬人，刻《詒煒集》。韓齋之意，其在斯乎？

詩云：「油壁來時桂嶺秋，金釵鈿合誓牽牛。匆匆短夢隨雲散，黯黯華年逐水流。從古名花例無子，多生慧業祇供愁。老懷我已悲難遣，猶勝淒涼燕子樓。」「玉京攜手便依依，石上精魂果是非。剖腹求生期白首，憐儂忍死檢春衣。空餘鏡裡雙棲影，怕想花時比翼飛。落月慊鉤憂幽響，姍姍環珮或來歸。」「又是新梅破蕊時，紅閨韻事耐尋思。傳花擊鼓催行令，剪綵搏泥學賣癡。戲擲金鈴調海鵲，教臨玉試版隃麋。懽悰觸緒分明在，才說嬉春鬢欲絲。」「病魔嬈夢倚熏籠，強作歡娛怕惱公。蘇肺頻煩煎淡茹，鑒愁時復唾殘絨。弦淒漫譜金丹曲，窗冷虛延玉女風。腸斷鴛鴦江上水，樓船蕭鼓待驚鴻。」「生小蛾眉暈黛痕，前身合在苧蘿邨。新醅自釀鵝兒酒，鴻素留裁犢鼻褌。病骨尚勞親浣滌，夜臺賸與夢溫存。長生浪說神仙訣，那有還丹可返魂。」「前塵一憶一辛酸，玉骨於今尚未寒。執手何期成訣別，彌留猶為策平安。羅襦在桁疑才換，寶鏡封塵那忍看。不盡空階寒雨滴，收將老眼泫微瀾。」「便結他生未盡緣，今生已恨隔人天。傷心苦藥頻相強，在耳微呻祇自煎。同穴定當償一諾，招魂直欲澈重泉。衰髭短鬢無人鑷，春暖猶驚雪滿顛。」「泡幻年來感已深，欲求般若契雙林。待參貝葉無生旨，卻洗卷施不死心。料得孤棲成怖鴿，倘能共命化仙禽。戒香為了平生願，同禮空王聽法音。」君早歲名噪國學，才氣橫溢，傾其輩流。《四朝詩史》中，錄〈九日登高〉長歌，實其少作。此次〈悼亡〉諸作，老筆紛披，才思不退，信乎能者之不可測也。

四四〇、曾習經以文人親穡事

曾蟄庵「十日層樓九風雨，三年故國百思量」，蓋以詞語入詩者。題為〈春心六首〉，意當時必有本事。茲並錄之：「片片清霜葉葉雲，梨花嫌冷絮嫌溫。何人策馬來相遇，雙燕歸時盡掩門。」「別夢依依過謝橋，心中風雨暗瀟瀟。自從拾得楊花片，不見章臺見柳條。」「板閣微寒酒半消，露桃花底漏迢迢。憑誰說與春宵短，試向銀屏坐寂寥。」「不教王令迎桃葉，空見宮人送水雲。自信飄零文字海，年年清淚照金尊。」「羅帶春餘特地垂，南唐新恨惡禁持。可憐繁杏陰陰地，幾日牆東不再窺。」芳馨悱惻，沁人心脾。遺集乃蟄庵手寫，遐庵校刊，刊成距君歿已二年矣。

君從政農部，明習度支，清季曹司，無出其右。國變後買田楊漕，力耕自給，有〈初宿楊漕田舍〉詩云：「二畝田廬草草成，略無軒檻足幽清。緣河稊柳垂垂發，過雨滮池浼浼平。噉藥忍饑誠拙事，解衣高臥慰勞生。讀書正在牛欄側，一世巢經共此情。」邨居幽事，譸之神往。又有〈田間襍詩十四首〉亦極佳。余尤喜其中三絕云：「蛙聲閣閣水平畦，秔稻初秧綠漸齊。雨後斜陽紅較好，小船搖曳過河西。」「故書百本鎮相隨，長夏村莊日倍遲。溫罷《公羊》剛餅熱，家風還是秀才時。」「夜起微茫月墜霄，青蘆風動響蕭蕭。平生久慣江鄉味，卻又關心早夜潮。」

君以文人親穡事，頻歲旱潦，遂喪其貲，任公詩所謂「田居詩十首，一首千金值」者也。趙香宋有〈蟄庵為農，戲寄一律〉云：「老去多年號乃公，全家力作畝南東。半生識字干天怒，八口占星盼歲豐。留命桑田休問海，傳香麥隴自聞風。杏花菖葉陂如鏡，惟髻相看一笑中。」又〈得瘿公書識京華故人消息，喜極志感〉，其中有句云：「獨憐老跨耕牛者，強唱農歌媚細君。」自注：「細乎小乎，請定此字，僕不敢誣蟄庵也。」耦耕佳話，因並錄之。

四四一、曾習經躬耕楊漕

滄桑換劫，仕隱都難，避地躬耕，每多朝士。楊漕與析津接壤，故退宦多樂就之。蟄庵有〈自拏小舟過河，與梁次侯閒話〉詩云：「次侯吾故人，隔河斜對宇。耕作有偃息，還往無迎拒。沿河東西岸，汲汲事斥鹵。耦耕誠何心，遺民略可數。」自注：「林贊虞、葉仲園、陳詒仲、林朗西、溫毅夫、次侯及子，皆衡宇相望。杜之東屯，陶之下巽，素心晨夕，殆猶遜此」蟄庵居楊漕尤久，有〈題譚玉生煙雨歸耕圖〉句云：「蓑笠攜鋤事了然，敢將蹤跡比前賢。此中風趣吾差識，慚愧寧河過十年。」楊漕為寧河縣屬地，故云。

四四二、荷鋤寫田家風味

蟄庵之外，如勞韌叟、張淵靜，則隱於淶水，荷鋤削跡，世論高之。弢庵先生有〈再訪淵靜韌叟淶水郊居〉云：「自是人間待盡身，菰蘆心事媿遺民。朝朝掉鞅金鼇路，獨自冠裾托侍臣。」周熙民（敦臯），則曾一度卜居蘆臺，並與周松孫有作鄰之約。匏盦丈有〈偕朗溪訪熙民叔侄郊居〉詩云：「咫尺桃源得問津，不知門外有風塵。橫法長恐棲無地，空谷今才見似人。岸上牽舟疑可住，籬根分井便為鄰。芋羹豆飯茅柴酒，草草杯盤一味真。」林朗西又闢農莊於南苑，宰平有〈朗西約遊南苑農莊，留一日而歸〉詩云：「濃陰高柳繞郵家，雞犬迎門寂不譁。逃熱共尋閒日月，食貧能過淡生涯。荷香鄰曲撐遊艇，雨足溝塍臥水車。兵後猶堪追樂事，劇譚飽飯聽私蛙。」宰平固夙有適野之癖者，寫出田家風味，正自不同。

四四三、曾習經官職與王維同

蟄庵於壬子八、九月間，有所讀書，題詞甚佳。〈題王右丞集〉云：「慚惶官職偶同公，寥落千年悵望中。但得晚來修白業，不妨文字馬牛風。」自注：「余官右丞時，何翽高以詩戲之曰：『此真詩人官職也。』自愧文質無底，何敢比輞川。特以夙敦禪悅，於公似有同情，萬一他時有會處，則某甲雖不識一字，要須還他堂堂地做個人。」蟄庵志潔行芳，並時無兩。晚修淨土，頗著精勤。以詩境論，固同摩詰；官職偶符，亦資談助。

四四四、篤於風義

蟄庵〈題丁叔雅遺墨〉句云：「舊日交親原不薄，他生怨悱更何如。人間夭枉兼常痛，腸斷丁三數紙書。」叔雅少與蟄庵同里齊名，迄後留滯京師，客邸所需，及病中醫藥，身後棺斂，皆蟄庵一人任之，其篤於風義如此。甲子以來，癭公、蟄庵，相繼病逝，吾友遐庵治其喪，復為刊印遺集，不負死友，遐庵有焉。

四四五、七律詩偶句以翻空對最見神力

七律詩偶句，以翻空對最見神力。工部之〈武侯祠〉云：「三分割據紆籌策，萬古雲霄一羽毛。」上句本事，下句翻空。後來如放翁之「萬里羈愁生白髮，一帆斜日遇黃州」等句，皆深得此中三昧者。

四四六、薛濤詩筆調極高

薛濤〈籌邊樓詩〉云：「平臨雲鳥八窗秋，壯壓西川四十州。諸將莫貪羌族馬，最高層處見邊頭。」意存諷喻，筆調亦高。尋常女校書，安能有此口吻？人但傳其「枝迎南北鳥，葉送往來風」一聯，殆猶未窺全豹。

四四七、白居易詠晚桃花堪稱絕調

香山〈詠晚桃花〉詩云：「一樹江桃亞拂池，竹遮松蔭晚開時。非因斜日無由見，不是閒人豈得知。寒地生材遺較易，貧家養女嫁常遲。春深欲落誰憐惜，白侍郎來折一枝。」著眼「晚」字，自寫襟期，士有遲暮之感，讀之彌復惘然。詠物之工，此為絕調。

四四八、羅臺山詠盧生事

詠盧生事者，余最推羅臺山（有高）一絕，詩云：「場下盧生太息頻，世間誰是息機人。人生哀樂真無定，好夢原來亦苦辛。」蓋為觀演〈邯鄲〉劇作也。臺山以家難逃於禪，素習權家言。詩不多作，亦勁悍無苶弱氣，與彭二林（紹升）齊名，均能外服儒風，內宗禪行者。

四四九、杭世駿詠木棉花

粵中多產木棉，花時紅照天際，黎二樵稱為海外第一花。杭大宗七絕云：「目極牂牁水亂流，低枝踠地入端州。最憐三月東風急，一路吹紅上驛樓。」最能狀之。

四五〇、孫星衍、王采薇夫婦均能詩

孫淵如陳臬〈東魯題詩〉云：「驄馬紅旌靜不喧，來從玉宇帶高寒。三齊名士爭投刺，一路青山送到官。使者車單如客過，聖人家近借書看。清時不用矜風節，慚愧儒冠換豸冠。」「一路青山」句，神味雋永，儒吏風流，猶可想見。厥配王采薇，亦能詩，畢靈巖刊《吳會英才集》，淵如與采薇詩均入選，亦一時佳話。

四五一、黎簡有警句

黎二樵警句云：「短長道路共別離，少壯交遊半死生。」上句眼前習見語，卻未經人道破。

四五二、吳鎮被稱「三秋居士」

狄道詩人吳松崖（鎮），所為《松花庵詩草》，袁隨園、王西沚、楊蓉裳韻極稱之。以清嘉慶丁巳卒，年七十七。松崖素自比羅昭諫，而年適相符，亦一寄也。有押秋字句云：「疏桐連夜雨，寒雁幾聲秋。」「蘆花湘浦雪，風葉洞庭秋。」「看山雙槳暮，聽雨一蓬秋。」一時稱為「三秋居士」。

四五三、春日村居琢句之工

查初白句：「萬井雲煙扶水閣，四山雷雨動空城。」楊蓉裳句：「虛堂說劍邀奇士，小像焚香拜美人。」皆可寫作聯語。「鶯啼中婦懶，蠶出小姑忙。」許丁卯句也，寫春日村居之景，最為有致，然非生長南中者，不知其琢句之工。

四五四、翻案詩有味外味

翻案詩出以蘊藉，最為上乘。徐巨源〈題桃源圖〉云：「落英芳草閉桑麻，客到驚聞世代賒。津路早知紅樹引，秦人應悔種桃花。」末二句有味外味，與工部之「君看燈燭張，轉使飛蛾密。」同一用意，知此旨者，可以論政。

四五五、言氏兄弟並負詩名

老友虞山言仲遠（敦源），與哲兄謇博大令，早承家學，並負時名，大河南北，類能道之。謇博曾遊通州范肯堂之門，以能詩稱，不幸早逝。仲遠雖以治軍從政自見，顧詩學之邃，朋儕中尚有不盡知者。曩詒余《喁于館詩草》，余尤喜其〈豐臺〉一絕云：「芍藥豐臺問有無，平平砥道碾青蕪。斜陽十里春三月，過客何人弔曼殊。」配丁夫人蘊如，亦工吟事，唱酬之樂，時論羨之。有〈雍梁入塾占示〉詩云：「讀書習字說聰明，十載匆匆易長成。不解東坡居士意，何須愚魯始公卿。」用意深婉，超越前人。

四五六、言氏一門風雅

仲遠刊行家集，曩以詒余。曰《餐霞樓軼稿》者，大母左太夫人小蓮所作。太夫人乃陽湖左仲甫先生女孫。仲甫先生曾宰吾邑，遺愛猶存。配陳大夫人為江陰陳大令柄德女公子，一門工詩畫，見李氏《養一齋集》。於以知太夫人之家學有自矣。集中〈才調〉一絕云：「才調從來天付儂，一枝畫筆重江東。自嫌詩少幽燕氣，直掛雲帆趁北風。」〈偶然〉云：「偶然得句費疑猜，恐被前人道過來。秋水為神玉為骨，更從何處著塵埃。」皆不以塗飾藻采為工者。曰《榿叟詩存》，曰《鷗影詞鈔》，均仲遠贈公應千丈所作；曰《梅花館集》者，則為應千丈厥配汪夫人雪芬所作。應千丈歷宰畿輔諸劇邑，所至有政聲。吏事餘閒，則偕夫人及親戚集社為詩。仲遠兄弟夫婦，隨侍宦所，觴詠無虛日。一門風雅，播為美談。至今思之，真承平盛事矣。

四五七、善用虛字之妙

劉隨州〈長沙過賈誼宅〉云：「三年謫宦此棲遲，萬古惟留楚客悲。秋草獨尋人去後，寒林空見日斜時。漢文有道恩猶薄，湘水無情弔豈知。寂寂江山搖落處，憐君何事到天涯。」錢籜石謂其都用虛字，失之薄弱，實則虛字善用，句法乃佳，宋人詩正以此等處見長也。

四五八、樊樊山續婚韻事

樊山翁有〈癸亥年內子生日〉詩云：「鳳卜諧來四十秋，清朝繡帨揭秦樓。祝釐娣侄猶蓮步，（閨襜三四十歲以上者多非天足。）較長兒孫有白頭。雙髻按歌爭勸酒，半身帶病轉添籌。（君病半身不遂十年矣。）叢叢萱草黃金色，五世團欒幾世修。」蓋為祝夫人作也。當日夫人來歸，伯希祭酒，與王廉生、周薈叔、梁星海同送賀禮。時星海居棲鳳樓，與意園僅隔衖。伯希牋之云：「雲門公幛，已列大名，又附以茶燭等物，另日開單送索」云云。此牋星海以貽其門人陳公輔，並書有顛末云：「雲門續娶祝夫人，甚賢慧。其來京時，借朱二楞屋，梁狀元甫移出也。雲門自題柱聯云：『半畝園從中翰借，合歡詩是狀元牋。』是日轎將到日，蒓客同年在座。眾促其撰祝詞，匆匆集〈易林〉數句，不能記矣。正孺、韻蒔、嬰齋，與我同送喜禮，（每分一兩有零，重禮也。）此紙來取分金，甚有趣。弟於韻蒔為私淑，於茗樓為受知，此紙不歸末利狀元，更誰歸耶？」云云。末利狀元，乃指公輔，其本事未及詳。

公輔裝成橫幅，樊山更題二詩云：「曾記秦樓跨鳳遊，賀錢猶醵禮從周。泥金喜字紅銷帳，成就鴛鴦到白頭。」「半畝園從中翰借，合歡花是狀元栽。（中庭馬櫻二株，斗南前輩手植。）轉頭三十年前事，贏得兒孫滿玉臺。」款云：「公輔仁兄屬題，祥今年七十，荊人亦五十九矣，書此不勝帳觸。」按樊山翁今年八十有四，前提適為乙卯，至合巹之年，則清光緒甲申也。

樊山又有〈為丹徒丁蘧卿新婚，題所藏如冠九畫並蒂蓮圖〉二絕云：「蓮子杯為合巹尊，丹徒宮畔爛盈門。杯中九粒青蓮子，天遣荷花與報恩。」「仙郎昔賦並頭蓮，曾記南園擬狀元。誰識壽南寫雙瑞，德宗皇帝太平年。」其跋語云：「題畫甫竟，江東生適來，謂畫不惡而紙色標工俱陳舊，非新房中物。因憶光緒甲申，余在京娶婦，以三金購得無名氏〈和合圖〉，張之新房，亦嘉道間舊畫。余題其上云：『面目苟可憎，其他概可見。古之神仙人，從小不討厭。』朱蓉生見之笑曰：『雲門淘氣，今四十年矣。』畫為孫輩持去，附記於此，願蘧卿吾如夫婦白首相莊，子孫曾元，環繞膝下也。」此亦樊山新婚韻事之一，因並著之。蘧卿尊人，闇公秘書，亦余舊識。近於沽上重晤，佳兒養志，樂事可知。至樊山則不相見已逾十年矣。

四五九、柯紹忞成都雜憶詩

柯鳳孫〈成都襍憶詩〉之一云：「一枕春寒聽子規，成都二月海棠時。渭南老子堂堂去，祇有王郎七字詩。」為福山王文敏作也。文敏〈子規詩〉云：「庭前老樹因風響，窗外青山帶雨橫。一枕新涼天欲曉，北人初識子規聲。」其時文敏以省親入蜀，鳳孫亦橐筆依人，清尊雅集，酬唱遂多。〈襍憶詩〉又一絕云：「新繁寺裡雪堂師，萬樹梅花萬首詩。記得當年人日作，龕燈挑盡夜眠遲。」亦紀當日遊事者。按文敏有〈新繁龍臧寺雪堂和尚含澈，招同柯鳳孫（劭忞）、鄧文甫（質）兩孝廉，家十五兄，遊東湖觀梅〉詩云：「蜀國東湖竟眼前，我來正是早春天。詩僧合作林間主，佳客能參句裡禪。野飯味兼蔬筍下，新晴暖到衲袍邊。寒山拾得終成佛，管領梅花十萬年。」

雪堂，蜀之詩僧，卓錫龍臧寺最久，擅長三絕，交遍勝流。文敏去蜀，惓惓雪堂，有〈寄懷〉二詩，其一云：「忽忽一別兩經年，坐對高秋意惘然。稚子碑前牽客日，鹿頭關上寄書天。近從病裡常生悟，自悔閒來不解禪。今古詩風真在蜀，雪堂舊字屬坡仙。」其二云：「八十餘年老雪堂，五千里外古江鄉。詩情已逐親朋散，春夢還連日月長。蕭寺夜遊成故事，東湖天暖正韶光。無端相憶便相寄，泥上飛鴻已渺茫。」

四六〇、徐宗浩工畫竹詩亦佳

石雪不見，將逾二年，聞大隱連濱，時復相念。近寫墨竹見寄，且媵以詩云：「中郎去後桓伊老，鳳嘯龍吟孰賞音。三復臨川剛瘦句，千秋能得此君心。」蓋用王荊公有「人憐直節生來瘦，自許高處老更剛」詩意。石雪最工畫竹，題畫絕句，無一不佳。丙寅以來，得詩又二百餘首。續集之刊，拭目以俟。

四六一、才媛許燕珍能詩

吾邑才媛能詩，要推許燕珍為最，燕珍為四山學使曾孫女，武田大令其卓之女，孝廉許養棨（曾園）之妹，字儷瓊，號靜含。十三歲能作〈鸚鵡賦〉，工麗典雅，一時稱之。歸無為諸生汪鎮為室，著有《黹餘小草》。陳子言所輯《廬州詩苑》，採入燕珍詩甚多。尚有〈題半面畫竹〉一絕云：「琅玕誰寫一枝枝，墨瀋煙濃下筆遲。為問蕭蕭何處似，渭川風雨夜涼時。」具載《雨郵詩話》，子言未及見也。

四六二、國子監雙祭酒

廣雅有〈國子監拜熙文貞、王文敏兩公祠，遂觀石鼓〉詩云：「戟門階下綠苔生，鳳翥鸞翔老眼明。人紀未淪文未喪，巋然石鼓兩司成。」謂熙元及王懿榮兩公也。司成一職，向以碩學清望充之。蒙古盛昱曾為祭酒，海內稱得人。遜清之末，國學改制，徐梧生（坊）亦任此官。樊山有贈梧生監丞云：「橋門今是靈光殿，東魯遺經獨抱殘。欒止一夔知已足，卻餘石鼓幸猶完。金絲夜夜鳴虛壁，書畫時時閱冷攤。死友平生雙祭酒，與君先後得同宮。」樊山所謂「雙祭酒」者，蓋謂廉生伯羲也，亦韻與梧生友善云。

四六三、淡於酒色淡於官

「閒情究累韓光政，醇酒何傷魏信陵。」此洪北江〈輓屠刺史紳〉句也。「牛渚磯長淺草明，豈容小怪困溫生。可憐玉鏡臺消耗，自古英雄伐性輕。」此袁忠節〈南京道中〉句也。太真年僅四十八卒。忠節此詩，殆有微諷，亦可為後生作當頭棒喝。樊山有〈丁巳除夕襍詩〉之一云：「老人難老古來難，杜審言詩盡喜歡。說與世人延壽法，淡於酒色淡於官。」養生之訣甚多，要不逾一「淡」字。真知此中三昧者，蓋無幾人。樊山又有〈聞竹延納姬戲贈〉云：「樊山詞筆擅風華，一世曾無稱意花。冰簟銀床涼雨夜，人生無過獨眠佳。」〈自題六十七歲畫象〉云：「不作天仙亦地仙，五朝經過未華顛。妻孥始信休官好，檢校丰容勝去年。」兩詩皆自道淡字之受用也。

四六四、錢載詩造語盤崛

海藏於乾嘉詩人，盛稱籜石齋，謂為「自開風氣，卓然大家」。偶閱《北江詩話》，亦謂：「近時九列中詩，以錢宗伯載為第一，紀尚書昀次之。宗伯以古體勝，尚書以近體勝。漢軍英廉相國亦其次也。」夢堂詩，余《詩話》中前已及之，籜石詩造語盤崛，瓣杳昌黎，應制之作較多，則不免蒲褐率意之誚矣。

四六五、黎簡、姚椿自成一家

北江於同時詩人，獨取嶺南黎簡、雲間姚椿，以其能拔幟自成一家。又云：「作詩造句難，造字更難，若造境、造意，則非大家不能。近日順德黎明經簡，頗擅此長，年甫四十而卒，然所存諸詩，尚足以睥睨一世。」二樵卒年似不止四十，容續考之。其詩前亦錄入《詩話》。姚椿字春木，江蘇婁縣人，有《通藝閣詩錄》。〈極樂寺看荷〉云：「疏疏紅紅靜白白，世界清涼藏古色。夜深風露送香來，秋夢江南歸不得。波明更弄空外影，雨過方知定中力。古來何語品花工，文殊不語維摩默。」〈客中除夕〉云：「僕夫解轡馬停騑，我亦征塵倦拂衣。萬事無成閒處老，一年將盡夢中歸。成都春酒愁添暈，劍外江山舊合圍。猶勝櫜時戎馬客，滿天風雪望庭幃。」論其意境，信能拔幟成家者。

四六六、向乃祺詩近龔定庵

永順向北翔（乃祺），詩有奇氣，致力亦深。曩共議壇，即有夙契。余居東日，君寫示〈中江避地感賦〉四律，中有「甘陵黨部分南北，國士心情重怨恩」之語，沈鬱悲壯，擊碎唾壺。所著有《槐抱軒詩稿》，皆十年以前之作，近歲時寄新篇，詩境更進。都講城西某校，地即湖邸遺址。〈丁香盛開感賦〉云：「棖觸情懷欂散身，拚拋孤憤入眉顰。齋心孔室生虛白，拂面玄都感舊塵。小住容教花作主，嚶鳴喜得鳥相親。名園不管閒葵麥，獨放丁香弄好春。」回首前遊，同此棖觸。吾自幼讀史，服膺張太岳之為人，有「瓣香心事屬江陵」之語，聞者壯之。戊辰冬，君有榆關之行，為〈東征紀事詩〉若干首。余尤喜其〈朝發津沽〉一絕云：「寒風破曉雪初晴，坐廢偏宜塞外行。愧對西山張冷眼，雞蟲碌碌底干卿。」遣詞托興，雅近定盦。

四六七、盧贈白頭黃帽說承平

兩淮運使，前有盧雅雨，後有曾賓谷，均以提倡風雅，延攬勝流著稱。雅雨先後任運使尤久。時值承平，竹西殷富，接納文士，有如饑渴。江浙群彥，如金壽門、陳玉几、厲樊榭、惠定宇、沈學子、陳授衣等，凡前後數十人，皆為坐上客。而地主如馬佩兮（秋玉），及張漁川、易松滋，扶輪承蓋，相得益彰，文酒之歡，壇坫之盛，一時無兩。揚川本為南北要衝，平山、蜀岡、虹橋諸名勝，又夙為士大夫遊衍所集，雅雨先後修小秦淮、虹橋二十四景，及金焦樓觀，彌覺江山生色不少。

其〈告休得請留別揚州故人〉四律云：「力憊宣勤敢自憐，薄才久任受恩偏。齒加孫冕餘三歲，歸後歐公又九年，犬馬有情仍戀主，參苓無效也憑天。養痾得請懸車日，五福誰云尚未全。」「祖道長筵舟滿河，綠楊城外動驪歌。重來節使經三考，歸去輿人賦五紽。絳帳唱酬郊籍在，清門交際紀群多。二分明月尊前判，半照離人返薜蘿。」「平山迴望更關愁，標勝家家醉墨留。十里亭臺通畫舫，一年簫鼓到深秋。每看絳雪迎朱旆，轉似青山戀白頭。為報先疇墓田在，人生未合死揚州。」「長河一曲繞柴門，荒徑遙憐松菊存。從此風波消宦海，才知煙月足家園。枌榆社集牛歌好，伏臘筵開鶴髮尊。癡願無多應易遂，杖朝還有引年恩。」一時名流，和詩送行者甚眾。

劉繩庵（綸）云：「勞臣求息得邀憐，心遠懸知地自偏。曾借寇君如望歲，試圖疏傅是歸年。棠陰久被江南路，梅訊遙傳薊北天。喚讀新詩同握手，平生出處道能全。」「歷盡危輈共駛河，出關曾聽塞垣歌。祇今重望推黃髮，為有清操勵索紽。絲竹後堂同輩少，鵲華晴嶺故鄉多。昨傳沈范交情好，（謂香樹司寇）。咫尺青松施女蘿。」「隋堤楊柳綰離愁，治譜詩篇去尚留。江北淮南屯萬竈，王前（謂漁洋尚書）。盧後共千秋。歸與何事淹鴻爪，送者猶然望鷁頭。試上千山最高處，蒼煙幾點隔齊州。」「春風草綠鄭公門，三徑人歸素業存。家有杜亭仍作長，地連董里試名園。顧予傾蓋交非薄，羨爾抽簪道更尊。他日平原好相訪，蒲輪鸛詔話新恩。」

陳勾山（兆侖）云：「宦途相左實相憐，佳話傳來發興偏。泉石亦關廊廟體，耆英多出盛明年。遺榮倘說難由己，寬詔何由得自天。遙想登舟增感泣，急流晚節荷成全。」「邗溝春水接長河，流咽沿提父老歌。檣燕尚疑烏府戟，榜人都識大夫紽。僮肩書較來時富，舟尾風從去夕多。回首竹西人定後，早如涼月下松蘿。」「坐對溪山豁百愁，得消閒處盡句留。門無俗駕餘三徑，日倍當年又一秋。送琖喜逢酤滿眼，排籤時作錦裝頭。（卷首帖綾曰錦蟫，見《米集》。）布衫自好茶堪吃，誰道青州隔趙州。」「大姓山東第幾門，孤騫風雅巋然存。詩如白傅哦高會，帖似官奴作〈小園〉。夢里魂通夷有道，林間見少望逾尊。未營畫舫慚歐九，鏡水何年得拜恩。」

盧紹弓（文弨）云：「卅載宣勞聖主憐，北風倦翮向巢偏。懸車大勝三公貴，結社相當九老年。繞屋栽花規隙地，傍簷曬藥趁晴天。歲華有酒郊扉掩，合署頭銜號樂全。」「揚州城郭半臨河，賓從平山擁笑歌。詎以風流妨案牘，益緣膏潤勵絲綸。清名博野（前使尹公）。應堪並，佳句漁洋（王公）未較多。歸去灑然何所戀，故鄉隨處足煙蘿。」「傾城相送渺含愁，一片輕帆肯少留。風月異時誰作主，蓴鱸歸興不因秋。春孤芍藥芳筵畔，煙冷茱萸古渡頭。久向董生祠下住，瓣香元祇在吾州。（使署有董子祠，而德州故廣川城內有繁露臺）。」「同源獨厚先徵士，賤子歸來屢踵門。時祭每求仁者粟，高風不讓范公園。追陪向憶南樓月，寂寞空思北海尊。伯氏才名誇接武，林居大可答君恩。」（缺和元作一韻，避私諱。）

以外如尹望山（繼善）、劉印于（星煒）、任邱李文園（中簡）、錢塘倪敬堂（承寬）、吳穀人（錫麒），及王繼華等，皆有和作。望山與雅雨為卒卯同年，方督兩江，共事尤久。故詩中有「鹿鳴聯譜思當日，鶴髮同舟又十年」之句。諸賢題詩共為一長卷，卷首有雅雨戴笠小照，甚精，王夢樓題「雅雨山人戴笠圖」七字，王固雅雨門下士也。李文園詩云：「平山堂上紗籠句，名士軒前水泛杯。誰繼風流鄉老輩，白頭黃帽賦〈歸來〉。」自注：「漁洋有戴笠小像，故云。」此圖奄有眾製，洵為海內巨觀，亦可想見承平韻事。

四六八、蘇東坡以詩為詞

東坡詞中有調寄〈生查子送蘇伯固〉云：「三度別君來，此別真遲暮。白盡老髭鬚，明日淮南去。酒罷月隨人，淚濕花如霧。後夜追君還，夢繞江南路。」據坡公自注效韋蘇州。今見《東坡續集》，則固是詩不是詞矣。陳後山謂坡公以詩為詞，殆指此類。

四六九、柳永在襄陽非儀徵

詩有風致絕佳，而事實卻誤者。宋茗香（大樽）〈邗江褉詠〉云：「曉風殘月最堪憐，夢續揚州不計年。一種荒寒誰管領，杜司勳讓柳屯田。」蓋緣《分甘餘話》稱儀徵西地名仙人掌，有柳耆卿墓之訛。其實柳墓在襄陽，非儀徵。後人以漁洋主之，遂未深考，不可不辨。

四七〇、好花看到半開時

「美酒飲教微醉後，好花看到半開時」，康節句也。吾人熟讀此詩，可悟涉身之旨。曾湘鄉以「求闕」名齋，並時以「花未全開月未圓」戒其子弟，亦即此意。錢香樹有〈題紅葉〉句云：「一夜流傳霜信，早衰多是出頭枝。」熱中者讀之，能無冰冷。

四七一、只有斜陽似舊時

樊山翁之筮仕秦中也，有〈留別同人〉二律云：「海水群飛白日寒，此時鳴佩去長安。諸公竟灑憂時淚，百里叨除本分官。捧檄聊為將母計，著書休當罪言看。督郵倘敗陶公意。歸去東溪有釣竿。」「西行走馬欲何依，滿目河山景又非。汾上詩成秋雁過，關中木落故人稀。相思隴右無芳草，回首修門但夕暉。此後西園清燕日，憐余方採北山薇。」當時輦下師友如李伯、王廉生及敦夫、再同、伯熙、蒼生諸公，樊山皆曾寫寄。越三十四年，陳公僃於廠肆蒐得此詩，蓋係王文敏家故物。公僃裝卷徵題，樊山為題三絕句云：「一官西請左魚時，師友銜杯悵別離。臨老試揩銅狄淚，重看光緒十年詩。」「福山玉骨委寒泉，篋畫楹書散作煙。賴有能文東塾嗣，昆池灰底拾殘箋。」「此是西征第一題，（余《西征集》以此詩冠首）。鹿車同載鮑宣妻。（是年續娶，後挈內子赴任）。同光諸老凋零盡，賸有龐眉玉案齊。」前詩作於甲申十月，重題則民國丁巳十月三日，恰為卅四年。今又逾十年矣，文敏所藏，久已散佚，貞元朝士，更無幾人。今春樊山翁有〈獨遊崇效寺看牡丹〉詩十三首，其一云：「春遊白紙古時坊，師友凋零極可傷。花事依然人事改，同光惟賸舊斜陽。」自注：「同光兩朝，每與張李二師、陶氏昆季遊此，今皆不在。李先生詩『祇有斜陽似舊時』，思之淚下」云云。知其所感者深矣。

四七二、孫詒讓精於考據之學

同光之際，海內外學人，殆無不知瑞安孫先生者。先生名詒讓，字仲容，同治六年舉人，官刑部主事。其後詔開經濟特科，設禮學館，累徵不起。光緒三十四年，年六十一卒。平生喜考據之學，著書凡二十有四種，而《周禮正義》、《墨子閒詁》二書，尤為世重，流布域外，奉為大師。所為詩詞，尚待編輯。近志龕鈔示數稿，皆有關國故及佚聞者。

〈自題變法條例後〉云：「六典〈周官〉炳揭櫫，輶軒絕域更蒐書。中西政法原同貫，始信荊公太閤疏。」「太平經國細參詳，王道由來足富強。重見始元論〈鹽鐵〉，昔年星散幾賢良。（戊戌更政，持議者多舉制科未試，而黨獄興矣。不佞以陳右銘中丞、瞿子玖尚書薦，亦廁名其列，陳公尚未識面，蓋得之黨人某也。）」「鍥舟瞀論陋儒冠，屬草寄觚急就難。（皷門旬日成此冊篇，愧不能精備也。）縱是屈平能制法，卻愁騰怨到椒蘭。」「百年禮樂未嫌遲，微管經綸亟救時。周室成韻漢衛彈，承平治教在今茲。（更法條目繁夥，要當以學堂為根柢，警察次之，蓋學堂儲立法之材，且開守僞者之蒙固，警察則使法之必行，而祛積弊。無此而徒議變法，無益也。）」「黨獄紛紛士氣傷，秋荼禁網到文章。蘭陵祭酒皷門久，猶有新書法後王。」「綿蕝孫通世所宗，議郎博士自雍容。中興事業由圖讖，作奏何勞屬葛龔。」「午貫姑榆戰教宗，（「午貫姑榆」見秋官壺涿氏，景教十字與彼相類，蓋中西大方術家皆有之。）漫天飛艙苦連𨗴。殺機金父終當盡，要看潛霆起蟄龍。（火器之烈，於今已極，揆之天時、人事，必有廢絀之日，其在電學發微，黃種將興之際乎。臆見如足書以為券。）」「東西瀛海匝圓球，行見隆平接盛周。中外文明儻同軌，豈徒閎侈說齊鄒。」又〈題埃及石刻拓本〉云：「升岣嶁紛售偽，黔黴紅崖亦渺茫。誰識西航琛賮外，一拳古石見鴻荒。」「十誡摩醯著錄初，西來景教此權輿。沮蒼字例重瀛隔，猶有怯盧列體書。」「朝日隆儀亞甲傳，〈撒根〉古記五千年。寄文佚禮煩甄考，遠在羲和柳谷前。」語有特識，前無古人，考據之精，特其餘事。又有〈題焦山定陶鼎拓本〉，及〈吉日癸巳石刻〉二詩亦佳，不具錄。

四七三、納蘭容若再生之說

味雲重葺貫華閣，並以所輯《貫華叢錄》徵題，余襍書所感報之。其一云：「滿天落葉賞新詩，一日聲名輦下知。我與定山同里閈，蕭條真恨不同時。」謂吾鄉龔端毅延賞顧梁汾作也。梁汾名貞觀，無錫人。初以諸生被黜至都，援例入成韻，其題壁詩有「落葉滿天聲似雨，關卿何事不成眠」之句。端毅一見歎賞，遂為延譽，由是聲名大噪。後舉清康熙五年順天鄉試，十年移疾歸。大學士明珠重其名，具賓禮延致相府。貞觀雖處要地，捐潔自好，獨與明珠子納蘭容若為忘年交。嚴蓀友稱其風神俊朗，大似過江人物。官中書時，蓀友贈詩云：「曈曈曉日鳳城開，才是仙郎下直回。絳蠟未銷封詔罷，滿身清露立宮槐。」其標格如許。

畫〈側帽投壺圖〉，容若題〈賀新涼〉一闋於上云：「德也狂生耳，偶然間、緇塵京國，烏衣門第。有酒惟澆趙州土，誰會成生此意。不信道、竟逢知己。痛飲狂歌俱未老，向尊前、拭盡英雄淚。君不見，月如水。與君此夜須沈醉。且由他、蛾眉謠涿，古今同忌。身世悠悠何足問，冷笑置之而已。尋思起、從頭翻悔，一日心期千劫在。後生緣、恐結他生裡。然諾重，君須記。」梁汾答詞，亦有「結托來生休悔」之語。越數年，容若卒，年甫及立耳。後梁汾家居，一夕夢容若至，曰：「吾來踐約矣。」厥明報仲子舉一孫。梁汾熟視之，面目一如容若，心竊喜。顧視其生命，決其必夭，遂名之曰益壽。彌月後復夢容若別去，醒起急詢之，已卒矣。梁汾急命治棺厚殮之，葬惠山忍草庵下。終梁汾世，歲必再至，布奠泫然。

味雲尊公用舟丈塞濟〈吊顧益壽殤塚〉詩，最為藝林傳誦，錄之：「不負前生約，曇花了夙因。鑄金多作淚，埋玉又成塵。白髮填詞客，紅牙按曲人。空山來酹酒，憑弔共沾襟。」丈為梁溪望族，名德踵興，見於志乘。丈起家華膴，被服儒素，澹於時名，文師東漢，詩法中唐，所作〈修竹吾廬主人自序〉，雋旨名言，競相傳寫，原文見《梁溪續文鈔》中。遺詩則已選入《晚晴簃清詩鈔》。再生之說，前例甚多，靈學方昌，足資研考，余《詩話》中述哭奩為孟晉後一事，皆此類也。

四七四、重修貫華閣

忍草庵在惠山第一峰之東，林泉幽邃，清初諸老，觴詠其間。庵左有貫華閣，為梁汾、容若去梯玩月處，圖詠之盛，播於當時。容若以康熙三年扈駕南來，訪梁汾於惠山，與姜西溟、陳其年同宿庵中，明年遽卒。梁汾傷離感逝，時見於《彈指詞》。〈大江東去〉結句：「等閒辜負，第三層上風月。」〈跋〉云：「烏乎！容若已矣，余何忍復拈長短句乎！是日狂醉，憶桑榆墅有三層小樓，容若與余昔年乘月去梯，中夜對譚處也，因寓此調落句及之。」又〈桃源憶故人〉結句：「還擬他生重借，領袖鴛鴦社。」容若構一曲房，嚴藕漁書其額曰：「鴛鴦社」。此詞亦容若亡後作也。忍草庵舊藏容若遺像，並所書貫華閣額。嘉慶末年閣毀，額像韻無存。以上各節，用舟丈《修竹吾廬隨筆》敘述最詳。

味雲早讀楹書，旁搜鄉獻，歲乙丑冬，規度遺址，鳩工重葺，並於閣之第三層設龕祀梁汾容若兩居士，及鄉先生若干人。樊山翁為作〈重修貫華閣賦〉，江南老畫師吳觀岱復為之圖，同時勝流，題詩尤夥。名山韻事，因人而傳。余為題五詩，其一云：「盛事江鄉入畫圖，更從霜鬢闢榛蕪。九龍山下桑榆社，佳處留庵許我無。」蓋紀實也。余於惠山訖未一至，與味雲則交近廿年，文酒往還，久而彌篤。君覃研計學，歘歷有聲。光宣官京朝日，尤以章奏擅名。所為《雲在山房詩存》，僅百餘首，風格雅近三唐，近體尤勝。

五言如「海雲含雨黑，關月帶沙黃」，「劍拭虹光潤，衣沾唇氣涼」，「松寒龍擻雨，芝暖鶴耕煙」，「蟬聲經雨斷，螢影入煙微」，「山禽爭果落，野蝶趁花飛」，「階竹斜侵戶，簷花倒入簾」，「疏鐘雲外寺，微雪水邊郵」，「月影隨花轉，秋聲隔竹聽」，「深竹籠煙暗，疏松點雪明」。七言如「黨人北部聲華盛，貴戚南陽恩澤多」，「勳業半生譏畫虎，人才幾輩誤從龍」，「焚書翻恨秦坑淺，撥幟俄驚趙壁空」，「成神未必皆青骨，作相如今盡黑頭」，「碧檻風涼多近水，紅樓月好不離花」，「樓臺倒影搖空碧，城郭含煙帶晚晴」。沉雄清麗，兼而有之，不媿作手。七言專主神韻，頗近漁洋。

四七五、張元濟在日本觀靜嘉堂藏書

咸同以來，浙江藏書，推丁、陸兩家。歲丁未，日本巖崎氏靜嘉堂文庫，以日金十一萬八千圓，購陸氏書歸彼都，計為書四千部，為卷二十萬有寄，為冊四萬四千餘。詳見島田彥楨所作《皕宋樓藏書源流考》及《購獲始末》文中。其時吾國藏書家，聞秏太息者，頗不乏人。老友王志盦為十二截句紀事，所謂「丁董羅陳嗜好偏，書亡同損一宵眠」者也。丁謂叔雅，董謂授經，羅謂叔韞，陳謂士可，皆有書癖者。又云：「割取書城歸舶載，蘋風淒絕駱駝橋。」援證精詳，海內傳誦，茲不具錄。

近志盦又以菊生觀書長篇見示，蓋〈戊辰暮秋至日本東京，觀靜嘉堂藏書，贈巖畸男爵，兼示岡部服吉諸君及斯文會會員〉者。詩云：「昔聞海上三神山，仙人之居不可攀。卿雲輪囷滿霄漢，乃知福地兼瑯嬛。中原文物萬方布，大師巡禮競西渡。蓬萊清淺時往還，攜歸經籍紛無數。唐宋閱今千百年，流風未息薪火傳。海通地縮旦夕至，書城舶載尤便便。我生不辰厄陽九，抱殘守闕嘗恐後。祇憐百宋與千元，廛架蕭條漸烏有。吳興觀察興獨豪，南北蒐計不辭勞。帶經宜稼盡消歇，層樓皕宋瞻天高。（陸氏皕宋樓書，大都得自侯官帶經堂陳氏，上海宜稼堂郁氏。）守先豈無克家子，世事滄桑非得已。遺書珍重方鑿楹，韞玉求沽旋入市。故人聞訊喜開顏，愚公有志思移山。（皕宋樓書初在上海求售，亡友夏粹方謀之於余，欲為涵芬樓收之，余竭力慫恿，許以八萬金，久未成議。）祖生一鞭先我著，海濤東去不復還。靜嘉主人長袖舞，耽玩經史爭快睹。揮斥黃金無吝容，萬卷歸來埒天府。東京學術之中樞，蘭臺延閣無處無。主人意是猶未慊，更闢文庫餉師儒。我聞此舉深太息，廿年宿願償未得。破萬里浪乘長風，好探珍秘開茅塞。（皕宋樓書在國內時，屢謀往觀，迄未如願。）有客惠好示周行，導我急登讀書堂。（余抵東京，長澤君即夕過訪，約期偕往靜嘉堂文庫。）風馳電掣原野闊，山光掩映溪聲長。溪山深處樂遊苑，舊朋握手喜相見。（諸橋君數年前曾至上海，晤談甚歡，別後久未相見）。指公遺像陳堂前，（堂中供巖畸老男爵銅像，諸橋君指以見告，始獲瞻仰。）恨我遲來艱覿面。墓門佳氣鬱蔥蔥，百城長傍泉臺宮。（文庫距故男爵墓僅數百武）。生前愛玩不忍釋，英靈呵護長無窮。令子象賢稱主器，大啟堂構繼先志。金匱石室嚴弆藏，精槧名鈔廣羅致。我來海外交有神，特許巡覽娛遠賓。執事靖共駿奔走，相助檢索逾兼旬。好書不厭百回讀，快事生平誇眼福。既入寶山寧空回，得隴何嫌更望蜀。是邦朝野多名士，同聲相應未遐棄。仰體前賢求法心，俯酬遠客東來意。公私典籍同秘藏，門牆數仞徒旁皇。片言相介重九鼎，偏窺鄴架並曹倉。宮寮美富首屈指，內閣精華差可擬。足利遺蹟亙千秋，五經紛綸歎觀止。尊經《世說》古本孤，（前田侯邸藏宋刊《世說新語》，附有《敘錄》、《考異》並《人名譜》二卷，為中邦所未見。）成簣《魯論》美且都。（德富君出示古寫本、刊本《論語》凡數十種）。更有《宛陵》留半集，（內野君有殘宋刊《宛陵集》，亦中土久佚之本。）詩老長懷梅聖俞。獨惜祝融淫虐肆，太學爐餘閉篋笥。（余至帝國大學圖書館，姊崎館長語余地震被焚，新館尚未落成，所收書籍均在篋中，悵然而出）。摩利於澤留東洋，目盲未識蟹行字。（至東洋文庫，石田君示余舊鈔《古文尚書》，可謂世間珍品，英人摩利孫收藏，歐人論述東方之書甚夥，今歸庫中，惜未能讀。）二三賢俊棲京洛，補亡緝遺殊不弱。《三輔》圖籍雄關中，歸途定訪石渠閣。（來時道出京都，內藤君介觀故富岡氏遺書，善本甚多，歸時尚擬至內藤神田二君家觀所藏書。）寒家世澤傳清河，橫浦遺集今不磨。等身著作雲煙散，什無一二堪搜羅。宦遊所至亟訪古，數典自慚竟忘祖。忽聞員嶠方壺間，乃有陳編在東上。逸書百篇今尚存，將伯請誦前人言。良朋意氣重然諾，許我探索不憚煩。（先文忠文著書甚富，國內僅存《孟子解》殘本二十九卷。前讀澁江氏《經籍訪古志》，知普門院藏有《中庸說》六卷，無自訪求；晤內藤君，始知在京都東福寺，此去擬乞影寫，歸國印行。私冀所著《尚書詳說》、《大學說》、《論語解》，《孝經解》、《孟子解拾遺》、《標注國語類編》、《唐繪》、《唐詩該》，或尚有存於此邦者。諸君子韻許代訪，意至可感。）回首鄉關尚烽火，禮失求野計未左。國聞家乘亡復存，感此嘉惠非瑣瑣。嗚呼！世界學說趨鼎新，天意寧忍喪斯文？遺經在抱匹夫責，焚坑奚畏無道秦。當世同文僅兄弟，區區鬩牆祇細事。安得爾我比戶陳詩書，銷盡大地干戈不祥氣。」

菊生本予老友，亦吾國教育首開風氣之一人。戊戌以還，大隱海上，覃研國故，功在藝林，累徵不起，士論高之。曩君環遊時，相遇於不呂塞爾，談藝甚歡。嗣余有事滬瀆，君招觀涵芬樓藏書，蒐羅之勤，詫為僅見。予所著《上海租界問題》，及《威廉二世自傳》、《新俄羅斯》諸譯本，先後均由商館一再印行，君實促之。顧君詩每不多見，此作探源竟委，實為藏書掌故所繫，亦後人考訂之資，亟付流傳，以餉學者。篇終數語，實獲我心。蓋予夙主世界大同論，所謂「同軌、同文、同倫」，必有四海一家之日。衡以中日文化同源，尤應攜手而肩此責。且按之學術真理，亦惟東方聖哲之精神學理，乃可以劑西方偏重唯物之平。持之有年，今更篤信，竊願並時同志，有以廣之也。

四七六、曹樹德論書法

湘潭趙芷蓀侍御，清季直聲震海內。主川試時，甄拔稱得人，纕蘅即其門下士也。侍御詩不多見，有〈輓綿竹曹徵君樹滋〉二律云：「浩劫餘清望，橫流惜老成。經師秦博士，學派魯諸生。桑梓綱維久，梗造就宏。似聞輿論在，文範泐碑銘。」「生長先儒里，沈吟獨行篇。承歡三樂，式穀一經傳。黃綺甘離世，丹銘屬象賢。歐阡終可表，述德在他年」。徵君名樹德，吾友纕蘅之尊人也。樸學清望，教授里中，風采隱然，為士林重。詩學香山放翁，以閒適勝，隸事遺詞，不事雕琢。

余所見者，為〈讀虞永興夫子廟堂碑有感〉一篇云：「右軍工書窮神化，嫡派相承虞永興。內含剛健外婀娜，天然妙墨超人群。把玩再三不忍釋，置之座隅忘朝昏。如與有道相接對，頓教方寸澹俗氛。書法至唐乃大盛，歐褚顏柳世所敬。率更猛將挽強弓，深入時或摧其鋒。河南綽約如美女，薄媚不任羅綺叢。平原雄傑邁千古，字以人重誰敢攻。誠懸清勁不可喜，人謂結體同魯公。行間究少飄逸風，魏晉風流已掃地。惟有秘監擅眾長，有如君子善藏器。但論行草亦偏工，暮年所得更深邃。〈蘭亭〉繭紙空復空，即此已可追其蹤。晚近俗書體尤弱，嫵媚衹成俳優風。臨摹雖工神氣失，枯枝斷梗將毋同。書法與世相流轉，識者觀此憂忡忡。」徵君夙工書法，故能言之真切如此，其歿也，海內士大夫哀輓之作頗多。弢庵先生一聯云：「學行式鄉閭，儒效惜難公一世；才名動京雒，父風早已被諸郎。」最為一時傳誦。

四七七、文廷式遺詩多涉同光掌故

文道希學士遺詩，多涉同光掌故，其〈落花〉、〈詠史〉、〈宮詞〉諸作，類有所指，特詞旨隱約，驟讀不能辨耳。〈擬古宮詞〉廿四首之一云：「雲海無涯象紫宮，昆明池水漢時功。三千犀弩沈潮去，衹在瑤臺一笑中。」蓋指西后移海軍軍費築頤和園事。甲午之役，師船盡燬。誰為厲階，固有公論；世人於文忠尚有恕詞，或以此耳。庚子文忠北上議和，道希集中，有〈七月至九月感作〉四首，其一云：「誰言國弱更佳兵，其奈狂王憤已盈。鐵騎晨衝丹鳳闕，金輿宵狩白羊城。何人能屆橫流決，今日真憐大廈傾。無分麻鞵迎道左，收京還望李西平。」末句謂文忠也。時君被放已久，故有「無分麻鞵」之句，江潭憔悴，意緒可知矣。

四七八、李慈銘詩諫緩修圓明園

李越縵有〈京郵冬夜讀書〉四首之一云：「昨日中旨下，索錢修離宮。讀詔私太息，此舉宜從容。聖人秉純孝，不暇權始終。長樂樓百尺，積慶花千重。取足天下養，承歡良無窮。四海幸平壹，物力猶未充。島夷怙群醜，鼾睡長安中。誠宜法文景，勵治威諸戎。安可舍禁鑰，危照甘泉烽。臺疏間一上，未得回宸衷。賢傳造辟言，主德本至聰。豈不念民瘼，何難罷新豐？事關國根本，連章期諸公。冗官未食祿，涕淚徒沾胸。伏闕詎可效，草奏誰為通？負此讀書力，僅爭章句功。漆室夜深議，四顧無予同。」此指同治癸酉，修理圓朋園事。當時御史沈淮疏請緩修，得旨工款由內務府大臣設法捐募，仍不准行。玩「臺疏間一上」及「連章期諸公」數語，可知朝貴婞婀，言路失效，其所由來者漸矣。

四七九、宗子威論詩貴率真

近來海內沸騰，幾無寧宇，遼瀋一隅，弦誦不輟，舊京儕輩，多應弓招，吾友虞山宗子威，亦其一人，故纕蘅送君出關詩有「由來士合遼東隱，此去群防冀北空」之句。余知君亦以纕蘅，曩歲都中鐘社，首推寒山稊園，月必數集，余偶亦與焉，君久以淹雅見稱，而始終社事，人以為難，所為詩頗似其鄉賢兩當、甌北之作，於時賢則雅近樊山。君讀余《今傳是樓詩話》、〈遊破山寺〉舊句，悠然有吾土之思，曾賦一律見寄，又〈四疊樊山廣和居即席詩韻奉柬〉云：「懶看北勝與南強，丁字沽頭一水蒼。詩品源流鍾記室，食經滋味段文昌。

座中落落誰賓主，眼底紛紛幾霸王。鷹集不知歸燕志，聲名早擅舊文場。」自注：「曲江稱文場元帥，見擬太過，殊不克承。」

廣和居之集，纕蘅為主人，同坐為弢庵先生、夷傲、志盦、坡鄰、鶴亭、嘿園、釋戡、子威、秋岳諸子，故樊山即席詩有「七子應劉俱在座，東阿年少冠文場」之句。子威〈五疊詩寄答纕蘅〉云：「羨君筆力萬鈞強，我愧談經似后蒼。白日黃河歌北地，落霞秋水序南昌。香奩杜若庚寅屈，禊約蘭亭癸丑王。（書來約賦修禊詩。）更獵一圍餘興健，盡容聯句鬥雞場。」腹聯樊山極為擊節，謂纕蘅之字原本《離騷》，故以上句贈之，彌見工切，若施之他人，則無當矣。子威最近成《度遼吟草》，樊山為題句云：「萬卷蟠胸富積儲，三唐正路野言除。文章綺麗翺翔鳳，心地靈通活潑魚。七字冥搜經百煉，一珠探得棄其餘。尋常莫當詩鐘打，忌用坊刊小說書。」末二句時流通病，痛下棒喝，非止為一人而發，前數句於子威極致推許，而樊山之論詩宗旨，亦不啻昭若發蒙矣。

子威有〈論詩絕句〉甚佳，錄之：「時代乘除幾變遷，不陳舊亦不清鮮。曹劉李杜生同世，未必前賢勝後賢。詩境從來貴率真，不衫不履見精神。有時雕繪延年手，卻勝天然可愛人。老年詩格歸平淡，年少偏於綺麗工。我欲平反此公案，愛簪花是白頭翁。牢騷未必果窮愁，側豔何曾好綺遊。儻擬讀詩如讀史，誤人千載費搜求。聞道詩人競愛名，一工標榜一爭衡。何如禪偈先參透，不管鄰牆釵釧聲。」

數詩亦經樊山閱定者。斷句如〈偕柳隅同遊萬泉河〉云：「夜雨潤才蘇菜甲，秋風瘦不到荷花。」〈次天倪夷門賸草韻〉云：「到眼亂山如過客，打頭落葉下寒流。」〈初春〉云：「破睡山容猶靦腆，隔年柳眼半惺松。」樊山、志盦均極稱之。君清末曾需次汴中，有〈夷門賸草〉，多行役登眺之作，〈葉縣道中書所見〉

云：「鴉馱落日銜牛背，鵲拾枯枝立馬頭。」〈鄧州〉云：「樵徑連雲盤磴上，女牆擁樹與山平。」〈晚宿鄖城〉云：「脫韁瘦馬投荒店，啄食寒鴉覓廢營。」皆可入摘句圖者。

四八〇、西山秘魔崖題詩

西山秘魔崖，為證果寺舊址，其地即盧師山。相傳隋仁壽中，有僧名盧，從江南櫂船來止崖下，因就住錫。崖之對面，峭壁森立，夏雨時觀瀑最佳，故都人尤樂就之。長白寶竹坡侍郎罷官郊居，時有遊跡。崖下石壁，題詩宛在，款署偶齋。多作五古，錄其一云：「雪後山氣清，仲春如深秋。落葉滿澗底，冷泉凍仍流。陰巖聚餘寒，枯苔殘雪留。靜坐人語絕，悄焉忘樂憂。問君何能然，此心無可求。」翁松禪曾題一律於後，詩云：「袞袞中朝彥，何人第一流。蒼茫萬言疏，悱惻五湖舟。直諫吾終敬，長貧爾豈愁。何時霜月下，同坐四山秋。」書法奇橫，的是老筆。

友人李釋戡界以烏絲，余每遊必摩挲良久乃去。愛護名跡，是在緇流，惟後來俗客塗抹，間多惡詩，為可歎耳。詩之最為傳誦者，更有弢庵先生一律，題為〈庚戌七月十九日，同嘿園遊翠微、盧師諸寺〉云：「山靈不愠我來遲，急雨迴風與洗悲。破剎傷心公主塔，壞牆掩淚偶齋詩。後生誰識承平事，皓首曾無會合期。三十年來聽琴處，秘魔崖下坐移時。」自注：「曾與偶齋、壺公、蕢齋、再同聽吳少嬾彈琴於此。」

以外林畏廬詩云：「題名忽及偶齋師，竟似重生再見期。八口寧忘泉下痛，（師二子於庚子殉節，四孫去年同以疫死。）廿年猶泚壁間詩。料無風概宗先輩，忍對滄桑語盛時。（弢庵為余述光緒辛巳、壬午朝事甚悉〉。早晚商量校遺草，門生也感鬢邊絲。」亦為見偶齋題壁詩而作者。匏廬丈詩云：「疥壁千篇類可芟，漫勞輕薄肆譏讒。布衣古度無人識，獨許三賢占鳳銜。」自注：「橘叟、畏庸，並有和偶齋詩。」末句乃無名氏跋語，「三賢」指寶公及翁、陳二傅也。

海藏、畏廬，均為竹坡門下士。甲子九日，纕蘅招集西山登高。海藏於秘魔崖下，讀竹坡先生詩，題詩云：「腹痛前朝寶侍郎，來尋遺墨耐思量。猶留孤女非無後，縱識門生亦可傷。士氣幾時成黨錮，弢翁垂老自靈光。翠微今日仍重九，欲掬愁腸問彼蒼。」先是海藏於光緒乙未，曾有一詩奉懷竹坡云：「滄海門生來一見，侍郎頗頷掩柴扉。休官竟以詩人老，祈死應知國事非。小節蹉跎公可惜，同朝名德世多譏。西山晚歲饒還往，愁絕殘陽掛翠微。」一時膾炙人口。辛亥後，海藏重來都下，竹坡亦早歸道山，宜其有此悽感。

四八一、輓寶廷詩

弢庵先生與竹坡侍郎、繩庵學士投分最摯，中年被放，過世亦同。弢庵有〈泛月入山，道得蘇莽江南寄詩。竹坡，蘇莽座主也。感賦因寄〉云：「詩筒把向江天讀，拍拍春潮月滿船。夜夢欲因度雲海，前遊可惜欠風泉。別來痛逝知君共，他日論文識子偏。緘淚寄將頻北望，解裝一為酹新阡。」又〈鼓山覓竹坡題句不得，愴然以賦〉云：「小別悲同永訣看，當年聞語淚先潸。國門一出成今日，泉路相思到此山。月魄在天終不死，澗流赴海料無還。飄零遺墨神猶攫，剔遍荒苔夕照間。」

繩庵亦有〈輓竹坡前輩〉四律云：「貞元朝士感，零落幾人存。念昔蒼龍種，頻開白獸尊。十年天倚伏，萬派水清渾。獨夜憂時淚，非同哭寢門。」「使車私買婢，少戇莫交譏，北里聊污載，南山遂拂衣。先幾能脫禍，晚節自知非。社稷忠謀固，桑中罪亦微。」「誰信疏慵性，廷爭論不撓。更生漢支屬，正則楚〈離騷〉。披瀝誠肝膽，吹求忍垢毛。餘恩帷蓋絕，回首九重高。」「到耳悲鄰笛，愴懷寄束芻。竊名慚李杜，隙末陋蕭朱。心事殘經笥，風流舊酒爐。遺文猶易集，何計恤遺孤。」第二首指納江山船妓事。第三首謂竹坡逝世，中朝恤典不及也。第四首「隙末」句，似有隱諷。又〈酬竹坡〉句云：「嗚呼交道薄，對面九疑深。嚶嚶悅同響，忽焉〈谷風〉吟。」玩其詞意，固指同時儕輩言之，顯晦殊途，或宜有此，讀者亦可想像矣。

四八二、寶廷送別張之洞詩

廣雅與竹坡、繩庵及弢庵先生，當日在朝，謇謇勵風節，並有文字道義之契，世目之為元佑諸賢。廣雅首除晉撫，旋擢兼圻，遭遇之隆，一時所獨。竹坡有〈陶然亭送香濤如粵，幼樵如閩〉詩云：「友朋久聚處，淡泊如常情。偶然當離別，百感從此生。人生各有事，安得同止行。各了百年身，甘苦難韻平。古今幾賢豪，疇弗有友朋。離別亦習見，別淚例一零。今日天氣佳，有酒且共傾。勿作祖帳觀，聯轡遊江亭。俯視大地濶，仰觀高天青。餘生尚幾何，願醉不願醒。」

四八三、張佩綸致張之洞詩

繩庵有〈送孝達前輩巡撫山西〉詩云：「公昔朝陽應鳴鳳，居廬初解承明從。三載重來踐後塵，太原又引雙行鞚。海內徒將谷擬坡，朝端惜未王隨貢。（公陛辭日，余再直起居）。亦知河東吾股肱，秦漢以來常委重。形勢風雲今昔殊，所憂不在樓煩眾。自從重譯失羈縻，絕黨殊鄰爭鑿空。六里商於類楚秦，孤注澶淵定遼宋。如公建策動遠夷，便合經綸歸錯綜。天子儻將試以事，暫借斯才為晉用。我聞三晉歲洊饑，毒卉盈郊禾不種。孳萌元氣在清靜，烹鮮勿擾言堪諷。孤立須防羅者多，政成早致輿人誦。大廈高寒仗異材，終待公歸作時棟。即今聖聽方開張，思心寬容戒區霧。二三君子頗論事，口說指圖常切中。縱幸披鱗不逢怒，其奈炙膚未覺痛。吁嗟一陽戰群陰，譬以涓流疏積壅。我收涕淚仍螭頭，九尺虛糜大官俸。世人欲殺公獨憐，脫略輩行相伯仲。人事聚散理所恒，太息粗頑更誰磐。殘年惜別還斯須，夜夜高齋傾臘甕。虖沱策馬冰初堅，太行迎春雲不凍。知公中路意踟躕，戀恩時繞觚棱夢。」詩中「孤立須防羅者多」一語，讀者每增氣類之感，而當日士氣消長，亦可藉見。

繩庵謫居塞上，又有〈謝孝達前輩致海南香雷州葛〉二絕云：「一穗輕煙雨後山，妄心塵夢已全刪。蔚宗多事成〈香傳〉，便落膏昏甲俗間。」「驚雷飛雹起無端，五月披裘怯夜闌。獨有故人知傲骨，葛衣能敵九邊寒。」然自是集中即無酬答之作。廣雅假節兩江，繩庵方居白下，音問偶通，過從絕跡，最後一晤，痛談盡日，欷歔往事，殊難為懷，而繩庵旋即不起矣。故廣雅〈過張繩庵宅〉云：「北望鄉關海氣昏，大招何日入修門。殯宮春盡棠梨謝，華屋山邱總淚痕。」（時歿已一年尚未歸葬。）「篋中百疏吐虹霓，泛宅元真世外嬉。劫後何曾銷水火，人間不信有平陂。」「憑誰江國伴潛夫，對舞髯龍入畫圖。憐汝支離經六代，此心應為主人枯。」（宅有六朝栝兩株。）「廿年奇氣伏菰蘆，虎豹當關氣勢粗。知有衛公精爽在，可能示夢儆令孤。」第四首「當關」云云，蓋泛指同時執政旨趣各異者言。簣齋庚午損館，已在虞山被放出都之後，石遺《詩話》以為隱刺松禪，似非事實。此余聞之弢老者，必可信也。

廣雅又有〈焦山觀竹坡侍郎留帶〉詩云：「玉局開先繼石淙，竹坡遊戲作雷同。大廷今日求忠諫，魏笏終當納禁中。」「同姓懷忠楚屈原，湘潭搖落冷蘭蓀。詩魂長憶江南路，老臥修門是主恩。」「故人宿草已三秋，江漢孤臣亦白頭。我有傾河注海淚，頑山無語送寒流。」迄後入都拜竹坡墓，拜伯符翰林墓，韻有詩。竹坡官京朝有直聲，食貧勵節，為人所難，故廣雅詩云：「子政忠言日月光，清貧獨少作金方。市樓一琖良鄉酒，那得魚頭共此觴。」自注：「君貧甚，官侍郎時，余嘗凌晨訪之，惟新熟良鄉酒一罌，與余對飲，更無鮭菜，鹹虀一楪而已。」「魚頭」用魯宗道事，以鹹虀款客，以良鄉酒入詩，固見前輩交期，亦一舊京佳話也。

四八四、張佩綸繼娶李鴻章之女

繩庵學士，詩學大蘇，閎壯忠惻，奄有眾長，遭逢亦復相類，弢庵先生序之綦詳。君生平常取諸家蘇詩注本，有所糾正。辛亥之亂，鷗園藏書被劫，稿毀於兵，現只《澗于集》四卷印行。余最愛其〈晚春〉詩「惜花生佛意，聽雨養詩心」之句，以比梁節庵之「聞雁知兵氣，看花長道心」一聯，可謂異曲同工。君再娶為李夫人，吾鄉文忠公之幼女，雅嗜蘭亭，蒐藏頗富。曾自題二絕，君依韻和之，其一云：「醉後同將退筆拈，較量肥瘦自分籤。粉侯未用矜楊鎮，但蓄神龍第一。」則夫人之工書能詩，亦可想見。

當時虞山柄國，朝士每集矢合肥，繩庵晚為贅婿，物議亦有致疑者。以余所聞，合肥與張氏世好綦篤，繩庵以故人子，夙荷器重，謫居察罕，存問尤殷。其賜環臺費數千金，均合肥所寄。且集中自述，亦有「先君子與合肥師為患難交三十餘年，中以婚姻古義也」之語。君〈釋戍將歸，寄謝合肥相國〉詩云：「捐棄明時分所甘，無家何處著茅庵。便憑黃閣籌生計，願寄滄洲得縱探。冰積峨峨幾止北，鳶飛貼貼罷征南。負芻越石嗟枯槁，門下虛煩解左驂。」又〈新居落成，賦謝合肥公〉云：「雅意分明君子館，旁人錯認起來樓。」顧尚以是致謗，數奇如此，亦可慨矣。

四八五、張佩綸贈內詩

繩庵又愛〈蘭齋即事贈內〉詩云：「結構林居又一年，緩馴鶴倦為情牽。書堆高過三間屋，花事忙於二頃田。露果飣盤醒宿酒，風蘭留墨促新篇。閒雲直是山深處，誰分清笳戟衛前。」時君寓居沽上，故有「閒雲」之語。君與吾鄉張弢樓京卿亦極契，其〈謝弢樓贈肅毅刀〉詩云：「孫吳金鑰鬱胸中，酷愛張侯有舅風。回首戟門參語夜，酒闌橫膝論英雄。」弢樓，文忠之甥。肅毅刀，德國格魯森廠所製，乃弢樓奉令監製者。

四八六、陳寶琛與張佩綸投分尤摯

繩庵於同時輩流中，與弢庵先生投分尤摯，有〈次答伯潛見懷〉句云：「舉國倖存膠漆地，平生兄事屬袁絲。」如此傾倒，恐生平無第二人也。弢老原詩云：「十載街西形影隨，五年南北尺書遲。夢中相見猶疑瘦，別後何時亦有髭，機盡狎鷗原自適，聲銷賣藥漸無知。江心憶拜張都象，熱淚如潮雨萬絲。」繩庵再疊奉答，亦有「萬事對君時歛手，百年輸我早生髭」之句。繩庵晚居白門，弢老曾一度到滬晤譚，自是遂不復見。當日有詩留別云：「卻將談笑洗蒼涼，三夜分明夢一場。記取吳淞燈裡別，不須寒雨憶洪塘。」末句仍及甲申江心話別事。繩庵詩所謂「海鷗浩蕩性初馴，同是天涯放逐臣」者，亦當時作。

繩庵以癸卯卒，弢老有〈入江哭簣齋詩〉云：「雨聲蓋海更連江，迸作辛酸淚滿腔。一酹至言從此絕，九幽孤憤孰能降。少須地下龍終合，孑立人間鳥不雙。徒倚虛樓最腸斷，年時期與倒春釭。」「九幽孤憤」一語，足以狀其生平。余嘗見繩庵與王雲舫（文綿）札中云：「弟乃天下至苦之人，不但人厄，亦復天窮，有知識以來，無往非苦境。」乃知其孤憤獨深。塞上歸來，棲遲津海，撫時感事，見於詠歌。

〈滄浪〉云：「滄浪已分老煙蓑，齒冷親讎共一波。莽莽四夷中策誤，茫茫九牧後生多。津涯彌望無舟楫，羽翼將成有網羅。此日野居閒獵飲，更煩醉尉怒誰何。」〈偶然〉云：「偶然放意列弦壺，歌罷安知菀與枯。漸少敬容殘客對，誤將德祖小兒呼。賦家誰更陳〈豪士〉，經術從來屬大儒。欲舉冥冥毛羽弱，莫嫌腐鼠嚇鵷雛。」皆有激而言。

弢老既悲其遇，尤惜其才，故〈過馴鷗園留別仲昭〉詩云：「及身不相就，失君還自來。軒窗積塵土，一一為我開。撐胸鬱樑棟，吐地成樓臺。委蛻等一寄，遑知華屋哀。牡丹正向闌，紅白香作堆。留慰遲暮眼，識君殷勤栽。欲行見遺容，悄然重徘徊。交期安足道，悼此曠世才。」雖述私交，亦徵公論。

四八七、陳寶琛、張之洞古義相親

弢老有〈送廣雅撫晉〉詩云：「朔風獵霜林，繩直城西道。去歲餞黃公，（漱蘭丈）。今晨送張老。帝心重岳牧，飛黃出內早。捄時亦已亟，報國未為早。太行扼右輔，斥塞列城堡。矧伊災祲餘，疲甿待公保。儆貪諷〈碩鼠〉，敦俗誦〈山栲〉。殆將試吏事，豈為積資考。深恩戀觚棱，餘淚別親好。蒼茫萬千感，一一上離抱。頻年託韋弦，斗室展泛掃。憂虞天心醉，歌哭俗眼娼。所期合英賢，補衮翊皇造。經術公最深，萬言氣雄顥。遠夷求識面，重譯購疏稿。夜闌論邊事，對燭首蓬葆。每憶風雪中，交章籲青瑣。濁浪綿神區，浮雲鬱層昊。更生副容臺，（竹坡新除禮右）。掌故忞蒐討。過從六丈已。（簣齋）。道義互灌澡。不畏蕭艾滋，但愁乏香草。公行見王郎，（可莊）。一尊樂泮藻。勖哉歲寒心，不彫以為寶。」詩中古義相規，不僅尋常錄別。而「不畏蕭艾滋，但愁乏香草」一聯，在言路方開之日，隱有氣類漸孤之感，言外之旨尤可玩味。

弢老旋於督學江西任內，被命會辦南洋軍事，未幾奉諱里居。中間仕隱異轍，與廣雅蹤跡寢疏，垂老還京，過從較密。有〈湖樓酒坐，呈孝達相國〉詩，中有「不期垂白共深尊」及「彈冠一出慚微尚」之語。又〈寓齋雜述〉之一云：「海荷開且闌，張叟病未已。一尊豈或尼，坐見涼風起。頗聞休暇中，詩卷自料理。〈思舊〉搜遺文，無人會微旨。宣南盛氣類，往者逝如水。卅載終合并，與公俱老矣。樓臺故無地，錯擬集賢里。但願長慶酬，香山竊自比。」蓋默窺廣雅灰心朝局，隱有祈死之意。其編《思舊集》，亦其見端。張筱帆於

「微旨」句尚有所未解，未幾而廣雅果不起，乃爽然。以上微弢老自述，他人殊難作鄭箋也。又〈十刹海酒樓望白蓮〉云：「憑闌又過觀蓮節，隔著紅蓮見白蓮。欲起種蓮人一問，明年花可似今年。」亦為追懷廣雅而作。

四八八、陳寶琛介立不苟

廣雅集中，有〈江行望廬山〉詩，自注：「先約陳伯潛同遊，陳不到，遊亦輟。」詩中句云：「尋幽有約近十年，療饑須酌康王泉。學道未成遊未遂，誰令忽遽妨蕭閒。思得素心共山水，海客狎鷗呼不起。山林聚會尚阻格，世事難為可知矣。」於弢老未到，深致悵惜。按是歲癸卯春正，繩庵逝世，弢老於二月躬至秣陵弔之，廣雅適將還鄂，故約同遊。弢老〈留宿子涵寓齋〉詩云：「傷時痛逝老尚書，聞說聰強漸不如。別十七年千萬緒，怕從公語且歸歟。」自注：「孝達新行，聞方遊匡山」云云。實則廣雅此願，迄未果也。

余頗訝兩公投分之深，重以廿年之別，何以咫尺良覿，交臂失之，疑此中必有曲折。聞弢老曾語所親：「赴寧既為吊友，於義不能兼及遊事，若甫痛黃壚，遽陪謝屐，將無以對地下之亡友。」其間難言之隱，有非廣雅所能共喻者。弢老雖世冑早達，風采為一時重，顧介立不苟，夙恥聲聞。時值朝局漸非，彌以靖共自矢。故廣雅使蜀歸來，招邀儕輩，流連文酒，殆無虛日，弢老恒多未與，廣雅亦勿強也。此外論列朝事，亦時有異同，天下多其介節。

高陽當國，士論所歸。繩庵、廣雅，復以同鄉雅故，過此甚數，顧弢老經年不輕投謁，迄於去國，僅及二面。微弢老自述，則外間或不及知，於以見知人論世之難矣。高陽於弢老深致愛護，情見乎詞，故弢老氣類之感獨切。其〈辛亥為何潤夫題祁文恪詩卷〉，有「年家耆舊繫人腸，最有高陽與壽陽」之句。壽陽謂祁子禾世長，文端子也。

四八九、曾國藩恢復秦淮河繁華

淮河遊事銷歇，前已述之，余因此益念曾文正之閎識。先是金陵初復，秦淮無遊船。文正以廢舟二，命工改造，編竹為篷，飾以畫闌，任載遊人，於是秦淮復有簫鼓管弦之聲。文正三督江南，嘗與幕僚泛舟其間，並令於清溪九曲，遍栽楊柳，藉資點綴。龔蔗軒〈感事詩〉云：「楊柳新栽綠作陰，相公曾此畫船臨。閒情不是耽絲竹，一片蒼生同樂心。」蓋詠此也。昔范文正守杭州，大開筵宴，縱西湖歌吹，一時推為救荒之善政，與文正此舉，先後同符。老成謀國，固有深心。乃文正逝世，繼之者弗悟其意，遂令禁止。

六代江山，一時寂寞，舟人數百，焚香哭於丞相祠堂。故長洲朱孔彰（仲我）詩云：「改得長龍作畫橈，秦淮未禁弄笙簫。當時曾見舟人哭，一夕涼風咽暮潮。」「長龍」，文正所作戰艦舊名也。余嘗謂大亂之後，首在與民蘇息，尤應並用經權。有時即疑謗所集，亦所不顧。要惟以行其心之所安，期於民之有益而已。方文正之初督兩江也，藩司為李雨亭（宗羲），江寧府知府為涂朗軒（宗瀛），皆世所稱有守者。一日以秦淮妓船漸多，思逐之。因偕謁文正曰：「日來河下甚熱鬧，公聞之乎？」文正知其意，徐答曰：「信熱鬧邪？不熱鬧大不好，熱鬧大好。君等第遣人彈壓，無致滋事可矣。」二公乃默然而退。李涂後皆至開府，並以理學名臣見稱。然論者於文正此舉固毫無閒言，且相與傳為佳話，其故亦可深思矣。

四九〇、李白是蜀人，可見其詩

《舊唐書》以李白為山東人，載籍沿訛久矣。太白為蜀人，見於劉全白〈誌銘〉、曾南豐〈集序〉、魏楊遂「故宅祠記」。及〈自敘書〉，更仆難數，姑不具論。其見於白集者，已足證明。〈杜鵑花詩〉云：「蜀國曾聞子規鳥，宣城還見杜鵑花。一叫一回腸一斷，三春三月憶三巴。」此太白寓宣城憶西蜀故鄉之作也。〈渡荊門詩〉云「仍連故鄉水，萬里送行舟。」〈送人之羅浮〉云：「爾去之羅浮，余還憩峨眉。」又〈淮南臥病懷寄蜀中趙徵君蕤〉詩云：「國門遙天外，鄉路遠山隔。朝憶相如臺，夜夢子雲宅。」皆寓懷鄉之意。趙蕤，梓州人，字雲卿，精於數學。蘇頲〈薦西蜀人才疏〉云：「趙蕤數術，李白文章。」宋人注李詩遺其事，殆未深考耳。

四九一、「山東李白」原是「東山李白」之誤

工部詩「近來海內為長句，汝與東山李白好，」坊本或妄改作山東李白，《大明一統志》遂以李白入山東人物類，而引杜詩為證，尤為誤解。按樂史〈序李白集〉云：「白客遊天下，以聲伎自隨，效謝安石風流，自號東山，時人遂以東山李白稱之。」工部詩句，正因其自號而稱之耳。流俗不知妄改，毫釐千里，輾轉沿訛。《升庵詩話》已力辨之，余最服其精確。今川西彰明尚有青蓮場，即太白懸弧故里，爭墩聚訟者，其可以已乎。

四九二、左宗棠拓土之功不可沒

咸同中興諸老，如左文襄、李文忠均不以詩名。文忠詩前已錄入，文襄詩流傳更少。然軍中諸作，如扶風豪士，氣韻沉雄，亦見本色。〈壬戌九日軍次龍邱作〉詩云：「萬山秋氣赴重陽，破屋頽垣鬭戰場。塵劫難消三戶憾，高歌聊發少年狂。五更畫角聲催曉，一夜西風鬢欲霜。笑語黃花吾負汝，荒畦數朵為誰忙。」〈崇安道中和同徵諸子用原韻〉云：「直從甌海指黃河，萬里行程枕席過。道出中原宸極近，膽寒西賊楚聲多。尖叉鬥韻看題壁，競病聯吟更荷戈。回首四年泥爪跡，明當出嶠意如何。」文襄晚年，每與客談，輒掀髯抵掌，盛稱西陲功績，論者以為盛德之累，實則拓土之功，良不可沒。秦隴道上，柳陰載路，直抵新疆，皆公治軍時所植，世人名曰左柳。楊石泉（昌濬）詩云：「上相籌邊未肯還，湖湘子弟遍天山。新栽楊柳三千里，引得春風度玉關。」蓋紀實也。

四九三、左宗棠有清德

文襄有〈二十九歲自題小像〉詩云：「猶作兒童句讀師，生平至此乍堪思。學之為利我何有，壯不如人他可知。蠶已過眠應作繭，鵲雖繞樹未依枝。回頭廿九年間事，零落而今又一時。」其時文襄方授徒里居，意氣頽然，初無遠志；後來名位俱隆，又豈始願所及料哉。相傳文襄為醴陵書院山長，適安化陶文毅公澍由江督乞假修墓還湘，文襄為邑令書聯行臺云：「春殿語從容，萬里家山，印心石在；大江流日夜，八州子弟，翹首公歸。」文毅見之驚異，既知出文襄筆，遂與相見，歎曰：「子他日必為國柱石。」竟折輩行聯姻，且託以子。文毅逝世，家計悉賴文襄主持。其幼子棍，文襄婿也，歲奉脩三百金。迄後文襄出入將相，歲寄家用仍如此數，語諸子曰：「吾昔受人重寄，歲入止此，今汝輩安坐享之，何厚乎。」世皆服其清德。

四九四、兄弟皆以詩名

吾皖歙縣代有達人，而曹氏一門尤稱鼎盛。友人曹靖陶（熙宇），刻意風雅，積歲聞聲。君為儷笙相國之文孫，以余方輯詩話，綦重皖雅，特以先德諸賢遺詩寄示，述祖誦芬，可以風世，不獨有裨鄉獻也。曹氏本歙中望族，震亭先生名學詩，號以南，乾隆戊辰進士，為沈歸愚尚書弟子。與袁隨園善，《隨園詩話》嘗稱其與史悟岡太史詩皆泠氣襲人。《子不語》有漢江冤獄一則，即紀公事也。著有《香雪詩文鈔》，各四十卷。洪楊變後，散失無存，錄其僅見者。

〈桃花澗〉云：「滿身松影月光寒，選石題詩墨未乾。澗水泠泠無客到，夜深留與鬼神看。」〈寄砥中弟〉云：「別夢紅橋碧水曛，歸來杯酒細論文。櫻桃花落人初合，楊柳煙消客又分。俠骨幾回尋季主，深心猶記卜靈氛。篋中無數淒涼曲，盡向秋空化素雲。」砥中先生名坦，乾隆己卯科經魁，卒巳恩科進士，掌浙江道監察御史。詩集無存，有〈和震亭兄芍田青向樓巒字韻〉云：「碧水紅橋第幾灣，有人吟過落花間。斜陽欲盡樹連樹，淡靄都消山又山。撲蝶風光宜縱酒，站鳶事業笑征蠻。白雲有約歸須早，萬綠陰中釣艇還。」

其並時兄弟行中詩名最著者，要推文敏公文埴，公字薺原，一字竹虛，沈歸愚弟子，亦嘗從震亭公問詩。

〈聞雁〉云：「短衣連騎南行客，舊侶分行北去鴻。等是歸程兩無羨，天涯何處不春風。」〈乙卯小春寄宿長春庵〉云：「祇園構峰腰，林木復蓊鬱。山麓行役人，不見棲禪室。我從識巖公，披圖見寄筆。始知塵界中，有此靈境出。幽賞固所懷，清緣未敢必。今朝取道來，豈肯交臂失。穿磴層雲深，借榻寒翠密。既息鞍馬勞，亦適性情逸。」其二云：「憑高闢廣場，靈境天所造，不探幽處幽，但識巧山巧。四面峰巉巉，對此獨娟好，千章樹陰陰，環之更清皎。敞殿雲以棲，精廬人弗擾。窺戶月得先，掛簷星覺小。何必遠人境，自然出塵表。萬籟就寂時，惟聞數聲鳥。」又《雨村詩話》載文敏題其先北路公〈滋蘭圖〉云：「草木由天生，栽培借人事。譬諸彼小民，撫字賴循吏。先生居官始，即具此良意。種花寫種蘭，披圖識深義。蘭心不染塵，言寓潔清志。蘭馥可為佩，用恰沖和氣。春風次第吹，甘露霏微湊。仍以民歌之，比德君子貴。天亦鑒其心，蘭階起嘉瑞。」當亦集外之作。文敏工書，與彭冢宰芸楣（元瑞）、沈少宰雲椒（初）、金閣學聽濤（士松），入直內廷，繕寫泥金佛經，世所傳經生四人也。惜其集則久佚矣。

四九五、劉放園、曹經沅相互唱合

余居東日，石遺和拙詩刊之滬報，剪以見示者即劉放園也。氣類之感，在遠彌敦。余答君二絕，其一云：「徐家鉉楷皆奇士，數到高才屬使君。一曲吳淞清淺水，何年訪戴共論文。」君家崧生、志楷昆季，皆余老友，故第一句及之。其一首則原稿已佚，但記得曾以後村擬君。海藏於閩詩人中首推後村，詩人之有福澤者，亦莫後村若也。十稔以來，君棲遲海上，春秋佳日，每作清遊，纕蘅時餉遊什，多清新可誦者。〈焦山宿松寮閣次穎生韻〉云：「勝流眼底已晨星，詞客山中合有靈。小閣坐看千檝去，荒庵來共一燈青。名縑萬本歸書藏，劫火多年冷佛經。夜靜喜君吟興發，蛟龕檻外儻潛聽。」〈西湖寄懷纕蘅〉云：「孤山亦有舊行宮，持較湯山便不同。竹自娟娟泉自好，獨無松柏泣秋風。」纕蘅亦累為余述與君同遊之樂，謂春明吟侶中無第二人也。

君詩恒珍秘不示人，余索君詩久不得，偶從友人處無意中得二律。〈十月十五夜對月〉云：「獨坐幽齋思百端，月華如水浸窗寒。一輪月滿人何在，前度圓時宴正歡。天意幾曾憐寂寞，人間難得是團圓。與君今夕同無睡，隔著層城各自看。」又〈往事〉云：「近來相對輒忘言，苦憶當年笑語溫。明月樓窗新路，斜陽艇子半淞園。晨昏談藝常心許，骨肉論交總感恩。往事追思果何益，祇如春夢了無痕。」前一首作於北都，後一首則作於海上者。君久耽禪悅，安有綺語！〈南華〉寓言，如是如是，亦不必強索本事矣。纕蘅於湯山遊事最勤，詩亦較多。〈抱湖軒春望〉云：「碧瓦朱闌入望遙，九華一角認前朝。春風不到裙腰草，祇有柔波似六橋。」風神似《蠶尾集》中作，放園和之云：「頹垣繚繞水迢遙，古柏蕭森閱幾朝。絕似江南好風景，綠波如鏡影雙橋。」

四九六、曹經沅詩

辛壬而後，放園僦居春申，纕蘅時有寄懷之作。〈甲子湯山獨往賦寄〉云：「曉湖更比夜湖清，打槳柔波迴絕塵。出水荷珠才受日，連山竹露欲沾人。前遊尚有閒鷗識，近意寧求尺蠖伸。海上劉樊無恙否，相思那不寄雙鱗。」〈乙丑喜放園同年至京，即用棕舲韻奉柬〉云：「索居無計遣憂端，失喜逢君強自寬。毛羽祇應吾輩惜，煙波誰念舊盟寒。花時客裡瞢騰過，弈事閒中次第看。英氣劉郎知未滅，肯因感事罷追歡。」〈戊辰上巳前三日，湯山道中寄懷放園海上〉云：「水如鴨綠柳鵝黃，風景依稀似稻鄉。夢裡吳船忘不得，欲將此地比山塘。」又「歲歲花時黯戰塵，（述來書語）。劉侯此語最酸辛。太行山色猶無恙，留待玄都再到人。」放園乙丑後五年不到舊京，花時來遊之約，未知何日能踐也。

四九七、劉放園與湯化龍投分最深

放園與濟武、宗孟投分最深，兩君皆余老友，其詩已先後入《詩話》。茲又由放園錄寄濟武數首，故人片羽，得之爐餘，喜可知也。〈乙卯國恥日獨遊棗花寺，書青松紅杏圖卷子後〉云：「烏頭馬角恨茫茫，劫後禪心一炷香。三百年來棗花寺，棗花開落又興亡。」「佛前遺墨已成塵，紅杏青松各自春。來向空王乞香火，西臺痛哭更何人。」「西臺」句與放翁之「不望夷吾出江左，新亭對泣亦無人」同一孤憤。

又〈追悼亡室夏夫人續成五首〉云：「故廬重過苦依依，為報征鴻已倦飛。生死恩情吾與汝，蒼茫天道是耶非。傷心夜月秋墳冷，回首家山夕照微。未必神仙無國界，重關親護旅魂歸。」「舊時手跡遍尋看，知是無聊強自寬。蝶影模糊春夢了，牛衣的歷淚痕斑。將雛望冷歸巢燕，失侶聲喑對鏡鸞。到底是誰留孽債，飛章欲叩帝閽難。」「願作出頭化石人，石人容易化為塵。有時顛倒成癡想，無地安排是此身。不信鵑魂忘故壘，乞還鴛牒向何神。情天苦過犁泥獄，翻祝卿卿莫轉輪。」「戲言都到眼前來，往事思量總可哀。一部史從何說起，此生心與汝同灰。曇花散盡天真老，情種知無地可埋。我佛儻能超萬劫，不辭日誦萬千回。」「此恨綿綿不可忘，達觀無計學蒙莊。惜春慘澹風吹絮。隔世親看海有桑。天女散花空色相，神山求藥本荒唐。魂兮歸些無言說，畢竟多情是故鄉。」五詩放園見告，乃濟武渡美後所作。未幾而有坎拿大之變，詩特淒苦，若為之讖。纕蘅輓濟武聯云：「湘累孤憤，漆室哀吟，蕭寺溯遊蹤，花前曾濺傷時淚；王粲登樓，蘭成去國，蓬山懷故劍，海外爭傳感逝詩。」蓋紀實也。

四九八、張之洞佚詩〈題校韻圖〉

廣雅佚詩，余已迭入《詩話》。茲又得長古一首，於字學音學韻有闡發，又不僅有裨舊京文獻已也。題為〈同治十年仲冬消寒第三集，峴樵前輩扮東老屋，時前輩方鉤校韻學，因屬木夫作此圖。居無幾何，遂聞備兵鞏秦階之命。明年仲春圖成，乃使南皮張之洞題詩上方，為作長歌紀之〉云：「琉璃廠東大宅有朱藤，新城詩老漁洋居。獻紀文達直西苑，乃以槐西名其所著書。嘉道儒宗阮太傅，生晚未見見此宣南廬。主人幾易乃歸洪洞董，庭中何有歷歷種白榆。春莢可食夏蔭可休息，如此嘉樹豈待韓宣譽？當年太傅婆娑在其下，蒐討金石圖籍為嬉娛。坐中賓客盡魁彥，朱錢吳劉桂武臧翁瞿。太傅還山此樹亦憔悴，幸不斬艾同薪樗。屋好今日主亦好，挐爾而纖白晰微髭鬚。發匧堆書齊斗拱，哦詩樹下咳唾風生珠。十年禁近出乘障，庭柯欲別煩躊躇。重來十月復西去，惜此膏流節斷空心枯。自言結習豈容一日廢，展卷爛爛鉛黃朱。二百六部經手勘，陳廣毛增心苦為刊除。良夜清尊展文讌，問奇樹義相爬梳。我朝字學音學稱絕詣，經鉤摘子排陳吳。（季立，才老）。顧江戴段皆卓絕，要眇不免稍紛拏。〈平水〉併部乃為休文詬，『江』『左』合音翻病紫陽疏。人口具有宮商徵羽，欲削『歌』『麻』兩部得非誣。形有『孳』『乳』聲豈有先後，胡取〈華嚴〉字母張浮屠。但當古今畫畦界，安用脛腳齊鶴鳧。開皇八賢偶夜集，左陸右薛參劉盧。酒闌把筆論韻事，束縛學子誰能踰。魏淵有言我輩定則定，安知發蒙解惑非吾徒。繡衣官貴例豐澤，君坐好學形容癯。隴首雲飛王事急，那得仰屋箋蟲魚。此屋曾閱詞人數百輩，可惜千金碑版歸屠沽。（阮太傅〈泰華〉雙碑，後沒於質庫）。宋玉故宅儻非來庾信，風流文藻今日成荒蕪。後之視今亦猶今視昔，愛人思樹看取陳生圖。」

按：峴樵名文渙，晉之洪洞人，以翰林為講官，與廣雅交期最篤。廣雅有〈花之寺看海棠，坐中同年董兵備將有秦州之行〉一首，即為峴樵作者。自注：「董先為甘涼道，以憂歸服闋，授鞏秦階道，意頗鬱鬱。」又有〈題董峴樵玉泉院聽泉圖〉，自注：「畫一石谷，中嵌陳摶睡象。」兩首今韻見《廣雅堂詩集》，獨〈題校韻圖〉一首，竟爾失載，亦可異也。

四九九、董文渙詩不多見

峴樵詩不多見，其〈金陵收復志喜一百韻〉，信為有關掌故之作。君尤工五律，〈柬張孝達同年將約登高〉云：「把卷成吾嬾，兼旬與俗違。秋能增客病，夢不替家歸。風雨黃花怨，親交落葉稀。因君尋一醉，猶可準寒衣。」〈病起柬孫萊山同年〉云：「臥病猶如昨，春歸已隔旬。竹疏通月色，草長隱花身，客夢難終夜，書聲不厭鄰。竭來稀把酒，非祇為清貧。」以詩格論，在晉人何蘭士、張石洲之上。

五〇〇、彭玉麟篤於師門風義

衡陽彭剛直公雪琴詩，有〈紀夢〉一律云：「明遠臺曾幼讀書，十年相別入華胥。綠楊煙鎖蒼松古，紅杏風欹翠竹疏。（夢中見臺前古松與門前紅杏、翠竹，以及沿堤綠柳皆如舊。）花落烏啼春去後，窗開簾卷捲客來初。欣逢舊雨殷勤甚，慰問慈親似昔無。」寄懷吾鄉蔡璞齋先生梁孟作也。梁園在吾邑東北鄉，舊有巡檢治此。剛直生五歲，即隨宦尊公巡檢任所。其時璞齋先生以諸生教授里中，剛直相從問學，官舍距先生宅僅一衣帶水。剛直課餘，輒往來其間，飲食教誨，情同家人，如是者逾十稔。迨道光壬辰，尊翁奔母喪返湘，剛直遂去梁園。粵亂方殷，書問久絕。

未幾剛直起書生提艦隊，轉戰至贛皖之交，追念先生，間關遣急卒持書幣慰問。函長千八百餘言，瀝述兒時問字情味，字字從肝鬲中出，並及其童年曾與周旋之人，風義之篤，近世所罕。璞齋先生答書告無恙，剛直乃遣使迓先生挈眷至吳城，適館授餐，敬禮倍昔。其諸子亦由剛直提植，並能有聲。至今故鄉人士，嘖嘖稱述，播為美談。先生詩不多作，其〈次韻答剛直紀夢〉詩「戎馬匆匆遠寄書，六千君子鍊民胥。戈矛森立塵頭合，舸艦爭飛浪影疏。翹企南天傳檄處，猶思淮北執經初。朵雲一片留珍惜，未識江東借寇無。」蔡與余家為世姻，先生之季子炳之丈仁麟，與先君子交契；其嗣孟翔，又嘗從先君子遊。余於兒時即習聞先君子述此事。至剛直遺札，因亂散失。孟翔於廠肆得之，故物重還，清門永寶，亦一段佳話也。

五〇一、祥符周氏是昆仲能詩

祥符周畇叔都轉星譽，一字叔雲，有《漚堂賸稿》，存詩不多，余最喜其〈春日西湖即席〉云：「百重煙翠鏡中涵，白塔紅亭面面環。十里松聲全在水，一湖花氣欲浮山。鵝兒酒幔春星外，燕子茶檣細雨閒。蓴熟鍚香好天氣，清遊肯放畫船閒。」「十里」一聯，可作楹帖。畇叔最工為詞，以詞入詩，時多麗句。平生受知於曾文正公。道光庚戌朝考以「山虛水深」命題，文正公擊賞畇叔二句云：「鶴舞空崖月，龍吟大海潮。」以為此真詩人之作，拔置第一。歸語龐省三。龐時在文正公邸中教授，與畇叔為同年，遂以走告。及揭曉，都下轟傳，播為佳話。

專制時代，人才爭趨科舉，試帖雖為小道，而能者吐屬固自不同。曲園之「花落春仍在」句，亦朝考試帖中語，題為「淡雲疏雨落花天」。當時大為文正激賞，以為意與「將飛更作迴風舞，已落猶存半面妝」相似。曲園遂以「春在」名其堂。後先輝映，增重藝林。而文正藻鑒之精，於校士時亦可見矣。

畇叔有弟為季貺，名星詒，官福建建寧府知府，著《窳櫎詩質》。所為五言律，與吾鄉桐城蕭敬孚先生唱酬最數。〈寄敬孚滬瀆〉云：「傭書供養母，客裡自安貧。掌錄徵遺獻，豪譚見本真。森森高行少，切切旅情親。修謁容疏簡，耐知懶詣人。」「晤言逢客次，薜荔便依依。長日貪高對，隨時候款扉。銜泥猶我過，看景恐君歸。枉訪座常滿，會心交獨稀。」「海上函來數，殷勤苦念余。半年嘗臥病，一答未裁書。落葉紛秋郭，餘生困索居。感時懷結轖，準欲就君紓。」〈喜敬孚自滬上來訪〉云：「百年能幾聚，每見各驚衰。越酒秋初熟，吳船午乍來。纏綿隔歲話，造次一尊開。相對都忘睡，晨雞厭數催。」又〈贈詩〉斷句云：「確爾安儒素，東南祇數人。」推服甚至，想見交期。

季貺於詩詞外，尤工校讎略錄之學，其外孫為如皋冒疚齋（廣生），刊《周五先生集》，尤為海內流傳。吾鄉吳摯甫京卿丈，乙丑貢舉，出昀叔門下，受知最深。季貺晚以蚊船虧累舊案，羈縶在閩，年垂七十，孑然一身。京卿丈為馳書閩中當事李勉林廉訪，季士周方伯，呼籲甚力，舉世多其風義。

先是，昀叔都轉以翰林家居越中，首倡益社，一時如李蒓客（慈銘）、陳珊士（壽棋）、孫蓮士（廷璋）、王平子（星誠），皆隸社籍。蒓客名模，平子名章，因昀叔名星譽，於是蒓客更名星讟，平子更名星誠，季貺名星詒，益以周五先生涑人名星譼，一時遂有「五星」之目。昀叔實執牛耳。

平子有〈丙辰人日同人雪宴芝村寓園，送周叔子星譽入都〉詩云：「江村十里風雪昏，春船燈火催送人。㶁裘上座半酒客，各有萬感叢一身。越山蒼蒼鬱清氣，前輩風林久凋㶁。漚堂主人真好事，獨以淳文洗寒鄙。曲江一醉宮花新，翻然歸臥南湖春。著書自足娛老母，乞米不肯鬧比鄰，素箏濁酒選佳勝，睥睨名流足豪橫。同時孫李亦詩傑，折軸汗駒不能騁。側身頫瞰橫流高，洪鐘所應無聾瞽。抗懷已覺古人少，入俗未免群兒逃。何況烽煙迫饑凍，極目關河託哀諷。蒼生會待斯人蘇，文章豈直名山重。嗟余落拓輕故鄉，行且短劍走大梁。君今幸假尺寸柄，正與天驥資騰驤。願君功名蓋當世，肘下黃金眼中事。十年種學道在茲，毋為區區昌其詩。」詩中「同時孫李」云云，自注謂退宜、越縵也。

蒓客對昀叔初頗折節，因亦深賴遊揚，其獲交中朝賢達，聞亦得力昀叔為多。迄後不知以何事交惡，越縵《日記》於昀叔昆季，痛詆無所不至。鄧鐵香疏參昀叔，聞亦蒓客授草。文人相厄，一至於此，士論詫之。但沈乙庵嘗謂蒓客晚年，凡日記於詆周氏昆仲者，皆塗去名號，殆有悔心。君子之過，亦可共諒矣。

五〇二、批廢止舊曆

近年廢止舊曆，急於星火，奉行者變本加厲，並書春者亦禁之。樊山翁〈己巳除夕〉詩云：「二千餘載到今天，不許人過舊曆年。可得不為寒士計，秀才無分賣春聯。」蓋慨乎其言之矣。猶憶曩歲白門易幟後，當路揭櫫禁娼，並及星相巫卜，一時怨聲滿道途，然屈於法令，無如何也。鶴亭有〈秣陵七絕〉，錄其二云：「楊柳樓臺化劫灰，品茶猶為鑒園來。殘鶯病燕都飛盡，不見鐙船一箇回。」「無家八百念孤寒，爭說江湖乞食難。今日九流齊餓死，不須辛苦怨儒冠。」「餓死」句讀之酸鼻。

五〇三、劉墉工詩善書

諸城劉文清公石庵，遭際承平，敭歷中外，其相業為書名所掩，且工詩而詩名亦不著。遺集由從孫燕庭方伯印行。英煦齋（和）謂為「高而不觚，華而不縟，雄而不矜，逶迤而不靡」。雖不無溢美之詞，要其中正和平，語多見道，固為吾鄉《篤素》、《澄懷》諸集相近，亦見一時之風氣矣。煦齋出公門下，受知最深。公初見時，即詔之曰：「子他日為余作傳，當云：『以貴公子，為名翰林。書名滿天下，而自問則小就不可，大成不能。年八十五不知所終。』」迄嘉慶甲子歲，文清年八十五。臘月二十二日，儤直尚書房，煦齋亦在懋勤殿作書。文清呼至，告以雍正至乾隆初南齋舊事，復理所作傳語，且云：「昨已屬瑛夢禪鐫印記，曰洞門童子，以當息壤。今為期已迫，豈展期耶？」既行復還，坐譚良久，起曰：「吾去矣，毋戀。」是月二十四晨興，飲啖如常，至未申間坐而逝。事見煦齋所為《文清遺集》跋語中。生有自來，信非虛語。

余最喜其〈題畫〉二首云：「達人胸次闊，萬景相摩盪。世緣了不侵，一室聊自養。築屋不須多，種竹或三兩。窗間聽禽友，庭下拜石丈。白雲從何來，亦復向何往。我心與之俱，吞吐不容強。掃地有餘清，香篆變俯仰。此際興頗佳，況有剝啄響。客本巖中居，來話羲皇上。幽夢杳難尋，茶煙裊書幌。一笑對江天，悠然脫塵鞅。」「杜老老何有，庭中有獨樹。歲寒松雪盛，柴門掩煙霧。牆頭過濁醪，此樂凡幾度。崢嶸富詩句，果腹給朝暮。已對阮生松，更有張園芋。蒼然圖畫中，乃得浣花路。」兩詩沖夷澹遠，如其作書。

又〈舒城懷荊公作〉，亦足為吾家半山張目者。詩云：「貧弱深將國脈憂，爭教得柄緩持籌。諸公不激終常悔，小子何知徑與謀。一縣青苗民亦便，到今免役法仍優。初心本為蒼生出，安石寧宜處仲侔。」自注：「李師中謂荊公似王敦，宋人記師中極詔荊公，若爾；其言何足據乎。」荊公變法，毀譽參半。文清此語，足為雪誣。至〈詩序〉中所謂「痛元澤之死，而以名世歸之。擬非其倫，幾於侮聖，荊公何至於此。」又如「對明道先生出言狂易，唐突富韓兩公。元澤亦何敢乃爾。夫〈周秦行紀〉之不出於牛奇章，〈碧雲騢〉之不出於梅宛陵，前人已辨之矣。於荊公父子佚事，奚不可為申論之乎。」尤見論史特識。按文清自謂生平「詩第一，題跋次之，書又次之。」見《饅饑亭詩注》。何蝯叟〈題伊默卿與文清合裝詩卷〉，有「韻語秘惜不謂足，慧力風趣書之餘，藝雖兼進有偏勝，難排公論矜私譽」之句，則仍推重其書也。

五〇四、肅順獨能傾心文士

湖口高碧湄（心夔），所著有《陶堂志微錄》。其〈城西〉二首，蓋為肅順而作，卻極好史料也。詩曰：「連雲列戟羽林郎，苑樹依然夕照倉。一狩北園盛車馬，再尋東閣杳冠裳。滫蘭苦污生前佩，炷麝能升死後香。赫赫爰書鑄惇史，天門折翼夢荒唐。」「寵冠親賢料遽衰，致身胡取亟登危。將軍清靜歸淳酒，公子聲華誤繡絲。坊樂入筵天慶節，殿材營第水衡司。十年風義虧忠告，江海堙流此淚垂。」碧湄一字伯足，曾為肅順賓客，肅順怙勢而驕，以忤西后致死，其是非姑不具論；獨能傾心文士，脫略恒蹊，其才亦不可掩。即論中興之役，其居中贊畫，亦為最有關係之人。

先是咸豐十年，江南大營再陷，官軍悉潰，蘇常相繼失守。左文襄公聞而歎曰：「天下事其有轉機乎？」或問其故，文襄曰：「大營將蹇兵罷，非得此洗蕩，何由措手。」又問：「誰可以善其後？」胡文忠曰：「朝廷若以東南事付曾公，天下不足平也。」一時物望咸屬文正，獨山莫子偲（友芝），方在京，與二三名流，議江督非文正不可。而其時得君者，為尚書肅順。適碧湄館其家，往商焉。碧湄白於肅順，肅順然之。翌日下直，逕至高館，握手曰：「事成矣，何以謝保人。」蓋已得諭旨矣。此一事也。

文襄公在駱公幕府，以勇於任事，為怨家所控，禍幾不測。同邑郭筠仙侍郎為營救於肅順。肅順曰：「此事已有廷奇，令查實即就地正法，必欲挽回，非有大臣特保不可。」侍郎復求之吳縣潘文勤（祖蔭），文勤曰：「誰能擬疏者？」侍郎即出諸袖中。既上，肅順更為言之，事得解。費二千金，皆侍郎貸於人，而胡文忠償之。文忠旋與文正各具疏密薦，文襄遂得大用，卒建肅清閩浙，開拓西陲之功。此又一事也。

五〇五、王湘綺篤於風義

肅順於一時俊流，罔不接納，而賓客中，尤以碧湄與王湘綺翁為最年少。湘綺有〈丙寅人日，因楸帙見高大心夔，庚申人日見寄詩憶舊遊，作示知者〉長篇，其一云：「昔尋風雲遊上京，當前顧盼皆豪英。五侯七貴遍相識，行歌燕市心縱橫。九江狂生高伯足，平生見人但張目。單衫側帽臨春風，二十紅顏美如玉。行年相較一歲強，俱騁逸足馳康莊。曹劉阮陸不並世，文歌琴酒爭軒昂。公車召試等一擲，未抵臯盧要先得。高車謬寫夷吾書，（余試禮部，賦得高車高梱，誤以為管子書事也。）大卷濃塗保和策，（高丙應殿試，均以謬誤置四等。）尚書（協辦大學士肅順。）賜第（在扇子湖）花氍毹。醉翻酒盞相歡呼。盛胡（盛主事康）。俳優喧坐隅，徐郎（徐編修昌緒。）屈膝請為奴。就中龍黃較清穩，（龍編修湛霖，黃學正錫燾。）當筵未肯污茵裙。尹劉高名（尹御史耕雲，劉司業熙載。）頗相怪，王門長裾事權貴。翩然黃鶴歸青冥，重來已見山河改。我隨亞相（協辦曾侯國藩。）困祁門，君留朱邸謀東巡。清晨夷歌滿都市，一炬便燼澄懷園。」

其二云：「嗣皇中興覽《堯典》，手詔畢邵誅共鯀。李斯五刑不足惜，彭王藁首誰相問。當時意氣論交人，顧我曾為丞相賓。俄羅酒味猶在口，幾回夢哭春花新。君歸湖口波浪惡，屢干相侯祇蕭索。同時得路俱騰驤，往日庸奴又高爵。蜀中二李（李都轉榕，李糧儲鴻裔。）滇二劉，（劉知府樹堂，知縣樹義。）各懷銀印踞方州。郭卿少年擁八騶，（郭巡撫嵩燾。）張蔡已覺曹郎羞。（張員外世準，蔡郎中毓春。）龍兄兄弟亦豪快，（龍知縣汝霖。）高平甘棠春蔽芾。黃許同稱太史官，（黃錫彤、許振禕兩編修）。潘（潘副都祖蔭。）長（都統長善。）入坐儼相對。世人見我空逡巡，如君登第亦輪屯。惟餘莫（莫舉人友芝。）鄧（鄧巡道輔綸。）守書史，散作東西南北人。前歲娛園訪秋竹，招邀太守（王知府必達）同明燭。東湖夜水空如煙，相思桂樹年年綠。杯酒白刃心膽粗，別君豪氣未敢除。人生少年苦作健，別時白面今有須。獨行昂藏久無趣，西遊華山不得去。南踰五嶺東渡淮，去年更折恒山樹。倦遊謝病從文君，移家承水學隱淪。知君一事苦相羨，新得西施能負薪。早春人日桃破萼，花下見君人日作。七年歡笑猶眼前，世上紛紛有哀樂。南方花早東風顛，憶君攜手靈臺前。馬纓紅拂綠絨席，牡丹香醉金桃船。東城西館不復夢，（東城內厲宅有馬纓，丁香雜樹，試禮部時假館也。山西會館在海淀，貢士覆試因譚御史鐘麟借焉。）圓明宮柳生荒煙。四春老瘦泣珠箔，昭陽月冷人淒漣。長堤珂轡往來路，誰信於今走狐兔。滄江寂寂臥對春，與君不得傷心語。廬山雲連南嶽峰，名山萬里精靈通。休言沈薶兩龍劍，猶能吐氣作長虹。」

肅順賜第在扇子湖，即京西海淀。碧湄詩云：「曩惟咸豐末，遊讌文彥藪。出門累車騎，並席持肱肘。旅食依昆明，風日美荷柳。主人古孟嘗，淚感臺傾後。」玩「昆明」、「荷柳」之句，其為感舊無疑，城西之作，亦即指此。詩中一則曰：「赫赫爰書鑄惇史，天門折翼瘳荒唐」，蓋辦其致死非罪也。一則曰：「十年風誼虧忠告，江海堙流此淚垂」，蓋悔其納牖無方也。情文悱惻，可泣可歌，生死交期，於是乎見。廣雅有〈送王壬秋歸湘潭〉詩，自注：「王為某故相客，故有中郎之感。」湘綺之篤於風義，又可與碧湄共傳矣。

五〇六、李詳懷人詩，稱其身分

鶴亭〈過秣陵絕句〉云：「巷陌斜陽戰馬屯，喧喧笳鼓易黃昏。舊人零落無尋處，只剩州李審言。」審言名詳，興化明經，博通群籍，工詩文，尤擅長駢體。辛亥後課讀滬上，一時耆舊，均極重其人。海藏〈春陰簡李審言〉詩，所謂「審言與我年相若，我觀其書頻驚愕。清言移人味甚正，讀書得閒趣尤博」者也。余庚申在滬，耳君名，惜未及一見。比詢南友，知猶健存，竊為私幸。

君丙辰病臂痛返江北，有〈懷人〉絕句若干首。茲錄其六云：「海藏樓下鎮徘徊，獨看櫻花逐夢來。並坐清言誰得似，空成相憶一停杯。」（鄭太夷孝胥）。「一食清齋理鬢絲，隱囊斜倚縱談時。麥根路畔停車客，正賦〈新豐折臂〉詩。」（沈子培曾植）。「灌巵填壑李臨川，道服商量賣藝錢。欲避伯休名姓去，如君棲泊政堪憐。」（李枚菴瑞清）。「亂頭粗服體中佳，家學能承簡學齋。不作秋衾銅輦夢，探山翠蘚漬青鞋。」（陳仁先曾壽）。「展禽伐國人休問，蘧瑗輕裝走近關。憶著圍城便嗚咽，幸無文字累遺山。」（楊子勤鍾義）。「崔魏斯文接老蒼，孔門用賦晚升堂。涪翁近悼邢居實，（劉樸生以嘔血死）。每對西風一斷腸。」（馮蒿叟煦）。皆能稱其身分。

五〇七、李詳悲端方詩

陶齋開府江南，廣致文士，評校金石，賓從之盛，一時無兩。審言亦其座上客之一人。迨後陶齋遘蜀難，所藏亦大都散佚。審言有〈見陶齋藏石記印奉感賦〉云：「槐影扶疏紅紙廊，冶城東畔有滄桑。摩挲石墨人空老，憶到金陵便斷腸。」「脫略曾非禮數苛，上宮有女妒修蛾。濮陽金集儒書客，那得揚雄手載多。」「觥觥含憲出重闈，傳命居然奉敕尊。輕薄子玄猶並世，可憐不返蜀川魂。」蓋深惜之也。

又有〈悲洹陽〉一篇云：「洹陽好古天下希，永寧多寶足配之。西園輪直忽再出，資州飲刃真堪悲。憶昔長安盛文史，旌旗遍樹潘翁壘。東觀餘論宣和圖，孔融尊酒平原履。此時奔走趨聲價，此時人物稱王霸。波斯大賈碧眼胡，傾倒公卿飽殘炙。如君羼廁竹林遊，入仕山王亦勝流。監稅金錢搜秘冊，起家龍節鎮方州。方州持節無齟齬，西歷咸秦東吳楚。兼權鹽鐵錫銅山，交會流通誇少府。畢良史與廖瑩中，指揮狎客承下風。〈清明河圖〉定窯鼎，爭羨門下矜奚童。摶扶九萬搖銀海，珠盤五敦凝光彩。百縑密拓〈沮渠碑〉，埃及文求五千載。廬陵鄱陽且伏膺，何論卞宋兩中丞。後生特起自天意，畢令嘗水分淄澠。好官滋味崦嵫景，斥去猶能保要領。出山富貴為群奴，交胸鉞劍生俄頃。泰山鴻毛有重輕，惜君此死太無名。頭顱萬里同譚尚，誰是田王涕淚傾。智瑤飲器傷殘忍，擲還模糊嗟泯泯。持首無客徇田橫，歸元有子求先軫。昔為人羨今人憐，紛紛過眼如雲煙。精靈啼血時來往，莫便空山化杜鵑。」亦可作詩史讀者。

五〇八、李詳失書又得書

清末吾皖創辦存古學堂，沈子培、吳棣軒兩提學先後招審言任都講。辛亥八月以後，留書三篋被劫，審言寓書皖同鄉會，移問皖督，作何賠償。吾友徐積余餘見其書單，因以鈔本葉氏《語石》及《閨秀詞鈔》、汲古閣本《南北史》，補其所失，一時傳為佳話。

審言有長篇紀事云：「九年飽飲建業水，舒州一行老無恥。竟拋書卷付豺很，廣褐零丁跡都市。往歲屬兒為我求，幾為皖鬼沈江流。阿父累汝汝收淚，存古本與今為讎。沈侯致我非相靳，劫後時承故人問。金投虛牝寂無聲，甑墮中途懶成慍。書丐平生天幸多，補亡贈副為摩挲。眼明宛似歸窮子，招下無庸效景瑳。南陵舊是好事者，此誼公然向傾寫。贈書不藉虛山攜，識面曾非木庵寡，密勒路作春明坊，誰知僦宅託君旁。我居西海君東海，但覺煙霧生茫茫，橫叨日饋甘嘲哂，插架駢羅如束筍。不將貸薄陳湯，尚遲數詣酬劉尹。故舊如君好事稀，孰云此道至今微。（范雲詩：思舊昔云有，此道今已微。）青常不作生存哭，蒙叟休將別淚揮。（余與皖人書中有「毋令牧齋揮己竭之淚，清常作生存之哭」云云。）」積餘南陵舊家，蒐藏夙富。手校叢刻，尤多精本。滌飲、蕘圃，庶幾嗣音。囊在滬上，曾觀所藏，君聞余有《合肥詩徵》之輯，曾鈔所見詩以寄，並與余有網羅鄉獻，編輯叢書之約。宿願蹉跎，甚愧之也。

五〇九、梁啟超遊臺雜詩

老友吳向之（廷燮），熟嫻章制，博通舊聞，曩者國有大政，多君視草，余心敬其人有年矣。顧君不習為韻語，偶有題識，例綴四言，淵雅近漢魏人語。近志盦以其〈感臺事〉一律見示，在君生平，洵為僅見之作。詩曰：「田橫海島闢臺陽，五百賓朋義幟張。郡議朱厓爭棄漢，人過赤嶺尚思唐。結繩刻木從新制，銀鏤金冠易舊裝。轉悔戈船虛戰伐，何如遺朔奉閩王。」蓋指唐卿在臺起義時事。

吾友梁任公有〈遊臺雜詩〉，其一云：「曾聞民主國，奄忽落人間。即日真如戲，呼天亦苦艱。薛蘿哀楚鬼，禾黍泣殷頑。暗記留蠶紙，愁來一洗顏。」自注：「故老有以臺灣民主國之鈔幣及郵政局券相贈者，亦為巖卿作也。」割臺議定，彼邦遺老，侘傺無所適，相率以詩自晦。所至有詩社，萊園社在霧峰之麓，萬梅崦下，逸民林獻堂所築，最擅山水林木之勝。此外汐社、櫟社、竹社、南社等，皆其最著者。亦見任公詩注。任公斯遊，為辛亥春間，其時故家遺老，猶有存者。一日此輩合讌任公於臺北之薈芳樓。任公即席致詞，已有耳屬在垣，笑顰皆罪之感。曾有詩紀事云：「遠遊王粲漫懷歸，卻踏天涯訪落暉。花鳥向人成脈脈，海雲終古自飛飛。尊前相見難啼笑，華表歸來有是非。料得隔江諸父老，不緣漢節始沾衣。」「尊前」一聯，最為沈痛。

五一〇、章實齋對袁牧有貶詞

余友胡適之，曩編《章實齋年譜》，援引詳博，藝林所稱。書中謂實齋論學，於同時名人戴東原、汪容甫、袁子才皆有貶詞，而於子才尤持深惡痛絕態度，故集中攻擊袁氏之文甚多，有〈題隨園詩話〉十二首，大半謾罵之作。如云：「江湖輕薄號斯文，前輩風規誤見聞。詩佛詩仙渾標榜，誰當霹靂淨妖氛。」「誣枉《風》《騷》誤後生，猖狂相率賦閒情。春風花樹多蝴蝶，都是隨園蟲變成。」「堂堂相國仰諸城，好惡風裁流品清。何以稱『文』又稱『正』，《隨園詩話》獨無名。」第三首，適之自注：「此指劉統勳。」並引章氏論文〈辨偽篇〉，謂劉統勳官江寧時，欲以法誅袁枚，而朱筠為解脫之語為證。章詩標明文正，其為統勳無疑。顧他書多以此事屬之石庵。石庵名墉，統勳子也。先是，石庵於乾隆己丑由編修督學江南，適值子才居白下，主坫壇，聲氣既廣，謗議亦多。石庵風厲似乃翁，人有傳將予子才以不利者，並有逐回杭州之說。子才以符未至暫留，並答其弟香亭云：「白下蹉跎二十霜，正愁無計理歸裝。果然逐客真吾福，如此西湖在故鄉。」久之候符不至，不但免驅並通往來，屬子才撰〈江南謝表〉奏之，逢人獎譽，乃知全屬訛傳。

任滿，石庵升江右糧道，子才送別詩云：「莽莽山萬重，惟嶽凌宇宙。蒼蒼樹萬枝，惟松挺堅瘦。四序雖平分，五行有獨秀。人胡獨不然，但觀所秉受。觥觥石庵公，實應金精宿。神羊不受羈，祥麟豈在囿。其剛玉莫磷，其清石可漱。初聞領丹陽，官吏齊縮脰。光風吹一年，懽戀極老幼。先聲將人奪，苦志將人救。抗上聳強肩，覆下紓緩袖。張口輒詆諆，上手多寬宥。奸豪既帖柔，狐鼠亦俯伏。救災如救焚，除弊如除垢。殷然愛才心，白首還如舊。視學上下江，所拔多薪槱。今雖卸皋比，群才猶輻輳。顧榮去未幾（宗泰），鮑照來復又（之鐘）。六一先生貧，三千弟子富。即如山中氓，半面尚未覯。客秋當此時，蜚語群相嗾。道公逐李斯，不許少留逗。諸生弔於門，山鄰餞恐後。我未奉伍符，姑且儲糧糗。故鄉歸亦佳，內省終無疚。果然逢悟言，風影皆訛謬。匪徒免鞭驅。兼且通蘭臭。南國有表章，群儒已製就。公獨掉頭言，必須某結構。自慚石鼓頑，忽被桐魚叩。妄將下里音，強擬鈞天奏。公竟矜寵之，逢人誇錦繡。愔愔知己恩，嘿嘿瓣香祝。一朝簡帝心，授玉節西走。甘棠枝可攀，膏雨澤難留。人人愛依劉，聲聲思借寇。賤子抱區區，一言陳左右。送公旌遠行，望公德日茂。公以天人姿，而兼宰相冑。高如冰鑒懸，那有吞舟漏。寧可察之詳，慎毋發之驟。猛如萬鈞弩，所貫無不透。但慮未中節，不愁不滿彀。已褰賈琮帷，可免葉公冑。能為李橫衝，何妨伏不鬥。氣斂理益明，業廣福彌厚。黃堂雖始基，黃扉將肯構。祿位奚足矜，勳名自可壽。豈徒繼家聲，兼以答我後。」詩中既寫出石庵公名，又謂其兼宰相冑，更足為屬於文清之鐵證。不知實齋當日何以如此措詞，殆亦得之傳聞，未暇博訪耶？然以實齋之精審，尚有此誤，益見考證之難矣。

五一一、袁牧有名高跡近之嫌

子才以退宦作寓公，擅有園林姬妾之盛，益以結納貴遊，臧否人物，自不免有陳同甫名太高跡太近之嫌。實齋指摘，亦非無因，顧事實昭然，未容牽混，吾輩不能不訂正作者之失。又觀兩賢最後投分之深，更可矯文人相輕之習。以視晚近士夫但爭門戶意氣，不惜顛倒是非，恣為報復者，其賢不肖相去何遠哉！吾知適之必與余有同感矣。

五一二、錢葆青見懷詩

襄陽錢仲仙（葆青），鄂中詩人，曩於泊園坐上，數數見之。自湖邸分攜，瞬逾十載，每從石禪諸君詢其消息。近由吾友磨僧寄示君見懷一律云：「淝上詩人老逸塘，近來壇坫主平章。（君有《近代詩選》）。三年赤手群流合，一出蒼生四海望。氣與喬松爭磥砢，力回殘局補痍創。因君還問段柯古，莫漫編書著〈西陽〉。」末句謂正道翁也。又得磨僧書知余近狀。賦詩代簡云：「不見琅玡問訊疏，多君尺素薦雙魚。已臨危地懸崖馬，誰挽中天馭日車。觀相人忙如捄火，（用陳希夷語，張乖崖事）。乘時水到可成渠。蓬萊第一峰頭客，上界神仙信有無。」比歲耽吟，聊以自適，故人存問，敢不拜嘉。若云「壇坫平章」，則吾豈敢。

五一三、鄭孝胥累卻徵召

海藏近以新刊詩集見贈，其第十卷蓋壬戌五月後迄甲子仲冬之作也。曩余逭暑海濱，君曾見答三絕，今只兩首存卷中。其一云：「投荒逸氣自堂堂，濯足扶桑意豈狂。今日望公應卻步，祇堪居士號清涼。」似已佚去。余原詩有「看罷繁櫻已倦遊，閒身更為海鷗留。年來詩思頹唐甚，那有雄心到九州」之句。時余歸自神山未久，故君答詩云：「虎擲龍攄遍九州，英雄誰肯死前休。功名無與夷齊事，薇蕨空山又一秋。」上二句殆兼指余，下二句則以自謂。君自辛亥後，鬻字自活，累卻弓招，海內外無不重其高節。

其癸亥七月入都直內府，距辛亥九月出京，恰為十三年。以詩紀之云：「世棄天留等可哀，黍離荊棘更能來。還從銅輦尋殘夢，早向昆明辨卻灰。吞炭漆身殊未避，觸山逐日漫相猜。兩朝國士聲名在，駿骨猶堪比郭隗，」越一歲，楊留垞亦同作云：「貧賤糟糠事可哀，下堂覆水語何來。長驅李令心如日，獨對冬郎燭未灰。國士兩朝原自異，初心一改莫相猜。同安齒冷先賢傳，肯說燕臺始自隗。」乍讀此詩，幾難索解，有知其事者，謂甲子冬西陽柄政，方以閣席見徵，即北府舊時親貴，亦有力勸海藏不妨一出者。留垞適有此作，遂用前韻。海藏報詩云：「生祭文山足教忠，黃冠顧問意何窮。鄧林棄杖應難測，小待虞淵日再中。」心事皦然，詩特婉約。今兩詩海藏、留垞集中雖均不載，以言風義，論者蓋兩賢之。

五一四、鄭孝胥晚遇之說新解

海藏今年七十又一矣，神明建王，轉勝囊時。有相者謂其必享大年，且有晚遇，君亦以此告客。其〈己巳除夕前一日夜起庵即事〉云：「一別高樓寄此庵，五年況味更誰諳。枕堪待旦天難曉，薪已將然臥豈酣。滄海獨歸真上策，舊京入夢奈空談。丹青自寫靈臺狀，莫信人誇蔗境甘。」末二句即指相者之言。余和詩云：「抱膝閒吟戀小庵，孤芳寧計世人諳。普天夢夢君先覺，中澤嗷嗷戰尚酣。縱化蟲沙猶是劫，只餘風月不堪談。首陽千駟前言在，薇蕨由來苦亦甘。」腹聯謬為諸老所稱。末二句則仍借用其昔年見答詩意，針對海藏晚遇之說，似為賢者更進一解。去年海藏七十生日，余贈詩有句云：「君嘗詒我詩，妙語喻猿臂。逢時偶然耳，數奇何足異。己重物自輕，所得由養氣。」年來與海藏過從較數，時作深談。「逢時」兩句，亦習聞之海藏者。以此壽君，並以此自勉。解人如海藏，固應莫逆於心，相視而笑也。

五一五、桐城吳直以能文稱

桐城古文家，首推方望溪、姚惜抱兩氏。惜抱亦盛稱其師劉海峰。二百年來，文采風流，照耀鄉國。冀州不作，抱潤代興。姚氏二難，（仲貴、叔節）。並負時望。通才接踵，益衍其傳。讀《桐雅》及《桐城耆舊傳》諸書，海內望縣，蓋未能或之先也。近余友吳守一，復以其族祖生甫先生直之《井邐集》見示，且曰：「生甫先生為望溪之友，海峰之師。家摯甫先生屢求其稿不獲，刻始由族人處覓得殘版，補刊重印，幽光沉鬱，幸為表彰」云云。余固雅重守一之為人，矧生甫先生固為吾鄉先正耶。先生乾隆丙辰舉人。遊京師時，為孫文定、盧雅雨所重。海峰及其弟蘗邨相從受學，於古文尤得其傳。顧先生之名轉不甚著，顯晦有時，未可強也。所著《井遙詩集》，凡六卷，清妙靈雋，沁人心脾。

北遊曾至馬蘭關，登長城，憑眺蒼茫，發為歌詠，集中有〈憶馬蘭關登高詩〉云：「金臺何處不勾留，絕塞垣邊亦散愁。紫蟹黃花一尊酒，碧雲紅樹萬山秋。故園獨整山頭帽，舊雨誰同月下舟。索寞禪房鐘磬歇，昏燈夢裡去悠悠。」〈春盡日有感，因憶去年客杭州〉云：「望見家山不是歸，譙陽花落故人稀。送春林下風侵鬢，得句尊前酒濕衣。寂寂晚愁揞竹杖，昏昏畫睡掩柴扉。何如長作西泠客，每日攜朋上翠微。」先生以能文稱，詩特餘事，然亦精詣如此。守一為先生族孫，有〈喜井遷公詩文集印成〉二律云：「桐城宗派被埏垓，傳火遺薪劇怪哉。秘籍居然搜孔壁，高文那許厄秦灰。僅存殘闕天應護，尚未摧燒嗣亦才。肸蠁潛通關運會，摩挲故槧首頻回。」「經訓鑽研老不休，早將聲氣薄時流。韜光自分埋千禩，拾唾猶堪放一頭。汲古有人辨鐘缶，革新無地著圖球。吾家法物同珍守，留待他年訪禹疇。」玩詩意，於海峰似有微諷。海峰以能文稱，且為井遷先生入室弟子，顧集中竟無文字述其本師，亦可異矣。

五一六、翁方綱批弟子曹振鏞詩極嚴苛

吾皖曹文正（振鏞）字儷笙，世所稱歙縣相國者也。文正不以詩名，嚮見其手寫詩稿，除試帖少作，餘皆古近體詩，經其師翁覃溪先生點定者。覃溪持詩律最嚴，於文正詩評隲尤刻，密行細楷，綴語最少，老輩風

期，洵不可及。摘錄數則如下。〈題放翁詩後〉云：「南渡詩人陸劍南，清言娓娓味醰醰。先生真意誰能會，心太平菴老學菴。」覃溪批云：「去年冬日，每攜《放翁集》在內閣堂上候本時讀之。偶成小詩，總寫於此云：『苦心難挽古風還，神往〈豳風七月〉閒。一騁蕭尤楊並駕，誰知衣缽在茶山。』自注：『曾文清，放翁師也。』杜老憂時白傅閒，誰云禹稷異於顏。一杯擬酹長吟處，千載蘭亭曲水灣。』自注：『首七字實切放翁。』『絕塵邁往本天機，躍馬梁州試鐵衣。正自個中爭得力，桂林片石悟精微。』自注：『桂林城外匡間有放翁寄杜敬叔札云：絕塵邁往之作，大都得自舟車鞍馬間為多。』『自鄶合如何例玉溪，三才萬象試端倪。玉堂格韻西崑體，祇對坡公偶價低。』（放翁詩：『溫李真自鄶。』李義山詩云：『李杜操持事略齊，三才萬象共端倪。』自注：「西崑體，楊劉諸公酬和之作。東坡意不喜之，見坡公〈金門寺絕句〉。愚云惟坡公乃可議論西崑體耳。」

五一七、翁方綱論詩精闢

文正〈詠梧門司成詩龕，即用蘇齋題西涯圖韻〉四首其一云：「新題額又小西涯，穩住詩人松樹街。好客隨時鋤徑草，訪君特地款柴扉。遍懸古像追形影，（齋中多摹古人畫像）。細話幽情見肺懷。我亦摩挲成米癖，愛誇石鼓硯名齋。」覃溪云：「像與形影不應在一句內，『肺懷』二字不好。」其二云：「拈向詩龕滿壁詩，爭名那惜更搜奇。三間矮屋疑移此，（『三間矮屋一重樓』，西涯句。）十友新圖問畫誰。（司成繪〈西涯卷子〉，摹文正〈十友圖〉中像於幀首，並欲畫同人像為〈十友圖〉。）快覓清華齋舊址，苦尋嶽麓寺遺碑。（時托伊墨卿為訪〈嶽麓寺碑〉）。欲圓身世三生夢，然否金丹換骨時。（西涯八月而生，司成亦同之。）」「然否」二字，乃覃溪所易，原作「活脫」。批云：「末七字擬改之而未妥。」又云：「『誰』字硬。」其三云：「隔城便覺來往遙，過訪何須折簡招。老我吟哦空兩鬢，看兒誦讀又雙髫。（司成令嗣與予兒皆六歲始讀書）。眼昏日侍青藜杖，腳紫時扶軟栗條。想到鄉園酣野趣，嵐光水影夕陽橋。」其四云：「漁洋去後孰獨盟，心折藏齋五字城。曾見詞壇親弟子，（黃昆圃詹事為漁洋弟子，蘇齋猶及聞緒論）。況來詩境半門生。古今體看縱橫出，多少人經冶鑄成。好溯淵源尋正脈，石帆亭畔水澄清。」「逾」字覃溪改「澄」。又批云：「後二首勝前二首，大約用意處須凝蓄，不要扯長。」

〈夏日夜坐〉云：「無計留人笑語陪，獨看尋壘燕飛回。涼棚院裡日初上，冷布窗前風正來。向佛焚香縈細篆，呼僮潑水壓輕埃。倦身欲臥還慵起，兒報盆榴一朵開。」覃溪批云：「總苦平易而不精練。」又批云：「多讀、多看、多作、多講，四者必兼用之。多讀是專精一路；多看則旁閱眾家；多講者，一則講去自己之病之所以然，一則講古人之妙之所以然，二者亦不可偏廢；多作亦有二路，一則實路，一則虛路，不從實處著乎，則弊病暗伏於中者無以自見，所以必尋古人可詠之題，如題畫，題古跡、古碑之類也。虛者則是自己性情中懷舊感事等題，此最易著手，而卻最難見弊病，所以虛實兩路要一齊下手，不可偏廢也。」

又批〈彙中題吳子華照〉兩詩後云：「絕句則竟算未上路，排律竟成章矣。七古雖鬆弱，然可以漸漸串鏈，能將七古間架格調，運用手腕如意，然再及五古。五古最難，非一朝一夕所可就功。五七古俱妥，然後精求五律、七律，俱有把握，而後可作七絕耳。」又云：「五古必須學杜。吳梅村五古亦頗有傷於太順者，所以不及其七古遠矣。」又云：「七律須加以沈鬱頓挫，五律亦然。所以中唐人之五律不可學，以其太弱」云云。

又〈賦得天寒有鶴守梅花〉，七言八句中有句云：「沖霄合領司香職，啄雪常懷警露時。」覃溪批云：

「『司香』『警露』一聯，高華而兼澄淡，不愧頭廳人語。」以上諸批，皆覃溪甘苦有得之語，沾溉後學，信無涯涘。《遺集》四冊現由公後人名家騏者保存。卷首有「大學士曹振鏞私印」及「墓壽山錫宴十五老臣之一」兩章，而無自序。弢庵先生題詩，所謂「文正詩篇盥讀親，蘇齋評語墨如新」者也。靖陶云：「文正後裔返歙者僅長房，餘俱留北京未歸。」流傳先集，吾知靖陶必能力任也。

五一八、詩多作不如多改

「愛好」「貪多」，文士結習。而貪多之病，賢者不免。唐宋以來，詩之多者，首推白陸。他人無其才力，妄冀流傳，等之自鄶，又何譏焉。趙甌北〈長夏曝書有作〉云：「文人例有一篇稿，鍥棗鋟梨紛不了。若使都傳在世間，塞破乾坤尚嫌小。」蓋慨乎其言矣。余最喜樊榭論詩「多作不如多改，善改不如善刪」之語。以此告人，並時以自箴。

五一九、詞為詩餘，體例自別

詞為詩餘，體例自別。然詞之小令，如〈楊柳枝〉、〈小秦王〉之類，究與七言絕句，有何殊別？《白香詞譜》獨屏〈柳枝〉不載，意亦在此。近人詞家，如鄭叔問（文焯）、陳伯弢（銳）、均工為此體。叔問〈楊柳枝詞〉五首云：「數行煙樹薊門春，離袂經年惹麴塵。莫為西風搖落早，灞陵猶有未歸人。」「拂堤晴縷萬絲柔，祇掃芳塵不掃愁。羌笛數聲鄉淚盡，夕陽紅濕水西樓。」「曉含斜月晚含煙，翠縷如雲掛玉泉。香輦不回秋又暮，棲烏頭白近霜天。」「平居誰分解傷春，爭睹長堤走馬身。黯黯空城飛絮盡，哀笳吹起六街塵。」「雨洗風梳碧可憐，秋涼猶咽五更蟬。誰家殘月滄波院，夜夜漁燈網碎鈿。」

伯弢〈楊柳枝九首〉云：「行人頭白柳條青，始恨春風不世情。若有當時豪賭興，長楸還試馬蹄輕。」「二月隋堤水皺池，流鶯已在最高枝。一般飛絮無才思，卻任東風剗地吹。」「殘局湖山絕可憐，十年林燕故依然。酒旗畫角斜陽裡，猶自殷勤纜別船。」「西望長安道路遐，朱樓碧瓦切清笳。勸君莫忘關山苦，啼過枝頭有莫鴉。」「玉虎絲沈不可牽，樓陰搖曳帶秋千。長宵那有羊車過，脈脈啼烏不井闌。」「盡有風流似昔年，幾回恨雨復嚬煙。生來不入靈和殿，恐被君王一晌憐。」「短棹天涯酒易醒，曉風殘月有詞名。自從錯到江南路，冷眼看人幾送迎。」「已分漂零更不歸，心中眼底事多違。英雄若個桓宣武，空對江潭泣十圍。」「露皎煙黃夜欲深，白門鐙火恨沉沉。牆頭去盡閒車馬，老我安排鍜竈吟。」

玩其詞意，蓋均庚子傷亂之作，有黍離麥秀之思焉。就中叔問之「雨洗風梳」一首，伯弢之「殘局湖山」一首，每一誦之，真有洗馬對此茫茫之感。余友淳安邵次公（瑞彭），今之詩人，詞特餘緒。其〈柳枝詞〉三首云：「羌笛西風烏夜飛，紅樓送客露沾衣。吳娘爭唱〈江南好〉，愁殺并州快馬兒。」「夢斷盧溝曉月寒，占來行路最艱難。關山送盡閒花草，祇有垂楊似去年。」「千里煙絲接鳳城，江樓燈火望中明。歌前別有年華怨，不為瀟瀟莫雨聲。」嗣響鄭陳，洵無媿色，因並錄之。

五二〇、朱祖謀詞人又工詩

歸安朱彊邨先生，海內知其詞名久矣，實則詩亦極工，特不多作。〈贈李悔庵〉云：「骨折心摧淚亦乾，世人只作等閒看。猶聞下筆風雷起，便與臨觴醒醉難。著想何人到青史，收身百計遜黃冠。尋仙採藥誠非妄，期汝行吟創大還。」悔庵辛亥以後，避地滬瀆，衣羽人服，廢吟止酒，間一畫松，此詩頗能狀其為人。又〈次韻答王病山〉云：「極天兵火況修途，誰謂萍蓬匪定居。用意故須憂患外，告哀猶是亂離初。新知濡呴宜樽酒，舊頌流傳尚井廬。日夕雙江急東下，莫因人事損音書。」

病山曾備兵湘之常德，亂後由黔中歸，復僑寓於此，武陵詩人陳伯弢以書醞相勞苦，病山酬詩云：「還軫兵戈九折途，寄巢風雪一廛居。妻孥尚在真成累，故舊相逢解念初。不死與誰消暮日，餘生何處是吾廬。余宗未返登音絕，（謂王夢湘。）破涕緣君尺素書。」伯弢次韻云：「相忘龜尾在泥塗，猶勝常年藻棁居。形質雖存非復我，江山信美不如初。新愁突兀逃亡屋，舊夢依稀諫草廬。未可全無消遣法，籬根補讀橐駝書。」三詩皆佳，病山詩多苦語，乃晞髮、谷音之遺，彊邨、伯弢之作，固是詞人本色。

五二一、梁鼎芬弔楊銳詩

綿竹楊叔嶠京卿銳，以戊戌變政及難，遺柩於己亥年回籍過鄂。梁節庵賦詩弔之，記其一云：「玉屑孤兒消息來，未收悲痛札難開。早知聖主容臣直，每歎同時少此才。破寺淒涼驄馬過，故鄉迢遞杜鵑哀。人生百歲猶為夭，獨往空山數綠苔。」惜遺集竟不及載。節庵讀書焦山，伯嚴叔嶠均曾於雪中往訪。今梁集中〈送楊三舍人還綿竹〉詩，乃是時作。纕蘅近有〈鎮江道中〉一絕云：「梁髯大隱海西龕，蜀客銜寒共夜談。觸我回車思舊痛，舍人墓草久毿毿。」君與叔嶠同里，所感固自不同。

五二二、張之洞隸事遣詞偶誤

《廣雅堂詩集》，一刊於廣州龍比部伯鸞，再刊於侗廬袁忠節（爽秋），即所謂「廣雅碎金」者。近坊間流傳本，兼有晚歲諸作，乃其易簀前手訂也。廣雅以達官名士為詩人，同光壇坫，未之或先，隸事遣詞，無不精審，顧亦有偶誤者兩事。一為〈題襄陽杜征南祠〉云：「碑無文字湮陵谷，公有勳名照古今。共睹平吳功燦爛，誰知癖左智深沈。幕僚湛輩皆寄士，朝貴張華識苦心。羊傅德優才未若，遺蹤卓冠漢江潯。」按《晉書・羊祜傳》：「祜樂山水，每風景必造。峴山置酒，言詠終日不倦。嘗慨然歎息，顧謂從事中郎鄒湛等曰：『自有宇宙，便有此山。由來賢達勝士，登此遠望，如我與卿者多矣，皆湮滅無聞，使人悲傷。如百歲後有知，魂魄猶應登此也』云云。湛曰：『公德冠四海，必與此山俱傳，至若湛輩乃當如公言耳。』」是湛輩乃叔子幕僚，非征南從事也。羊杜並稱，傳亦相連，此亦容易致誤之因。廣雅督鄂最久，感喟亦最深，詩中累用羊公故事。〈九日蟹寶通寺塔〉云：「此塔閱人沙海數，豈惟登峴歎銷沈。」又斷句云：「我亦浮沈同湛輩，登盤媿食武昌魚。」皆傳誦人口。

一為〈寒溪寺觀陶桓公手植桂〉云：「上造樊山頂，江湖相排盪。下窮寒溪曲，暮色已莽蒼。同遊無儒夫，決履猶策杖。陋哉伏守詩，徒羨讌樂廣。磐石避雄劍，此意最倜儻。舊遊如在目，影堂鏁方丈。彈指去來今，滔滔天運往。神護千歲柱，飄香高可仰。前賢殖嘉樹，後賢題祠榜。（胡文忠榜書：「長沙之勳」。）一楚橫天下，古今陶胡兩。訪古愜幽邃，傷時轉慨慷。物存山自馨，人去吾安放。」詩中「一楚橫天下，古今陶胡兩」二句，如此精到之語，非廣雅殆不能道。顧第七句「陋哉伏守詩，徒羨讌樂廣」云云，隸事似亦有誤。按《文選》有謝玄暉〈和伏武昌登孫權故城〉一首，注云：「伏字曼容，為大司馬諮議參軍，出為武昌太守。」玄暉此詩，既為和伏守之作，其中句云：「釣臺臨講閱，樊山開廣讌。」當即廣雅詩意所指，乃不以作者屬之玄暉，而屬之伏守，則亦賢者之失也。天津嚴範孫侍郎，有手注《廣雅堂詩》稿本，細楷密行，足資銓考。惟詳於典實，略於本事，其於前詩「徒羨讌樂廣」句注語，引《晉書・陶侃傳》：「尚書樂廣，欲會荊揚士人。武庫令黃慶進侃於廣，人或非之，慶曰：『此子終當遠到，復何疑也』」云云，又誤以「樂廣」為人名，似失廣雅引用原詩本意。甚矣作鄭箋之難矣。

五二三、張之洞晚年詩多有本事存焉

廣雅詩中年以後之作，多有本事。犖犖大者，故老能詳，余《詩話》中前已及之。大抵文人寄，每托諸詠史、詠物，廣雅詩亦多此例。集中如〈竈嫗辭〉云：「賢婦三言甫入門，得人嗤處祇緣新。如何竈下蓬頭嫗，不聽登堂勸徙薪。」〈食橄欖〉云：「回甘青子出艱難，爛熟朱櫻眾喜歡。內熱清涼空論定，幾曾同薦赤瑛盤。」〈兔絲〉云：「文杏夭桃鬥一時，天涯芳草襯燕脂。兔絲亦厭風霜苦，誰伴青青澗底枝。」〈非荊公詩〉云：「大婦鳴環治酒槳，彈箏小婦鬥新妝。為君辛苦成家計，凍折機絲不怨涼。」〈元稹〉云：「賈誼多言絳灌傷，舊勳新進敢衡量。最憐輕薄元才子，操縱英雄綠野堂。」玩其詞意，必非無病之呻。惜作者既未自箋，自亦無從索解。惟〈元稹〉一首，似指虞山而言。集中有〈送同年翁仲淵殿撰從尊甫藥房先生出塞〉詩，自注：「藥房先生在詔獄時，余兩次入獄省視之。錄此詩以見余與翁氏分誼不淺。後來叔平相國，一意傾陷，僅免於死，不亞奇章之於贊皇。此等孽緣，不可解也」云云。

廣雅督粵，軍用甚繁，虞山適長司農，於其奏銷，頻致駁詰。迄後奉旨入京，將與枚卜行，至中途，復以宜昌教案，電令近鄂，聞亦虞山設計尼之，故生平銜之甚至。注語乃晚年加入，賓僚請刪，亦不顧也。按《舊唐・書裴度傳》：「時翰林學士元稹，交結內官，求為宰相。與知樞密魏弘簡，為刎頸之交。稹雖與度無憾，然頗忌前達，加於己上。度方用兵山東，每處置軍事，有所論奏，多為稹輩所持」云云。廣雅在外，虞山居朝，此事與晉公、元相相類。虞山自負宿望，每以新進視廣雅，兩賢相厄，殆關夙緣。錄此二詩，以見朝局，亦同光史料也。至廣雅集中末卷，有〈讀史絕句〉二十一首，吾友忍堪聞之天琴老人，謂皆早歲之作，多年前即見之於廣雅許，決非開府後詩，亦無庸強索本事矣。

五二四、郭嵩燾通曉時務

湘陰郭筠仙侍郎嵩燾，與左恪靖同里舊交。恪靖佐湘撫幕，為慧者所乘，幾蹈不測。其時奔走營救者，在外為花縣、益陽，在內為文勤、肅順，而斡運其間者，則筠仙也。迄後恪靖督粵，筠仙適以巡撫同城，因論事不合，卒投劾去。集中有〈由粵東假歸述懷留別〉四首，其二云：「世事江河日夜流，古人先我有深憂。輸琛西海猶唐典，鼓櫂南宮但越謳。犀首直須無事飲，鳶肩豈信有功侯。六條行部吾安放，虛擁旄麾學督郵。」其三云：「積雨翻成曀曀陰，刺桐拂檻影蕭森。粵臺澒洞龍蛇窟，虞苑銷沈草木林。無縱詭隨民病亟，是何濡滯主恩深。誰言肺腑戈矛起，慚愧平生取友心」。「六條」二句與「誰言」二句，皆為恪靖而發。

迨返湘後，帳觸往事，屢見詠歌。〈周磜〉云：「十二萬年有此磜，誰與居者忽著我。高巖大嶂寄崢嶸，終日掩關天上坐。遺山一出計已妄，牛奮箕張空自瑣。」自注：「周磜嶺為予結廬之地，託始道光庚戌，與季高為山居結鄰之約。咸豐二年壬子，避粵寇之亂，遂徙家焉。」患難相依，而富貴相軋。古今人情類然耶？又〈次韻意城書感六首〉之二云：「夙昔思夷惠，悠悠千載風。斷鼇猶震盪，飛鳥入溟蒙。憂患深沈共，譸張今古同。健兒誇獨出，莫更問桓躬」。「健兒」句，自注：「謂左季高也。」

恪靖逝世，筠仙輓之云：「國運迍邅日，臣心況瘁時。功成文武並，道大古今疑。勁氣同官懾，深謀聖主知。老臣經國計，生死繫安危。」「西法爭新巧，深機在遠交。甘閩歸締造，朝野互譏嘲。不忍須臾憤，翻隨議論淆。多防經術誤，遠略責包茅。」「觸眼傷沈濁，誰言古道存。攀援真有術，排斥亦多門。直以功勳舊，無煩氣誼敦。荒山餘老淚，酹酒與招魂。」語多推重，已蠲夙嫌，道義之交，固應如此。與恪靖輓湘鄉聯語，同一用意，然第二首仍責其不諳外交。吾輩平心論之，似亦不能為賢者諱。同光之際，士大夫通曉時務，周知四國者，筠仙實為巨擘，如丁雨生、曾劼剛，又皆一時之選也。

五二五、姚茫父題〈蓮花庵圖〉詩

同年貴筑姚茫父（華），博綜九流，兼精繪事，病廢以後，殘臂揮豪，撰述弗輟。余曩以尺幅索君書詩，久之未報，君遽以庚午初夏捐館。斷楮零縑，間多散佚。吾友藏齋，偶睹此幅於沽上市樓，為詩見報，亟以兼金贖回，余感賦云：「蓮花庵裡姚茫父，殘臂揮豪劇可憐。觸我山陽思舊痛，何時絜酒酹新阡。」（歿後卜葬西直門外姚山）。蓮花庵者，在宣武門外爛縵胡同之南。其地舊為水月庵夾道，今易名為蓮花寺灣。寺本明代舊刹，戴璇《藤陰雜記》稱其「樹木蓊鬱，門徑極佳」。舊時朝士，多僦居者。段懋堂曾寓寺之別院。

洪北江於嘉慶四年上書下獄，謫戍伊犁，其年九月二十四日，移寓蓮花寺待罪，與知交別，見先生自為年譜中。迄後建寧張亨甫亦居之。《松寥閣集》中有〈二十九日移居蓮花寺漫作〉云：「矮屋悠悠七十日，何妨此屋暫低頭。後生大似筍成竹，半世空如泥墮溝。安得萬間開廣廈，可知四海信虛舟。歸來燕子應相識，東幔西簾總舊遊。」自注：「己丑春，居寺之東廡，其夏居西廡，今亦居西廡而非舊室也。」又〈清明日移居蓮寺作〉：「舊是詩人宅（樹齋太史昔曾居此），今宜倦客居。關河遲上冢，風雨正移書。寄跡地無定，觀空心有餘。祇憐庭除樹，生意太蕭疏。」亨甫曾兩度寓此。光緒戊戌侯官陳石遺（衍），亦寓寺內。經師吟人，後先輝映，亦云盛矣。

茫父卜居，始自光緒甲辰，為時已久。復於丙寅歲就庵之舊，略加修葺。庵內為岱宗堂，後為何陋軒，供王陽明像，另以泰山府君段懋堂、洪北江諸先生附祀其中。陳師曾為繪〈蓮花庵圖〉，茫父題詩云：「前聞誰憶《藤陰記》，門徑極佳似舊庵。別院百年荒已甚，幽棲一榻臥仍堪。著書今日玉屏後，（段若膺先生成《詩經韻譜》、《群經韻譜》於此，即《六書音韻表》也。時為乾隆己未九月，明年三月，銓貴州玉屏縣，見〈寄戴東原書〉）。成詠昔人接葉難。（接葉亭在爛縵胡同中間，祝芷塘葺而居之。王蓬心為繪圖徵詠，李調元句云：『兩屐送僧蓮寺近』，亦見《藤陰雜記》）。回首來時新種樹，倚天松柏欲相參。」又〈疊前韻懷段懋堂先生詩〉曰：「金壇人往空遺蹟，瑟瑟薜蘿此故盦。三月選官春未遠，百年問字晚猶堪。思穿鄰壁通香火，若話薪傳共朔南，才盡江郎能察篆，後來匡謬亦曾參。」茫父佳詩甚多，茲特錄其有關舊聞者。其遺集《弗堂類稿》，現由及門刊行，莫鄭之後，君為傳人矣。

五二六、黃遵憲懷「南學會」諸子

吾友溧陽狄平子〈哭黃公度詩〉云：「奇才天遺此沈淪，湘水愁予咽舊聲。莫問傷心南學會，風吹雨打更何人。」自注：「先生官湘省時，與陳右銘中丞，江建霞、徐硯父兩學使，皆為南學會領袖」云云。按甲午敗後，變法議興。當時各行省奉行最力者，厥惟湘撫。公度方任陳臬，實贊其成。凡所興舉，如時務學堂、武備學堂、保衛局、商辦礦務、湘粵鐵路、內河小輪船，皆其犖犖大端，而南學會為尤著。南學會者，公度與江建霞、譚復生、梁任公等主之。其時德人奪我膠州，各邦且有分割中國之議。湘人設會講習，亟謀自保，將以次推行於南部各省，庶他日雖遇分割，而南部猶可不亡，此會之所以名「南學」也。公度在湘僅一年，旋以戊戌政變去官，養痾上海，翌年即歸嘉應故里。

其〈己亥懷人〉詩，即是時作。〈懷義寧陳右銘〉云：「白髮滄江淚灑衣，別來商榷更尋誰。閒雲野鶴今無事，可要籃輿共護持。」〈懷善化皮鹿門〉云：「平生著述老經師，絕妙文章幼婦詞。今日皋比談改制，黃書以外錄明夷。」〈懷元和江建霞〉云：「南嶽雲開華路初，歸來秋雨臥相如。零星幾卷靈鶼閣，只算江郎製錦餘。」〈懷義寧陳伯嚴〉云：「文如腹中所欲語，詩是別後相思貲。三載心頭不曾去，有人白皙好鬚眉。」〈懷宛平徐研父〉云：「臣罪當誅父罪微，呼天呼父血沾衣。白頭元鬢哀蟬曲，減盡維摩舊帶圍。」〈懷瀏陽唐紱臣〉云：「頭顱碎擲哭瀏陽，一鳳而今賸楚狂。龜手正需洴澼藥，語君珍重百金方。」〈懷李柄寰蔡艮寅唐才質〉云：「謬種千年〈兔園冊〉，此中埋沒幾英豪。國方年少吾將老，青眼高歌望爾曹。」〈懷鳳凰熊秉三〉云：「龍泉知我劍隨身，三斗撐胸熱血新。是我眼中神俊物，能羆男子鳳凰人。」之數君者，類皆南學中人也。

五二七、章士釗紀戊戌長詩

孤桐曩有〈題徐善伯見視戊戌湘報全冊四十韻〉，紀述綦詳，足徵信史，實為近數十年極有關係之作。詩云：「戊戌初變政，湖南日有功。經始時務堂，厥在丁酉冬。義寧為中丞（陳寶箴），元和士所宗（江標）。今雋誰舉首，嶽嶽鳳凰熊。榜書食蛤蜊，三君坐齋中（初試時務學堂新生於學院食蛉蜊齋，陳、江、熊三公同監試）。諸生就廳事，管墨爭齗齶。（試題：年長生，〈墨子論〉；年幼生，〈管子論〉）。吾年十六耳，伸紙走蛇龍。時見絳袍客，凝意瞰諸童。（江建霞時著絳袍，往來巡察，丰神絕世）。蔡生名艮寅，攝影肩相從。與吾校一歲，弱亦將毋同（蔡松坡原名艮寅，少吾一歲，在賈太傅祠拍照驗體格，與吾並肩，熊秉三規自照料）。炳寰文炳然，氣度尤和雍。陳公激賞識，特假詞色隆（李炳寰首場冠軍，交卷適與余相次，余見右帥問話甚久。炳寰號虎邨，內方外圓，儀容絕美，後死庚子漢口之亂）。時余方病瘧，細瘦如秋蟲。程令里軀幹，乃蹈孫山空。新會乍入湘，舉邦爭迎逢。祠堂一夕宴，袞帶絕從容（任公初至，全省官紳在左文襄祠宴之，盛極一時）。明年開新黌，總持推鉅公。汝南一登喚，萬籟鳴諸穹。吾不入梁門，勢迫非由衷。相見七年後，笑語兩融融。（任公後在東京設政聞社，余始見之。）繼學遺家弟，士憂拗而聽。（家弟陶年初名士憂）。題名赫然在，再覽吾神恫。爾時數湘政，警保堪追崇。嘉應黃公度，智略鬱蟠胸（黃為臬司，設保衛局）。會友號南學，房虛遞始終。（南學會每星期開講）。鹿門皮先生，致用經早通。湘報羅群言，民氣何蓬蓬。瀏陽兩寄傑，一掃浮翳空（譚嗣同、唐才常）。樊易號怪物（樊錐、易順鼎，後改名宗夔），何畢成鬼雄。（何來保、畢永年，何死漢口之難，畢亡命不知所終）。延年不纏足，（延年會，革除應酬惡習；不纏足會，解放女子，皆鳳凰瀏陽所創。）載筆眩纖洪。新聞此嚆矢，稚弱諱無庸。愛國自有真，語語明樸忠。圖新卅餘載，所志昭宋聾。不知中何祟，視天猶夢夢。既壯倏及老，不閱於我躬。緬懷先覺士，愧憾兼無窮。善葆此瓌冊，得失非楚弓。天陰偶循誦，可以癒頭風。人事各代謝，吾能明其蹤。誰與證吾言，君舅香渠翁（香渠，劉善浤，善伯之外舅也，時為《湘報》總理。）」戊戌迄今，晌逾三紀，亘浸稽天，遂有今日，殆亦維新諸賢所不及料耳。

五二八、輓黃遵憲詩

公度晚歲居里，論學尤勤，憂時成痗。其乙巳正月致書平子，有「自顧弱質殘軀，不堪世用，負此身世，感我知交」等語。是歲二月，即捐館舍。故平子輓詩云：「竟作人間不用身，尺書重展涕沾巾。政壇法界俱沈寂，豈獨詞場少一人。」又散原集中，亦有〈感寄人境廬詩〉云：「天荒地變吾仍在，花冷山深汝奈何。萬里書疑隨雁驚，幾年夢欲飽蛟鼉，孤吟自媚空階夜，殘淚猶翻大海波。誰信鐘聲隔人境，還分新月到巖阿。」蓋即答其見懷之作也。

五二九、治水師者，並稱彭楊

咸同中興，湘軍突起，治水師者，並稱彭楊，謂彭剛直（雪琴）、楊勇慤（厚菴）也。先是賊以江心小姑山為礮臺，於東岸彭郎磯，西岸小姑洑，築兩城環巨礮以阻水師，剛直力戰兩日破之。有〈攻克彭澤奪回小姑山要隘〉詩云：「書生笑率戰船來，江上旌旗耀日開。十萬貔貅齊奏凱，彭郎奪得小姑回。」詩成刊於石壁，傳誦一時，散原有〈江上雜詩〉云：「嬝嬝亭亭絕代人，水肌玉骨立千春。彭郎奪得傳佳話，祇倚催妝句句新。」自注：「昔年攻克九江諸郡縣，楊公岳斌功最多，自彭公玉麟，有『彭郎奪得小姑回』之句出，遂專以推彭，而楊公亦嘗笑語人曰：『雪琴解賦詩，因得獨專其名』云云。」

勇慤厚重少文，餘事臨池，頗有法度，特不以能詩稱耳。陳弢庵先生有〈楊勇慤公家居所臨閣帖，芝仙觀察以一紙見詒，感舊賦謝〉云：「瘴雲六月山燋烘，我初謁公滄海東。茅簷竹椽拄刀戟，刮颶夜捲如飛蓬（公之援臺，法船扼海道，易服乘漁舟夜渡。明年事定，猶屯軍都山中）。其秋把晤榕葉底，坐歎鑄錯哀藏弓（時爭臺獄不得直）。湘江一臥遂契濶，聞鼙又見邊烽紅。峭帆微服礮滿耳，年時手障鯤身雄。山川百戰付豎子，天胡此醉神其恫。陔餘弄筆累千紙，斂抑寄崛何沖融。左書彭畫足正氣，鼎足晤對江樓中。賦詩報君愧衰憊，努力忠孝承門風。」詩中以左書彭畫，鼎足並稱，闡幽之旨，固與散原同也。

五三〇、虞山言氏兄弟能詩

虞山言氏，一門風雅，前已及之。近仲遠更以新刊《堅白室》及《從吾好齋》合裝詩草見示，驟睹二妙，喜可知也。《堅白室》者，其仲兄謇博大令有章所著。君曾從吳摯甫、范肯堂、李越縵諸公遊，於肯堂親炙尤久。集中有〈肯堂師啖以荔枝，不數日復有茶葉之賜，姚宜人益佐以西瓜，用山谷送范慶州韻呈謝〉云：「先生為詩如將兵，淮陰非以十萬名。風水天然自淪渙，晴空千里飛迅霆。張惶幽眇闡宗旨，博我皇道宏漢京。論證了了妙處劑，足令眇視跛能行。敖曹枉說氣如虎，至竟囁嚅效兒女。西崑獺祭終閏餘，源頭遥欲尋清渠。紗囊分得丹砂顆，茗柯實理尤相須。況聞後命傳僕夫，五色鎮心文不枯。拜倒鷗波更無語，請淬鋒鍔酬風胡。」肯堂答詩云：「世說小范十萬兵，不能戰勝徒其名。空提兩拳向四壁，推排日月驅風霆。帳中突兀見吾子，忽後自顧大莫京。調停居間吾不可，不吾帥者聽子行。語子瑰文猛如虎，伏而不出如處女。浩如積水千倍餘，千一之放流成渠。天仙化人妙肌理，墜馬啼妝百不須。莫學世間小丈夫，容光滑膩心神枯。駿馬真當識塗徑，看予牛老已垂胡。」蓋雜述平昔論詩語以為戲也。

君有〈寒柏百六詞〉，均疊丹韻，俞恪士謂其才氣橫溢，百戰不怯，信然。秦宥橫提學詩，世不多見，有和君作云：「君詩能禿筆，十八甕親埋。芒角搜肝出，登臨雪涕來。愛才比淮海，憂國過輪臺。使越他年陸，觀濤此日枚。玉花猶伏壢，金粟已成堆。霸業荒魚腹，軍容泣馬嵬。滄桑為大耳，芻狗不仁哉。吾道輸籬菊，霜前冒雨開。」君原作題為〈偕世臣禹臺秋眺，步石刻詩韻，並示秦宥橫、黎太初諸子五首〉，其一云：「茫茫家國恨，腔血碧難埋。陡覺群陰沍，惟宜舊雨來。有風迴弱水，無力上強臺。志業聊看劍，明良豔卜枚。安居嗤馬革，遠略壯龍堆。局促憐巢幕，元黃賦陟嵬。李（贊皇）張（江凌）洵卓爾，儀衍亦卑哉。聞道昌黎叟，能驅衡嶽開。」亦可見其懷抱。《從吾好齋詩草》，仲遠弟百藥大令同霨著。君夙工倚聲，詩多近體，〈井陘道中〉云：「踏遍群山又石苔，綠波如帶自縈洄。一鞭人影斜陽外，滾滾寒雲扶馬來。」固詞人吐屬也。

五三一、虞山言氏名媛輩出

仲遠昆弟，均以能詩名，蓋得力於庭誥者為多。贈公應千丈家駒所著有《鷗影詞鈔》六卷，自謂二十以後，遁而學詞。實則丈於詩致力亦深，今所傳之《榿叟詩存》，強半皆少作也。〈梅花偕內作〉云：「一枝春忽到貧家，絕世風姿自足誇。嫁得孤山林處士，不須更聘海棠花。」厥配汪夫人雪芬，所著有《梅花館集》，與應千丈白首相莊，尤極唱酬之樂。集中有〈梅花詩〉云：「數枝相對語能通，問我前身可許同。雪貌冰心有仙骨，幾曾夢到趙師雄。」吾谷尚湖，名媛輩出，海內所稱。而言氏自餐霞樓後，累葉蟬嫣，誦芬弗替，蓋賢者之澤長矣。

五三二、楊萬里詩清言見骨

楊誠齋詩服膺香山、半山者甚至，至其神明變化，或且突過前人。〈端午病中止酒〉云：「病裡無聊費埽除，節中不飲更愁予。偶然一讀《香山集》，不但無愁病亦無。」又〈讀詩〉云：「船中活計祇詩篇，讀了唐詩讀半山。不是老夫朝不食，半山絕句當朝餐。」誠齋於南末四大家中，最為清言見骨。晚年學詣益深，渙然自得，一時有「誠齋體」之稱，然古詩得力香山，絕句得力半山，淵源所自，不可掩也。放翁論詩，嘗有「我不如誠齋」之語。其〈送子龍赴吉州掾〉詩云：「又若楊誠齋，清介世莫比。一聞俗人言，三日歸洗耳。汝但問起居，餘事勿掛齒。」則並重其為人。誠齋歷事三朝，始終一節。韓侂胄築南園屬記，誠齋曰：「官可棄，記不可作。」遂告歸。渭南對此，有怍色矣。

五三三、劉大觀詩天機清妙

邱劉松嵐（大觀）所著有《玉磐山房詩集》，翁覃溪序之，謂其「天機清妙，寄託深遠」。而王蘭泉《蒲褐詩話》亦謂其「蕭閒刻峭，卓然自立於塵埃之表。」此可以見其詩詣矣。松嵐有〈題籜石夫子詩集後〉，詩云：「神識自能超宇宙，元關無鑰劃然開。巖花磵草無人識，獨有洪崖採得來。」自注：「謂覃溪閣學。」君嘗以虞道園詩乞覃溪批點，覃溪報書云：「南宋以後，所謂蘇學盛於北，程學盛於南。惟虞文靖以貫串群經之秘，而收拾樂府以下六朝三唐之精粹者，風雅之中流砥柱也。」此札墨蹟，於廠肆見之，輒記其語。

又〈輓孫淵如〉詩，其一云：「〈卷葹閣草〉自雕鎪，翰墨英靈漫不收（謂洪稚存）。若向九原逢仲則，為言知已有隨州。」君曾刊黃仲則《兩當軒詩集》於京師，亦見〈覃溪詩序〉。

五三四、新名詞亦可入詩

濫用新名詞入詩，每為雅人所病。然亦有萬不能不用者，概從禁避，似亦非宜。余夙持此論，乃與石遺不謀而合。其詩且已先余用之，〈匹園落成〉云：「簷霤聚成雙瀑長，雨中月色電燈光。臨春側想吾家閣，可笑貧兒不自量。」又〈九日集酒樓，時余以病癢戒酒〉云：「滿城風雨未曾來，祇盼霜天雁帶回。竹葉於吾尚無分，菊花雖好奈初胎。誰能太華峰頭去，並媿齊山笑口開。佳節總須求酩酊，強攜啤酒注深杯。」「電燈」、「啤酒」，固皆新名詞也，果善用之，何傷詩格？況生今之世，萬國棣通，事物繁賾，必欲求之載籍，比附有時而窮。與其泥古而失真，無寧自我而作古。新文學家所謂「時代性」者，吾人又安可一筆抹煞乎！余近以「墨雨」「歐風」入詩，亦是此意。

五三五、邵祖平論詩精闢

南昌邵潭秋（祖平），今之少年能詩者。江西固詩人都會，余所知如王瘦湘（浩熊）、艾畦冰三五輩，並皆瓣香西江，尤多取徑雙井。潭秋年少志銳，兼嗜唐音，初不以鄉里宗派自囿，有足多者。近寄其《培風樓詩存》，卷尾〈十年詩稿寫定後感賦〉云：「十載悲歡跡可蹤，浪吟那復倚聲容。暖姝幸脫一家鎖，窈默難弦萬壑松。遜志終妨人事學，祓愁應與酒爭鋒。筌啼笑指皆陳跡，覆瓿餐蟫信所從。」又〈鈔選全唐詩竟，感題〉云：「初唐四傑出，富豔如春花。喬劉實紺綺，張宋何高華。盛時李與杜，飛動龍鸞拏。高岑與王李，驂乘亦同車。鳴戛盡金玉，容裔比雲霞。群謂頗挺出，荊玉抱家家。大歷十才子，吐詞仰天葩。秀色難為貞，蹈隙或抵瑕。韋柳皎而峻，孟寒高而誇。精傑與深雄，兩兩實分衙。末流漸殽亂，荒險羼僻邪。元白雖俗輕，尚為詩教嗟。晚唐為綺靡，薄惠生齒牙。淳風欲茫昧，古體髫已髽。二許才未稱，方羅意有涯。後起有李杜，曾不救偏斜。世衰元音閟，細響徵箏琶。」

又：「文章以氣勝，一代不數輩。吾愛五夫子，真採樹千載。太白逸天下，軒豁出塵壒。杜公抱忠憤，悲憫世如瘵。倔強韓吏部，橫轢出胸肺。東野窮復窮，沈鷙六尺內。惟有太傅白，氣和色無壞。吁嗟此五君，吐辭各極態。其人實賢傑，大事見詩外。他如劉與柳，遠謫蓄歎慨。王孟暨儲韋，偶然清氣會。是皆軼餘子，惜未抵其最。拙哉昌谷生，乃以詩雕繪。」此可見君之志矣。君授課之江學校，散原旅杭，贈詩云：「詩人心跡兩崢嶸，坐擁巖巒廣廈清。從此雁邊江上塔，吟聲次第答鈴聲。」之江大學，在杭州秦望山下，竹樹茂密，風景絕佳，論者謂為世界大學第二勝區。君詩所謂「門前蕭山樹，樓下蘭溪槳。」及「買魚脫童釣，咒茁鄰壤」者，頗能狀之。散原詩所謂「江上塔」，蓋指六和塔言。

五三六、嚴修廣遊四海

有清一代，黔中學使，以洪北江、何東洲二氏為首稱，流風餘韻，沾溉無窮。迄於晚季，則天津嚴範孫先生，提倡實學，亦得士心。一時才彥，多出其門，國變而還，去思未沫。範老與余為忘年交，遊讌之歡，恍如昨日。自君逝世，社集亦稀，每過城南，敢忘腹痛。君於詩不自編集，遺言且戒付刊。然因詩存人，余之夙旨，況君詩亦本有不可磨滅者在乎。〈六十自述〉三首其三云：「比歲從人汗漫遊，客中閒度幾春秋。茫無畔岸身家國，富有河山亞美歐。與我相親仍禹域，教人最憶是杭州。眼前又數番風信，準備西湖十日留。」自注：「此十年中，庚遊汴、漢、潯、滬、杭、蘇，登焦山，又出榆關至奉天；壬遊日本；癸、甲遊歐洲；乙遊蘇門、皖、寧、無錫、南通、濟南，再到西湖；丙出居庸遊明陵、張垣，又登岱謁孔林，觀浙潮，三到西湖；丁遊桐廬、富春、禹陵、蘭亭，四到西湖，再遊蘇州，泛太湖；戊遊合眾國及檀香山，往返經日本。」遊蹤之廣，突過前賢。且所至必有詩，固不僅歐遊有專冊也。茲摘錄其清新可誦者，〈登富春山〉云：「亂峰圍繞水平鋪，坡老詩中有畫圖。今日富春江山望，天然又是一西湖。」〈津浦道中〉云：「渡江兩度趁歸舟，又續西湖十日留。天若與齡兼與健，一年一度向杭州。」〈贈誦洛南行〉云：「社酒權教作別筵，鶯花爛熳早春天。君歸觸我南遊興，修禊亭邊快閣前。」〈遊八里臺歸途示誦洛〉云：「夾岸叢蘆一色青，觿聲續續水波澄。故鄉風景君應記，略似西興到紹興。」〈北遊雜詩明思陵〉云：「思陵宮殿晝沈沈，塞徑蓬蒿一尺深。讀遍昌平山水記，亭林此地最傷心。」

五三七、嚴修與後輩酬唱

城南社中多後進，君與南海吳子通（壽賢）、紹興陳誦洛（鍾嶽）唱酬尤數。清季子通與君弟臺孫共事，因以識君，過從論詩，蹤跡寖密，有《紀緣冊》志其顛末。君題一律云：「東塾能傳學，南皮劇愛才。遂今後起秀，見此不凡材。族望吳荷屋，詩名徐玉臺。阿連真有幸，几席日追陪。」子通以嶺南異才，沈淪僚底，某歲適有困呃，君斥千金助之。子通尤切知己之感，嘗為余述其事云。

五三八、嚴修興學第一人

北方興學，範老實為開山之第一人。今之南開大學，三十四年前，固嚴氏私塾也，陳誦洛詩云：「樹人信有百年心，家塾初開慮已深。八里臺前黌舍在，春風桃李早成林。」即詠此事。範老答之云：「秀才學究兩無成，技類屠龍況未精。庠序莘莘人豔說，吾心功罪未分明。」末句沈痛之語，與廣雅之「劉郎葵麥」一絕，用意相同，亦維新史中一段公案也。

五三九、重披賸稿百迴腸

曩余偶持詩戒，範老贈詩有「公待再起東山日，暫廢清吟亦未遲」之句。比年人境結廬，不聞理亂，閒中歲月，得句較多，惜君已不及見矣。猶憶曩歲君有贈余一律云：「京華傾蓋十年前，磊落嵚奇見此賢。能誦寶書七百國，熟精兵法十三篇。補天事業孤懷耿，覺世文章萬口傳。吾眼中人俱老矣，又經幾度海成田。」余答詩云：「神武掛冠君獨早，黑頭幾輩肯歸田。」自謂頗能搔著癢處也。君歿時，余有輓詩，纕蘅以未及同作為恨。

越一載，哲嗣慈約以君所注《廣雅堂詩》手稿，印成見詒。纕蘅追憶舊遊，題詩卷尾云：「朔南二老各堂堂，曾與章侯議舉觴。（自注：「君與鄭海藏翁壬午同榜，又同庚同日生，復同居沽上。去歲七十，余與孤桐擬撰詞致祝）。歸隱節因垂釣著，成陰願已樹人償。明湖邨畔沽新釀，八里臺前泛野航。風景不殊餘痛在，重披賸稿百迴腸。」明湖者，沽上酒肆，社友醵飲，恒集於此。黃壚悵觸，吾輩所同也。

五四〇、景肖而語工

滬上黃浦灘公園，長夏銷炎，最為曠適。舊日懸有「華人與狗不許入」之牌，狄平子感事詩云：「江干何處立斜暉，碧草清陰與夢違。燕子不知巡警例，隨風猶得自由飛。」盜憎主人，由來久矣。自有五卅流血慘案之役，租界當局，為修好華人計，其禁始弛，而遊侶則華人轉多於外人。吾友劉放園有〈黃浦灘公園夜坐〉詩云：「晝間苦熱避無方，入夜來尋半晌涼。江靜千燈成倒影，林深一月吐幽光。微嫌露重沾羅袂，漸覽潮生沒石塘。遊客雖多他族少，此間亦有小滄桑。」蓋紀其事。「江靜」一聯，景肖而語工，且不能移他處。海上吟人，無不擊節。

五四一、樊樊山和張之洞〈金陵雜詩〉

廣雅〈金陵褉詩十六首〉，一時同作者甚盛。而以樊山為最工，博綜舊聞，兼及近事，固不僅以風調勝也。詩云：「老去屏山賦汴京，裕之俳體雪香亭。名篇十六渾相似，傳唱江南不忍聽。」「二喬國色並乘龍，總角英雄蓋代功。公瑾伯符俱不壽，天教寂寞古江東。」「紫蓋黃旗下有人，大航朱雀會風雲。鍾山虎踞龍蟠勢，具眼無如諸葛君。」「傷心玉樹有何春，佳麗江山要洗塵。除卻寄奴能虎步，南朝天下半詞人。」「一半春風付教坊，李平潘佑枉思量。曹彬句當江南事，愁坐圍城詠鳳凰。」「天塹橫分制佛狸，後來虞雍繼韓蘄。如今鐵甲乘潮上，不用量江費釣絲。」「瘦丁亭子水西門，古有憸邪尚識真。今日節樓讀洋畫，流連江雪又何人。」「莫愁湖已乞中山，兒女英雄事可憐。萬古雲霄遺像在，勝棋樓子亦凌煙。（勝棋樓上有曾文正畫像）。」「〈桃花燕子〉話興亡，馬阮匆匆送建康。朝暮蜉蝣同一笑，臺南十日亦真王。」「一從時相用商才，大賈如雲袞袞來。千載瞻園幽絕處，金錢花傍夕府開」。「文采風流遞不如，乾嘉末勝道咸初。江南後蟹輸前蟹，依傍倉山有薛廬。」「秦淮畫舫暖圍春，時有漁郎來問津。閒坐何房思誤字，鈞衡誰是釣漁人。（曾忠襄鎮金陵，幕僚陳某招權納賄，多在釣魚巷伎館，或改節署『三省鈞衡』扁為『三省均魚』。」）雨花臺畔血痕薦，龍膊收功四十年。怪事曾胡殊不料，有人俎豆到金田。」「濠泗風雲祚一僧，殺人如草自矜能。紅燈尚託朱家裔，直恨無人發孝陵。」「西上陶桓意可傷，石城回首舊斜陽。可憐儀鳳門邊地，圈作威廉外教場。」「乖崖持節鎮三吳，苦恨升平一事無。今試維新開闢手，那能閒卻老尚書。」

「乖崖」一首，謂廣雅也。按是時為光緒甲辰，廣雅奉朝命與江督魏午莊會勘灣沚工程，留江寧月餘，遍遊名勝園林，得詩數十首，今均見集中。吾鄉蒯禮卿年丈光典，方綰鹺務，亦有和作，頗為一時傳誦。其警句云：「可憐跋扈桓宣武，強迫興公賦〈遂初〉。」語意蓋指洹上癸卯歲計厄廣雅，不令回鄂而言。今據李審言〈金粟齋遺集書後〉，則謂是詩實其捉刀。審言曾主禮丈家，所言自可徵信。且謂原擬十六首，集中刪去五首。記其末一首云：「詩吟佳麗謝玄暉，臨水登山更送歸。收拾六朝金粉氣，庾公清興在南畿。」此結束語，亦所以尊廣雅也。審言於禮丈推服甚至，〈書後〉中謂其「學博識精，議論寄偉，詩文特其緒餘」。又云：「余館君家五年，自言有筆記數十冊，可名《三十年野獲編》。」余請觀之，則言「語多時忌，不敢遽出」云云。今易世已久，文網已殊，丈之從子若木，刊丈遺集，祇及詩文。儻日記能並付剞劂，則有裨國故更大矣。

五四二、蒯光典宏獎人才

禮卿丈官翰林時，以博學雄辯有聲。歷官楚吳，晚持使節，晉秩京卿，蓋駸駸將大用矣。審言所謂「在同光初元，名都會勝流所集，君多預其列，成一談士之魁。」尤足狀其為人。丈喜譚詩，顧不多作，其所為乃不越昌谷、義山家數，亦見審言所為〈書後〉中。生平覃研金石，兼富搜藏，為吾鄉士夫之最。有〈題徐積餘乃昌狼山訪碑圖〉二絕云：「書塵乙覽始關中，畫倣歐洪劇小松。彷彿承平多韻事，且將江海盪心胸。」自注：「曾見黃小松〈嵩洛訪碑圖〉卷子，予亦在廠肆收得其〈紫雲山題碑圖〉冊子。『歐洪不解丹青筆』〈訪碑圖〉中題句也。」其二云：「怕說狼山數點青，當年信國苦飄零。想君氈墨經過處，澒洞狂瀾不可聽。」自注：「『狼山青數點』文信國〈過賣魚灣〉詩句。」又〈前提意有未盡再題〉一律云：「唐宋風塵何擾擾，就中佼佼數吳王。人非盜賊奸雄輩，地畫吳山楚水長。剩有南唐盛文物，何須天祚弔興亡。披圖不盡蒼茫意，擬泐磨崖十丈強。」又有〈題李新吾希呂印存〉五古，考證精覈，無愧學人。詩見石遺《近代詩鈔》中，茲不贅錄。

丈與余相見頗晚。余第一次遊歐時，邂逅於森堡歐羅巴大旅館中，一談竟夜，許為知己，遂訂交焉。又一年余歸自歐，過訪金陵，丈體中較在歐時尤健，不過鬚髮略加白耳，迭與讌飲，並約觀劇，積餘亦在座中。不及一稔，遽聞病逝，可哀也已。丈宏獎人才，有古人風，文如夏挺齋（詒霆）、刁度章（作謙）、廖敘疇（世功），武如同邑季雨農（光恩）、陳清源（世貞）諸子，凡所識拔，皆能樹立云。

五四三、譚延闓題書畫詩

甲辰一榜多異才，亮臣、遠庸、濟武、子武外，首數組安。今皆先後逝世，回首舊遊，豈勝棖觸！組安與余不相見者逾十稔，朔南雖隔，音問累通。聞君從政治軍，均不廢學，躭詩尤勤。五十以後，自號非翁，力疾應官，時作苦語，然不意其奄化如此之速也。君弟瓶齋，裒印遺集，皆生前手自寫定。首癸卯訖庚午，多經散原、吷盦及其鄉人秦子質、余倦知、袁蘉庵、汪閒止諸君評注，而閒止之評尤精。所謂看似平常，而自有一種旁薄噴溢不可一世之概。讀君詩者，可以知君之為人矣。君為文勤公長子，生長勳門，多識耆宿，懷舊述德，託之詠歌。

錄其有關掌故者。〈壬子戲題劉雨人藏石菴卷子〉云：「一從烽火連江漢，多少縑緗付劫餘。誰分夜闌人倦後，眼明重見石菴書。」「御園今已無殘瓦，舊事還能憶往年。我對遺箋成一笑，不曾長跪屬車前。（卷中有『迎駕往園子』語。）」〈戊午題廣益堂〉云：「冠佩雍容數舉觴，當時職事戒無荒。廿年前事無人識，雪涕重經廣益堂。」〈甲子題潘文勤消寒第一集冊子〉云：「老輩風流儻見之，承平文物耐尋思。同時先友都零落，剩讀雷州兵部詩。（冊中潘文勤、張文襄、吳齋、董研樵皆先友，王文敏為先公年家子，陳逸山詩今於此冊見之。）」「胡篆當時已自遒，（王文敏詩注：『是日侍郎出示胡甘伯篆』）。張（文襄）王（文敏）吳（吝齋）趙（悲庵）各千秋。（冊中有詩。）消寒號令同金谷（張詩注：侍郎約後八集逃會者有罰），八集今應易訪求。」「彝鼎圖書散若星，尚書第宅久凋零。龜巢半舫（皆文勤齋名。）成荊棘，記我來窺福壽庭。（文勤第宅在京師米市胡同，余於辛亥秋曾往過之，福壽庭楄猶存。）」〈題滂喜齋蘭瑞圖冊〉云：「愙齋藝事本多能，（冊中吳畫雙鉤蘭及叢蘭）。只與胡（石查）秦（子街）得並稱。（嚴玉森詩列吳名在胡秦下。）終是狀元詩句好，人間誰信有徐凝。」自注：「題詩者兩狀元最惡，亦不知所指何人也。」

〈題戴醇士山水冊〉云：「天機清妙氣蕭閒，畫苑風流不可攀。書有東洲文柏峴，故應鼎立道咸間。」〈題乾嘉名人詩稿冊子〉云：「編珠集腋事應難，廿載搜尋得要刪。莊（方耕）邵（二雲）馮（魚門）程（春海）皆健者，須不流沫說船山。（跋者皆但稱張船山。）」「經學常州有大師，數行遺墨耐人思。莫將試律輕前輩，此是唐賢應制詩。（莊方耕寫〈月中桂〉試帖一首，跋者以為疑。）」〈鄭州有感〉云：「當時二老相逢處（辛巳冬先公與左文襄會於此），長記吾猶繈褓中。文武衣冠朝市改，川原形勝古今同。班荊道故情何異，歃血加盟計已窮。四十七年如俯仰，黃流應笑太匆匆。」〈題王壬翁食瓜圖〉云：「廣雅中年猶學董，澂園當日本師何。獨憐妙筆無尋處，溫畫周詩佚已多。（南皮題詩：『是學香光書。』時徐壽翁學書道州，今猶可見筆法。湘綺翁日記：「〈食瓜詩圖〉苻農和最為妙作，今與溫味秋畫皆不見圖中。）」「郘圖題句今如讖，亂世高名事可哀。何似此圖能閱世，盡教塗抹不成灰。（葉奂鄰題詩有「三刀六子語」。被難時為妄人塗抹，然未損及畫本。）」按此圖今歸易吟村藏。

五四四、張同書夙以能詩稱

河北雄縣，為畿南名邑。張玉裁內翰同書，夙以能詩稱。余初識君於蟫香館坐上，古心古貌，心敬其人。頻歲枉詩尤數，有讀余《今傳是樓詩話》題後一律云：「蒼葭白露恨來時，況讀漁洋感舊詩。夢裡江湖紛涕笑，角端蠻觸決雄雌。題襟邗上曾賓谷，聞笛山陽向子期。付與先生寫懷抱，衡來或可解人頤。」又賦謝余詒《詩選》云：「不見阮亭已數年，采國風者君為先。惟君與我有同嗜，餉我忽來詩一編。《楞嚴》當作百回讀，文字聊結前生緣。何時海上更修禊，一觴一詠追前賢。（丁卯上巳，公曾以修禊見約。）」余答之云：「杜門不問今何年，長句龕我勞君先。題襟邗上風已渺，（惠詩以賓谷見擬。）感舊漁洋詩初編。文字精誠見肝鬲，江湖呴沫關因緣。後山弟子吾所敬，歲寒倍念此士賢。」君學詩於石遺室，故及之。「感舊」句謂蟫香館主也。所著《一漚閣詩存》，海藏謂其「堅蒼有氣」。

〈夜歸〉云：「河自東流我自西，累累破塚閒蒿藜。雁行薄暮作雲黑，人影漸長知月低。寺有僧來容共話，門無客到待誰題。頻年荒歉兼兵燹，怕見村兒掩面啼。」「雁行」一聯，海藏云「乃唐賢佳作」。〈蘇橋旅夜題壁〉云：「聒枕風濤睡未能，擁衾面壁似枯僧。菜根何味鼠窺几，禾稼已收蝗撲燈。群動寧知秋寂寞，孤懷難掩氣崚嶒。津橋作客今三載，倉猝西歸幾拊膺。」〈猶有〉云：「猶有先人敝廬在，此心休與市兒同。但期館粥餬余口，遑恤蜩螗丁我躬。晝伏夜行皆鼠子，朝三暮四困狙公。古來治亂詩能述，盍亦從頭讀〈國風〉。」以上兩詩腹聯，韻為海藏所賞。以詩詣論，蓋能出入巢經、伏敔之室者。

五四五、輓馬通伯

老友馬通伯先生，自肥上訂交，將及卅載。君以己巳秋間逝世，余久擬為詩輓之，未果。志盦曩寫示二律甚佳，適如吾所欲言，蓋能知通伯生平者。第一首云：「唐松宋畫等閒看，蘭若譚禪耐夜寒。願制毒龍參貝葉，不隨饑鳳食琅玕。鬚眉中歲垂垂老，著作平生字字安。一載死遲應有恨，及身孔釋見摧殘。」自注：「第二句指在法源寺與授經曼仙夜半談禪事。『玕』韻則指其反對帝制，辭參政出都事。」第二首云：「桐城耆舊總溫然，此是方姚以後賢。講舍文論清讌夜，史家運厄火書年。長哀碧血曾千語，一掩黃腸共九泉。儻遇故人煩慰藉，孤兒鍵戶理遺編。」自注：「後四句均謂碧夢。」凡知碧夢與通伯交誼者，當自了了。《碧夢遺集》近甫編成，而志盦又逝。其遺集刊訂，聞並屬之毅行，又一段山抹微雲之佳話矣。

五四六、和曹經沅詩

纕蘅曩僦居宣武城南之南橫街，其間壁為翁松禪相國故居；而隔巷之米市胡同，適為吳縣潘文勤舊第，即世所謂滂喜齋也。君有〈留別南園〉及〈移居城東〉兩律，皆紀其事，海內外同作近數百人，應求之廣，並世所稱，山薑、漁洋，殆難專美。故余贈君詩，有「四海交情爭說項，半囊詩句笑封侯」之句。惟和者踵接，付梓猶稽，茲先擇其較有典實者，實吾《詩話》。

袁珏生云：「宣南移向鳳城東，未若蝸居稍適中。（南橫街宅與君先後同居，癸丑移居北池子。）兩署冷官寧獨傲，十年卜宅半相同。（余官翰林，君官禮部，皆由南橫街移東城。）福盧隔巷心滋霉，（福盧師寓東四牌樓三巷，近已謝賓客矣。）申叔安巢跡已空（南園為劉禮部故宅。申受、福盧同為纕蘅禮部前輩）。猶戀舊鄰難買得，饒饒名輩有潘翁」。〈跋〉云「南園舊居，為河南申氏產。余於辛亥質屋時，得觀乾嘉舊契，為陽湖劉文定之子少宗伯躍雲折俸銀所置，宗伯之子為申受禮部逢祿，兩代皆禮部世家。纕蘅以禮曹百年後僦居此屋，遂成掌故。他日重輯《京師坊巷志》者，庶有所考焉。」

張孟劬云：「十年舊館憶同車，獨爾新詩繼浣花。豈有寸心吐芒角，絕憐兩鬢已蒼華。道人自具安禪地，博士依然賣餅家。（君所居為申受故廬，申受墨守《公羊》，故云）。寥落客星餘幾輩，春明重到足咨嗟。」

陳石遺云：「平生雅慕隱牆東，卻住三山七塔中。忽索移居和樊榭，尚愁書局困斯同。車驅黑廠橫街近，腹痛黃壚酒所空。（君新居近隆福寺酒家，為端匋齋督部讌客處）。知汝過從足吟侶，祇應少個白頭翁。（謂春榆新逝。）」楊留垞云：「默數遷流記〈水東〉，卅年蹤跡帝城中。平津閣下來三度，（己酉、己丑、庚寅三次借居鄂立庭閣讀所，章佳文勤、文成、文毅後人也。）明照坊南感五同。（乙未至己亥與劉正卿同年同居明照坊，同榜、同官、同分校，同在國史館會典館）。竹里又看新筍長，（今春移居閶公舊廬，所種竹新萌怒生。）梧門回念舊巢空。（去國廿五年，癸亥歸里，僦宅養蜂坊，時帆祭酒懸弧地也。居五年餘）。弦詩意造無宮徵，觀化相期學浪翁。」

王志盦云：「輕將越峴換湖東，（余久居上斜街越峴山館，為宗滌樓先生舊題。近遷淨業湖東，自題為湖東草堂。）廿裁巢痕一瞬中。但識牽船宜地遠，不堪思樹與君同。莊襟老帶蹤何定，岐宅崔堂主半空。（東城華屋多易新主）。相望城西今履道，天琴聽水兩詩翁。」和詩中多有夢華之感，尤以趙香宋之「不分燕方作邊塞，且將皇古說咸同」一聯，最為沈痛。至海藏之「怪道曹唐堅不去，遊仙試為問回翁」十四字，則寄慨更深矣。君南園舊居左右鄰有老槐兩株，桂林汪鞏庵為作〈借槐廬圖〉。城東居廬，則吾宗別業，余所寄附，經營伊始，君即服勞，宅前後老槐數株，皆數百年古物，洵足壓倒宣南。君從遊垂廿年，佐余最勤，余督勖之亦良篤，頗盼其勿以詞人自畫也。

五四七、即席賦詩唱和

纕蘅觴客新居，坐皆耆碩。弢庵老人詩即席先成云：「論都喋喋任西東，人海猶藏一粟中。倦圃宦遊真意在，山薑詩韻勝流同。冷攤居近書常足，彥會身閒酒不空。銅狄摩挲還醉此，夢餘如對霸城翁。（坐有樊山）。」〈次樊山翁〉云：「精廬新徙鳳城東，師友聊為酒一中。家具囊琴攜鶴易，鄉風祀竈請鄰同。隱侯刻意吟雌霓，景重何心滓太空。（是夕月色極佳）。昔鑄同人曾眼見，猗嗟吾與霸城翁。」〈次卓巴園〉云：

「春晚酴醾開海東，水濱花事入詩中。（君遊北戴河，見寄一詩，有『畢竟海濱春事晚，酴醾五月尚開花』句）。兼旬莫笑山居暫，三徑懸知月夜同。市近車塵偏不溷，秋來杯物尚能空。京華卅載頭如雪，賸得旁人喚作翁。」忍堪和詩中有「猶龍老子都還健」之句，自注：「謂軟腳之陳樊諸老也。」

五四八、詠李鴻章訪美詩

余環遊之役，以庚戌夏，道出紐約，因訪美故總統葛蘭脫墓，觀吾鄉李文忠公所植樹，曾以長歌紀之，並寄李都護季皐柏林。近檢舊篋，復得此稿，距前遊廿二年矣。詩云：「我來紐約親拜葛翁墓，墓旁尚有李侯手植雙株樹。我與葛侯生不同洲，前後相距約半世紀間，（葛西一八二三年生）。升堂把臂宜其難。李侯與我同里閈，如何一面緣猶慳。敢云兩賢不並世，毋乃少賤難躋攀。頗憶今夏經過德京之柏林，獲遇公子季皐拓胸襟。際晚一談迄朝曙，醉酒飽德興軒翥。俊哉名子肖名父，中外爭以純仁許。我雖未見李侯，得見公子猶可想見李侯之為人。昔聞李侯未達日，鄉人目以狂生嘲謔頻。一朝寄功滿天下，始悟英雄自有真。邇來下走遨遊大地數十國，侯之軺車所至垂大名。每從西人校食譜，猶以侯名名新羹。（今美洲華餐宮中有李鴻章雜碎、李鴻章湯等菜名）。君不見，葛翁兩任北美合眾之國伯里璽，天德畀以萬乘未聞絲毫驚。眼底人才渺如鯽，一見李侯心獨傾。落機山高淮水清，隔州相應為同聲。道義之交無死生，名位豈足為重輕。葛翁如有知，應感當年掛劍情。李侯如有知，應笑鄉邦復得一狂生。」

詩雖不足存，順當遊記讀。季皐丈為文忠幼子，最所鍾愛，權奇倜儻，亦饒父風。德京訂交，相見恨晚。

己庚之際，余客滬上，丈居鄰愛儷園過從之歡，為平生最。憶歲丁卯，余居沽上，五十初度，丈有贈詩，余次答一律云：「便以詩狂當酒顛，長安一別又三年。世除鮑叔誰知我，古有堯夫足比賢。犯座客星光斗極，枕流小築隱雲煙。眼前花甲君先到，準擬高歌佐舞筵。」丈長余僅一歲，來書兼申六十介壽之約，故及之。「堯夫」句仍歐遊贈詩意也。辛亥國變後，丈卜築淞濱，罕與世接。鴟夷高蹈，人以為難。詩不多作，自云五十後始為之，是又今之高渤海矣。

五四九、良鄉炒栗

良鄉密邇北京，以產酒著，張廣雅曾以入詩。至炒栗則更都人常嗜者，蒼虬有〈過良鄉〉詩云：「良鄉熠栗佐浮卮，猶記城南退食時。一代朝官心死盡，傷心容有李和兒」。按宋人說部云：「汴舊京李和熠栗，名聞四方。紹興中，陳長卿及錢愷使金，至燕山，忽有人持熠栗十枚來獻，自白雲：『汴京李和兒也』蓋金至汴後，流轉至燕，仍以熠栗世其業」。北京炒栗之佳，儻即傳其遺製。蒼虬此詩，作於庚申四月，彌見隸事之精。君集中又有〈詠武昌賣餅叟〉詩云：「華表崢嶸不住塵，望門呼舊只酸辛。霜街一擔油酥餅，猶是當年皺面人。」自注：「曩歲往武昌，有賣餅叟，作秦聲，寒夜過深巷，其音幽咽。以長爇小爐擔，間以竹筒吹餅令熱，焦香噴鼻。自余入都，遭世變，匆匆二十年。今以事復來城中，聞聲呼之，果叟也。詢其年已七十，自言業賣餅四十年。感今舊事，為成一絕」云云。昔放翁〈食炒栗詩〉有「喚起少年京輦夢，和寧門外早朝時」之句。舊事上心，同此棖觸，況蒼虬更重以滄桑之感耶。

五五〇、周今覺為馬通伯辨誣

海藏集中，有〈答嚴幾道句〉云：「湘水才人老失身，桐城學者拜車塵。侯官嚴叟頽唐甚，可是遺山一輩人。」第一句似指湘綺樓，第二句有謂即指通伯者，余竊疑之。通伯抗論帝制，曾有長書，心跡皦然，知者共諒。得志龕此詩，可為張目。吾鄉周梅泉為通伯高足，其輓詩甚佳，錄之：「同光以來盛文學，濂亭摯甫稱大師。冀州衣缽付姚馬，《抱潤》一集尤清奇。陽剛陰柔各有美，語本惜抱誰敢訾。望溪義法祭正脈，得骨得髓皆禪機。晚齡治經絕外慕，商兌漢宋窮淵微。文能載道體始貴，巧取六籍供殽胾。憶余隨宦歲在丑，父兄持我遊蓮池。座中矍鑠見吳叟，我時拜跪初勝衣。翌年馬翁館柏署，昌黎六一欣同時。我居京國始就傅，日夕闇誦隨群兒。稍長涉歷喜弄翰，一札曾荷宗工知。書來奬掖極齒頰，勸我汲古勤文辭。當時頭角頗自負，老大無似真當笞。陵遷谷變四十載，風埃離合千愉悲。坑焚禍烈古靈泣，道喪文敝國亦移。裕之修史豈初志，苦為耶律分謗譏。〈美新〉曲筆有餘痛，拂袖歸食龍山薇。傳聞臨終證圓脫，大覺已謝人間羈。於今皖學失宗仰，國寶共惜寧吾私。南陳北馬夙齊譽，天眷一老猶遺。江山人物等可念，掛眼匡阜寒雲迷。」詩中「裕之」等句，亦為通伯辨誣。戊、己之際，赤焰方張，斯文將墜，故志龕詩有「及身孔釋見摧殘」之句。梅泉亦以「坑焚禍烈」為言。後之治國聞者，可於此覘世變矣。

五五一、梁啟超盛讚劉銘傳治臺之功

吾鄉劉壯肅撫臺六載，治績爛然。且喜延攬文士，侯官陳石遺（衍），曾入幕中，談藝最洽。任公〈遊臺雜詩〉，尤數及壯肅，其一云：「桓桓劉壯肅，六載駐戎軒。千里通馳道，三關鞏舊屯。即今非我有，持此欲誰論。多事當時月，還臨景福門。」自注：「劉壯肅治臺六年，規模宏遠，經畫周備，後此日人治績，率襲其舊而光大之耳。雞籠至新竹間，鐵路二百二十餘里，即壯肅舊物。其他新闢容輈之道，尚數百里，雞籠、滬尾、澎湖諸炮臺，皆壯肅手建。臺北省城，亦壯肅所營，今毀矣。獨留四門以為飾，景福門即其一也，余頻過其下。」其二云：「蕩蕩臺中府，當年第一州。桑麻隨地有，城郭入天浮。江晚魚龍寂，霜飛草木秋。斜陽殘堞在，莫上大墩頭。」自注：「劉壯肅本擬建臺中為省治，築城工未蕆而去位。今城亦毀，移城門一角於大墩頭公園。」其三云：「聞道平蠻使，追逋竟未休。網張隘勇線，器漆社蕃頭。弱肉宜強食，誰憐祗自尤。物情如可玩，不獨惜蒙鳩。」自注：「日人頃方銳意犁埽生蕃，廣張所謂隘勇線者，蹙之於叢箐中。戰略與名稱，皆襲劉壯肅之舊也，今殆廓清無孑遺。吾遊博物館，見藥漬生蕃頭累累然。」任公固與壯肅無雅故，特低徊遺跡，考徵治狀，劌心怵目，難已於言耳。

臺灣既割，舉國遂諱言臺灣二字。壯肅卒於里第，特旨予卹，而不正言其官為前臺灣巡撫，不知票擬諸臣，是何居心。文道希所著《聞塵偶記》，已慨乎言之。任公研究臺事有年，其追懷壯肅長古一章，亦絕好史料，割愛未忍，特並錄之：「憶昨甲申之秋方用兵，南斗騷屑桴鼓鳴。海隅倒懸待霖雨，詔起將軍巡邊庭。將軍功成狎文忠，高躅久謝塵軒攖。國家多難敢自逸，笑揖猿鶴飆南征。半天波赤馳長鯨，魑魅甘人白晝行。百年驕虜翫處女，將軍飛下萬靈驚。雞籠一戰氣先王，滬尾設險疇能攖。其時馬江已失利，黑雲漠漠愁孤城。忍饑犯瘴五千士，盡與將軍同死生。手提百城還天子，異事驚倒漢公卿。竭來海氣千里平，杲杲紅日照屯耕。桑痲滿地長兒女，舉子往往劉其名。將軍謀深憂曲突，謂是脆單前可懲。酒泉樂浪宜置郡，用絕天驕揚漢旌。鑿山冶鐵作馳道，俯海列礮屯堅營。宅中議設郡護府，坐控南北如建瓴。料民度地正疆界，以利庸調防兼併。鄭渠鄴漳隨地有，下邑亦滿弦誦聲。平蠻直窮鳶墮處，要使鹿豕馴王靈。訏謨事事準官禮，邊功區區卑李程。中朝大官玩厝火，枋鷃豈喻鵬徙溟。司農出納吝銖寸，齊威恤鄰空典型。輪臺已聞罷邊議，況乃盈耳來青蠅。將軍受事亦六稔，謂櫜頂踵酬闕廷。軒車一去留不得，藤蔓啼鶯空復情。大潛山下白雲橫，下有寒湫蛟可罾。手種菜甲日已長，有時南望微撫膺。任尚豈省班超策，辛湯或妒充國能。長城已壞他豈惜，雨抛鎖甲苔臥槍。夜來風惡鼉涎腥，上相出涖城下盟。燕雲投贈自古有，珠崖棄捐誰輸贏。可憐將軍臥大床，眼中幢幢百高獰。噩夢驚起月墮海，鹿耳鯤身山自青。滔滔沈恨閟九京，鴟夷不返餘濤形。涇原更安得一范，西涼空復說三明。祇今劫火又灰冷，東方千騎來輕盈。黠□竊踵將軍武，竟有豎子名能成。山河錦繡亦增舊，獨惜花鳥長凋零。吁嗟乎，漢家何代無奇英，陳湯無命逢匡衡。賈生得放既云幸，晁錯效忠行當烹。及其摧殘已略盡，九牧所至如罄瓶。一朝有事與人遇，乃若持莛撼大楹。君不見將軍嘔心六載功不就，翻以資敵成永寧。天地生材亦易，悵望古今從跉跰。」詩中「嘔心資敵」數句，在任公固猶有無限感觸，珠崖自棄，尚忍言哉！余亦久抱遊臺之願，癸亥春已戒途矣，以事未果，筆屬及此，不禁耿然。

五五二、唐鼎之詩，清迴可誦

老友武進詩人徐石雪，以其同邑唐玉虬（鼎元）所著《五言樓詩草》見詒。其師錢名山已舉「兵戈橫北郭，師友在柴門」、「百歲乾坤洽古歡，九秋風月逢今夕」、「世上爭誇狗盜功，匣中短盡龍淵氣」諸句，為之擊節不已。余觀集中五言如「精誠獨到處，耳目兩難欺」、「池小惟容月，家貧尚買花」、「夢遊星斗上，醉雜釣屠間」，七言如「一片蟲聲出豆花，一房紅葉醉詩人」、「滿山松影落衣裳，種花何必自家看」，亦皆清迴可誦，不落凡近。

五五三、盛昱詩集由楊鍾羲刊刻

宗室盛伯羲（昱），同光間以淹博忠悱負時望，世稱意園祭酒者也。所著《鬱華閣遺集》，遼陽楊留垞（鍾羲）為之寫定，刊於武昌。集中〈次韻答楊子勤表弟〉云：「他鄉表弟杜陵詩，榜後逢人說項斯。桑梓文章誰可託，亂離親故不相知。（君隨宦楚中卅年不通問。）看荷門巷嬉遊地（君家油漆作，舅祖退公常攜余遊十剎海），古柏祠堂下拜時。內外名家吾與爾，衰年尚能唱和奇。」「早從識字辨農晨，小雨新回大地春。違俗自甘傖楚目，力田豈是避秦人。但知名姓終非隱，欲保身家莫厭貧。丙舍酈亭最名勝，更須西上作比鄰。」留垞原作題為〈賦呈意園〉，云：「五十之年公始滿，萬方多故竟如斯。沙堤求舊風都邈，中壘傳經事可知。臥病肯忘經世計，橫流何似抗言時。空餘南閣稱名古，載酒相從許問奇。」「椿蔭堂開待帝晨，裕陵雨露四時春。百年門巷留詩卷，中表交親得偉人。王室夢爭公漸老，陔華待養我猶貧。墓田喜並西山趾，糲飯寒葅好結鄰。」兩詩均為海內傳誦。留垞曾輯《八旗文經》及《白山詞介》等書。所著《雪橋詩話》，於北方獻徵，刻意搜採，真不負意園桑梓文章之託矣。

五五四、盛昱哀楊銳詩

《鬱華閣集》中有〈哀楊生作〉云：「杜鵑啼血聲不止，（一作『天津橋上秋風起』）。白衣少年佐天子。翻雲覆雨驟雷霆，竟與逆人同日死。死竟無名世尚疑，朝衣倉卒就刑時。似聞唐代永貞際，劉柳諸人有獄詞。經史蟠胸掌故熟，鼂氏未誅蘇氏族。歸隱泉明奔姊喪，解官亦欲持兄服。隱忍徘徊戀主恩，主恩深厚敢深論。茂陵遺稿分明在，異議篇篇血淚痕。劇憐六館誇高第，亦復城南飲文字。黃（漱蘭）李（仲約）當時皆偉人，與爾論交折年輩。萬里魂歸蜀道難，觚棱曉日自年年。杜陵漫灑雲安淚，從此西州有杜鵑。」

楊生即楊叔嶠京卿銳，幼受學於其兄聽彜學博。戊戌秋間，聽彜逝世，叔嶠將乞假南歸，旋以召入樞垣，侵尋未果，遂及於難。詩中「解官持服」，殆即指此。惟以永貞劉柳並稱，以余所聞，叔嶠為人，沈潛溫克，固與同直之譚林不類。李韓同傳，亦屬不倫。太玄有〈過楊叔嶠舊居詩〉云：「誰記津橋夜雨痕，秋風來弔蜀鵑魂。楊雄何意丹吾轂，江謐無端白汝門。朽骨已隨新法盡，匡床尚有諫書存。若憑成敗論興廢，甘露當年未足論。」持論之公，可當詩史。

五五五、高凌雯詩集將刊行

天津高彤皆（凌雯），吾友蒼檜之兄也。比年息影鄉園，主持壇宇，獻徵蒐訪，不遺餘力，河朔士論，罔不重之。君自癸巳舉於鄉，以能文有聲。辛亥以還，無意榮進，中曾作掾金陵。幕府多暇，恣情遊覽，成《過江集》一卷，多攬勝弔古之作。蟫香館主題詞云：「老來萬事不相關，天厚斯人特與閒。兀坐飽窺《七略》錄，勝遊恣賞六朝山。史才虛谷申耆後，詩格漁洋廣雅間。自古成名無礙晚，君家常侍好追攀。」可謂知君者矣。

集中〈飲秦淮酒樓〉云：「市樓清酒照酡顏，簾影波光蕩漾閒。春水暗生邀笛步，野雲低度覆舟山。造門蠟屐真評出，入爨焦桐一識艱。不必蓴鱸誇味美，時時風物憶鄉關。」〈金陵襍詠〉之一云：「青蓋迢迢去道旁，從茲江左慣牽羊。千秋莫笑燕支井，尚有心肝殉景陽。」〈別瞻園〉云：「平泉草木識炎涼，一客徘徊憶故鄉。莫待西風憐白髮，伴人籬下看花黃。」骯髒一官，非君所樂，故詩中數及之。又有〈甲寅長夏讀史襍感〉四十首，君自序云：「襲碻士之《晬語》，僅用標題：視阮翁之論詩，不同塗徑。」余則謂其風格在遺山蠶尾之間。異日全集刊行，當再從蒼檜索讀也。

五五六、日本有村皆早起

益陽胡文忠書牘中，盛稱杜陵「在家常起早，憂國願年豐」之句，以為平實有味，從政後讀之，更覺親切。余補輯《童蒙養正詩選》三集，亦錄此詩，良以「一日之計在於晨」，所關固綦鉅也。日本大田郡有邨近百戶，曰寢坊助郵，以人晏起而蒙是名。是郵長幼，罔不頽靡。中有澤田力藏，欲革此弊，每旦擊鼓，使眾不能睡；又逐戶巡行，或門猶未開，強聒使起，雖雨雪不間。久之郵人被其化，皆早起，寢坊助之名，得以湔除。人德澤田，謀醵金酬贈。澤田謂「君輩既蚤起，酬鄙人已竟，奚以金為？」余聞而美其行，乃作歌以風世云：「東方志士儆朝眠，舉郵敝習為之蠲，此士安得億萬千！周流八極分化權，自強不息咸法天。」歌為壬戌居東時作，近甫定稿者。

五五七、夕照斜陽不宜兩見

〈詠春草詩〉以楊孟載基一律為最，李茶陵極稱之。詩云：「嫩綠柔香遠更濃，春來無處不茸茸。六朝舊恨斜陽裡，南浦新愁細雨中。近水欲迷歌扇綠，隔花偏襯舞裙紅。平川十里人歸晚，無數牛羊一笛風。」項聯最為膾炙人口。然「歌扇舞裙」，意在幫襯，似轉涉俗。蘇齋已發此論，且謂「夕陽裡」不如改為「夕陽外」，較有遠神。

偶閱陳雲伯《碧城仙館集》，其〈春草〉四律甚佳。錄其第四首云：「家在江南水一方，空憐小謝賦池塘。採將芳杜情誰寄，佩到柔蘅影亦香。客路有人愁細雨，天涯何處不斜陽。玉關消息知何似，綠遍前朝舊戰場。」「客路」一聯，余謂與孟載之「六朝」一聯，可謂異曲同工。若其第二首之「人歸南浦輕陰後，夢在西州夕照間」一聯，則詞意近複。夕照斜陽，本係一物，於一題之中，似亦不宜兩見。甚矣詩律之難也。

五五八、日人土屋久泰能詩

東鄰吟侶中，土屋久泰別署竹雨，固今之有數詩人也。其〈題畫〉云：「高下石林微徑通，白雲搖曳一溪風。修琴道士去何處，門掩寒山落木中。」風致逸宕，饒有儲光羲、雍陶之勝。又〈內子小祥忌日〉云：「寒花冷篆傍空幃，家祭告卿卿莫悲。兒女一年無一病，老夫健飲又耽詩。」字字真摯，置之香山、誠齋集中，竟不能辨。竹雨為詩人國分清厓弟子，主編《東華襍志》，搜集中外諸家詩文書畫，月刊一冊。昀谷過余，每見案頭詩刊，輒嗜讀不釋手。此君論詩精刻，對時賢頗少許可，而於竹雨則殊有好評。竹雨聞之，當亦引為同調也。

五五九、汪榮寶與土屋久泰唱和

太玄居東，與竹雨稔。返國後適值瀋變，隱居舊京。竹雨寄詩奉懷云：「仙槎遙向故山岑，履跡蒼茫不可尋。萬里音書秋雁少，無邊感慨暮潮深。浮雲欲奪寥天色，明月能知隔海心。何日重為文字飲，尊前翦燭共披襟。」太玄答之云：「殊方妙契密苔岑，山館詩盟不厭尋。秋雨忽催歸計疾，海雲遂共別愁深。酒消失喜懷人句，膏增悽念遠心。氛祲冥冥寒未了，清遊回夢祇沾襟。」君房語言妙天下，吾於太玄亦云。

五六〇、〈擊壤歌〉有不同之斷句

新建陳子立秀才語熊秀玉處士曰：「予讀〈擊壤歌〉，疑有錯簡。鄙意欲以『何有於我』為句，『哉帝利』為句。」秀玉曰：「我欲以『我何有哉』為句，『於帝利』為句。」二公不多為詩，而論詩精當如此。子立乃昀谷師也，昀谷為余言之。

五六一、宗汝成庚申亂後詩

常熟宗明經汝成字藥鋤，吾友子威之尊人也。精史地訓詁之學，博極群書，鍥而不捨。咸豐庚申，紅巾陷常，殺戮最慘。君被擄至皖贛三年，歸後家無片瓦。遺詩多閔亂之作，蓋少陵〈同谷〉之遺也。〈哀尸吟〉云：「城東城西城南城北，但見紅是血白是骨，不缺頭即缺足。此何物耶？云是人民遭殺戮。嗚呼！云是人民遭殺戮。誰無父子兄弟？誰無父母妻族？生者望生還，死者不能續。死者不能續，生者淚漱漱。嗚呼！云是人民遭殺戮。」乃庚申紅巾破城後作。

又〈宿西江山樓夜雪〉云：「一夜朔風吹不絕，推窗萬仞玉生寒。誰憐獨客三千里，明日關山行路難。」〈蕪湖道中憶家〉云：「異地鄉音別，誰憐遠客貧。秋風寒澈骨，不雨亦愁人。雁絕難通信，途窮欲問津。迢迢千里路，日落暮煙屯。」〈歸鄉大霧〉云：「久客今歸來，但聽鄉人語。對面不見人，余鄉在何處？」以上為洪楊時被擄作。〈感事〉云：「花盡江南欲斷腸，一天愁思正茫茫。流鶯有恨春難駐，野水無言草自芳。從此滿園人寂靜，何堪故國話淒涼。多君若問興衰事，敢怨東風鎮日狂。」自注：「庚申亂後作。」

五六二、馬福祥妻詩清婉曠夷

老友隴上馬雲亭都護，別數年矣。近寄示《晦珠館稿》，乃厥配書城夫人詩。余乃知君唱隨之樂，為之神往。夫人名汝鄴，成都馬潡午部郎之女。潡午以名孝廉有聲太學，受知於長沙張文達，晚從政塞外，大府重之，民國初元病歿。夫人孤露劬學，食貧耐苦，並以課讀所入瞻母，志行堅卓，鬚眉所難。其〈閨興〉詩云：「曾向穹蒼私立誓，北宮遺範敢為師。」可以知所志矣。所為詩清婉曠夷，如其為人。〈閨興之七〉云：「論兵久已厭風塵，妙格簪花愛洛神。曉起裁箋同捉管，閨房樂勝畫眉人。」〈偕外子遊西湖〉云：「最愛韜光竹萬竿，天然翠幔畫中看。春來更喜添佳趣，半助僧房玉版餐。」遣詞支韻，均有義法。將來佳話流傳，亦不讓高文良與季玉夫人專美矣。

五六三、詩中有無火氣

壬申五月，芝丈招同太炎、昀谷集正道居。太炎詢及予與昀谷近詩，昀谷舉〈宿習〉云：「問道參禪訪遊俠，幾年陶鑄一書癡。夢中插翅諸天窄，倦後捫心百事非。今古英雄各顛倒，萬千名相總支離。笑予宿習銷難盡，逢著閒人好說詩。」又和予〈閒雲〉云：「幾載徘徊北斗傍，野人妄念本尋常。桃源避世今何有，草市安身策最良。夢與真靈共搜討，起看天地久低昂。閒雲似說丁沽好，好種蓮花作道場。」

予舉〈閒雲〉云：「閒雲招我鎮夷猶，一往閒心浩莫收。縱使桑田復滄海，肯甘禹稷換巢由。千秋以後誰青眼，好友相逢半白頭。滿地迷陽君不見，夜行底事未曾休。」又〈和昀谷宿習〉云：「每從多劫追餘習，我亦人間第一癡。三月初三又修禊，五旬過五合知非。平生憂樂夢頻攪，世路昏茫孰遠離。佛法分明寄文字，未妨寒拾共論詩。」

太炎謂「昀谷詩無火氣，什耕詩稍有火氣，皆字字雋雅，一洗晚近繁縟粗獷之病。某生平論詩，無火氣亦好，有火氣亦好，獨不喜無病而呻耳。」少頃，又自書五言今體二首，其一云：「蹈海千行旅，磨堅一禿翁。蒹葭隨露白，鴻雁入雲空。地坼成初郡，民勞不素風。試吟〈紫芝曲〉，應與夏黃同。」其二云：「行年今六十，斯世孰吾徒。學佛無乾慧，儲書不愈愚。握中餘玉虎，樓上對香爐。見說興亡事，拏舟問五湖。」且寫且言曰：「此兩詩，亦一有火氣，一無火氣也。」余與昀谷爭睹為快，皆一氣鼓盪，兼襄陽太白之勝，得之考據家，尤為稀有。

既而芝丈索觀予三人之作，頷之而不加評。蓋芝丈詩極沈摯，不能求之字句間。昀谷嘗稱其「稍存仁人心，作鬼亦自若」二語，謂：「才人、詩人、學人皆不能道。」然哉，然哉。余與太炎交垂三十餘年矣，藏君手書百通以上，庚申以後，半付飄零。此番淬沽歡聚，愈覺情親，臨行依依，不忍別去。留贈聯語，為：「扁舟散髮今何地，青眼高歌尚有君。」老筆腴健，前溪見之，把玩不置，笑曰：「太炎此十四字，未必肯舉似第二人也。」

五六四、陳誦洛詩浩瀚中見精湛

紹興陳誦洛（中嶽），一字嵩若，別額俠堪。近以所著《轉蓬集》，分贈予與昀谷。予兩人約各選警句，以觀所取之同異。越日互出相質，如：「閱歷漸於憂患得，才華真為簿書消。」予所賞也；「到底虎賁徒貌似，典刑何處覓中郎。」昀所賞也。至「多少蒼茫家國事，世人偏作酒徒看」，「我我周旋寧作我，更持孤抱向誰陳」諸句，及「論石不喜平，此獨平可喜。夜半月明來，一片擬秋水」一首，則兩人所同賞也。

君為城南社中健者，舊著有《俠龕詩存》、《俠龕隨筆》、《南歸志》、《兩漢書歌謠輯》、《晉書歌謠輯》、《醰香館別記》、《今雨談屑》。年少北遊，歷宰滿城、肅寧、三河、玉田、密雲、磁縣、蠡縣，所至有聲。津居張橋一陋巷中，與余蓬萊寓廬相距伊邇，過從較易。解官以後，淡泊自甘，嗜詩如命。余答君詩，有「詩人循吏古亦鮮，談屑有味如連珠」之句，殆非飾詞也。蟫香評君《談屑》，謂「緣其筆妙，雖敘小事，亦復逋峭有致」。趙幼梅則謂汪堯峰之《說鈴》，不是過焉。

中有一則，述與余訂交巔末特詳，摘錄如下：「前歲重陽，擇廬席次，始識王逸塘先生，修髯入畫，言論如風發泉湧。謂久耳誦洛才名，意為老成飽學，不信今尚盛年也。席散，幼梅戲賦一絕句見贈曰：『新城夙昔重君名，意謂波瀾屬老成。誰信飄蕭人海裡，綺年玉貌一書生。』」去春予有淶水之行，先生置酒為餞，予即席賦謝，有「身在終須擔道義，途窮原不諱饑寒」之句，同座曹纕蘅評為「似宋賢刻意之作」。纕蘅嘗受業先生之門，以詩文蜚聲海內，方之古人，猶籍湜之於昌黎，蘇門之有秦晁也。

先生詩多見道之言，如〈答海藏〉曰：「秀林天不禁風摧，難用方能別大才。老驥見稱終在德，幽蘭木折底須哀。」和〈醇士〉曰：「念亂每慚心但熟，逃名轉冀俗相輕。」〈和愔仲〉曰：「霜後寒枝彌自惜，燒餘幸草豈人謀。」〈簡海藏〉曰：「貞標不共山川改，道氣能瘳世俗貧。」至若〈丁卯秋日西歸渡海〉之一曰：「蒼茫雲水渾無際，倦眼遙開悟大空。我與坳堂同一視，萬星歷歷到胸中。」浩瀚中自見精湛，蓋有非章句小儒所能夢見者矣。君近贈纕蘅詩，結語又曰：「海內眈眈王督部，風人春風雨夏雨。歐陽門下得東坡，看汝中原建旗鼓。」刻畫無鹽，唐突西施。纕蘅見之當有同感也。

五六五、不似天人縹緲語

叔進、昀谷二居士〈妙峰唱和詩〉，周子幹同年謂是「天上人說法，不似世間文字。」予觀叔進句，如：「要求親切何須問，直下承當已太遲。」「稍留毫髮皆為病，真到平常是大奇。」「老去初禪還喜樂，少年活計愛新奇。」「除卻禪宗那有學，可憐無術使人知。」昀谷句，如：「正冷淡時夢亦好，最分明處得偏遲。」「室可庇身不妨陋，書惟遮眼寧求奇。」「多暇尋常足頹放，無聊容易耗靈奇。」「目前大好安心地，索玄妙求玄總是癡。」實皆注重禪功，不似天人縹緲之語。

五六六、名句出於現量

詠蟬詩，或舉午詒之「生死去來皆旅泊，是非彼此一喧啾」，昀谷之「碧桐枝上修琴譜，紅藕花中作道場」，以為借蟬說法，從來無此快語。然昀谷謂午詒之「旅泊」、「喧啾」二語，古人亦不能到，「琴譜」、「道場」句，何足相敵。因自述五古數語，如：「沈約嘲輕生，陸雲歎至德。或過或不及，二俱沒其實。平生矜而廉，倘亦古之疾。」笑曰：「此或品蟬恰當耳。」近聞昀谷、午詒論法相宗，獨取「八五現量」，並謂古今傳誦詩句，未有出於現量之外者。予因證之古人，如元亮之「採菊東籬下，悠然見南山」，右丞之「行到水窮處，坐看雲起時」，左司之「落葉滿空山，何處尋行跡」，豈非現量？又如陳王之「明月照高樓」，宣城之「大江流日夜」，香山之「欲得身心俱靜好，自彈不及聽人彈」，子瞻之「此間有句無人賞，送與襄陽孟浩然」，誠齋之「袈裟未著嫌多事，著了袈裟事更多」之類，豈非現量？此外僻句、澀句、聱牙詰屈之句，不但人不能讀，越時稍遠，作者亦不能舉也。至於太俗太陋及一切粗獷之語，有似「現量」，而一無可採，則亦不足論矣。

五六七、〈君莫舞〉味淡聲希

昀谷〈君莫舞〉三章，其一云：「無人不是我，雖至頑悍，天真本婀娜。君莫舞，萬品無非清淨侶，何為弢影思獨處。」其二云：「無處不是家，雖在瘴霧，道力常亨嘉。君莫舞，萬國盡多安樂土，何為矯首思天宇。」其三云：「無日不是春，雖極寒，元氣猶渾淪。君莫舞，萬年不失中和序，何為抗志思太古。」三詩味淡聲希，所謂不食人間煙火者。午詒、晳子均極讚賞，謂與平子〈四愁〉相埒。余以為方之平子尚不能盡，若次山〈古風〉，差足彷佛耳。

五六八、生物學家胡先驌能詩

新建胡步曾（先驌），研生物學，極有心得，而詩學亦有靜穆之致。七律如〈宿小九華山九華禪院〉云：「池州九華不可攀，攜笻且看衢州山。著霜林果掛紅紫，趁伴野禽時往還。到門松頂月初上，息影僧寮更向闌。平明禮佛受五戒，更仗悲智鐫癡頑。」拗折如意，雙井遺音。七絕如〈安遠道中〉云：「谷轉溪回草樹昏，經行盡日不逢村。前山雨過雲猶濕，百道風泉併一喧。」〈郊遊〉云：「櫻桃作花晴漸穩，野雉出林風正高。勝日作閒饒靜趣，息心亭畔聽松濤。」則又合坡谷為一手矣。君與昀谷、劍丞同邑，行輩略後，昀谷時稱其人與詩。誠哉，新建之富詩人也。

五六九、詩鐘

詩鐘「女」、「花」第二唱集唐嵌字格，相傳鼎甲三名為：「青女素娥俱耐冷，名花傾國兩相歡。商女不知亡國恨，落花猶似墮樓人。神女生涯原是夢，落花時節又逢君。」聽水老人酷嗜敲詩戲，幾類竹談，雖深夜不以為苦。月前渡海，座中偶以「日」、「中」一唱為題，老人應聲曰：「日暮何堪途又遠，中乾其奈外猶強。」聞東鄰某詩人見之，頗滋不悅，太玄曾為予言之。太玄每來津，必有談藝之樂，覺庵餉以家庖，招予作陪，飯後涉及詩鐘「女」、「花」故事，君乃誦妓、箒兩聯云：「月明小院花無主，風定閒階葉有聲。」又「曾向東山理絲竹，願移北斗掃攙槍。」末謂曾借用「神女」、「落花」十四字，以實此題，人皆稱妙，予曰：「作者僅得探花，君拿來博狀元矣。」相與大笑，君更誦辮髮、水煙袋佳聯云：「一代興亡讖索虜，萬家呼吸費銅官。」聞聽水近有「周」、「良」三唱云：「人遇周施魚亦樂，世無良樂馬應羞。」又「萬木周遭藏水郭，片雲良久傍山樓。」予因誦囊與蟫香正道敲「重」、「易」一唱云：「重耳居然能返璧，易牙未必解調羹。重山複水非無路，易俗移風要有人。」君謂「重山」一聯，其襟袍恢闊、風度端凝，足與希文之「願為金鏡，請就干將」二十字相頡頏。時適有老友年花甲續鸞弦者，君為作伐，予乞撰聯，君曰：「何不將『重山』十四字移寫贈之？」予曰：「君真滑稽人也。」太玄冰雪聰明，才思敏捷，即此可見一斑。

五七〇、諸人聯句詩

鶴亭囊偕遐庵、叔雍遊虞山，訪得河東君墓，余《詩話》中前已及之。比歲淹留白下，時有勝遊。又於南京太平門外訪得杜茶村墓，且致祭焉，表彰遺逸，攸關風教，正未可與詞人好事同年語也。近承寫示兩詩，並述顛末，略謂：「出太平門過蔣王廟，有地名王家井者。由此步行，度阡越陌，詢劉家井，佃人劉姓屋後，即杜茶村先生墓。墓前有五碑，其一為光緒中重刻方望溪所撰墓表，表內稱先生葬梅花村。今墓前雖有梅花，然詢村人以梅花村，則瞠然不省也。若先詢劉家井，則人人能知，但不能知其間有杜茶村墓耳。今年清明，偕鄂人劉禺生、李葆初同往祭，攜鄂中所製糖供墓前，澆以酒，焚以紙錢。祭畢赴聚寶門外回回馬祥興家共飯。此肆極逼狹，而所製鴨冠於南都，尚係洪武初開設，馬氏世其業。達官貴人，既嫌其陋，而路又遠，蓋無枉顧之者。是日，想及茶村先生生前或飲於此，特奔馳數十里就之，亦極思古之幽情矣。」

鶴亭詩云：「滄海罡風竭，青山故國圍。生憐身是獨，死歎鬼仍饑。文采一棺戢，興亡雙淚揮。為公歌楚些，靈爽或來依。」「杯酒通門舊，餘生厄運同。每摩深翠石，曾見杜陵翁。（余家深翠山房為先生三次過如臯所居）。歸櫬寧忘蔣，招魂合配龔。所嗟林古度，無地哭春風。（林古度先生亦葬鍾山，訪其墓不得。）」又孝感李葆初（啟琛）詩云：「客死杜陵叟，十年復此翁。蒼山依北郭，孤塚臥春風。世亂如循軏，詩人一例窮。我來酌卮酒，徙倚夕陽中。」「望已當時重，名猶牧豎知。梅花荒老屋，豐草沒殘碑。祇合江蘺薦，生憐風德衰。孝陵傍終古，風雨護靈旗。」武進吳漫庵（鏡予）詩云：「憔悴揚州地，能銷杜牧魂。遯荒千里出，閱世一坏存。歌鳳音誰嗣，潛龍道自尊。孤芳今歇絕，草綠舊時村。」

最近又於重陽前一日，偕穎人、董卿、鶴亭、仲雲，復往拜墓，並有聯句詩云：「九月霜旻高（穎），郊遊愜連衽。歷塊飆車馳（董），問塗村豎稔。荒榛翳短碣（鶴），孤墳慟華寢。中有古遺民（仲），剛介性所稟。門因蒙叟閉（穎），節並乳山凛。千金換伊涼（董），八口斷烹飪。常嗟衰鳳饑（鶴），寧作寒蟬噤。大言罵傖父（仲），變雅見詩品。黃岡老不歸（穎），峨眉句誰諗。表阡桐城方（董），同調宣州沈。余白走且僵（鶴），龔周交獨審。蹉跎瓜洲路（仲），旅殯冷衾枕。寂寞梅花村（穎），山瘡生噤痒。斯文懼淪喪（董），志士多坎壈。永悲龍蟄穴（鶴），空使魚驚淰。吾輩繫一官（仲），卒歲盜寸廩。瀝肝鬱輪囷（穎），追蹤慚踔踸。展拜薦菊泉（董），留題掃苔錦。暮鐘動鄰寺（鶴），歸路謀市飲。水鄉足蝦蟹（仲），山廚富葵荏。舊雨暫歡會（穎），良辰可勸恁。競病忞雕鎪（董），老鈍煩鐫鋟。莫辭淹才盡（鶴），那知粲貌寢。聯吟紀斯遊（仲），醉墨潑餘瀋（穎）。」

按茶村墓址所在，記載每多歧出，沈歸愚《別裁》集，則云在聚寶門外，（毛亦史詩注）。卓爾堪《遺民集》，則云在燕子磯東麓。衡以地望，恐有傳訛，要以望溪墓表所述為最可信。其所指鍾山梅花村，今之王家井者，當即近是。然梅花之盛，已非復從前矣。茶村與巢民先生為文字交，康熙二年，曾與陳其年、王阮亭輩修禊水繪園。或問茶村曰：「阮亭詩何如？」答曰：「酒酣落筆搖五嶽，詩成傲凌滄洲。」又問：「君詩何如？」曰：「但覺高歌有鬼神，誰知餓死填溝壑。」語見《池北偶談》。鶴亭為水繪園孫，通門懷舊，所感獨深，讀其「餘生厄運同」一語，蓋情見乎詞矣。

五七一、誰為營葬太平門

茶村身世之厄，信為明季諸賢之冠。按方傳稱其「以康熙丁卯六月某日卒於維揚。卜葬蔣山，其夙志也。喪歸初寄長干僧舍，一二故人謀卜兆。子世濟曰：『吾有親而以葬事辱二三君子，是謂我非人也。』無何世濟亦卒。先生故三子，一子幼迷失，一為僧遠方。眾莫敢主。又數年長沙陳公滄州來守金陵，始捐俸買小邱蔣山北梅花村葬之。或口占云：『江南有客杜茶村，文采風流世所尊。不有滄州陳太守，誰為營葬太平門。』又朱少文云：『不合時宜癡太守，金錢不愛愛詩人。』」風義之篤，異代所稱。迄後楚北鄉人，頻加修葺，遂成名蹟。朱培生明經鍾萱亦有詩云：「百鳥啁啾饑鳳存，梅村應覺愧茶村。冬青伐盡前朝樹，贏得詩人表墓門。」以上見江寧陳作霖（伯雨）所為《可園詩話》中。伯雨博綜舊聞，成書甚夥，所言自可徵信也。

五七二、林則徐遺札綿密無間

沈濤園中丞，有〈展墓雜詩〉之一云：「祇有廣場堪打麥，猶聞遺事話燒煙。驂鸞一去無消息，化鶴歸來不記年。」為其外祖林文忠公少穆作也。文忠動業彪炳，海內所知，條理縝密，見之書翰。人祇詫其精勤，而不知基於素養者久矣。按文忠鄉榜，為嘉慶九年甲子，時年二十，就旁邑記室，以前削牘見賞於閩撫張公師誠，遂延入幕，是為知名之始。生平持論，以為「交際啟事第憑尺一以通情，於此而不竭吾誠。烏呼！用吾誠。」公既擅絕詞翰，復篤於師友淵源，雖羽書旁午，親切函札，從不假手於人，以故外間流傳遺札甚多。僚吏稟牘寫作佳者，每親自批答圈點付還。客有以瑣屑為嫌者，文忠曰：「寒士緣此增重，官吏亦緣此加意。」佐治人才所系，固不細也。

湘陰李文恭公星沅，以名孝廉掌安化陶文毅（雲汀）鄂藩任內書記，文忠知其詞翰為天下第一，託人以千金聘之。會文恭已辭館入都會試，得館選，未果來。其後卒代文忠為欽差大臣，督辦廣西軍務，卒於軍中，亦與之同。濤園〈題文忠手札〉詩中有句云：「平生重師友，款曲擅書記。後起賞長源，落星追管桂。」蓋謂此也。歙縣程春海侍郎贈文忠楹帖云：「為政如作真書，綿密無間；愛人若保赤子，體會入微。」余所見文忠遺札，率皆密行細楷，長言往復，歎其心血多人數斗，「綿密無間」一語，亦足狀之。

五七三、沈瑜慶詩紀戊戌事

濤園生平熟讀《左傳》、《坡集》，得力最久，每以入詩。海藏樓輓詩，所謂「共推《左》癖如元凱，酷慕詩流作老坡」者也。近人為同光派詩，閩才獨盛。沈乙庵嘗戲謂之曰：「假有張為圖者，太夷為『清奇僻苦主』，君為『博解宏拔主』，可乎？」君頗自任，猶若不足。其意氣遒上，有如此者。見乙庵所為〈詩序〉中，觀槿為君外孫，承遺命刊君集，謂君於同光以來朝政時局，人物掌故，多所紀述，可作史觀。聽水老人贈君詩，亦有「史料一朝《正陽集》，才名並世海藏樓」之語。《正陽集》者，君監榷江淮間所作也。其時幕客有陳木庵、林暾谷二君，從容賦詠，積詩遂夥。

集中有〈喜馮庵至懷暾谷津門〉云：「東舍馮庵西晚翠，唱予和汝〈正陽〉詩。暑中熱客作歸計，花下郎官行苦饑。風雨孤燈師有道，星河萬里夜何其。此邦不信成都會，人物猶堪記一時。」即是時作。又有〈戊戌十一月二十三日寫經竟書後〉云：「春及東坡百日期，牛衣身後夢猶疑。誰知呵凍書丹夜，獨對清齋禮佛時。望帝煩冤天許醉，世尊救苦事何裨。桐宮左右精靈繞，謦也招魂恐未時。」距暾谷遇難後百日作也。君以女妻暾谷。女亦能詞，有才名。所著《崦樓詞稿》，君題詩云：「婚嫁願初了，吾欲老邱樊。志業既不遂，矧乃眾論喧。勞生昵兒女，息影求田園。邂逅及當時，年少王公孫。詞女得所適，食貧宜清門。名聲忌藉甚，論詩躭鈍根。書叢恣瞑想，置筆窮溷藩。一朝忽舍去，肝膽奉至尊。論思任親切，旬日看翔鵷。士論謂庇主，子弄疑推袁。諸侯誣萇叔，太學訟陳蕃。成仁他弗恤，群吠安足論。詩卷留天地，千秋晚翠軒。勁節耐冰雪，忠魂依天閽。崦樓絕妙詞，合校聲暗吞。酬子瞰名意，空舲啼哀猿。須臾忍性命，待子理覆盆。抑情更慼逝，腹痛能無言。鍾山那子翁，晚歲彌溫存。結構決明年，突兀懸江村。（時家書有『卜築灣灣裡』之議。）老夫謀少憩，精衛方銜冤。」以上均見《正陽集》中。改革後有《義熙集》，其〈甲寅八月十三日，感答南海兼報節庵〉云：「音容入夢已模糊，碧血寧為絳市蘇。海外人歸為位哭，劫餘老去痛心無。前朝遺草分明在，（楊氏遺孤繳德宗手詔。）實錄他年點竄殊。料得斯文天未喪，更生正氣不曾孤。」亦追悼晚翠軒之作。

五七四、許如蘭詩可作詩史讀

吾邑清初詩人，以許李二家為最盛，李謂容齋、丹壑父子，許謂杜鄰（裔衡）、四山（孫荃）父子也。杜鄰為明湘畹中丞（如蘭）之子，清門文采，良有自來。中丞以萬曆進士，官至桂撫。邑志載其《香雪庵全集》共十二卷。今祇存一卷，且無序跋，皆中丞山居及知光州遷工部郎時作。而撫吳撫桂，所作韻佚，知其散失者多矣。集中〈詠女將秦良玉援遼〉云：「鐵騎紅妝照漢城，蛾眉高髻擁長旌。軍稱娘子香成陣，隊出佳人翠作營。花襯錦袍宜鬌綠，光寒寶劍逼釵明。提戈直奪胭脂塞，共道封侯屬女英。」可作詩史讀。

五七五、齊白石詩有淡宕之致

齊君白石，學畫學詩，俱在中年以後，一以冬心為師。畫得冬心七八，為東瀛所重久矣。今觀其詩，如〈疏籬對菊〉云：「西風吹袂獨徘徊，短短秋籬霜草衰。一笑陶潛折腰罷，菊花還似舊時開。」〈甘吉藏書〉

云：「親題書目未模糊，甘吉樓中與蠹居。此日開函揮淚讀，幾人不負乃翁書。」均有淡宕之致，亦冬心嫡派也。

五七六、陳誦洛以詩正訛

予於詩鐘不多作，而「重」「易」一唱，偶得「重山複水非無路，易俗移風要有人」二句，誦洛嘗以屬之蟫香，既知其誤，乃貽一箋云：「因憶『斜陽古柳』，放翁亦作潛夫；『青草池塘』，師秀傳為君實。古人名句，恒見雷同。爰賦小詩，以博莞爾：『未必南宗異北宗，東雲時復遇西峰。他年誰定詩公案，一笑闍黎錯打鐘。』」詩筆爽麗。其實古人此類甚多，夏五傳疑，不足深論。誦洛乃復為詩正之，亦足添一段公案也。

五七七、宋人五言絕句有飄逸之致

五言絕句，最不易工。偶閱宋詩，如范仲淹〈淮上遇風〉云：「一棹危於葉，傍觀亦損神。他時在平地，無忽險中人。」蘇軾嘲子由云：「堆几盡埃簡，攻之如蠹蟲。誰知聖人意，不在古書中。」張舜民〈百舌〉云：「學盡百禽語，終無自己聲。深山喬木底，緘口過平生。」張孝祥〈野牧園〉云：「秋晚稻生孫，催科不到門。人閒牛亦樂，隨意過前村。」劉克莊〈乍歸〉云：「官滿無南物，飄然匹馬還。惟應詩卷裡，偷盡桂州山。」真山民〈吉水夜泊〉云：「入夜始維舟，黃蘆古渡頭。眠鷗知讓客，飛過蓼花洲。」邵定〈漁家〉云：「漁家臨水住，春盡無花開。年年謝流水，流得好花來。」羅公升〈謝友人惠菊〉云：「困粟分公瑾，千金壽仲連。山人不須此，再拜菊花前。」數詩雖非盛唐韻味，然亦爽似秋籟，有飄逸不盡之致。

五七八、六言詩最易笨滯

宋人六言詩，如陸游〈雜興〉云：「舉足加劉公腹，引手捋孫郎鬚。士氣日趨委靡，賴有二君掃除。」彭汝礪〈田園樂〉云：「買田何須近郭，作屋卻要依山。青山共我終始，白鳥隨人往還。」朱子〈鉛山立春〉云：「行盡風林雪徑，依然水館山村。卻是春風有腳，今朝先到柴門。」文同〈偶書〉云：「相如何必稱病，靖節何須去官。就下其誰不許，如愚是處皆安。」汪薦〈演雅〉云：「布穀不稼不穡，巧婦無褐無衣。提壺不可挹酒，絡緯匪來貿絲。」湯漢〈自儆〉云：「《春秋》責備賢者，造物計較好人。一點莫留餘滓，十分成就全身。」毛翊〈墨竹〉云：「伯夷有夙世契，子猷結千古交。煙外三葉五葉，雨中一梢兩梢。」六言最易笨滯，此皆字字飛動，讀之令人心曠神怡。

五七九、言外得禪意

詞有純是現量，不用風花雪月妝點字面者。如山谷云：「拚了又捨了，一定是者回休了，及至相逢又依舊。」顧敻云：「換我心為汝心，始知相憶深。」呂渭老云：「怎生分得煩惱，兩處勻攤。」李甲云：「拚則而今已拚了，忘則怎生便忘得。」僧皎然云：「問東君因甚將春，老卻閒人。」溫飛卿云：「梧桐樹，三更雨，不道離情更苦。一葉葉，一聲聲，空階滴到明。」柳永云：「忍把浮名，換了淺斟低唱。」石孝友云：「擬寫相思持送汝，如何盡得相思意。」周紫芝云：「杜鵑祇解怨殘春，也不管、人煩惱。」徐一初云：「便破帽飄零，也得傳千古。」無名氏云：「扁舟寓興江湖上，無人知道名姓。」孫夫人云：「別離情緒，待歸來都告。怕傷郎，又還休道。」劉燾云：「告汝高飛遠舉，前程事、永沒磨折。」程垓云：「黃昏院落，問誰猶在憑闌處。」黃機云：「祇把從前不殺，也應換得長生。」趙以仁云：「雁聲能到畫樓中，也願玉人知道有秋風。」趙敦儒云：「悔不當時描得，如今何處尋覓。」嚴仁云：「一春不忍上高樓，為怕見、分攜處。」李白雲：「應是天仙狂醉，亂把白雲揉碎。」姜夔云：「楊柳津頭，梨花牆外，心事兩人知。」蘇軾云：「道則渾是錯，不道如何即是。者裡原無我與汝，甚喚做物情之外。」辛棄疾云：「溪邊白鷺，來吾告汝，溪裡魚兒堪數。主人憐汝汝憐魚，要物我，欣然一趣。」朱子云：「睡處林風瑟瑟，覺來山月團團。身心無累久輕安，況有清涼池館。」以上詞句，或言外得禪意，或即癡處可以參禪，各有妙處。而蘇辛與朱子之詞，皆是正面，不用向外猜量，尤不易得。蓋詞者，詩之餘也。詩貴現量，則詞當不出現量之外，不過較詩更曲折耳。

五八〇、詩有八病

詩有八病，一曰「平頭」，謂第一字與第六字同聲，第二字與第七字同聲。二曰「上尾」，謂第五字與第十字同聲。三曰「蜂腰」，謂第二字與第四字同聲，犯在一句內，如蜂身之中細。四曰「鶴膝」，謂第五字與第十五字同聲。五曰「大韻」，如五言用「新」字韻者，九字中不得更著「真」韻中字。六曰「小韻」，除韻外，但九字中有相犯同聲者是。七曰「旁紐」，如十字中已有「田」字，不得著「寅」「延」字。八曰「正紐」，如「王」、「衽」、「任」、「入」四字為一紐，一句之中，不得犯此。沈約云：「八病惟上尾鶴膝最忌。」王元美謂休文拘滯，不免商君之酷。然休文又云：「文章當從三易，易見事，一也；易識字，二也；易誦、三也。」此論至為平允，從古傳誦之句，未有出此三易之外者，亦相宗之所謂現量也。

五八一、作詩之要

或以作詩之要問崔德符，曰：「但多讀而勿使，斯為善。」

五八二、句反常規不可學

五字句以上二下三為脈，七字以上四下三為脈，其恒也。若元微之「庾公樓悵望」，韓退之「雖欲悔舌不可捫」，皆蹇吃不可學。

五八三、詩貴清虛

今人作詩，必入故事，盛唐即景造意，何嘗有此。故詩貴尚清虛。

五八四、詩忌琱琢

唐明皇令僧教康崑崙琵琶，僧云：「且遺崑崙不近樂器十年，使忘其舊日本領，然後可教。」今人欲學詩，亦須忘其平日琱琢之習，然後可學。

五八五、看似尋常卻艱難

張藉祖〈國風〉，宗漢樂府，尤長於用俗。王介甫題張集云：「看是尋常最奇崛，成如容易卻艱辛。」凡用俗言俗事，較用古更難也。

五八六、李賀用晦僻之調

王思任云：「李賀以哀激之思，作晦僻之調，喜用『鬼』字、『泣』字、『死』字、『血』字，幽冷溪刻，法當得夭。」

五八七、杜甫贊人食味

老杜每逢宴集，往往贊人食味，如「且食雙魚美，誰看異味重」之類，不一而足。又「華筵直一金」。酸窮可憐，法當得貧。

五八八、許渾詩被鄙薄

世謂許渾詩不如不做，鄙其無才藻，無教化。孫光憲甚薄之。方回亦云：「如人形有餘而均不足。」

五八九、章孝標名句

世稱章孝標「雲領浮名去，鐘撞大夢回」二句新爽，然上句較勝。

五九〇、李士棻名過其實

周樸多得猛句，無可時出雄句，咄咄火攻。貫休寄句似從天墜，皆不虛傳。湘鄉以大句贊芋仙，似用米湯太過。

五九一、儲光羲詩有可稱妙品

儲光羲閒婉真至，高處似元亮，平處似右丞，可稱妙品。然七言詩實無可采。

五九二、七言近體壓卷之作

七言近體，求一壓卷之作，古無定論。嚴滄浪推崔顥〈黃鶴樓〉，何仲默、薛君采推沈期〈盧家少婦〉，王賓州則謂當於老杜「風急天高」、「老去悲秋」、「玉露凋傷」、「昆明池水」四詩中求之。其實沈作較優。

五九三、杜甫稱贊蘇渙

蘇渙以盜始，以盜終。老杜稱為靜者，寄詩望其致主堯舜，屢贊不已。世稱杜為詩史，顧如是耶。

五九四、白衫舉子胸次超曠

僖昭時，有白衫舉子，乞而歌於市云：「執板高歌乞個錢，塵中流浪且隨緣。直饒到老長如此，猶勝危時弄化權。」此人胸次超曠，目無宰相，大是可兒。

五九五、陳獻章詩可拓人心胸

明代詩人，率多優孟衣冠，讀之令人沉悶。惟陳白沙明徹爽快，皆見道之言。五言如「吾道有宗主，千秋朱紫陽。說敬不離口，示我入德方」，又「此心自太古，何必生唐虞。此道苟能明，何必多讀書」，又「真樂何從生，生於氤氳間，氤氳不在酒，乃在心之玄」，又「混沌固有初，渾淪本無物。萬化自流形，何處尋吾一」，又「小雨閉空齋，青青竹映階。道人終日靜，一枕到無懷」，又「冬眠不覺曉，開門見白雲。雲中何所有，童子兩三人」，又「霜前淡淡花，瓢內深深酒。今日陶淵明，廬山作重九」，又「作詩尚平淡，當與風雅期。如飲玄酒者，器用瓦為巵」。七言如「白日幾時生羽翼，金丹負我不神仙。東家茗椀頻分啜，兩腋清風也可憐」，又「清曉有人來款扉，風吹衫袖白披披。昨宵雨打山窗破，莫怪先生下榻遲」，又「〈擊壤〉聲中酒國春，海風吹老石邊身。桃花幾樹衡門下，我是唐虞一輩民」，又「村徑西來入社松，北山終日白雲封。往來獨把梅花笑，祇有沙堆不負公」，又「了無意緒向諸緣，到處茅椒可借眠。白日與人同在夢，不應疑我是神仙」。此類妙詩，不一而足，閒中層誦，可以開拓心胸。

血歷史108　PC0720

新銳文創
INDEPENDENT & UNIQUE

晚清民初詩壇見聞：
今傳是樓詩話

原　　著	王揖唐
主　　編	蔡登山
責任編輯	陳慈蓉
圖文排版	楊家齊
封面設計	葉力安

出版策劃	新銳文創
發 行 人	宋政坤
法律顧問	毛國樑　律師
製作發行	秀威資訊科技股份有限公司 114 台北市內湖區瑞光路76巷65號1樓 電話：+886-2-2796-3638　傳真：+886-2-2796-1377 服務信箱：service@showwe.com.tw http://www.showwe.com.tw
郵政劃撥	19563868　戶名：秀威資訊科技股份有限公司
展售門市	國家書店【松江門市】 104 台北市中山區松江路209號1樓 電話：+886-2-2518-0207　傳真：+886-2-2518-0778
網路訂購	秀威網路書店：http://store.showwe.tw 國家網路書店：http://www.govbooks.com.tw

出版日期	2018年2月　BOD一版
定　　價	580元

國家圖書館出版品預行編目

晚清民初詩壇見聞：今傳是樓詩話 / 王揖唐原著；蔡登山主編. -- 一版. -- 臺北市：新銳文創, 2018.02

面；　公分. -- (血歷史；108)

BOD版

ISBN 978-986-95907-3-0(平裝)

1. 清代詩 2. 詩話

820.9107　　106025134

讀者回函卡

感謝您購買本書，為提升服務品質，請填妥以下資料，將讀者回函卡直接寄回或傳真本公司，收到您的寶貴意見後，我們會收藏記錄及檢討，謝謝！

如您需要了解本公司最新出版書目、購書優惠或企劃活動，歡迎您上網查詢或下載相關資料：http:// www.showwe.com.tw

您購買的書名：________________________________

出生日期：________年________月________日

學歷：□高中（含）以下　□大專　□研究所（含）以上

職業：□製造業　□金融業　□資訊業　□軍警　□傳播業　□自由業

□服務業　□公務員　□教職　□學生　□家管　□其它_____

購書地點：□網路書店　□實體書店　□書展　□郵購　□贈閱　□其他

您從何得知本書的消息？

□網路書店　□實體書店　□網路搜尋　□電子報　□書訊　□雜誌

□傳播媒體　□親友推薦　□網站推薦　□部落格　□其他__________

您對本書的評價：（請填代號　1.非常滿意　2.滿意　3.尚可　4.再改進）

封面設計____　版面編排____　內容____　文／譯筆____　價格____

讀完書後您覺得：

□很有收穫　□有收穫　□收穫不多　□沒收穫

對我們的建議：________________________________

____

____

____

請貼
郵票

11466
台北市內湖區瑞光路 76 巷 65 號 1 樓
秀威資訊科技股份有限公司 收
BOD 數位出版事業部

（請沿線對折寄回，謝謝！）

姓　名：__________ 年齡：______ 性別：□女 □男

郵遞區號：□□□□□

地　址：____________________

聯絡電話：(日) __________ (夜) __________

E-mail：____________________